北京叙述：
帝都、家园与现代性

中国现当代文学中的北京城市形象

张鸿声 等 著

北京大学出版社
PEKING UNIVERSITY PRESS

图书在版编目(CIP)数据

北京叙述：帝都、家园与现代性——中国现当代文学中的北京城市形象／张鸿声等著.—北京：北京大学出版社，2022.10
（博雅文学论丛）
ISBN 978-7-301-32696-1

Ⅰ.①北… Ⅱ.①张… Ⅲ.①中国文学—现代文学—文学研究 ②中国文学—当代文学—文学研究 Ⅳ.①I206.6

中国版本图书馆 CIP 数据核字(2021)第 216343 号

书　　　名	北京叙述：帝都、家园与现代性 ——中国现当代文学中的北京城市形象 BEIJING XUSHU：DIDU、JIAYUAN YU XIANDAIXING ——ZHONGGUO XIANDANGDAI WENXUE ZHONG DE BEIJING CHENGSHI XINGXIANG
著作责任者	张鸿声　等　著
责 任 编 辑	赵　阳
标 准 书 号	ISBN 978-7-301-32696-1
出 版 发 行	北京大学出版社
地　　　址	北京市海淀区成府路 205 号　100871
网　　　址	http://www.pku.cn　　新浪微博：@北京大学出版社
电 子 信 箱	pkuwsz@126.com
电　　　话	邮购部 010-62752015　发行部 010-62750672 编辑部 010-62767065
印 刷 者	大厂回族自治县彩虹印刷有限公司
经 销 者	新华书店
	965 毫米×1300 毫米　16 开本　18.75 印张　350 千字 2022 年 10 月第 1 版　2022 年 10 月第 1 次印刷
定　　　价	59.00 元

未经许可，不得以任何方式复制或抄袭本书之部分或全部内容。
版权所有，侵权必究
举报电话：010-62752024　电子信箱：fd@pup.pku.edu.cn
图书如有印装质量问题，请与出版部联系，电话：010-62756370

目 录

绪 论 ……………………………………………………………………… 1
 第一节　"城市文学"与"文学中的城市形象" ……………………… 1
 第二节　"文学中的城市形象":经验、记忆抑或想象 ……………… 4
 第三节　北京城市形象:来自城市形态还是作家心理?
    ——以近现代文学为例 ……………………………………… 10
 第四节　本书的研究策略 …………………………………………… 20

第一章　近现代书刊中的北京形象记述 …………………………………… 26
 第一节　史地类书刊 ………………………………………………… 26
 第二节　民俗类书刊 ………………………………………………… 31
 第三节　作家散文类书刊 …………………………………………… 35

第二章　清末民初旗人小说中的北京万象 ………………………………… 43
 第一节　蔡友梅笔下北京旗人的生活 ……………………………… 44
 第二节　《春阿氏》中的北京旗籍妇女 ……………………………… 48
 第三节　穆儒丐小说中的八大胡同与健锐营 ……………………… 50

第三章　启蒙文学叙事中的北京 …………………………………………… 58
 第一节　旧文化的北京 ……………………………………………… 58
 第二节　民俗学运动中的北京 ……………………………………… 60
 第三节　启蒙者笔下的人力车夫 …………………………………… 63
 第四节　鲁迅与启蒙时代的北京 …………………………………… 73
 第五节　旧时帝都大户人家的衰败与没落 ………………………… 79

第四章　想象中的故乡:现代散文的家园叙事 …………………………… 83
 第一节　旅游热潮中的北京 ………………………………………… 83
 第二节　旧京文人眼中的北京城 …………………………………… 89

北京叙述：帝都、家园与现代性

  第三节 南方知识分子对北京的描述 ………………………… 95

第五章 "京派"作家笔下的北京意象 ……………………………… 104
  第一节 "京派"的文化倾向 ……………………………………… 104
  第二节 沈从文与北京的现代性对话 ………………………… 109
  第三节 萧乾笔下北京城的底层平民生活 …………………… 114
  第四节 女性视角下的京城生活 ……………………………… 120

第六章 "前线诗人"的北京记忆 …………………………………… 124
  第一节 "前线诗人"的"古城"记忆 ………………………… 124
  第二节 身处帝都的"乡下人"与"地之子" ………………… 131

第七章 "京味儿"四溢的旧古城 …………………………………… 136
  第一节 老舍笔下的京城世事 ………………………………… 136
  第二节 华北沦陷区作家对京城意象的情感寄托 …………… 142

第八章 通俗小说中的四九城 ……………………………………… 152
  第一节 张恨水文学世界中的平民与官场二重奏 …………… 152
  第二节 王度庐的北京下层贫民女性故事 …………………… 160

第九章 市井书写：传统北京最后的挽歌 …………………………… 169
  第一节 "新北京"改造与日常性空间的建构 ………………… 170
  第二节 传奇性与"旧京"书写 ………………………………… 180
  第三节 "小众"群体与不可逆的时间现代性 ………………… 188

第十章 怀想与解构："新北京"的政治表达 ………………………… 194
  第一节 新空间、道路意象与社会主义"新北京"
      ——以"十七年"与"文革"诗歌为例 ………………… 194
  第二节 "红色"书写："共和国首都"的再建构 ……………… 204
  第三节 政治怀想：文本中的"大院北京" …………………… 210
  第四节 荒诞与疯狂：被解构的首都 ………………………… 220

第十一章 国际化大都市北京的想象与解构 ……………………… 227
  第一节 梦想之城：关于北京的全球化想象 ………………… 227
  第二节 疾病与罪恶：无法忽视的都市"病体" ……………… 233

  第三节　"他者"之城："北漂人"的北京 …………………… 243
第十二章　"虚构帝都"：全球化时代地方性身份的建构企图 …… 254
  第一节　"纪实"的表达方式 ………………………………… 254
  第二节　虚构的"帝都"形象 ………………………………… 257
  第三节　"帝都怀想"与寻找"老城市" ……………………… 268
结　语 ……………………………………………………………… 275
附　录　近现代外国人的北京记述 ……………………………… 279
后　记 ……………………………………………………………… 292

绪　论

第一节　"城市文学"与"文学中的城市形象"

1980年代以来,关于中国现当代(特别是现代)城市文学的研究渐成热点。由于京沪城市文学在现代文学中具有显赫的地位,所以对于它们的研究,既是城市文学研究的开创领域,同时也是最高成就的体现。严家炎的《新感觉派与心理分析小说》,可看作这种研究的创始性论文之一。作为"中国现代文学流派创作选"选本之一《新感觉派小说选》的前言,这篇论文不仅开启了中国现代文学的流派研究,而且借助于对流派作品选集的阅读倡导,将研究的兴趣推诸众人。其实,在更早些时候,吴福辉对于新感觉派中坚人物施蛰存作品的诠释,余凤高对新感觉派艺术体式的论析,以及应国靖对施蛰存创作的综合性研究,也都是新时期以来城市文学研究的最初成果。之后,城市文学研究便以新感觉派研究为切入点,迅速弥漫开来。随着夏志清等人对于张爱玲的发现,这种研究波及整个20世纪三四十年代的京派和海派,从而使城市文学研究与"五四"以来的新文学、左翼文学、解放区文学、乡土文学研究取得同等重要的位置。至此,对于现代城市文学(特别是上海城市文学)的研究已经蔚为大观,如许道明的《海派文学论》(复旦大学出版社1999年版)、李嵘明的《浮世代代传》(华文出版社1997年版)以及李俊国的《中国现代都市小说研究》(中国社会科学出版社2004年版)等。笔者也曾出版《都市文化与中国现代都市小说》(河南大学出版社1997年版)。

对于城市文学的研究已经造成了现代文学史叙述总体格局的变

化。首先,各种权威的文学史著作(或个人、或集体编写)都将城市文学作为重要的文学形态纳入文学史脉络。比如从1987年出版后至今风行多年的《中国现代文学三十年》一书,就将"文学的现代化"作为现代文学的主流,认为"现代化进程中城与乡、沿海与内地的不平衡,出现了现代都市与乡土中国的对峙与互渗"[1],成为文学史考察的基本标尺。不仅城市小说成为文学史的重要环节,与城市文化相应的研究范式也成为研究其他文学史现象的立论基础。比如该书在谈到1928—1937年、1937—1949年话剧创作时,便采用了"职业化、营业性剧场戏剧""大后方、上海'孤岛':剧场戏剧再度兴起"与"沦陷区:职业化、商业化的剧场戏剧的繁荣"等论述框架。在多数以"20世纪"为标题的现代文学史中,城市文学也成为独具形态的重要论述对象,如孔范今主编的《20世纪中国文学史》,为京派和海派专设一章。进而,海派文学进入通史类的文学史著作,如张炯、邓绍基、樊骏主编的《中华文学通史》。[2] 其次,由于城市文学研究,特别是海派研究成果斐然,进而改变了部分或全部文学史叙述的方式。在1980年代以前,文学史叙述角度基本上是左翼的。在关于"社会革命"的历史元叙事中,不仅没有新感觉派、张爱玲等人的位置,即便是茅盾《子夜》这一类的作品,也被视为以阶级斗争来完成民族国家使命的政治文本。1980年代以后,启蒙成为文学史叙述的主流,城市文学仍没有应有的位置。随着城市文学研究成果的丰富,特别是李欧梵、王德威等从城市文学研究中抽取"日常性""晚清现代性"等概念,不仅为现代文学史事实中的个体性、私人性、消费性提供了依据,而且成为新的重要的文学史整体阐述原则,甚至可能是最重要的原则。

更重要的是,由于得到了市民社会兴起的社会转型时期各种社会思潮的支持,城市文学研究以极强的社会参与性姿态在学术界出现。

---

[1] 钱理群、温儒敏、吴福辉:《中国现代文学三十年·前言》(修订本),北京大学出版社1998年版,第1页。

[2] 张炯、邓绍基、樊骏主编:《中华文学通史》,华艺出版社1997年版。

它几乎与史学研究中所谓的"新史学",特别是与法国年鉴学派方法理念中的注重民间社会形态、"公共领域"、行会、商会、社团研究相吻合,构成了某种近代中国整体史观的一种。因此,关于城市文学与媒体舆论、大众传播、经济制度、学校教育、出版机构、流行生活等公共社会领域的关联,又成为新的热点。同时,左翼文学史叙述与启蒙文学史叙述的相继退位,使来自城市文学研究中的日常性叙述几乎一枝独秀。而我们当下热衷地对"市民""市民社会""公共领域"的探讨,以及1990年代后期被神化了的"市场意识形态",更是为其提供了政治与经济依据。1990年代之后,整个世界因政治格局中左翼力量削弱这一"历史的终结"(福山语),造成左翼话语在整个文学史叙述中的被放逐,正在建立中的市场经济体制与大众文化的兴起,也使启蒙话语在文学史叙述中逐渐趋于弱化。在文学史叙述的等级因素中,源自城市文学,特别是城市日常性的文学史叙述几乎要成为霸权。

在此,笔者不打算全面评价这一现象①,只是力图梳理新时期以来城市文学研究的历程,以及城市文学研究的动态。从中我们可以看出,现代城市文学研究大致经历了作家作品论——流派论——形态论——文学史论——近代中国史观等各个阶段,其重要性越来越突出,从某种角度说,已经登峰造极了。

那么,我们还能够进行城市文学研究吗?如果回答是肯定的话,我们还要进行什么样的研究?

事实上,迄今为止,多数的城市文学研究大体采用了"反映论"式的研究模式,即认为城市文学以某种方式表现了城市社会与城市文化形态。这种研究方法大都以坚定的社会学、历史学理论为基础,认为城市文学作品是客观的城市生活的再现,因而特别适用于在表现方法上属于传统写实主义的文学作品。但问题在于:首先,在现代的城市文学作品中,即使是对同一时期城市社会的表现,也会因作家流派的

---

① 参见张鸿声《现代文学史叙述中的记忆与遗忘》,《文艺报》2004年12月28日。

不同而表现出巨大的差异性,比如左翼城市文学与海派的创作;其次,中国现代最典型的城市文学恰恰并非经典意义上的写实作品,反而以现代主义创作居多,对城市外在形态的展现似乎并不比对城市作用于作家内心领域的感受的描摹更多。通常意义上,他们以自我强烈的主观性透入都市生活,感觉成分明显多于经验成分。这种注重对城市的心理感觉的表述,使我们很难全然以反映论式的研究去面对它。

传统的城市文学研究,大都认为城市文学应具有两大要素:首先,从地域特征、创作题材、空间景观等方面来说,它必须是描写城市中的人文生态与心态,诸如生活流向、价值理念与社会心理;其次,城市文学的创作者,必须以城市意识——只有城市人才具有的价值观念、思维方式与审美准则——去描述城市生活。说到底,这种研究大多是以题材为最终限定。这固然带来了城市文学研究在社会学、历史学意义上的深入,但在一定程度上也忽略了城市生活作为人类基本生存方式对人类精神的影响能力,而这种影响能力往往是超出了城市地域、心理、情感与认知的。它给予人们以不同的精神塑造,进而影响甚至改变着人们对城市的知识与叙述,并表现在非城市文学类的其他各种文学形态中,如乡土文学、知识分子文学等等。换句话说,传统研究范式对"城市意识"并没有予以强调和关注。所以,从城市给予人类的精神影响这一角度来说,"文学中的城市"这一概念,要比"城市的文学"能够揭示更多城市对文学的作用与两者的关联。后者立足于文学形态自身,揭示城市文学形态的发生、发展、流变过程及其内在构成规律,基本上属于传统的文学研究或文学史研究;而前者更关心城市对人的精神状态的影响以及因此而产生的人们对城市的不同认识方式,以印证于某一阶段、某一地域的文学精神世界。从方法论的角度来说,它更接近文化研究。

第二节 "文学中的城市形象":经验、记忆抑或想象

传统的城市文学研究,强调城市之于作家的经验性,但既然是"文

学中的城市"研究,那么在这一研究中,文学与城市的关系,便不仅是经验一种,还应包括思潮、文体、传播与受众阅读等因素。因此,城市的历史与形态和城市文学文本之间便构成了非对应的极其复杂的关系,这一切,可能会以对城市的不同表述体现出来。

从欧洲经典的城市文学文本发展历程来说,巴尔扎克时期的现实主义作品主要描述法国19世纪初叶商业社会建立时的社会状况,左拉的自然主义文学则主要表现法国工业时代。就表现的手法而言,它们都属于对巴黎城市社会形态的正面描述,但仅就此点而言,两者已经表现出差异。这种差异,是出于表述方式以及造成表述方式的社会认知的不同。卢卡契曾指出现实主义与自然主义手法在巴尔扎克、左拉描绘城市时的不同:巴尔扎克小说中"法庭不像在一八四八年以后写的作品里那样只是具有某种社会职能的一种组织。它是各种社会斗争的战场,对嫌疑犯的每一次审问,每一个文件的起草,每一次法庭的判决,都是我们请来作证的它的每一个阶段的错综复杂的社会拉锯战的结果",换言之,作家也好,作品中的人物也好,是城市社会的直接参与者;而左拉呢,不管他写交易所、剧场,还是赛马场,"这些事物跟人物的命运是完全无关的。它们构成了一个巨大的却对人的命运漠不关心的背景,它们跟人的命运没有真正的关系"。[①]

理查德·利罕出版于1998年的《文学中的城市》(The City in Literature)一书明确提出"文学中的城市"这一概念,这一概念在其书中主要被认为是对城市不同的表现模式。它着重考察了欧美城市不同发展阶段在文学中的表现方式,除了现实主义与自然主义之外,"对高度发展和机构复杂的城市的逃避和拒斥,构成了现代主义(印象主义、唯美主义、象征主义等)的源泉,现代主义转而表现城市压力的主观印象和内心现实"。有人曾这样概括其描述的城市表现模式与过程:"现

[①] 卢卡契:《托尔斯泰和现实主义的发展》,见中国社会科学院外国文学研究所外国文学研究资料丛刊编辑委员会编《卢卡契文学论文集》(二),中国社会科学出版社1981年版,第347、338页。

代主义的这些主题基本上对城市持否定的态度,这里也表现出作者的立场:城市从早期的神圣城市到启蒙时期的城市,最后到现代大都市,基本上处在一个不断'堕落'的过程中。与此相对应的是,城市中的人从较早时候(如在巴尔扎克笔下)的活跃的、积极的参与性的力量逐渐退化为受城市控制、对城市无能为力而退缩到内心领域中的漫游者和旁观者。"①该书将商业城市、工业城市与后工业城市分别与现实主义(自然主义)、现代主义与后现代主义相对应,事实上是在找寻文学中对于城市的不同表述问题。

关于对城市的表述,德国评论家克劳斯·谢尔普将其分为四类模式。美籍华裔学者张英进对其概括如下:

> "第一类模式来源于德国18、19世纪小说中描写的那种'乡村乌托邦'和'城市梦魇'的直接对立。在这一模式中,一种早期的、据信是平静和安宁的主观主体受到新兴的工业文明的威胁。"第二类模式见于"19世纪批判社会的自然主义小说,其中乡村与城市的对立退位于阶级斗争。……城市的生活和经验被缩小为个人和群体的对立"。第三种模式见于现代的作品,其中"巴黎浪荡子的沉思姿态"表明"城市经验的潜在的想象力",其"审美主体自然而然地观察审美客体,用凝视的目光捕捉和把握这客体"。第四类模式是"功能性的结构叙述",通过这种叙述,"城市因其商品和人的剧烈流动而被重新构造为'第二自然',这一新构造据其在时间和空间上的自给自足、相辅相成的方式而产生"。换言之,在第四类模式中,城市成了自己的代理人,在文本中自由地展开自我叙述。②

---

① 季剑青:《体例与方法:读〈文学中的城市〉》,见《现代中国》第五辑,湖北教育出版社2004年版。
② 张英进:《都市的线条:三十年代中国现代派笔下的上海》,冯洁音译,《中国现代文学研究丛刊》1997年第3期。

克劳斯·谢尔普对城市叙述的描述与理查德·利罕有相似之处，他们不仅都相当重视城市的表述问题，而且都勾勒出了城市表述的历史发展，并都认为在城市表述中流贯着从现实主义到现代主义的线索。所不同者在于，克劳斯·谢尔普把"'乡村乌托邦'和'城市梦魇'的直接对立"这一浪漫主义倾向也归于城市表述，这无疑是更加扩大了"文学中的城市"的含义。

注重城市表述研究的学者们认为，城市不单是一个拥有街道、建筑等物理意义的空间和社会性呈现，也是一种文学或文化上的结构体。它存在于文本本身的创作、阅读过程与解析之中。如果说传统的城市文学研究较多地存在于前者中的话，那么"文学中的城市"则思索城市文学的文本性与文本的文学性，以及怎样把城市的物理层面、社会层面与文学文本有效地结合起来。像新历史主义所说的，既需探索"文学文本周围的社会存在"，也要探求文学文本中的社会存在。①

在对"文学中的城市"的研究中，城市"形象"研究是一个极其重要的概念与方法。在理查德·利罕的《文学中的城市》中，作者一方面承认城市文本的变化是因城市的变化而来，另一方面又强调"文学赋予城市一种想象性的现实"。陈平原曾评述说："该书将'文学想像'作为城市存在的利弊得失之'编年史'来阅读，从'启蒙时代的伦敦'，一直说到'后现代的洛杉矶'，既涉及物质城市的发展，更注意文学表现的变迁。"②张英进在谈及他对中国城市文学的研究方法时也说：

> 我将不拘泥于某一作品所表现的城市如何写实传真，而只探讨在这种文本创作的过程中，城市是如何通过想象性的描写和叙述而被"制作"成为一部可读的作品。当然，我说的制作是符号性

---

① 张京媛主编：《新历史主义与文学批评》，北京大学出版社1993年版，第5页。
② 陈平原：《"五方杂处"说北京》，见陈平原、王德威编《北京：都市想像与文化记忆》，北京大学出版社2005年版，第546页。

的,指的是将城市表现为符号系统,其多层面的意义需要解析破译,我将重点放在制作的过程而不是其最终的产品——作为文本的城市(或称城市文本)。①

因此,在"文学中的城市"研究中,关于"形象"概念的介入,并非完全摒斥文学文本的社会客观性与创作者的经验性,事实上,它是联结创作者的城市生活经验与文学文本经由创作而造成的生活呈现的一个中介,即任何关于城市的文本都不可避免地来自城市经验,但城市文本却绝不等同于经验,因为它经过了由经验到文本的过程,这个过程其实也是城市形象塑造的过程,城市形象其实就是一种城市表述。

在西方学界,运用城市形象叙述理念来研究城市与城市文本已不鲜见。除了理查德·利罕的《文学中的城市》之外,卡尔·休斯克的《世纪末的维也纳》②也大致使用这一方法,将维也纳看成是由于具体的社会生活与文化情境而成了奥地利国家的寓言。在国内,赵稀方讨论香港文学的《小说香港》,就是运用这种方法探索文学与城市之间互动关系的学术著作。赵稀方认为,关于香港的文学文本大致存在着三种形象,即英国人殖民叙述的、中国大陆国族叙述的以及中国香港人香港叙述的。在英国人的殖民叙述中,香港充当了西方人"东方主义"的一个想象范本,以此印证欧洲白人文化的"启蒙"事业;中国大陆的国族叙事则从中原心态的中心/边缘构架出发,进行"母亲!我要回来"式的香港想象。两者都忽略了香港在文化意义上的主体性。直至1970年代,一种源于大陆价值观却又与之不同的香港意识开始出现,才逐渐产生了文学中香港人的城市形象。③

香港的情形也许特殊。对于国内城市形象与文学关系的研究,较

---

① 张英进:《都市的线条:三十年代中国现代派笔下的上海》,《中国现代文学研究丛刊》1997年第3期。
② 中译本为黄煜文译,参见台湾麦田出版社2002年版。
③ 赵稀方:《小说香港》,生活·读书·新知三联书店2003年版,第3—7页。

早的应是赵园的《北京:城与人》。① 该书并不是展现关于北京的现代城市文学史,而是以确定北京在中国作家心理中的位置入手,事实上,是在为"文学中的北京"进行定位。在整体的20世纪中国现代化不可逆转的进程中,北京其实替代了乡土中国的国家与文化地位,成为中国文人的精神故乡。从这一角度看,北京也是一个想象中的城市。它既负载着真实的物理空间,同时又被文学建构成一种形象。由于创作时间较早,这一著作太过局限于文学形态,对于文学又较集中于京味风格的分析,使其相当程度上仍保留着城市文学形态研究的痕迹,未能获得某种讨论北京想象的广泛的可能性。

有意识地倡导以"记忆与想象"来对北京城市与北京文学进行研究的,是陈平原先生。2003年10月,北京大学20世纪中国文化研究中心、中文系与哥伦比亚大学东亚语言文化系联合主办"北京:都市想像与文化记忆"国际研讨会,会议刊发以及后来收入论文集的研究论文来自各个学科,其中有数篇是关于北京与文学之关系的。其中,梅家玲的《女性小说的都市想像与文化记忆:林海音与凌叔华的〈北京故事〉》、董玥的《国家视角与本土文化:民国文学中的北京》与贺桂梅的《时空流转现代:1980—1990年代小说中的北京记忆》大体也属于类似角度的研究。在谈及"作为研究方法的北京"时,陈平原也以"文学中的城市"为切入点。他说:"借用城市考古的眼光,谈论'文学北京'乃是基于沟通时间与空间、物质文化与精神文化、口头传统与书面记载、历史地理与文学想象,在某种程度上重现八百年古都风韵的设想","谈论中国的'都市文学',学界一般倾向于从20世纪说起,可假如着眼点是'文学中的都市',则又当别论"。而在谈到"文学中的北京"这一概念时,陈平原径用"想像"一词去表述。在《"五方杂处"说北京》一文中,陈平原说:"略微了解北京作为都市研究的各个侧面,最后还是希望落实在'历史记忆'与'文学想像'上……因此,阅读历代关于北京

---

① 赵园:《北京:城与人》,上海人民出版社1991年版。

的诗文,乃是借文学想像建构都市历史的一种有效手段。"①

第三节　北京城市形象:来自城市形态还是作家心理?
——以近现代文学为例

一、近现代北京城市形态

就城市形态而言,在近现代,以北京(北平)为代表的大多数内地城市,仍复因循传统。内地城市,其功能以政治统治为主。北京自元代以降,800多年一直是皇城帝都,然而,由于北京缺少现代工商业,产业工人与民族资产阶级数量较少,所以难以持久性地成为现代社会的政治中心与革命策源地。1928年北京易名北平,失去了首都地位,也很快失去了全国的政治中心地位,成为华北的地方性政治城市。从张学良的北平军政分会到西北军系的市政府,再到日伪成立的"华北政务委员会",北京都是一个中央政府下的地方性政权驻在地,与传统都市的政治功用并无二致,以致有论者认为旧北京"更像一个放大的县城"②。

近现代北京的人口构成也大抵体现出传统都市的特点。据1930年代某些学者的分析,近代北京居民大致可分为五类。一是清朝旧日皇室、亲贵、旗丁、内监以及其他依附宫廷而生活者。二是晚清以至民初在京为宦的士大夫。其中有些是世代簪缨,虽然可能籍隶外省,但久居北京,已成为地道北京人。这一类人人数较多,尽管他们在1920年代末失去宦位,但仍是北京文化的中坚力量。三是民国以来依附军阀的各色人物,以辽、津、保三籍人为最多。他们在北京置产纳福,日军进入北平后,便又沉渣泛起,成为大小政客。四是民初以来,围绕在

---

① 陈平原、王德威编:《北京:都市想像与文化记忆》,北京大学出版社2005年版,第544页。

② 吴福辉编选:《京派小说选·前言》,人民文学出版社2011年版,第12页。

学府、文化机关周围的教授、学子,如北大、辅仁、清华、燕京诸校的师生。这是北京文化中最具有异质性的文化力量。这四种人的存在,使北京在失去政治中心的地位后,仍为中国第二大都市。第五种也是人数最多的,便是农工商贾等普通市民,以老北京市民为主,也有若干从周边农村迁入的农民。① 从这个分类来看,北京居民多为本籍或因政治原因居留北平的北方籍,除了少数文化人外,其余四种北京人都有明显的传统文化构成色彩与北方(特别是华北)地域文化血统,异质性不甚明显。

从经济形式上看,古代北京的经济形态属"混合型",即中原汉族与北方少数民族经济的混合。以农耕为主,兼有游牧、渔猎、工商,少有江浙等地具有资本主义萌芽的私营工商业。传统的工商业为官营垄断,其性质是为皇室、贵族服务。进入近代,北京经济基本上没有大的改变。据1915年的统计,北京222个工场中,只有6个使用动力设备,其余绝大部分只是手工业作坊或简陋的手工操作机器,而且又以传统文化的物器生产为主,如金银玉器、装裱、食品等。② 大部分北京人并不围绕于现代工商业的经济活动生活。在清朝,社会上层几乎不从事任何经济生产,其生活来源主要依靠乡下的田产或宦俸。即使是下层旗人,也依靠"铁杆儿庄稼"为生。清朝灭亡后,下层旗人开始坐吃山空,或为车夫、役仆,社会上层则依然故我,表现出明显的消费特征。

近现代北京的社会结构仍停留于传统的"官—民"层面,其核心是士大夫文化,"官本位"的价值观念与"学而优则仕"式的人生格局影响到整个市民群体的人生理想、自我意识与生活趣味,形成普通的"主—奴"式双向人格构成。不过,下层市民还在自我意识中强化顺民意识。北京在失去首都地位后,"求仕"之风有所减退,但社会结构仍由于大工业的缺乏而并未向"技术"型转变,北京人的文化性格依然

---

① 参见铢庵《北平漫话》,《宇宙风》1936年第19期。
② 北京大学历史系《北京史》编写组编:《北京史》,北京出版社1985年版,第351页。

如旧。同时,士大夫文化中的另一侧面——"退隐"之性则恶性膨胀,北平式的"生活的艺术"凸现出来,成为近代北京士大夫文化的主要特色。

在整个社会尚处于传统的礼治秩序的情势下,近代北京人的意识结构仍以儒学伦理、礼教纲常为主,其生活方式也带有很强的血缘家族伦理色彩。由于异质性居民不多,因而新式核心型家庭数量远远少于传统型家庭,人们的家庭属性明显大于社会属性。从物质生活系统来说,传统手工业基本上囿于家庭、家族圈子。由于商品经济的缺乏,消费与闲暇生活大都以家族、邻里为单位,呈现出自足自娱的特质。譬如娱乐,北京人的娱乐大都是遛鸟、听鸽哨、种花、养金鱼等,很少与现代物器有关,也不具有商业性质。其中最有社会性的大概是逛庙会与泡茶馆,而这两种形式,也属传统范畴,表现为低物质消费水准的自娱形式。

在群体生活方式上,北京人的人际交往常常局限于家族与邻里之间,阶级与集团等社会活动较少,使得传统的伦理规范——"礼"较为盛行。"礼"是建立在家长制的伦理基础之上的,其核心是"三纲",而"父为子纲"又是核心之核心。"礼"使北京人的自我人格受到压抑,强化了对家庭、家族的认同归属心理。相形之下,北京人的国家、社会、法制、阶级、集团等现代意识淡薄,社会属性不强。用某些社会学家的话说,就是近代北京尚属"礼俗社会"。1930年代就有文人说,北京之办警政,"其艰难有百倍于上海"。但北京的社会安定又是上海等城市无法比拟的,原因乃在于,北京警政,"能运用旧法子"。比如"北平街上有人打架,巡警走过来,两面做和事佬,总是大事化小,小事化无,和平了结"[①]。这便是传统伦理社会"礼俗"的力量,连现代法制也不免带上"礼"制色彩。

"礼俗"文化之发达,使商业文化这一最具有反伦理意义的行业也

[①] 铢庵:《北平漫话》,《宇宙风》1936年第19期。

被重重伦理色彩所包围。瞿秋白曾说：纯粹中国式的商人"不是现代式的上海工厂和公司老板"，是"小"商界。① 北京的传统商业是以家庭为单位的店铺或家庭资本、家族管理的行号，其买卖行为常常在亲朋邻里之间进行，缺少社会化商业特征。这种商业文化当然缺少不了"礼"的作用，常常成为"君子之风"的买卖。这在老舍笔下随处可见。当代作家邓友梅曾在《〈铁笼山〉一曲谢知音》中记叙旧北京估衣行的情形："老客来了先接到后柜住下，掌柜的要陪着剃头、洗澡、吃下马饭，晚上照例得听戏。"②这种人情味极浓的商业文化是"言利"型的近代商业难以想象的。老北京的商人把"不会做买卖"的非商人气质当作自己的长处，追求的是"重义轻利"的传统伦理价值，相对而言，漠视利益关系，在很大程度上，仍是一种士大夫文化。所以近代文人徐珂曾在《清稗类钞》中说，老北京的商人，"虽为贾者，咸近士风"。尤其是书肆，其人其事，更近士大夫趣味。20 世纪二三十年代，厂甸书肆成为文人学者最为钟情的地方，除了作为售卖书籍的场所之外，更重要的是，它所体现出的传统气氛，直如士大夫的书屋：

> 书肆门面虽然不宽，里面曲折纵横，几层书架，三五间明窗净几的小屋子是必有的。棐几湘帘，炉香茗碗，倦的时候还可以朝炕床上一睡，吸烟谈心，恣无拘束。书店伙计和颜悦色，奉承恐后，决没有慢客的举动。你买他的书也罢，不买也罢，给现钱也罢，记账也罢，虽是买卖中人，而其品格风度确是高人一筹。③

书肆良好的气氛，加之长年对旧书版本的经营，使许多原本就有士大夫气质的老板与店伙成为版本学家，以致当年胡适就有隆福寺街书店

---

① 瞿秋白：《乱弹·谈谈〈三人行〉》，见《瞿秋白文集》第一卷，人民文学出版社 1953 年版，第 336 页。
② 邓友梅：《〈铁笼山〉一曲谢知音》，《人民文学》1982 年第 4 期。
③ 铢庵：《北平漫话》，《宇宙风》1936 年第 19 期。

的"老掌柜的并不见得比大学生懂得少呢"①之慨。

近代北京的人文景观具有明显的乡村特性,恐怕没有比"田园"一词更恰切的表述了。北京的建设格局有着极严谨的计划性,这与上海等租界城市因殖民者随意扩张而造成的混乱不同。元朝统治者修建大都,其宫苑结构非常散漫。明初皇宫被置于城之正中,其余地方空疏寥落,偌大京城其实只是预备后日的扩充,始终未曾布满,清王朝北京的扩建基本上沿中央及南城进行。所以,一直到民国初年,城中依然满布着湖泊与园林,建筑并不密集。老北京人在天晴的时候,站在大街上便能望得见西山与北山。老舍曾说:"北平在人为之中显示自然","北平的好处不在处处设备得完全,而在它处处有空,可以使人自由地喘气;不在有好些美丽的建筑,而在建筑的四周都有空闲的地方,使它们成为美景"。② 北京典型的建筑形式是四合院,比如皇城,可以说是北京最大的一个四合院。疏阔的庭院与园林自然相融一体,即使是市井细民也可借不花钱的"草花儿"尽享田园野趣。"采菊东篱下,悠然见南山"本是典型的乡村景观,而老舍将此句的"南"字改为"北"或"西",竟也成为对北京城市景观的绝佳描绘,足以见出老北京的乡村形态。郁达夫当年就说过:北京是"具城市之外形,而又富有乡村的景象之田园都市"③。当代学者赵园亦认为:"田园式的城市是乡村的延伸,是乡村集镇的扩大。"④应该说,北京的人文景观尚未取代自然景观,其乡土性可见一斑。

当然,在近代中国,任何传统型城市都无法抵御现代文明的侵蚀。北洋政府时期,外来文明借助于列强的势力与上海的影响,给北京的城市形态增加了若干新质。市政与经济方面,有了西交民巷银行区、

---

① 吴晓铃:《从厂甸买书说到北平的旧书业》,见《吴晓铃集》第二卷,河北教育出版社2006年版,第4页。
② 老舍:《想北平》,《宇宙风》1936年第19期。
③ 郁达夫:《住所的话》,《文学》1935年第5卷第1号。
④ 赵园:《北京:城与人》,上海人民出版社1991年版,第14页。

崇文门大街的洋行区、王府井的新式商业区,此外还有六国饭店等新式旅馆、娱乐设施与北大、清华、燕京等学府。这使我们无法再把近代北京与古代北京混为一谈。新与旧兼容一处,竟成为一种奇观。1930年代有人描述北京说:

> 从紫袍、黄褂的蒙古、西藏僧徒,蓝袍青褂的重辫老者,光头大肚的商人,蓝布罩袍的名士,中山服的军政服务人员,加上上海的种种,无不兼容并蓄。他们的思想,从忠君爱国一直到共产;他们的生活,从游牧民族一直到工厂的工人;他们的来历,从冰天雪地一直到炎天热海;他们的信仰,从拜佛一直到无神;他们的时代,从乾隆一直到一九三六,形形色色,比肩并存于一城之内,这是何等奇观!①

北京已不纯然是一座传统城市了。应该说,对近代北京来说,外来文明的渗透,是一种文明进步的体现。它毕竟给北京带来了一个向现代城市发展的契机。在此影响下,北京城市形态开始发生嬗变,譬如大学,甚至可以成为新文化的中心以及引领力量。但是,由于北京缺少现代文明的基础——大工业与现代经济,其对外来文明的吸收并不顺利。这导致北京在城市形态进化中出现两种常见的情态:一是文化变异过程混杂而不是整体有序地进行,外来文明与传统底色杂糅而不是一种有机的结合;二是城市形态中的浅层结构首先发生变化,但由于现代经济的缺乏,深层结构尚难以改变。此种情形在近代中国是常见的,我们在张爱玲以沪、港为题材的小说中已读到对此的剖析。

表层文化的松动每每发生于传统根底最为薄弱的区域,这中间,商业与从商阶层首当其冲。然而变动的目的,乃在于新型商业文化的建立。一方面,现代社会刺激人们的欲望,产生利润至上、金钱崇拜的

---

① 铢庵:《北平漫话》,《宇宙风》1936年第19期。

风气;另一方面,又把它限制于一定的轨道之中合理实现。而在现代政治、经济、法制落后的旧北京,恰恰无法对易变的浅层文化——比如私欲膨胀——进行制约,极易产生出以消费性文化底色认知西方物质文明的价值观念,由私欲扩张而导致极端的人格变异。民国初年,北京官僚政客之腐化,冠盖全国。一夜的赌博,输赢动辄几十万。当年文人曾有打油诗,讥讽一班京员的生活:

> 天乐看完看庆乐(均为戏园名),惠丰吃罢吃同丰(均为饭馆名)。头衔强半郎员主,谈助无非白发中(麻将)。①

一方面继承前清贵族纨绔的衣钵,一方面"新学海上的繁华",却同时又将传统消费的黜华崇俭与近代的工作高效悉数丢弃。在此情形之下,即使输入某些近代文明,也不过皮毛而已。老舍当年已认识到这一点,他在《猫城记》中说:"新制度与新学识到了我们这里便立刻长了白毛,象雨天的东西发霉。"②在文化形态中,它可以使北京有若干外在景观的变异,却不能使北京真正进步。

二、作家心理与北京形象

北京的城市形态是一种确定的情况,但现代作家对于城市的道德情感与文化态度却要复杂得多。比如,在社会文明进化的历史价值体系中,近代上海符合作家的理性判断,然而作家文化心理中的传统价值尺度与情感倾向,并未被这分理性完全替代。在许许多多作家,包括那些外表看起来非常洋化的作家心中,上海仍是一个中国人难以认同的尤物。上海的高度运转、聒噪繁乱、贫富悬殊、道德沦丧,乃至上海人住处的逼仄、视野的急促,都难以吻合文人的传统的归属感,以至时时被人称之为"红尘十丈""水深火热"。"两脚踏中西文化"的林语

---

① 汪康平:《汪穰卿笔记》,上海书店出版社1997年版,第170页。
② 老舍:《猫城记》,百花文艺出版社2017年版,第118页。

堂直斥上海是"铜臭""行尸走肉"的"大城","中西陋俗的总汇",是"浮华、平庸、浇漓、浅薄",是"豪奢""贫乏",是"淫靡""颓丧"。①新文化人虽然无法离开上海,但都不把上海视为自己的根,在许多表述中,都以"逃离上海"作为潜在的心理趋向(尽管并不曾实现)。即使是在某些情感上亲近城市的作家的文字中,读到的也是另一番滋味。比如张爱玲曾说:"我喜欢听市声。比我较有诗意的人在枕上听松涛,听海啸,我是非得听见电车响才睡得着觉的。"②然而有趣的是,她由高层公寓的生活中发现:"公寓是最合理想的逃世的地方。"③柯灵面对"人海滔天、红尘蔽日"的上海,却在夜间寻觅些许"片刻的安宁",于冷清的末班电车与街头小铺中领略人际的温馨与"辽远的古代"的意蕴。④像殷夫这样的城市无产者代言人,也竟于初到上海时诅咒道:"上海是白骨造成的都市/鬼狐魑魅到处爬行。"⑤文人们不断疾呼:"回去,回去,上海不可以久留。"⑥甚至像叶灵凤这样的都市之子,在游历了北京之后,也一再表示:"我真诅咒这上海几年所度的市井的生活。"⑦

中国现代作家的文化观念中存有一个基本的结构,即理性与乡情的纠结、背离。前者是新文化人受新文化思潮与西方文化影响所致,并具体作用于对上海的理性认识中。后者则是作为一个不能脱离传统的文人内心情感的需求,往往体现在他们对乡村与乡村型城市的情感维系之中。在这个结构中,上海只是文化人理性的一极,而另一极则系于乡村,或者乡村型的城市——北京。

由于中国作家对现代性城市的恐惧与疏离,使心理中"非城市化"

---

① 林语堂:《上海之夜》,见《我的话》,上海时代书局1948年版,第26—27页。
② 张爱玲:《公寓生活记趣》,见《流言》,五洲书报社1944年版,第26页。
③ 张爱玲:《公寓生活记趣》,见《流言》,五洲书报社1944年版,第30页。
④ 柯灵:《夜行》,见钱理群编《乡风市声》,人民文学出版社1992年版,第62—63页。
⑤ 殷夫:《妹妹的蛋儿》,见《殷夫集》,浙江文艺出版社1984年版,第109页。
⑥ 浑沌:《上海不可以久留》,《小说月报》1923年第14卷第7号。
⑦ 叶灵凤:《北游漫笔》,见《灵凤小品集》,现代书局1933年版,第102页。

倾向至为浓重,"五四"以来的民粹思潮又使之更为强化。李大钊就视城市集人间罪恶、丑陋、畸形于一身。黎锦明甚至在其《烈火》重版自序中说,在北京生活的人们,如有其灵魂,他们的灵魂恐怕未有不染遍了灰色罢。① 某些京派文人则自称生活于都市是"误入"歧途。李健吾说:"我得承认我是个乡下孩子,然而七错八错,不知怎么,却总呼吸着城市的烟氛。身子落在柏油马路上,眼睛触着光怪陆离的现代,我的沾满黑星星的心,每当夜阑人静,不由向往绿的草、绿的河、绿的树和绿的茅舍。"②

但是,近现代北京城市的乡村文化形态,使许多作家在情感上得到一种亲近,"在普遍的都市嫌恶中,把北京悄悄挑除在外"③。老舍说:"假使让我'家住巴黎',我一定会和没有家一样的感到寂苦。"④在众多作家心中,"家"的定义是由北京提供的。1930年代的文人一再谈到北京"住家为宜",这个"住家"或许在心理学的含义更多一些。它意味着传统文化为现代的人们留下的一份宁静与安详,一种归属感。或许,在北京尚属北洋政府驻地时,由于这种心理满足集中了当时的中国政治并不明显,但当北京不再是首都,成为一座纯然的文化城的时候,则显得更为浓烈,在"五四"与1920年代,我们很少看到眷念北京的文学。1930年代,作家们对北京的向往与怀恋则达到顶峰。1936年,上海的《宇宙风》杂志曾陆续推出"北平特辑"(共3辑),其中大部分文章以《北平一顾》为题结集出版。《立言画刊》和《歌谣周刊》也设立不少有关北京风情的专栏。有趣的是,这些文章的作者大都生活于上海,个中意味,颇值得仔细品尝。1930年代是中国现代城市文化迅猛发展的时期,作家们愈是紧紧追随时代,以求与时代发展同步,便愈是感到寻求文化之根的迫切,愈是需要在内心保留一份传

---

① 黎锦明:《烈火》,开明书店1928年版,第1页。
② 李健吾:《〈画廊集〉——李广田先生作》,见《李健吾创作评论选集》,人民文学出版社1984年版,第474页。
③ 赵园:《北京:城与人》,上海人民出版社1991年版,第7页。
④ 老舍:《想北平》,《宇宙风》1936年第19期。

统情感的位置。

概而言之,眷恋北平恰是为了得到对上海生活的一种补偿。老舍说:"北平是个都城,而能有好多自己生产的花、菜、水果,这就使人更接近了自然。从它里面说,它没有像伦敦的那些成天冒烟的工厂;从外面说,它紧连着园林、菜圃与农村。"①"我不能爱上海与天津,因为我心中有个北平。"②不仅生于斯长于斯的文人们眷念北京,南方等地的文人也将北京视为自己的根,甚至目为第二故乡。郁达夫在游历北京之后曾说,一离开北京,便希望再去,"隐隐地对北京害起剧烈的怀乡病来","这一种经验,原是住过北京的人个个都有,而在我自己,却感觉得格外的浓,格外的切"。③ 久居沪上的洋场摩登文人叶灵凤,也在上海的"十丈红尘"之中,"渴望去一见那沉睡中的故都"。④

或许,北京形象所提供给作家文人的更多的是文化心理的,甚至是一份对传统文明久违之后的梦想,正如同古代文人的"桃源梦"一样,多半是美化、幻化的东西。在社会进步、个人成就、生活需求等方面,它毕竟无法替代上海所带来的种种惠遇。事实上,正如同"乡村梦"只能由城市人来做一样,美丽的"北京梦"也只是南方特别是上海文人心中的产物,一种现代人对传统的向往。他们虽然信誓旦旦不断地表述对北京的向往,但一旦久居,便不堪忍受其落后与封闭。林庚曾说:

> 所说北平的城市,并非即指北平今日的人,今昔人之不同千百年来已有很大的划分了。也正是因此地人工所该做的前人已做得太好,这些今日的人,虽仍所受的陶冶与江南不同,且时时因前人伟大的遗迹而得着雄厚深远的启示,但如今剩下的似只有那

---

① 老舍:《想北平》,《宇宙风》1936年第19期。
② 老舍:《想北平》,《宇宙风》1936年第19期。
③ 郁达夫:《北平的四季》,《宇宙风》1936年第20期。
④ 叶灵凤:《北游漫笔》,见《灵凤小品集》,现代书局1933年版,第96页。

若近消极的沉着的风度,却不见那追上前去的勇敢了!久住在江南的人若初来到北平,必仍有一种胸襟开阔的感觉,那是纯由于前人历史上的痕迹是太足惊叹而动心了。而久住北平的人呢,却是受了百年来旗人懒惰的习气;"五四"以来似有希望的一点朝气,又被压迫得只可闭门读书;因此如今的北平似更深沉,却只是一种的风度了!九一八以来,市面经济的不景气,使得北平故都的身份全然失去!渐来的是边疆之感了![1]

文学中的城市形象是复杂的。北京的城市形态为作家提供了一种观察的实感,但更是一种心理。这种心理来自生活经验,却不至于是生活实感,很大程度上,北京的形象也是一种作家心理的形象,并不完全来自城市形态,有的时候甚至来自"北京之外"。比如,老舍一生以北平为写作对象,但他那种对北平文化批判性的创作冲动,乃是由于客居英伦得到了西方文明的参照之后才萌发的。老舍步入创作生涯后直到从美国返国,很少再去北平,但依然在城市小说创作上达到了高峰。很明显,其城市意识的获得主要依赖于现代理性,而非北平的传统。如果一生蜗居北平,便没有老舍,也没有《骆驼祥子》与《四世同堂》。或许,也是以北京为部分作品表现对象的京派小说,之所以没有取得相当的成就,是否与京派文人当时没有走出北平或北方文化圈有关?文学中的北京形象,乃是熟悉北京但不一定是北京文化圈之内的作家所塑造的,正如同乡土文学乃是出身乡村却又寓居都市并获得现代性的作家所为一样。

第四节 本书的研究策略

目前,从"文学中的城市"与"城市想象"的角度来研究北京与北

---

[1] 林庚:《四大城市》,《论语》1934年第49期。

京文学尚属初期。所以,本书的研究主要是以城市文化与文学表现出的北京想象为切入点,广泛探究文学与北京、"文学中的北京"在中国现当代文学中蕴藏的内涵。在研究范式上,以区域、空间、人物(包括所属地域、阶级、性别)、意识、器物、情感为核心,将相似的作家及流派合并论述,文本形式包括小说、诗歌、散文、笔记、戏剧、文化现象等。

就近现代而言,本书首先涉及的是清末民初的旗人小说中北京形象的立体化展示。现在已知的清末民初的京旗小说作家大概有数十人,基本是当时的一些报业人员,也就是现在的编辑或记者,比较著名的有蔡友梅(代表作《小额》《曹二更》《裤缎眼》等)、王冷佛(代表作《春阿氏谋夫案》)和穆儒丐(代表作《北京》)等人。虽然清末民初处于一个历史变革时期,整个社会都产生了比较严重的心理危机,八旗子弟坚守昔日道德修为的难度变大,但是,京旗作家和满族知识分子却仍然恪守着严格的道德标准,他们的笔下出现最多的仍是"良心救赎""劝善惩恶""道义批判"这样的题材。由此可以看出,京旗作家们当时写小说主要是为了"辅助政府""开通民智"。这些小说作品均以京语白话写成①,内容涉及旗族变迁、京城文化、世相百态、民风民俗等方面,显示了上承清代满族文学之余泽,下启满族现代文学之趋势的时代特征和审美特点。通过分析这一时期京旗作家的小说文本,可以了解到满族文学从曹雪芹经由蔡友梅、王冷佛直到老舍的发展线索,以及老舍"京味儿"小说创作的重要的意义。

其次是启蒙叙事中的北京,包括大学与启蒙者的文化环境。陈独秀、林语堂、李大钊、周作人等笔下展现出旧文化气息的北京,北京的大学是启蒙文化的阵地及集结核心。启蒙活动主要是在大学里开展,同时启蒙者又将目光投向民间,在启蒙意识的引导下,于批判的同时寻找传统文化有价值的地方。

---

① 旗人小说中,有一类描写形式十分有趣,正文第三人称客观叙述之后往往将作者自身的主观评断加于括弧内,表达出作者对这段情节的讽刺和批判态度,颇像今日网络文体中的"弹幕""吐槽"模式。

最后是文人想象中的故乡:现代散文的家园叙事。本书在文献整理全面充分的基础上,用比较的视角来看待南方文人和旧京学者对北京的不同描述。1930年代的旅游热使北京形象多展示在外地知识分子的散文旅记中,尤其是南方文人往往在到达北京前就对这座古城进行过想象性的描述,游历后又做出真切的描写。在着重考察他们对北京景物描绘的选择与过滤后,我们可以看出这些作品带有浓重的羁旅之思以及北京负载了文人"精神故乡"的厚重意义。与南方文人的散文作品相对照的是以金受申为代表的北方文人的笔记散文。金受申(满族,完颜氏)是博闻广见的"北京通",熟知北京的掌故,对三教九流广为接触,尤其喜与中下层社会人士交往。对于清末民初北京的风俗事物、趣闻轶事、衣食住行、江湖百业、评书鼓曲等各个方面,他都有较深的考察研究,并用富于趣味的文字翔实地记录了下来。1930年代起,他就以"北京通"(或"北平通")专栏在《立言画刊》《一四七画报》等报刊上发表介绍北京生活的文章,计有二百多篇。与旗人小说的创作主题不同,作为满族镶黄旗贵族的金受申,本身并不是落魄旗人,所以这位高雅的北京文人在他的作品中更多地倾注了对北京浓厚的感情与赞美。

此外,京派小说里城乡比照中的北京形象,也是本书观照的对象。"京派"是以雍容平和的心态自甘边缘的一个文学群落,以稳重的探索在北京(包括天津)等北方城市与"海派"遥遥对峙。京派作家有着较为相似的文学趣味和追求。1933年沈从文发表《文学者的态度》一文,提倡严肃敬业的文学态度,在引起著名的"京海之争"的同时,也透露出京派文学比较鲜明的文化倾向。京派小说是京派文学最重要的组成部分,除沈从文这位京派重镇作家外,本书还将讨论萧乾、凌淑华等作家对北京的描述与想象。广义的京派文学还包括何其芳、废名、林庚、卞之琳等在内的前线诗人的现代主义表达。本书以1930年代的大学校园作为论述基础,考量此时期大学校园的人文环境、各类展现现代主义精神诉求的刊物和文学活动,以此分析饱含现代主义意识的"古城""乡下人""地之子""边城"等诗歌意向。

  以老舍为主创作的"京味儿"小说,以及北京沦陷后,曾在北京长期生活过的作家以及出生于北京的作家的作品里符合京味小说特点的作品,往往展现的是帝都的平民生活。而作为政治中心的北京,其特有的"官场文化"主要在各类现代时期的通俗小说作品中展现。因此,本书第八章转而研究通俗小说中的北京形象,研究范本主要是张恨水的《金粉世家》《春明外史》《啼笑因缘》,何海鸣的《十丈红尘》,陈慎言的《故都秘录》《恨海难填》,徐凌霄的笔记长篇小说《古城返照记》,等等。

  就1949年后的当代而言,表现北京形象的文学中,几乎每个作家笔下都会出现一个不一样的"北京"。它可能是属于古都、故都,也可能是社会主义首都,或者是一座处于现代化、全球化进程中的国际大都市。似乎每一种说法都有道理,但是每一种说法又都存在不足,这就是当下的城市北京,一座有着复杂形态的城市。"文变染乎世情,兴废系于时序",伴随着城市北京发生的变化,文学文本对于北京城市的表达自然也发生了相应的变化,表现在新时期关于北京城市的书写中,就呈现出不同的城市形态。有对市井北京的书写,也有对首都北京的表达,还有对国际化大都市、帝都等城市特质的呈现。这种种的形态有属于作者体验的,也有属于想象式建构的,还有的是个人体验与想象的融合。作为新中国的首都,北京城市在新时期以来的社会主义城市建构中具有非常特殊的意义和地位,分析新时期文学文本对于城市北京的书写,辨析文本中出现的关于北京城市的几种形态,进而辨析每一种城市形态背后的表达动因和表现方式,将有助于我们对新时期以来城市发展以及文本呈现的书写形态进行反思。

  本书以1980年代"京味文学"作家的创作为主要研究对象,从日常性空间的建构、故都北京的传奇性以及文本中的"小众"群体三个部分,来探求作家笔下的市井北京形象。"文革"之后的艺术家渴望用一种新的文学形态来打破既有意识形态话语的霸权和垄断,而1980

年代的"京味文学"书写就是这一愿望的具体体现：重新挖掘市井百姓的日常生活空间，将在"十七年"和"文革"时期受到严肃批判的日常性和"私性"重新书写，用传奇性书写去建构被割断的古都北京的历史逻辑。他们一方面力图通过文本表达打破意识形态话语的禁锢，表达市井北京的顽强生命力，另一方面面对现实中逐渐衰落的古都面貌，他们在市井表达中往往又流露出对传统北京的留恋，所以他们的文本表达呈现出一种两难处境。

新北京与旧北京的最大不同就是关于北京的社会主义形象表达。1949年以后，新的执政者围绕北京城市的合法地位展开了整体的逻辑建构，这一建构过程在"文革"时期达到高潮。1950—1970年代，新北京形象是叙述的主流。新时期开始，在学界整体上力图打破"文革"禁锢的时候，王小波、莫言等人在其文本创作中也对社会主义"新北京"进行了无情的嘲讽和解构。然而，"新北京"的合法地位并不能轻易从人们的既定思维中抹去，当学界进行解构的时候，依然还有人延续着"文革"时期的思维，将北京作为心向往之的"圣地"，这一部分主要是由外地作家来完成的。1949年以后，伴随着新中国的诞生，在北京出现了一个新的社会群体，他们大多生活在特殊的空间群落中，形成了北京文化中重要的"大院"群体，这一社会阶层在老北京看来属于"外乡人"，但是却以胜利者的身份享受着城市中的种种优越条件。后来伴随着社会环境的变化，这一优越条件逐渐消失殆尽，特别是在1990年代初期的一段时间内，他们逐渐成为社会的"边缘群体"。他们在其文本叙述中以戏谑、荒诞的语言试图对社会进行嘲弄，然而，在他们貌似的嘲弄之后隐藏的是自己面对现实改变的失落和对大院生活的怀想。

1990年代后，关于北京"国际化大都市的城市形象"塑造异军突起。1980年代中国大陆普遍存在一种焦虑，就是担心自己被全球化进程所抛弃的焦虑，其背后流露出的是一个多世纪以来国人对现代化的渴望。然而，1990年代开始，当全球化进程逐渐深入，北京越来越像一个国际化大都市的时候,人们开始承受现代化、全球化带来的影响,面对可能失去"自我"身份的恐惧,文人笔下的大都市北京开始被"黑暗"和"罪恶"所笼罩。一旦北京融入全球化进程中,人们注定将无法逃离,等待他们的或许将是被异化的命运。在本书第十一章,笔者将根据整体的文本创作特征分三个部分来论述:第一部分是北京书写中所呈现出的人们对现代化的渴望的具体体现,既有渴望的焦虑,也有对全球化都市景观的艳羡;第二部分是文本中呈现出的国际化大都市北京的"黑暗"和"罪恶"——人际关系发生了改变,一座长了"肿瘤"的疾病城市;第三部分是北京书写中的特殊群体——"北漂",作为城市中的"外来者",他们都曾经怀着纯洁的梦想,但是在这座城市却一次次碰得头破血流,等待他们的只能是离开或者坚守,离开的人们无法回到故乡,而留下的人们也将面对异化的命运。

1990年代值得注意的北京形象还有"虚构的帝都",即在全球化时代北京地方身份的建构。这一时期在北京书写中出现了一种新的倾向,以叶广芩、郭宝昌等人的创作为代表。虽有学者将他们纳入"京味文学"的范畴中去研究,但是他们和老舍、邓友梅、汪曾祺、苏叔阳等人的创作存在着巨大差异。同样是关注古都北京,叶、郭等人更关注的是属于帝都、大宅门中的北京,和传统"京味文学"不一样的古都北京。他们在创作中大多采用一种"纪实"的手法,试图将历史/小说、纪实/虚构融合在一起,给人以虚拟的真实感。第十二章从"纪实"的表达手法、虚构的"帝都"形象、1990年代兴起的"帝都怀想"与寻找"老城市"三个部分进行分析,探求作者文本表达中的北京城市形象,及这一书写类型出现的原因。

第一章　近现代书刊中的北京形象记述

第一节　史地类书刊

北京是清朝及民国北洋政府时期的首都,为国家政治的中心,因此,以北京为背景,记述近代政治历史的著作不在少数。其中,晚清宫廷、义和团运动是记述的重点。在记录晚清宫廷生活方面,德龄的著作较为特殊。德龄原属宗室亲贵,其父裕庚曾出任中国驻日、驻法、驻美公使,德龄与妹妹容龄也随同父亲在法国居住多年,德龄精通欧洲文化,甚至还登台表演过芭蕾舞。1903年德龄回国,担任慈禧太后的宫中女官,后因与美国驻沪副领事结婚而移居美国。因和慈禧太后、光绪帝密切交往,又因常年居留欧洲而形成的开阔眼界,德龄以英文撰写了《瀛台泣血记》(又名《光绪帝毕生血泪史》,百新书店1947年版)、《御香缥缈录》(又名《慈禧太后私生活实录》,申报馆1936年版)、《清宫二年记》(商务印书馆1937年版)、《童年回忆录》(百新书店1948年版)、《御苑兰馨记》(百新书店1948年版)等。德龄对清宫的记述颇与他人不同。比如,其对光绪帝的评价甚高,认为如果不是因为政变被囚,他将使中国成为强大的帝国。同时,她的作品也记录了西方文化对于清宫的深刻影响,包括慈禧太后对于西方物质文化从最初拒斥到后来接受的过程。这都是外界难以知晓的。因此,《清宫二年记》的译者陈贻先曾评价说:"日常琐碎,纤悉必录,宫闱情景,历历如绘。不独阅之极饶趣味,而隐微之中,亦可以觇废兴之故焉。"①

---

① 陈贻先:《清宫二年记·序》,见德菱公主《清宫二年记》,商务印书馆1937年版,第1页。

第一章　近现代书刊中的北京形象记述

此外,记录晚清民初政治方面较重要的有延清的《庚子都门纪事诗》(1902年出版,出版者不详)、李伯元的《庚子国变弹词》(1903年世界繁华报馆编辑并出版)、半塘僧骛(王鹏运)的《庚子秋词》(有正书局1923年版)、王艺编辑的《洪宪宫闱奇案》(汇文堂书局1922年版)、刘成禺的《洪宪纪事诗》(1919年出版,出版者不详)、林纾的《京华碧血录》(北京平报社1913年版)、静厂的《清宫秘史图谱》《拳匪志略》、高树的《金銮琐记》(1925年版石印本,出版者不详)、汤村彬的《清宫外史》(国讯书店1943年版)。

在抗战时期,于力(董鲁安)创作了长篇报告文学《人鬼杂居的北平市》,揭示日伪时期的北京政治状况。作者曾于燕京大学任教,担任国文系主任。1942年后在华北联大任教,担任教育学院院长;该作品曾在《晋察冀日报》上连载,以后又被延安《解放日报》部分转载,并获得晋察冀边区的鲁迅文艺报告文学奖。此外,还有对北京史进行研究的著作,如王桐龄的《北京在国史上的地位》,载《晨报副刊》1926年12期;柳诒徵的《首都志略序》,发表在《国风月刊》1935年第4期;黄萍荪的《北京史话》(上海子曰社1950年版),张江裁编辑的《北平史迹丛书(两种)》《燕都风土丛书》(分别为1938年、1939年双肇楼、燕归来簃刊行)、陈宗藩的《燕都丛考》(1930年刊行)。

在记述北京的地理类书籍中,《旧都文物略》是一部重要的著作。1933年,北平已经处在日本人的觊觎之中,一时间,文化界有北平为不设防之文化城的动议。此时,袁良出任民国第四任北平市市长。袁氏留学日本,曾担任北洋政府参议、国民政府外交部第二司司长,以及上海市公安局局长,擅长行政事务,同时,又懂得水利、农林,曾任全国水利局总裁和中央农业试验场场长。他接手北平行政,继承了前任市长朱启钤举办市政的优良作风,于市政建树颇多。时人曾说他:"各重要建筑,都已根据文献,参用新科学方法,修复保护。"[1]1934年,在袁

---

[1]　铢庵:《北游录话》,《宇宙风》1936年第19期。

良主持下,北平市开始制定文物整理计划,并于1935年1月成立"旧都文物整理委员会"(简称"文整会")。袁良授意,由北平市秘书处组织人员,由汤用彬、陈声聪、彭一卣编著,钟少华点校《旧都文物略》。该书出版的目的,被认为是"以北平为五朝国都所在,文物繁复,欲使成为游览区,一新世界耳目,以压日人野心,颇事整修,并有斯著"①。该书不仅大量摘录了北京的方志、笔记、诗词、史传等,而且还附了数百幅照片,"取材务期精审、叙述务极雅驯、考证务求翔实"。编著者之一汤用彬为清末进士汤霖长子,汤用彤胞兄,曾著有《燕尘拾遗》《北洋军志》等与北京有关的书籍。

与《旧都文物略》的编著背景相似,时任南京中央大学经济系主任的朱偰,曾有考察南京史迹的《金陵古迹图考》《建康兰陵六朝陵墓图考》等史地著作。1935年7月,朱偰专门北上北平系统考察,计划写出《古都纪念集》七种,后完成三种,即《元大都宫殿图考》《明清两代宫苑建制沿革图考》《北京宫阙图说》。这几种著作不同于一般的"旧京"之类的书籍,没有沿袭旧闻,也没有抒发思古兴亡之情,更不以闲谈掌故求趣,而是严谨的科学考察报告。与《旧都文物略》相似之处还在于,朱偰的著作也附有大量照片。这三种著作于1936—1938年由商务印书馆出版,2005年由百花文艺出版社以"昔日京华"为题合编再版。

在史地类的著作中,瞿兑之的《北游录话》是一篇重要的文献。文章署名铢庵,为瞿兑之的字。瞿兑之出身书香门第,其父为晚清军机大臣、外务部尚书瞿鸿禨。瞿兑之长期担任顾维钧总理的秘书长、国史编纂处处长、印铸局局长、河北省政府秘书长等职,出入于馆阁,并参加了北洋时期的北京建设,熟悉北京掌故。他的文章虽然在《宇宙风》1936年第19期上发表,但与《宇宙风》"北平专号"中一般数百或上千字的文章相比,《北游录话》篇幅很长,达3.5万字,几乎是一本小册子的分量。该文不同于一般的掌故讲述,虽语言通俗,但是比较

---

① 邓云乡:《旧都文物略》,见《文化古城旧事》,中华书局2004年版,第234页。

学术性、专业性。比如,该文谈到北京的居民构成,认为近代北京居民大致可分为五类。一是清朝旧日皇室、亲贵、旗丁、内监以及其他依附宫廷而生活者。二是晚清以至民初在京为宦的士大夫。其中有些是世代簪缨,虽然可能籍隶外省,但久居北京,已成为地道北京人。这一类人人数较多,尽管在1920年代末失去宦位,但他们仍是北京文化的中坚力量。三是民国以来依附军阀的各色人物,以辽、津、保三籍人为最多。他们在北京置产纳福。四是民初以来,围绕在学府、文化机关周围的教授、学子,如北大、辅仁、清华、燕京诸校的师生。这是北京文化中最具有异质性的文化力量。这四种人的存在,使北平在失去政治中心的地位后,仍为中国第二大都市。第五种也是人数最多的,便是农工商贾等普通市民,以老北京市民为主,也有若干从周边农村迁入的农民。① 从这个分类来看,北京居民多为本籍或因政治原因居留北京的北方籍,除了少数文化人外,其余四种北京人都有明显的传统文化构成色彩与北方(特别是华北)地域文化血统,异质性不甚明显。在谈到近代北京的"礼俗社会"性质时,作者举例说,北京之办警政,"其艰难有百倍于上海"。北京的居民,"同他们讲利害、讲法律、讲势力、讲道理,无一可通之路。而且警察作用是他们向来所未尝习见习闻,警察禁令又无一不与他们的生活习惯相冲突"。但北京的社会安定又是上海等都市无法比拟的,原因乃在于,北京警政"能运用旧法子"。比如"北平街上有人打架,巡警走过来,两面做和事佬,总是大事化小,小事化无,和平了结"②。瞿兑之另一掌故作品为《故都闻见录》,初发表于《申报》第2卷第7—12号,共34则,多记北京建筑、市场与风俗。除了其中12则被收入另一著作《杶庐所闻录》外,未有单行本。瞿氏还有《北京历史风土丛书》(北京广雅书社1925年版)、《北平史表长编》(国立北平研究院史学研究会1934年印行)、《北平建置谈荟》等编著。

---

① 铢庵:《北游录话》,《宇宙风》1936年第19期。
② 铢庵:《北平漫话》,《宇宙风》1936年第19期。

在史志类书刊方面,有大量的成果出现。自《光绪顺天府志》之后,较长时间没有修北京地方志。1928年,国立北平研究院成立,设有吴稚晖、张继等在内的常务委员会,决定开展《北平志》的修纂工作。围绕史志的修纂,由瞿宣颖(瞿兑之)制订《北平编纂通例》,并产生了《北平史表长编》《北平金石目》《北平风俗志》《北平戏剧志》《北平史迹丛书》等系列成果。同时,《北平》(半月刊)于1932年12月出版,属于第一个地方志类的期刊,共出两刊。1938年,日伪"北平市政府"设"北平市修志处",以吴廷燮、夏仁虎、瞿兑之等人为基干,编修《北京市志稿》。该书分为舆地、建置、民政、度支、文教、礼俗、宗教、货殖、金石、艺文、职官、名迹等部分,规模宏大,凡196卷,400万字,但当时并未出版。

旅游与指南类书籍在1930年代开始大量出现,其背景是清末民初兴起的旅游活动。其中,国人所著指南类著作有4种。较早的是徐珂所著的《实用北京指南》(商务印书馆1919年初版,1923年再版),对北京的地理、历史、礼俗、交通、名胜、旅游等有非常详细的介绍。其中,实业类的机构介绍最多,达188页,仅对羊肉铺的介绍就有2页之多。同时,也涉及在北京的西方机构与生活,如东交民巷的各国使馆、银行、军营与报馆,但篇幅很少。此外还有金文华《北平旅游指南》(中华书局1933年版)、齐家本编《北京游览指南》(中华书局1939年版)。当然,在指南类著作中,最具声誉的是由马芷庠著,张恨水审定的《老北京旅行指南》(1935年初版)。该书仅第一次印刷的上万册在几个月内就售罄,至1936年,已出第三版。此书畅销的原因,按照张恨水的看法:"愚旅居旧都凡十五年,久苦于无此类称意之书。"①而且,该书在出版之前,就有一千余处付费订购,以至不得不提前付印,其受欢迎程度可见一斑。不同于一般的北京旅行介绍,该书分为名胜古迹、食住游览、旅行交通、工商物产、文化艺术、公共团体与社会公益

---

① 张恨水:《张恨水先生原序》,见马芷庠《老北京旅行指南》,吉林出版集团有限责任公司2008年版,第1页。

七个部分。其对公共团体的介绍,是作者社会性意识的体现,公共团体的出现也是北京城市社会性增强的表征。特别是,为了方便旅行,此书连旅行日程、铁路时刻、航空价目,甚至西山、香山的轿驴价目都被列入。书中附有照片也是该书的一个特点。作者拍摄照片700余幅,选用265幅,按照作者的话来说:"已为全国各导游刊物中所仅见。"①

第二节 民俗类书刊

对于北京民俗的研究与记述,在新文化运动之初得到了北京大学等学术机构的大力倡导,并在歌谣研究和北京妙峰山进香研究中取得巨大成果。1918年2月1日,北京大学教授刘半农在《北京大学日刊》上发表《北京大学征集全国近世歌谣简章》,正式开始了征集民谣的活动,并成立了由刘半农、钱玄同、沈尹默、沈兼士组成的北京大学歌谣征集处。5月22日开始,在《北京大学日刊》开辟"歌谣选"。至1919年5月22日,一年的时间,刊载各地歌谣148首。此外,北京高等师范学校(今北师大前身)的《少年》杂志也在1921年3月开始刊载民谣、歌谣、童话等。1920年,北京《晨报》开办"歌谣"专栏。1920年12月,"歌谣征集处"扩展为"北京大学歌谣研究会"。1922年12月,北京大学创办《歌谣周刊》。不到两年,即征集到全国各地歌谣1100首。至1925年,《歌谣周刊》并入北京大学研究所《国学门周刊》。由于民俗学的倡导,当时一些人计划整理北京地区的民间语言文化,规划中有常惠整理编纂的《北京歇后语》《谚语选录》《北京歌谣》《北京谜语》等著作。胡适还有论文《北京的平民文学》发表。此后,李萨雪如编纂的《北平歌谣集》《北平歌谣续集》分别于1928年、1930年在北平明社出版部出版;张则之编译的《北平歌谣汉英对照》

---

① 《马芷庠先生初版自序》,见马芷庠《老北京旅行指南》,吉林出版集团有限责任公司2008年版,第1页。

1932年在商业印书局出版;殷凯编著的《北京俚曲》,1927年由太平洋书店出版。毕树棠、李素等人在1930年代的《宇宙风》《北平一顾》等书刊上,也发表《北京话里的歇后语》《北平的歌谣》等民俗文章。

民俗研究的另一重要成果是对北京西郊门头沟地区的妙峰山进香的研究。1925年4月,顾颉刚、容庚、孙伏园、容肇祖、庄严五人对妙峰山进行了五天的实地考察,并分头撰写考察报告,于5月13日、23日、29日,6月6日、17日、27日的共6期《京报副刊》上,在"妙峰山进香专号"栏目陆续发表。顾颉刚在"专号"的引言中,主张将民俗作为学术研究的领域,而不是按照传统士大夫的成见,将民俗视为野蛮。顾颉刚的调查文章《妙峰山的香气》,考证了妙峰山香会的历史、组织与神仙崇拜。孙伏园的文章为《朝山记琐》。顾颉刚还为奉宽著《妙峰山琐记》作序,呼吁保护妙峰山进香习俗。之后,《民俗》杂志曾辟"二闸与公主坟专号"①,发表北京民俗研究的成果。1933年和1937年,李家瑞出版了《北平俗曲略》和《北平风俗类征》,搜集了自辽代至清代以来各类书刊的民俗资料,并分为岁时、婚丧、职业、饮食、衣饰、器用、语言、习尚、宴集、游乐、市肆、祠祀及禁忌杂缀13个类别,堪称北京民俗的百科全书。对北京民俗的研究与抢救,表明了新文化知识分子对于底层文化的重视与发现,这是"五四"启蒙任务的一个方面。

在对北京民俗的记录与编著中,夏仁虎、于非闇和金受申的著作非常重要。夏仁虎是近代著名的学者和官员,清举人,曾在刑部、邮传部、农工商部任职,也曾任御史。民国后历任北洋政府国会议员、财政总长、国务院秘书长。夏仁虎的《旧京琐记》是记述北京的笔记类名著。该书记述同治、光绪朝以来到清朝末年的北京民俗,所记大多为作者见闻,或者"多昔年朋谈宴罢,篝灯所录,时代不同,近甫次而成篇"②。全书分为10卷,分别为"习尚""语言""朝流""宫闱""仪制"

---

① 二闸为京杭大运河支流通惠河中之一段,在近通州地区;公主坟在北京西郊。
② 夏仁虎:《旧京琐记·发凡》,辽宁教育出版社1998年版,第77页。

第一章　近现代书刊中的北京形象记述

"考试""时变""城厢""市肆""坊曲"。该书总体上属于民俗类著作，虽然也有"宫闱""仪制""考试"等篇，但涉及的是国家制度中的小细节，并非政治内容。按照作者的话说，就是："是编所记，特刺取琐闻逸事，里巷俳谈，为茶余酒后遣闷之助，间及时政朝流，亦取其无关宏旨者。"①夏仁虎是著名文人，文笔极佳。该书篇首有所撰四言骈文的引言，华丽至极。

于非闇本是著名的工笔花鸟画家。1920年代，他以"闲人"署名，在《晨报》发表记述北京民俗的文章。1928年，由晨报出版部纳入《都门钓鱼记》《都门艺兰记》《都门豢鸽记》三部著作出版，时称"都门三记"。"三记"大致记述了北京民俗的种种知识，和自金元以来的北京人的休闲生活史料。比如，同是钓鱼，分为南北城两派，习俗也不一样："在东南城者，用钩既小，竿多敷漆，善用红虫"，而西北城则要驾舟、饮酒，甚至烹鱼，见出内城之尊贵与南城的贫贱。周作人曾评价于非闇说："于君在北京是以字画和印出名的，但是在我的意见上最推重的乃是闲人的文章，因为这个我还比较的知道一点，对于书画实在是个外行。闲人的那些市井小品真是自有他的一功，松脆隽永，没有人能及，说句俏皮话，颇有他家奕正之风，可以与《帝京景物略》的有些描写竞爽吧。"②另一位民俗大家是金受申，从1935年开始，在《华北日报》撰写《北平历史上游赏地记略》与《北平剪影》。此外，系列性专栏文章还有，1937年的《故都杂缀》发表于《新兴报》，《北京通》（45篇）发表于《正报》，《新京旧语》发表于《全民报》，等等。金受申最著名的民俗著作是1938年开始至1940年代初为每周一册的《立言画刊》撰写的"北京通"专栏文章，陆续写了200多篇，并拟出版单行本，并附插图、照片等，后未实现。金受申的写作材料，并不来自典籍书刊，而是由北京居住的经验而来，其所记述的北京生活，多为前人未

---

① 夏仁虎：《旧京琐记·发凡》，辽宁教育出版社1998年版，第77页。
② 周作人：《于非庵的笔记》，转引自姜德明《都门三记》，见《姜德明书话》，北京出版社1998年版。

言。金受申的文字中有许多珍贵史料。叶祖孚曾谈到其中《攒儿》一篇,记述了自元明以后的北京"人市"情况:劳动者常常手持瓦刀、锯子、斧头等工具,在茶馆边喝茶边等待雇主。这在《析津志》和《宸垣识略》等书中略有提及,在解放初期的崇文门、前门外还可以见到。叶祖孚认为这篇文章是迄今为止唯一一篇关于北京"人市"的材料。①1989 年,金受申在《立言画报》上的"北京通"系列文字,被北京出版社整理为"四季时令""婚丧礼俗""吃喝忆旧""消遣娱乐""旧京百业""下层剪影"等 6 个专题、37 个题目,并以《老北京的生活》之名重新出版。

  除上述几种外,以写北京掌故类名世的当时还有几种。现择其要者,略以述之。许指严著《十叶野闻》,又名《清秘史十叶野闻》。该书完成于 1919—1920 年间,为作者在上海卖文为生时所作。书中大量涉及有清一代的宫廷秘闻,特别是自咸丰以下诸帝的掌故。诸如多尔衮、孝庄太后、顺治帝的关系,康熙帝诸子的争权夺利,光绪帝与慈禧的斗争,袁世凯、庆亲王的无耻等。与此同时,还记述了与宫廷相关的侠士经历。由于作者是小说家,其记事情节曲折,记人情态毕现。还有徐凌霄、徐一士兄弟的著述。徐氏兄弟出生于常州大族,其伯父是戊戌变法时的重要人物徐致靖。徐凌霄从 1928 年开始在上海《时报》连载长篇笔记小说《古城返照记》,大量记述清末民初北京官场、学府和艺术界的各种轶闻、掌故。自 1929—1937 年,徐凌霄与徐一士在天津《国闻周报》合作开设"凌霄一士随笔",大量涉及北京民俗。还有李孟符的《春冰室野乘》。李氏为清末工部员外郎、总理衙门章京。因颇得宫廷消息,常转告张元济主办的《国闻报》。民国初,时有记述北京宫室掌故文章发布于上海《新闻报》。李氏之《春冰室野乘》多记述晚清北京朝野秘史、文坛逸闻、风俗时尚,初发表于宣统年间《国风报》,后于 1911 年 6 月由广智书局出版单行本,至 1923 年时由世界书

---

① 叶祖孚:《老北京的生活·序》,见金受申《老北京的生活》,北京出版社 1989 年版,第 3 页。

局再版,先后再版6次。1932年,又以"关中丛书"之一种出版。此外,还有张次溪编辑的《北京史迹风土丛书》(1934年中华风土学会刊行)、李家瑞的《北平风俗类征》(商务印书馆1937年版),等等。鉴于还有相当多的著作,属于自刊本、手本、抄本,这里不再一一列举。

第三节　作家散文类书刊

记述北京的作家散文类作品大致分为两个时期。其中,"五四"为第一个时期。"五四"启蒙文学中,北京的城市形象是作为愚昧落后的老中国的代表出现的,因此常常被作为否定的对象。李大钊少量记述北京的散文如《新华门前的血泪》《北京贫民生活的一瞥》《黄昏时候的哭声》等,或者叙写"几十个贫苦的女人孩子在那里拿着小筐在灰尘里滚,争着捡个一块半块的还未烧尽的煤渣",或者叙写"沿街叫苦乞怜于阔绰人家的残羹剩饭的呼号"。①陈独秀则干脆给北京总结出"十大特色",全为恶习。②鲁迅在谈到北京时经常使用"沙漠"一词。在《有趣的消息》中,鲁迅说:"活在沙漠似的北京城里,枯燥当然是枯燥的,但偶然看看世态,除了百物昂贵之外,究竟还是五花八门,创造艺术的也有,制造流言的也有,肉麻的也有,有趣的也有……这大概就是北京之所以为北京的缘故,也就是人们总还要奔凑聚集的缘故。"③在鲁迅笔下,北京还是"活埋庵":"满车的'祖传''老例''国粹'等等,都想来堆在道路上,将所有的人家完全活埋下去。"④新文化先驱对于老中国的北京之憎恶可见一斑。因此,在"五四"早期,除了周作人、俞平伯等人,对于北京有好感的作家极少。

---

① 李大钊:《北京贫民生活的一瞥》《黄昏时候的哭声》,《新生活》1921年第46期。
② 陈独秀:《北京十大特色》,见《独秀文存·随感录》,首都经济贸易大学出版社2018年版,第91页。
③ 鲁迅:《有趣的消息》,见《鲁迅全集》第三卷,人民文学出版社1981年版,第198页。
④ 鲁迅:《通讯》,见《鲁迅全集》第三卷,人民文学出版社1981年版,第21页。

1920年代中期至1930年代初,随着首都的南迁,文化中心也由北京转移至上海。除了京派诸人,绝大多数作家都寓居上海。上海发达的现代性,固然给新文化人带来了事业的发展、居处的便利,但是新文化人内心的文化归属却往往体现在他们对北京的情感之中,他们对北京的向往与怀恋渐至浓烈。1914年,内务总长朱启钤提出开放城内外名胜,以期"与民同乐"。① 先有先农坛、社稷坛被辟为中央公园、先农坛公园,此后,北海、颐和园、天坛、中南海也纷纷开放。1924年,逊帝溥仪出宫。1925年故宫全面开放。北京宫室禁地被辟为公园,先后开放。这些都引发了南方文人的北游兴致。当时的《旅行杂志》专门开辟了"北平七日游"栏目。作家施蛰存曾有自嘲"三年前就说要逛一趟北平,到今天也还未治装成行,给朋友们大大的笑话",而只好"绕室旅行",写下了《绕室旅行记》。② 随着北京皇家禁地的逐步开放,到北京旅游成为南方文人的时尚。1936年,上海的《宇宙风》杂志曾陆续推出"北平特辑",共出3辑,分别载于第17、18、19号上,其作者大多数是南方文人,如郁达夫、许钦文、徐霞村、废名、宋春舫、罗念生等。其中大部分文章,又由《宇宙风》编辑陶亢德编辑、发行,以《北平一顾》为题结集,于1936年由上海宇宙风社出版。③ 同时,以北京为题的散文集也有数种,大多也是这种情形下的创作。比如湖南人钱歌川于1932年赴京开会并游览,回到上海,便将北京游历写成小品文章在《新中华》杂志发表,1934年又以《北平夜话》为题在中华书局出版。浙江作家孙福熙曾由鲁迅介绍,于1919—1920年在北京大学图书馆工作,随后赴法留学并回沪杭工作。对于北京的眷恋,使他于1925年专程来京"重温旧梦",在北京居留8个月,写下36篇散文,结

---

① 《朱总长请开放京畿名胜》,《申报》1914年6月2日。
② 施蛰存:《绕室旅行记》,见《施蛰存散文选集》,百花文艺出版社1986年版,第105页。
③ 1989年,由梁国健编,重庆出版社出版的《故都北京社会相》,收入《宇宙风》文章32篇、《北平一顾》文章30篇,两者有交叉;又收《歌谣周刊》《人间世》各两篇,《国讯》1篇。

集为《北京乎》,在1927年由开明书店出版。此外还有东北沦陷区开明图书公司于1942年编辑的周作人、老舍等著的散文选集《北京城》,上海出版公司于1950年出版的黄裳编著的《新北京》等。

概览这一时期北京题材的散文,其内容大致分为以下几种。记录北京政治的,有"五四"时期陈独秀的《六月三日的北京》、周作人的《前门遇马队记》,抗战前期老向的《危城琐记》、蹇先艾的《城下》、齐同的《十二·九前后》,沦陷后李辉英的《故都沦陷前后杂记》、曹靖华的《故都在烽烟里》、冰心的《默庐试笔》、王西彦的《和平的古城》《屈辱的旅程》,抗战结束后徐盈的《"笼城"听降记》、朱自清的《回来杂记》,等等。描写北京宫殿与城池的,有林语堂的《迷人的北平》、郑振铎的《北平》、盛成的《北平的天坛》、陆晶清的《再怀北平》。记述北京城市性格与民情的,有周作人的《北平的好坏》、俞平伯的《陶然亭的雪》、石评梅的《雪夜》、老向的《难认识的北平》、陈学昭的《北海浴日》、叶灵凤的《北游漫笔》、谢冰莹的《北平之恋》、唐弢的《帝城十日》、郁达夫的《故都的秋》《北平的四季》、张我军的《秋在故都》《当铺颂》、徐訏的《北平的风度》、朱湘的《胡同》。描写北京民俗的,有袁若霞的《天桥》、金容的《北平的土药店》。也有讨论北京人中庸、保守性格的,如钱歌川的《飞霞妆》、梁实秋的《北平的街道》、沈从文的《北平的印象和感想》、徐志摩的《〈死城〉——北京的一夜》等。当然也应包括鲁迅对北京进行尖刻批评的《"京派"与"海派"》。

20世纪二三十年代文人对于北京的记述,主要集中于北京的传统城市空间。郁达夫曾经写过《故都日记》,其中提到,他曾经去过的北京胜迹有北京大学、天坛、景山、故宫博物院、北海、中央公园、琉璃厂、天桥、东安市场以及北京的各种饭店①,体现了当时知识分子笔下作为田园的北京空间构成。在整个民国时期,出现在知识分子笔下的北京城市空间主要是天坛、北海、陶然亭、钓鱼台、卢沟桥、西山、松堂、圆明

---

① 郁达夫:《故都日记》,见姜德明编《北京乎:1919年—1949年现代作家笔下的北京》,生活·读书·新知三联书店2005年版。

园、清华、八达岭、长城、妙峰山、潭柘寺、先农坛、天桥、胡同等旧京场景。可见,文人眼中的北京并不是一般民俗意义上的北京,而是由"帝都"转型过来的公共园林景观和富有文人气息的文化之都。林语堂就认为北京是"深具着伟大的帝王气象","世界上宝石城之一","北平正像一个帝王的梦,有宫殿、花园、百尺林荫地、艺术博物馆、专修院、大学、医院、寺庙、宝塔,街上陈列着艺术铺和旧书店"。① 更具有代表性的是吴伯箫的《话故都》,一任热爱之情恣肆:"伟大的城阙,壮丽的宫院,一目无边的丰饶的景色","坐镇南城的天坛,那样庄严,使你立在跟前,都不敢大声说话","既朴素又华贵,既博雅又大方;包罗万象,而万象融而为一;细大不捐,而巨细悉得其当"。② 当然,对于旧北京的描写,也不乏脱开景物直接表达感情的,但这种情感式的表现,同样脱离不开北京上述空间性因素的支撑。

北京的人文景观具有明显的乡村特性,接近文人的"田园"经验。郁达夫当年就说过:北平是"具城市之外形,而又富有乡村的景象之田园都市"③。老北京人甚至在天晴的时候,站在大街上便能望见西山与北山。所以老舍曾说:"北平在人为之中显示自然","北平的好处不在处处设备得完全,而在它处处有空儿,可以使人自由地喘气;不在有好些美丽的建筑,而在建筑的四围都有空闲的地方,使它们成为美景"。④ 疏阔的庭院与园林自然相融一体,也造成了北京人的雍容与悠闲,如唐弢说道:"走路的少,又慢,一个个悠闲自得,决不像上海人那样'惶惶不可终日'。"⑤郑振铎也说,北京就像骆驼,"安稳、和平、一步步地随着一声声叮叮当当的大颈铃向前走;不匆忙,不停顿,而那些大动物的眼里,表现得是那么和平而宽容,负重而忍辱的情绪,这便是

---

① 林语堂:《迷人的北平》,见姜德明编《北京乎:1919年—1949年现代作家笔下的北京》,生活·读书·新知三联书店2005年版,第451—458页。
② 吴伯箫:《话故都》,《华北日报·每周文艺》1934年第13期。
③ 郁达夫:《住所的话》,《文学》1935年第5卷第1号。
④ 老舍:《想北平》,《宇宙风》1936年第19期。
⑤ 唐弢:《帝城十日》,《万象》1944年第4卷第5期。

第一章　近现代书刊中的北京形象记述

北平生活的象征"①。"采菊东篱下,悠然见南山"本是典型的乡村景观,而老舍将此句的"南"字改为"北"或"西",竟也成为对北平都市景观的绝佳描绘。应该说,北京的人文景观尚未取代自然景观。老舍说:"北平是个都城,而能有好多自己产生的花、菜、水果,这就使人更接近了自然。从它里面说,它没有像伦敦的那些成天冒烟的工厂;从外面说,它紧连着园林、菜圃与农村。""我不能爱上海与天津,因为我心中有个北平。"②照老舍的话说:"我生在北平,那里的人、事、风景、味道和卖酸梅汤、杏儿茶的吆喝的声音,我全熟悉。一闭眼我的北平就完整的,象一张彩色鲜明的图画浮立在我的心中,我敢放胆的描画它。"③

由于北京城市的乡村文化样态,使许多作家于情感上感到一种亲近,"在普遍的都市嫌恶中,把北京悄悄排除在外"④。老舍就曾说:"假使让我'家住巴黎',我一定会和没有家一样感到寂苦。"⑤在众多作家心中,"家"的定义是由北京提供的。1930年代的文人曾一再谈到北京"住家为宜"。所以,南方等地的文人也将北京视为自己的归属,甚至目为第二故乡。郁达夫在游历北京之后曾说,一离开北京,便希望再去,"隐隐地对北京害起剧烈的怀乡病来,这一种经验,原是住过北京的人个个都有,而在我自己,却感觉得格外的浓,格外的切"⑥。久居沪上的洋场摩登文人叶灵凤,也在上海的"十丈红尘"之中,"渴望去一见那沉睡中的故都"⑦。最典型的是周作人。周作人虽是南方人,但对北京却情有独钟,"不佞住在北平已有二十个年头了。其间曾

---

① 郑振铎:《北平》,《中学生》1934年第50号。
② 老舍:《想北平》,《宇宙风》1936年第19期。
③ 老舍:《三年写作自述》,见《老舍论创作》,上海文艺出版社1982年版,第109页。
④ 赵园:《北京:城与人》,上海人民出版社1991年版,第7页。
⑤ 老舍:《想北平》,《宇宙风》1936年第19期。
⑥ 郁达夫:《北平的四季》,《宇宙风》1936年第30期。
⑦ 叶灵凤:《北游漫笔》,见《灵凤小品集》,现代书局1933年版,第96页。

经回绍兴去三次,往日本去三次,时间不过一两个月,又到过济南一次,定县一次,保定两次,天津四次,通州三次,多则五六日,少或一天而已。因此北平于我确可以算是第二故乡,与我很有些情分"。从居住在北京开始的20年间,周作人不过出去十数次而已,而且时间都不长,因为他对北平确有情分。周作人曾寻找自己喜欢北京的原因:"……大约第一是气候好吧。……第二,北平的人情也好,至少总可以说是大方……"

虽然北京城一直是知识分子乐于表现的地方,但是,由于北京已是故都,到了1930年代,已经相当破旧。由此而来的是,北京有了"废都"形象。我们看看周作人的感受。他说:"从另一方面来说,也可以说这正是北平的落伍,没有统制……"①按周作人所说,他喜欢北京,除了气候原因之外,还有的就是北京的所谓的"大气""没有统制"。在这个"大气"背后,隐含的仍然是北京的"废都"意味——只有被废,才会没有"统制"。这样的北京,虽然仍有旧都的"大气",但是如同陶然亭一样,总不免有些落寞。这一时期,知识分子对北京的感情中有许多的不平之气。这当然是对国家政治的不满,但作为对具体的城市形态的表现,就是北京没有"统制"的散漫无序,即北京作为"废都"给予人们的不良情感基础。毋庸置疑,其中自然也包含了对北京文化、北京居民的批判。钱歌川曾说,北京可以把一切新的东西,于无可奈何之中使之归真返璞,化为旧的、古的。章衣萍也曾经说:

> 北京,北京是一块荒凉的沙漠:没有山,没有水,没有花。灰尘满目的街道上,只看见贫苦破烂的洋车,威武雄纠的汽车,以及光芒逼人的刺刀、鲜明整齐的军衣,在人们恐惧的眼前照耀。骆驼走得懒了,粪夫肩上的桶也装得满了,运煤的人的脸上也熏得不辨眉目了。我在这污秽袭人的不同状态里,看出我们古国四千

---

① 周作人:《北平的好坏》,见陶亢德《北平一顾》,宇宙风社1939年版,第3页。

第一章 近现代书刊中的北京形象记述

年来的文明,这便是胡适之梁任公以至于甘蜇仙诸公所整理的国故。①

与此相似的评述又见于徐志摩的《〈死城〉——北京的一晚》,作者借主人公廉枫夜游北京,将北京指为"死城",前门"像一个骷髅","那外表的热闹正使人想起丧事人家的鼓吹","北京就是这死定了"。② 沈从文则认为北京的闭塞停滞会妨碍文化的交流,难以持续性地成为文化中心,"城既那么高,每个人家的墙壁照例又那么厚,知识能否流注交换,能否出城,不免令人怀疑"③。1930 年代,"文学中的北京"基本上已经是一种"边疆叙事"了。恰如当时京派和海派对于北京的表现,是相对于发达的上海而言的。知识分子对于北京的感受,可以从林庚的一段话中看出来。林庚曾说:

所说北平的城市,并非即指北平今日的人,今昔人之不同千百年来已有很大的划分了。也正是因此地人工所该做的前人已做得太好,这些今日的人,虽仍所受的陶冶与江南不同,且时时因前人伟大的遗迹而得着雄厚深远的启示,但如今剩下的似只有那若近消极的沉着的风度,却不见那追上前去的勇敢了!久住在江南的人若初来到北平,必仍有一种胸襟开阔的感觉,那是纯由于前人历史上的痕迹是太足惊叹而动心了。而久住北平的人呢,却是受了百年来旗人懒惰的习气;"五四"以来似有希望的一点朝气,又被压迫得只可闭门读书;因此如今的北平似更深沉,却只是一种的风度了!九一八以来,市面经济的不景气,使得北平故都

---

① 章衣萍:《春愁》,见姜德明编《如梦令:名人笔下的旧京》,北京出版社 1997 年版,第 65 页。
② 徐志摩:《〈死城〉——北京的一晚》,《新月》1929 年第 1 卷第 11 期。
③ 沈从文:《北平的印象和感想》,见《沈从文文集》第十卷,湖南人民出版社 2013 年版,第 125 页。

的身份全然失去!渐来的是边疆之感了!①

至1949年后,记述北京的散文逐渐减少。虽然仍有顾颉刚、沈从文、叶君健、钟敬文、吴祖光、张友鸾、张恨水等名家作品出现,但大多发表在《旅行家》《旅游》《旅游天地》《北京日报》《文物》《北京文艺》等旅游报刊和官方报刊上,个性色彩减弱,成为一种集体性表述了。

---

① 林庚:《四大城市》,《论语》1934年第49期。

第二章　清末民初旗人小说中的北京万象

在中国历史上，满族是一个有着深远文学叙事传统的民族，从具有独特风采的神话故事到清代的"子弟书"，满族文学对中华文学的建设也曾产生过深远的影响。震钧在《天咫偶闻》里说："满洲旧俗，读书人不肯涉标榜之习，皆以致用为本。故立德、立功者极众，而文章一道，致力者鲜。间有所作，亦不肯出以示人，人亦无称之者，以其为末务也，然佳作因此而不传者多矣。"①然而即便如此，满族文学还是留下了一些颇具研究价值的文学遗产，从清代曹雪芹的《红楼梦》、文康的《儿女英雄传》到民国年间老舍丰富多产的小说创作，旗人作家们的艺术作品形成了既和汉族文学息息相关，又具备民族个性特色文化的一条发展脉络。纵观这些作品，可以发现，他们基本上都选取紧贴大众的叙事视角和日常生活的场景，同时使用生动的民间语体进行创作，在反映北京独特风俗百态的同时，体现出雅俗共赏的审美趣味，不但对京味小说的产生起到决定作用，也对新文学的发展贡献了积极的力量。

1901年，满人英敛之创办了《大公报》，主要读者群为上层知识分子，此后10年间，在北京创办的以白话体写作的报纸达到20多家，尽管在办报宗旨上不尽相同，但是这些报纸无一例外均使用白话文，并且贴近京城百姓的生活需求。这些报纸的主办者、编辑和撰稿人基本都是京旗满人，比如蔡友梅、穆儒丐、王冷佛、文实权、文子龙、徐剑胆等，这些在"洋报"撰稿的作者，其身份首先是报人，然后才是文学家。作家需要追求艺术，而报人的首要任务则是关注现实，所以，像蔡友梅

---

① 转引自刘大先《被遗忘的清末民初京旗小说》，《承德民族师专学报》2008年第1期。

这样的报人小说家,他们在文学作品中,反映得最多的是满人知识分子对当时转型社会中动荡的现实和旧道德崩溃、新伦理尚未健全的忧虑。经过历史的发展与变迁,于今时今日仍具备研究价值的是学界公认的蔡友梅、王冷佛和穆儒丐的小说作品。

第一节 蔡友梅笔下北京旗人的生活

蔡友梅又名松龄,京旗满人,1907年他创办《进化报》并发表连载小说《小额》,后又发表了题为"新鲜滋味"的小说数十种,笔触均紧扣民初社会的风情民俗,内容基本上都是描写京城下层百姓生活里的善恶报应,体现出"劝善惩恶"等世俗质朴伦理,语言则使用韵味十足的京腔口语。

> 庚子以前,北京城的现象,除了黑暗,就是顽固,除了腐败,就是野蛮,千奇百怪,称得起甚么德行都有。老实角儿,是甘受其苦,能抓钱的道儿,反正没有光明正大的事情。顶可恶的三样儿,就是仓、库、局。要说这三样儿害处,诸位也都知道,如今说一个故事儿,就是库界的事情,这可是真事。①

《小额》开头就使用言简意赅的说书式讲述,向读者交代故事发生的背景和地点,"库界"指明人物就是京旗满人,叙述者在这里也向读者交代了自己中立的立场和观察角度。小说讲述一个叫作小额的中年京旗库兵,因靠放债而发迹,财大气粗后不懂收敛、暴戾伤人导致身陷囹圄,家人为救其出狱遭骗,小额自己则在狱中身患毒疮差点儿丧命,当风光不再的他受尽盘剥与恶友背弃后,终于良心发现、重新做人的故事。

---

① 松友梅(蔡友梅):《小额》(注释本),刘一之标点、注释,北京世界图书出版公司2011年版,第1页。

第二章　清末民初旗人小说中的北京万象

在满族文学的传统中,"劝善惩恶"是常写不倦的一个主题。满人本就重视"伦理根本"的道德传统,入关建立清政权后,民族上下得以凝聚的最重要一点就在于格外注重旗籍子弟的道德修身,直到今天,老北京人仍以"讲礼数""好面子"著称,说到底都是因为满族核心的道德传统就是要强调为人的刚正不阿、自尊自爱。但是在清末民初"礼崩乐坏"、历史蜕变社会转型的非常时期,严格坚持道德修身无疑难度增加,所以,大多旗人小说的主题都是对社会黑暗进行道义批判,对不古的人心进行良心救赎。而蔡友梅的小说,更是要"欲引人心之趋向,启教育之萌芽",通过"开通民智"来"辅助政府""抗衡列强",从这个意义上来说,比起传统的劝善惩恶,他的作品更加符合时代变迁中的文化需求。纵观蔡友梅的小说,无论是《小额》还是《库缎眼》《铁王三》《曹二更》等"新鲜滋味"题下的小说,均表达出作者对世风日下、道德沦丧的痛恨,对善良人性的呼唤、肯定和对社会道德伦常的执着守望。

虽然都是劝善惩恶,但蔡友梅在辛亥革命前后的创作态度却不尽相同,《小额》表现的是对晚清最后岁月满族内部道德下滑者的救赎,此时他仍对旧帝制有所幻想,所以竭尽全力挽救满族道德传统。随着辛亥革命开始,旧制度一去不返,他的创作心态也复杂起来,所以"新鲜滋味"系列小说,在内容和主题上,对世风沦丧的批判力度比《小额》时期要大,在对人心不古的宽容方面却不比《小额》。"新鲜滋味"系列小说在批判丑陋人心方面具有多角度的鲜活性,在《搜救孤》中,他描绘了一个为了谋求长房位置而狠心投毒的二房媳妇形象;在《曹二更》中,学医的徒弟在学成之后逼死师父,逼得师娘流落街头;《铁王三》中,贪婪的妇人与娘家串通霸占夫家财产,将丈夫气得离家出走。这些作品,今天的读者在阅读中仍然能感受到清末民初北京光怪陆离的社会图景,体会到作者对世态炎凉的痛心疾首。总的来看,这个系列的小说创作在道德批判上,有三个特点。

首先,蔡友梅在针砭时弊的同时,会流露出旗人特有的怀旧情绪。

《忠孝全》中曾有这样的话:"现在何官无私,何水无鱼,有官就有私,有私就有弊,您没有看见他们卖国的先生们哪,想一个法子就是几百万几十万……您慢慢看吧,比前清的弊端更大。"《董新心》的开篇诗词将元好问的《满江红》稍作改编,原本词中"六代豪华春去也,更无消息。空怅望,山川形胜,已非畴昔"中的"六代豪华"改为"一代豪华"(暗指清朝),"到而今只有蒋山青,秦淮碧"被改为"远山清,昆明碧"①(北京著名的西山及颐和园)。

其次,作者的写作背景及关注角度已经不仅仅是在京城满族地区。随着旗、民之间的交往日益增多,清末满族固有的社会圈子已经被打破,报人小说家们也改变了巩固满族道德修身的旧有观念。"新鲜滋味"中的小说,从内容上看,写满族和非满族人民生活的内容兼有,创作《小额》时在文中经常出现的调侃玩笑和对人间仅有的温情,在"新鲜滋味"系列小说中已经消失殆尽,与此同时,增加的则是更为凌厉的批判锋芒,不管是对社会中沉沦的人性毫不留情的揭露,还是对时代浪潮中的新兴顽劣的勇敢批判。比如《非慈论》中的牛少谷,是一个新派的参加过革命的人物,曾经因为贫苦和家人分散,父母早已寻找他多年,但是他在风光之时,却完全不顾孝顺之道,在信中他告诉父亲"无亲孝之必要,父母之于儿子,原系一时肉欲(好德行),现在人格平等,各宜自强,不宜有依赖性质"。小说通过这样的描写,让一个利欲熏心、忘根忘本的势力混蛋的形象跃然纸上。蔡友梅在这些小说中,也不单单只是讽刺民风日下、人们道义沦丧的丑恶嘴脸,对底层人物身上闪现的道德光芒,也大力肯定。比如在《库缎眼》中,暴发户李五对女婿家的态度是见风使舵、一变再变,但是他的内弟苗大虽为一个普通剃头匠,却始终有情有义。在文中,作者借苗大之口对李五进行讽刺:"瞧你这块德行,吃亏我没有快镜,要是拿快镜前后照你两下子,直是立春到大暑,差半年的节气。"

---

① 损公(蔡友梅):《董新心》,见《早期北京话珍本典籍校释与研究》第三卷,北京大学出版社2018年版。

第二章 清末民初旗人小说中的北京万象

最后,"新鲜滋味"系列小说中体现出不同于《小额》时期的新的思想因素,如果说《小额》中的劝善和救赎还带有陈旧的说教意味,那么蔡友梅在"新鲜滋味"中,则大胆地检讨了满族自身内在的旧文化陋习,不带有任何的姑息和掩饰。《曹二更》里的博二太太对丈夫说:"告诉你说,我可是满洲旗人,酸满洲的习气,我就不赞成……像你这宗满洲旗人,你有甚么能为?有甚么本事?有甚么学问?除去提笼架鸟下茶馆儿,造旱谣言,抽大烟喝烧酒……完了,有甚么警人的玩意儿,你说我听听。"①可以看出,此时的蔡友梅,对八旗子弟集体的沉沦和不思进取颇为痛心,对于他们怒其不争的心态也毫无保留地批评,所以说,在时代启蒙号角吹响之时,蔡友梅的小说在引发民众进行精神自省方面,在今天看来仍然有进步价值。

从蔡友梅小说的艺术特性来看,对后世最有影响的是他原汁原味的京味语体以及对社会变迁中旗人生活的生动描写。通过阅读可以发现,满族人日常尊礼重道,除了称呼对话另一方需用"您"以外,对第三方的"他"也不能随意使用。他们在讲话中尤其忌讳讲"脏口儿",说"脏字儿",在蔡友梅的小说中,即便写一个人坏到骨子里,用的也是"德行大""瞧这块骨头"这样的语言。实际上,满族重礼数讲道德,可以算得上是祖辈留下来的传统,就连老头老太太吵架,情到激愤之处,说的也是:"我恨您!"②在《小额》中,蔡友梅特别写道,旗人在称呼一个人时,使用的这一个"小"字,也是独具匠心的。

---

① 对八旗子弟的不劳而获、坐吃等死的现象,有学者发出不同声音,值得重视。金启孮曾特别谈到,清代将各族人民进行分工,由满、蒙等民族构成的满洲八旗实际负担最重;出于维护政权稳定的需要,清代对汉人实行募兵制,但是对满洲八旗却是征兵制,孩子一出生,就是"养育兵",长大了以后就要御敌保国,而且多半战死疆场。由于清政府给他们发放钱粮,且不允许八旗子弟经营其他行业,久而久之,旗籍子弟便丧失了在社会中谋求生存的能力。实际上,在清末,八旗的粮饷已然因各种克扣而越来越少,随着清朝覆灭,曾经的八旗子弟没有了基本的生活来源,不懂生存技能的他们,沦为社会底层的赤贫人群也就变得可以理解。参见金启孮《金启孮谈北京的满族》,中华书局2009年版。

② 金启孮:《金启孮谈北京的满族》,中华书局2009年版,第3页。

> 那位说啦,你这个小说上,小额长小额短,怎么临完啦又称起额少峰、额君来了?诸位有所不知,从先小额为恶,所以称他为小额。现在小额能够改恶,并且能够不念旧恶,所以称他为额少峰、额君。①

从以上文字可以看出,京旗满人对一个人的称呼,大不了也只用一个"小"字以示贬斥,在文中还有许多人物拥有绰号,比如"青皮连""假宗室小富"等,这些绰号既与人物所为之事有直接联系,又表现出作者的鄙薄和讽刺,但是在行文中却显得并不激烈,甚至引人发笑。胡适曾说"旗人最会说话",由此可见一斑。

第二节 《春阿氏》中的北京旗籍妇女

《春阿氏》是旗人作家王冷佛的著名作品。王冷佛属于北京内务府旗籍,清末时是《公益报》的编辑,民国初年在《爱国白话报》做编辑,《春阿氏》是他在光绪年间创作的最有名的一篇作品。

《春阿氏》的故事改编自一桩真实的命案官司。宣统年间,北京东直门小菊胡同发生京旗士兵春英被杀死,其妇投水自尽未遂一案。当时的衙门认为春阿氏有谋害亲夫之嫌疑,便刑讯审问,但是春阿氏坚决不承认,在用刑过程中几度昏厥。据当时的报纸记载,春阿氏本人样貌极美,又在酷刑之前死不改口,所以诸多报馆联合起来,纷纷从人道主义方面谴责清政府对无辜妇女的拷打。由于清末南方起义已经势不可挡,衙门无心审案,随着春阿氏病死狱中,此案到最后也未能审清。王冷佛的小说《春阿氏》在原有现实上增添了许多如今已难以考证的艺术加工,所以这里只讨论作为文学作品的《春阿氏》在艺术上的价值。

---

① 松友梅:《小额》(注释本),刘一之标点、注释,北京世界图书出版公司2011年版,第104页。

第二章　清末民初旗人小说中的北京万象

小说中，春阿氏被描写成一个受包办婚姻和旧封建礼教残害的牺牲品。在嫁给春英之前，春阿氏原来已有婚约，对方是与自己情投意合、青梅竹马的表弟玉吉，但是由于玉家家道衰败，父母双亡，春阿氏的父母便毁约将春阿氏嫁到春家。春家人多口杂，婚后春阿氏饱受婆婆、小姑以及丈夫的欺凌虐待，苦不堪言。玉吉得知后，为春阿氏鸣不平，在前来看望心上人时被春英撞见，情急之中，玉吉砍杀春英，春阿氏为保护玉吉一口咬定是自己失手杀夫，至死不改口。后来春阿氏死在狱中，玉吉也自缢殉情。

《春阿氏》的故事情节，使得这部作品被人们认为是"探案小说"。在小说中，有侦探瑞珊和官吏乌珍的对话：

> 瑞珊道："告诉诸位说，我为这事用心很大。中国风俗习惯，男女之间，缚于圣贤遗训，除去夫妇之外，无论是如何至亲，男女亦不许有情爱。……比如某家男人爱慕某家女子，或某家女子爱慕某家男子，则戚友非之，乡里以为不耻。春阿氏一案，就坏在此处了。玉吉因阿氏已嫁，心里的希望早已破灭，只盼阿氏出嫁，遇个得意的丈夫；谁想他所事非偶，所受种种苦楚，恰与玉吉心里素日心想盼祷的成个反面儿。你想玉吉心里那能忍受得住？"
>
> 乌珍笑着摇头道："天下的事情，若论法按律，就没有讲道德与不讲道德的解说。若对聂玉吉尊重人道主义，不忍按奸夫说拟，莫非春英之死就算是该死了吗？……"①

这两位参与探案的人物，在搞清楚事情的来龙去脉后，陷入了心理煎熬。民国初年，人们刚有人道主义和现代法律观念的萌芽意识，但是道德与感情、法律与人情之间的选择与顾及，是连作者本身也无法想清的，所以在小说中，春阿氏最终的结局只能是病死狱中，也算是兼顾

---

① 关记新：《"欲引人心之趋向"——关于清末民初满族报人小说家蔡友梅与王冷佛》，《满语研究》2011年第2期。

人道和法律正义的唯一收场了。《春阿氏》这部作品,也正因为有了民初人道主义与法理萌芽之间的纠缠,在创作立意上较同时代其他小说高出一头。小说中的两位办案探员,也是正面的人物形象,乌珍办案秉公处理,头脑清楚又不露锋芒,充满人情味和非功利的特点,虽然破案后名扬朝野,但他毫不在乎,说"可笑京城地方只知道新衙门好,旧衙门腐败;那知道事在人为,有我在提督一天,就叫这些官人实力办事"。这样的人物设计,实际也表现出作者持封建改良的立场,希望通过刻画这样正直的官吏形象,告诉大众在现行体制内还是存在清官的。

另外,从艺术价值来看,《春阿氏》和《小额》一样,在描写京旗生活的千姿百态方面,做到了细致生动。比如,小说一再写到旗人喜欢去茶馆喝茶聊天的习性。"因为当差日久,常来北衙门送案,所以跟茶馆中人都极熟识。这处茶馆也没旁人喝茶……都在茶馆里头说官事。"在语言运用方面,《春阿氏》比《小额》在京白口语的使用上更加圆润和通畅。以往学者们论及满族文学史,往往是从曹雪芹、文康直接过渡到后来的老舍、王度庐,自从蔡友梅、王冷佛以及穆儒丐的小说作品被重新发现后,满族文学的脉络才被填充得更加饱满和完整。

第三节　穆儒丐小说中的八大胡同与健锐营

穆儒丐原名穆都哩,笔名儒丐,生于北京香山健锐营。北京的火器营、健锐营、圆明园以及城外驻守的八旗军营,在当时被称为"营房",营房中满人的性格思想主要表现为拥有倔强的性格、淳朴的风俗和勇武的精神,他们的理想就是以为国战死为荣。① 在健锐营出生的穆儒丐,发表的第一部长篇小说《同命鸳鸯》就是以健锐营为背景的。穆儒丐是一个民族意识比较强烈的满洲旗人。在《同命鸳鸯》开头第

---

① 金启孮:《金启孮谈北京的满族》,中华书局2009年版,第3页。

第二章　清末民初旗人小说中的北京万象

一句,他就以饱含深情的语调对香山的风景加以赞美:"凡曾至北京者,莫不欲一观西山之风景,自颐和园经玉泉山,一直往西,真是四围山色,一派湖光,便是移在江南,也无逊色。"但他心之所系的并不仅仅是西山的美景,更是营房在社会动荡中沦为荒村的凋敝:

> 这几处荒村,那里是什么村落,正是八座营坊。看官没有看过《圣武记》么?乾隆年间绥服金川一大武功,就是这营子里人民的祖先拿血换来的。乾隆十二年,诏建这个兵营,练习云梯火器,赐名"健锐"。成功之后,这营子里的人,便世世当兵,习尚武事。至于农商等事,却不屑去为,国家也不许他们别就。直至如今弄得这样零落,他们也不明白是辈辈当兵的结果。①

穆儒丐在这里直言点出,八旗的衰败有着深刻的历史原因,旗籍子弟逐渐沉沦不能完全归因于个人的不奋进,也有着长期、深层的社会因素。《同命鸳鸯》中的主人公景福、荫德和琴姑娘,都是"营子里的人",三人从小一起长大,景福和荫德都爱上了琴姑娘,但是长大后琴姑娘却只倾心景福。荫德将景福视为情敌,怀恨在心,当二人即将成为禁卫军军官的时候,清朝却"如同儿戏"一般地覆灭了,景福和荫德所在部队归于冯国璋,驻扎南京。景福在宴尔新婚不久后就于一场惨烈的战争中失踪,撤防回京的荫德称景福已死,逼琴姑娘嫁给自己。不得已,琴姑娘伺候公婆归西之后,在荫德迎亲时割喉自尽,血染花轿。看见此景的荫德则彻底疯狂。景福在死里逃生后好不容易返回家乡,等待他的却是家破人亡的惨剧。最后,景福在琴姑娘的坟前自杀殉情。

小说充满悲情色彩,穆儒丐自己也称其为"哀情小说",借叙述年轻的八旗子弟在社会变革中随波逐流的悲惨命运,来寄托自己对本民

---

① 穆儒丐:《北京,1912》,北京联合出版公司2015年版。下同。

族的缅怀之情。故事的发生地健锐营,曾经见证过大清王朝的巅峰和辉煌,但在乱世之中却变为"一片荒丘"。当景福历尽万难回到家乡时,他看到的是凋敝衰败的健锐营:

> 只见房子拆毁了有三分之二,疏疏落落的,有家灯火,旧时的街巷,都已认不清了。他一见这个情形……知道他的家保不住了,他的腿已然颤起来,几乎不能行动。他勉强走到他的旧居……那里还有什么屋宇,只剩一片瓦砾。……景福一见,他的家破了,知道他的人也必是亡了,他这一痛,几乎昏绝。

家破人亡,景福心灰意冷,绝望地在琴姑娘坟前自杀殉情。如果说景福的死显得凄凉哀婉,那么琴姑娘走上绝路,则惨烈得格外令人心颤。

琴姑娘代表了外三营中满族旗籍女子的典型形象:父母双亡,由舅母抚养,从小在艰难、困苦的环境中养成了自尊自立的刚烈性格。当被问"害不害怕"时,她说:"有月亮时,我便看月亮;无月亮时,我便数星斗,心里觉得很静,早已不知什么叫害怕。"长大后的琴姑娘将全部柔情给了与自己身世相当的景福,然而这样一对伉俪却无法长相厮守,他们的婚姻屡遭磨难,最终双双归于尘土。营房中的妇女,丈夫外出打仗服兵役,女人们撑起一家生计。女子心性刚烈、自尊自强,也是满族特有的传统。在小说中,景福不在家时,琴姑娘照顾公婆,然而频频而来的凶报,使倔强的她选择了宁为玉碎不为瓦全的刚烈之路。在荫德和舅妈逼迫她改嫁的时候,她大义凛然地表示"无论有景福没有,我也要伺候二老(公婆),等到你们二老归西之后,媳妇自有办法"。这样掷地有声、慷慨激昂的言语,在旗人们已经落魄到走投无路的时代,显得尤为荡气回肠。事实上,小说中的琴姑娘果真践行了自己的誓言,在将公婆埋葬后,她冷静、泰然地走进花轿,用一把剪刀刺穿自己的喉咙,不含一丝凄惶地向乡亲们展示着自己人格的尊严。小说用"满轿子里都是鲜红血迹,琴姑娘咽喉之间,刺着一把裁衣剪刀,

第二章　清末民初旗人小说中的北京万象

早已没有气息了"这样惨烈的图景,表现旗籍妇女刚烈不屈的人格精神。不同于以往传统意义上的孝女、烈妇,琴姑娘所坚守的是自己的爱情和人生价值,这也使得她身上依稀闪现出新时代民权思想的光芒。回家之后的景福,了解一切后,在她的坟前随她而去。作者穆儒丐认为这样的惨剧,其根本是由时代造成的。

穆儒丐不仅记载京郊营房中旗人的悲惨命运,也将笔触伸及北京城内广大旗人的困苦生活。小说《北京》即借主人公伯雍的旁观者身份,道出了当时破落旗人男子为求生计去拉洋车,女人被逼良为娼的生活困境。尤其是在描写孤苦无依的旗籍妇女时,穆儒丐更是将大部分故事发生的背景放置在京城的八大胡同,在塑造可怜妓女的痛苦心态上颇费笔墨。

八大胡同指的是百顺胡同、韩家潭、陕西巷、石头胡同、王广福斜街、东皮条营等前门外、大栅栏以西一带的地界,因妓院多而闻名。民国时期,社会动荡,道德沉沦,八大胡同里妓院的生意越发兴隆。《北京》第二章写道,一心贪财的黄氏要将外甥女桂花送去妓院,她撺掇桂花娘时这样说道:"如今是笑贫不笑娼的时代,有钱的忘八,都能大三辈,有人管他叫祖宗。"在社会沉浮中,黄氏的语言点出了很多底层人民的普遍心态,当时北京的社会就是"不允许贫民清清白白的活着,非逼得你一点廉耻都没有"。可以说,没有劳动力的家庭,妇女被迫跳进火坑是常见之事。桂花才十四五岁,还是个天真烂漫的孩子,就这样被送进妓院。当比桂花年长的妓女秀卿向伯雍发问"为何当局不想法子多设几处工厂"时,伯雍回答:"设立工厂,开发事业,没有钱能成么?他们扩张八大胡同,多添妓院,第一,不费公家一文,还替穷苦妇女酬了生计,国家每月还增许多收入,何乐而不为呢?"伯雍所言也正是作者想要表达的悲痛、愤慨之情,"北京完了,过去的北京我们看不见了,他的灵魂早就没了"。小说处处表现的都是北京令作者心痛的地方,这里不再是昔日祥和的帝都,而是"一所惨不忍闻见的地狱"。

通过描写逛妓院的议员们的花天酒地，穆儒丐直抒对北洋政府的不满。小说对秀卿所在的妓院有这样的描写：

> 不一会，他们溜达着进了石头胡同。走了不远，只见路东一个如意门儿，一盏电灯嵌在当中，一颗大金刚石似的，非常明亮……子玖向伯雍说："你看，这个班子阔不阔？政界人来的最多，我们给他起了个别名，唤作'议员俱乐部'。"

议员们的频繁光顾使得八大胡同里一等妓院变得阔绰非凡。桂花被送进妓院不久，就成为泉湘班的台柱子，接的客人都是政府里的国民代表和议员。在八大胡同，这样的头牌姑娘，很快就会成为体面老爷们的姨太太，这是因为，"现在当议员的，有两件流行品，一是马车，二是姬妾"。文中提到将桂花纳为小妾的白议员就是一个"马车有了，只短一个妾"的虚伪之人，他天天在八大胡同挥霍，为的就是找一个心仪的玩物。穆儒丐借描写妓院的阔绰和妓女们的生活状况，讽刺北洋政府是造成贫民悲惨命运的原因。

《北京》中，穆儒丐将大部分的笔墨用于描写秀卿这个人物。在中国古典文学史上，妓女的形象并不少见，虽然所处时代不同，但基本上，作家在描写处于社会弱势地位的妓女时，都赋予了不同程度的人性光辉。虽然秀卿不能和关心民族大义、才情色艺一流的柳如是等人相提并论，但是在她身上作家也倾注了深切的民族情感，赋予她满族妇女特有的刚烈桀骜的性格。

在灯红酒绿的烟花场，秀卿可以不卑不亢地与来往客人周旋，尽显豪气。她所在的妓院被称为"议员俱乐部"，可是秀卿非但不巴结依附，反而对一个没权没势的书生青睐有加，这点出了秀卿的与众不同之处。秀卿虽然没受过教育，却有一腔热血，她讨厌议员嫖客的重要原因是："他们来到这里，无论是山南海北的人，我没听他们说过一句仁义道德为国为民的话，大概买收、阴谋、利用、条件这些话，老也没离

第二章 清末民初旗人小说中的北京万象

开他们的嘴。我听说议会是能救国的,我一见各大议员的言论风采,我虽是个妓女,对于他们诸位,也未免怪失望的,所以我对于他们渐渐地冷淡起来。"秀卿自己虽身在风尘,却心系天下,对于议员们蝇营狗苟、只谋私利的真面目,颇为不齿。对于为何不巴结权贵,她这样回答:"我不过是个妓女,也没有给人家做姨太太的资格,也犯不上迎合老爷的心理,蔑了自己的良心。"

随着故事情节的发展,伯雍与秀卿渐渐忘了彼此的身份,相处得像朋友一般融洽。但是,穷书生伯雍是无力从妓院救出秀卿的,当他询问秀卿对未来的打算时,秀卿无奈地表示:"愿意接我出去的,我不愿意;我愿意跟着走的人,人家又不要我。"残酷的社会使弱女子饱受欺凌,但是她宁愿死也不愿出卖自己的人格和感情。在患肺痨之后,秀卿面对死亡的态度也是高傲和洒脱的,"其实她岂不知她的病是很厉害的……她把社会厌烦透了,长眠地下,倒是一件很干净的事"。死对于命运悲惨的秀卿来说,并不是多么可怕的事情,反而是一种彻底的解脱。

伯雍在秀卿临死前,来到她从前的住处,发现这里极其贫弱和污浊。秀卿在生命尽头时告诉伯雍:

> 这里是个极浊恶极污秽的地方,统共有一千余户,都是操皮肉生涯的,细想来,怎能到这里来。但是这里虽然污浊,里面包容的不光是罪恶,而且有许多悲哀可怜无告的惨事。我希望有仁心的,及那些议员和大政治家,还有位居民上的人,都到这里来看一趟。但是他们这辈子是没有到这里来的机会了;即或他们来了,也未必能发现什么罪恶和可怜的事。他们的脑子,也不过说这里是下等地方。不可来便了。他们听见这里有呻吟的声音吗?有叫苦的声音吗?有最后的哀鸣半夜的跪泣吗?大概他们在三海里、国务院里、象坊桥的议场里,做梦也梦不到这里有许多不忍闻见的惨象……

穆儒丐用饱含深情的笔调,为一个被逼良为娼却不甘堕落、有着高尚人格的妇女发出死前最激愤的呐喊。伯雍在秀卿死后,终于看到秀卿所说的下等妓院是如何凄惨悲凉。

> 那些失了自由没有人权的妓女,站在本屋的门口外头,任人观览。若到了四等,便不喊见客,一间间的小屋子,里面阴惨惨的点着一盏油灯,每一个窗户上,都镶着一块一尺多大的玻璃,有客的,把玻璃帘放下来;没客的,便在炕上对着那块玻璃坐着。

伯雍看到北京世间的惨象,不断地发问:到底是"贫民自己没有能力"还是"国家社会不教他们有能力"?为什么可怜的下层人民只能选择拉车和卖淫这样悲苦的生存方式?这些苦难深重的社会问题,作为作家的穆儒丐无法解决,所以,他只能将所有不公平不道义的事情归咎于"不讲人权"的野蛮时代。

穆儒丐在小说《北京》中塑造了两个不同于以往的刚烈女性角色。在走投无路的人生关口,琴姑娘和秀卿都选择了以死保全自身高洁人格的做法。在满族的发展史上,旗籍女子本来就有巾帼不让须眉的传统,因此,面对天灾人祸等生活巨大变故的时候,她们所要承受的苦难也更加深重。本来,江山覆巢、王朝更迭这样的历史转变不应由女人来承担,但是当被生活逼得走上绝路的时候,她们选择的是保持人格的自尊,同时尽最大努力完成人生的责任,其人性光辉往往迸发在生命危难之时,令人唏嘘不已。穆儒丐以自己独特的视角和历史意识,通过塑造琴姑娘和秀卿这两个刚烈的女子形象,在民国初年人道主义萌芽之时,写出了其他作家所没有注意到的方面,在今天仍具备相当的研究价值。

历史的车轮在沧海桑田的转换中滚滚向前,今天的北京地图上已经找不到健锐营这个地方,人们也不再能分清八大胡同究竟是哪些胡同,现在的满族人已经不会讲满语。对于清末民初、辛亥革命前后满

第二章 清末民初旗人小说中的北京万象

族文学的研究,曾在相当长的一段时间里停滞不前。造成这种状况的原因首先是,清末民初京旗小说的表达方式和所展现的精神内涵,在内忧外患、话语杂糅的民国时期是处于一种弱势地位的。由于这些小说大多是依赖报刊发表,所以从创作动机上看没有明确的文学追求,在形式技法上又缺乏创新,更主要的是,在思想观念上,旗人小说恪守的伦理道德在当时新潮的改革人士看来是迂腐、陈旧、不合时宜的。如果用后来"五四"时期的精英文学标准来衡量这些作品,除了使用白话文写作这一特点以外,几乎无可称道。另外,"五四"时期,国内民族主义运动浪潮涌起,排满情绪高涨,甚至在宣传方面对旗人进行某种妖魔化的处理,旗人本身也心存自卑,对自身身份认同日渐模糊,新中国成立后的满族,人口锐减,甚至很多旗人都不再自报满族了。后来文学史的书写,多少是在精英文化的标准下进行,注重的是新的文法技巧或与众不同的文化观念。在这些因素的影响下,旗人小说的价值被隐埋也就变得可以理解。然而今天,当我们探究北京这座城市的文化内涵以及文学中的北京形象时,却不可避免地要谈到,在清末民初那个风云变幻的时代,作为昔日贵族的旗人是如何去关注、用何种心态去关注当时北京下层人民的生活的。在历史转折期上演的幕幕悲剧以及那些悲剧中让人可怜可叹的角色,将留在民族的记忆褶皱里,在时光的流转中,永不褪色。

第三章　启蒙文学叙事中的北京

第一节　旧文化的北京

从1910年代到1920年代,在北京,知识分子们积极并充满批判性地参与建立新的都市秩序。他们此时创作的作品,大多是以西方城市为模板,期望在一套可行的城市管理机制上建立起现代北京的都市文明,涉及现代城市公民的素质、职责以及权利等方面,关于社会公平、公民在公共场所内的举止以及城市如何管理等成为他们作品的主要内容。

民主共和的政治理想是启蒙文学叙事中作家经常倡导的重心所在,而民主、文明的精神特质在城市生活中如何体现,也是作家们特别的着眼点。比如,1916年,周作人在前门一带遇到骑警呼啸而过、恐吓路人,正逢当时政府对学生运动不断镇压,在这样的背景下,周作人在文中写道:"我从前在外国走路,也不曾受到过兵警的呵斥驱逐,至于性命攸关的追赶,更是没有遇着。如今在本国的首都,却吃了这一大惊吓,真是'让人意表之外'。"①行文中透露出对"民主"和"法制"缺陷的批判。又如,李大钊和陈独秀一起抗议政府对游行学生进行暴力镇压,呼吁允许和平示威:"这样的炎天酷热,大家又跑到新华门,一滴血一滴泪的哭。可怜!这斑斑的血泪,只是空湿了新华门前的一片

---

① 周作人:《前门遇马队记》,见姜德明编《如梦令:名人笔下的旧京》,北京出版社1997年版,第5—6页。

第三章　启蒙文学叙事中的北京

尘土！"①对北京城内那些捡煤块求生、沿街乞讨的贫民,李大钊更为痛心,认为这种现象不应该在民国时期的首都出现。②再有,女作家冰心曾在北京展开各种慈善活动,被募捐者表现出的公民责任心打动,理想化地认为,北京就应该是一个包括军人在内的所有市民都能够遵纪守法的现代城市。③

由于这些知识分子大多有着留洋的经历,所以他们在将北京与当时西方的城市进行对比的时候,不免对北京的城市管理颇有微词。陈独秀在《北京十大特色》中借"一位朋友"之口,相当直接地表达与欧洲城市相比,北京不但缺乏城市秩序,而且在公共规划方面更是一塌糊涂。他说:

> 在北京见了各国所没有的十大特色:(一)不是戒严时代,满街巡警背着枪威吓市民。(二)一条很好的新华街的马路,修到城根便止住了。(三)汽车在很窄的街上人丛里横冲直撞,巡警不加拦阻。(四)高级军官不骑马,却坐着汽车飞跑,好像是开往前敌。(五)十二三岁的小孩子,六十几岁的老头子,都上街拉车,警察不曾干涉。(六)刮起风来灰尘满天,却只用人力洒水,不用水车。(七)城里城外总算都是马路,独有往来的要道前门桥,还留着一段高低不平的石头路。(八)分明说是公园,却要买门票才能进去。(九)总统府门前不许通行,奉军司令部门前也不许通行。(十)安定门外粪堆之臭,天下第一!④

---

① 李大钊:《新华门前的血泪》,见姜德明编《如梦令:名人笔下的旧京》,北京出版社1997年版,第1页。

② 李大钊:《北京贫民生活的一瞥》,见姜德明编《如梦令:名人笔下的旧京》,北京出版社1997年版,第22页。

③ 冰心:《到青龙桥去》,见姜德明编《如梦令:名人笔下的旧京》,北京出版社1997年版,第43页。

④ 陈独秀:《北京十大特色》,见姜德明编《梦回北京:现代作家笔下的北京1919—1949》,生活·读书·新知三联书店2009年版,第3页。

对于政府、军部门前不能通行、高级军官乘坐小汽车在城内呼啸而过等现象,陈独秀表示,这些封建、落后、官僚的东西其实都是现代城市的反面形象。关于北京的城市街道以及公共卫生状况,民国时代的著名记者邵飘萍也有所议论。通过他的报道可以看到,一个国家的首都,其街道竟可以"坏到这步田地",主要是修马路的大部分经费并没有用在道路的养护和修建上,而是被市政公所的人员以各种名目"吃掉了"。①

虽然知识分子们对城市新兴的公共设施和街道多有不满,但是在这个时期,如陶然亭、十三陵、中央公园、长城等景点的独特景致也是他们不惜笔墨着力描绘的地方。这类地方除了中央公园,大都是历代以来文人墨客常去之处。对于中央公园,知识分子关注更多的是公园里人们的活动而非单纯的景色,比如鲁迅曾记叙在中央公园里自己被小贩怀疑的不愉快经历②,钱玄同也曾抱怨在中央公园表演的人太过喧闹,破坏了公园的雅致宁静③。可以发现,启蒙思想是蕴含在这些文章中的,作者们将着眼点放在市民在公共空间内举止是否恰当等议题上。

第二节　民俗学运动中的北京

随着溥仪最终被逐出紫禁城,清王朝和统治中国两千多年的封建帝制终告结束,与此同时,一场民俗学的运动也在酝酿中。由于民俗学运动的中心在北京,所以北京成为此次运动的重要研究地,"文学中的北京"在这个层面上也因此多了一种表现。

---

① 邵飘萍:《北京的街道及公共卫生》,见姜德明编《如梦令:名人笔下的旧京》,北京出版社1997年版,第3页。
② 鲁迅:《无题》,见姜德明编《如梦令:名人笔下的旧京》,北京出版社1997年版,第27—28页。
③ 钱玄同:《中央公园所见》,见姜德明编《如梦令:名人笔下的旧京》,北京出版社1997年版,第1—2页。

第三章 启蒙文学叙事中的北京

早在民国初年,留学日本的鲁迅和周作人就对中国文学中的神话与歌谣产生了浓厚的兴趣。鲁迅曾提议建立民俗文化组织,"当立国民文术研究会,以理各地歌谣、俚谚、传说、童话……辨其特性,又发挥而光大之,并以辅冀教育"①。1918年,刘半农和沈尹默在北京大学成立了歌谣征集处。作为北大的教授,刘半农以国立大学的体制为依托,在校长蔡元培的支持下,将征集歌谣的章程印刷、分发5000多份。1920年,歌谣征集处改组为歌谣研究会并创办《歌谣周刊》。1923年,风俗调查会也在北京大学成立。1935年,歌谣征集处与风俗调查会合为风谣学会,持续活动到1937年。在这场民俗学运动中,与北京有关的大部分文章是风谣学会在1920年以后完成的。比如,杨德瑞对北京老式的婚嫁礼仪的研究刊登在1924年的《风谣周刊》上。随着对北京风土研究的盛行,周刊在1925年专门出版过一期有关妙峰山进香的专号。著名学者顾颉刚在这期专号的引言中,主张将民俗和风土作为特别的文本材料,进行系统性的研究;在为旗人作家奉宽的《妙峰山琐记》所作的序中,顾颉刚再次呼吁:

> 倘使我们不作这一次的调查,将来这件事情消灭了后,再有什么办法可以使人知道那些情形呢?……我们这件工作总算抢到了一些进香的事实,保存了这二百数十年来盛烈的余影!
>
> 今年五月中,我和建功先生们又到妙峰山去了。进香的人萧条得很,远比不上那一年。大约这种风俗,一因生计的艰难,再因民智的开通,快要消灭了。我们赶紧还是起来注意这垂尽的余焰罢!②

除了顾颉刚呼吁将北京的民俗传统当作学术课题加以系统研究

---

① 王文宝:《中国民俗学史》,巴蜀书社1995年版,第183页。
② 顾颉刚:《妙峰山琐记·序》,见姜德明编《如梦令:名人笔下的旧京》,北京出版社1997年版,第75—76页。

以外，还有一些作家呼吁保留这些民俗传统。焦菊隐在《民俗》杂志上发表的文章中写道："政府方面既不保存，人民的劣根性又善于'拆毁'，今天卖给'洋老爷'一尊佛去运往'外国博物院'，明天搬回家一棵大殿柱去烧火煮饭。"焦菊隐的笔下饱含对名胜古迹被废弃遗忘的忧虑，同时他还呼吁和主张组织一个委员会，"保管和修理一切的古名胜古建筑"，整理它们的历史。知识分子对民间文化、民俗风情的关注纵然不错，但也表现出比较浓重的精英意识，认为这些保护民俗的工作只能依靠知识分子而非普通民众来完成。

  除了对民俗文化进行研究和保护，民俗学运动还有一个目标是要从传统民俗艺术中吸取精华和灵感，以此为白话文服务。中国现代民俗学学者李家瑞是这方面的典范，他将婚丧、嫁娶、饮食、职业、器物、语言、风俗、习惯等北京的风俗民情搜集编纂进《北平风俗类征》。这一近乎百科全书式的搜集整理、详述记叙确立了他在民俗学界的地位。李家瑞关于民俗的统计与搜集，其资料主要来源于自辽至清的旧书。通过研习古籍，他按照自己的编排将这些记载的风俗再次分类，"记载民俗细故的书，在以前是不大有人注意的，所以康熙年间人还可以看见的《岁华记游览志》之类的书，在现在也不容易得到了，但这种书以后是很重要的，为保存它们起见，编一种记载风俗的文字的总集，也是应当做的"①。

  1930年代，金受申等旧京学者也钟爱记录帝都的风俗民情，但是民俗学者的工作与其相似而不同。首先，旧京学者们搜集的种种资料大多来源于自己对民间风俗的亲践。其次，他们将搜集到的这些残存在生活中的民俗碎片，进行再一次的历史定位，使历史留存在世俗生活的种种细节中。在启蒙文学叙事中，新知识分子们的目标是对民俗民情进行系统性的定位和保存，同时吸取民间文化的养分，从意识形态的高度上为白话文运动服务。民俗学运动的最终目的是要对广大

---

① 李家瑞：《北平风俗类征·序》，商务印书馆1937年版，第1页。

第三章 启蒙文学叙事中的北京

民众进行启蒙教育,他们搜集歌谣、保护民俗、吸收民俗文学中的精华等,他们不仅看到了民俗的重要价值,而且要将这些东西运用到启蒙工作中去活跃新文化。可以发现,新知识分子们对北京的了解,并不能真正地深入其中。孙伏园在《朝山记琐》中写道:"他们(北京本地人)是另外一个世界里的人物,从不去过问他们,尤其是我们江浙一带的人为然。但是到了妙峰山,我们才自惭形秽,觉悟自己是另外一个世界里的人物,那个世界却完全属于他们。"①从孙伏园的这段话可以看出启蒙学者们与北京城以及城中生活的人民之间微妙的关系——始终存在着一个"他者的北京",即他们眼中的"北京人的北京"。

第三节 启蒙者笔下的人力车夫

在产业工人形象出现之前,人力车夫是新文学中最重要的工人形象。此种情形,自1917年一直持续到1930年代初。可以说,人力车夫构成了新文学作家对北京底层工人形象的最初认识,也构成了中国工业文学最初形态的某些特点,以及日后发展态势的某些方向性因素。

一、人力车夫之于"劳工神圣"

1870年,日本人高山幸助在横滨创制人力车。大约4年后,法国人米拉从日本输入了这种便捷轻巧的交通工具,并在上海得到了法租界公董局与公共租界工部局的许可,备车300辆,在租界内开设了人力车厂。这是有迹可查的有关中国人力车最早的资料。在短短一二十年内,人力车迅即在上海、北京等地流行开来。据说到1928年,上海的人力车已达到36280辆,大大小小的车行,竟有数千家之多。

虽然人力车夫并非典型意义上的产业工人,但由于其在社会上的广泛存在,自然引起文人们的注意。民国初年的北京经济尚属混合

---

① 孙伏园:《伏园游记》,北新书局1926年版,第110页。

型,以北方少数民族游牧渔猎与中原汉民族农耕经济为主体。即使有所谓的"制造业",也多属传统型,以从事传统器物如金银玉器、传统食品制作为主。在整个北洋政府时期,北京的工业并未得到很大发展,失去首都地位后,北京工业的不发达更是不争的事实。在缺少现代工业与产业工人的情形下,从事传统体力劳作的个体劳动者,如车夫、杂役、学徒、轿夫等,便显得较为触目。据1930年代的资料,北平有人力车4万余辆,分早晚两班,车夫有8万人之多。按每一个车夫负担家庭两人生活来计算,靠车夫生活的人至少在16万以上。[①] 再按北京当时人口150万的比例,这部分人占北平总人口的十分之一以上。这些资料表明,车夫虽然不是产业工人,但在北京这样的传统消费城市,仍构成劳工主体。这是人力车夫被人们重视的社会原因之一。

另外则与"五四"时期知识者的生活方式以及由此而来的某些意识特征有关。由于北京城市形态中缺少现代经济成分,知识者较难将大工业作为认识现代社会、认识人的基点,而只能从普泛的人道角度去关注"被损害与被侮辱"的都市下层。这就使得文人们与车夫、女佣的接触比与其他个体劳动者的接触更多,因此,车夫作为这一时期劳工文学中最常见的形象便不足为怪了。如果说,劳工神圣与人道主义是这一时期知识者意识形态的中心点,那么车夫形象便是这一意识形态的体现者。

1927年后,随着首都南迁与大量文人南移,中国的文化中心也转移到上海。至1930年代,上海等沿海大都市资本主义经济文化大获繁荣,大工业占据了都市生活的中心;同时,1930年代左翼文艺理论崛起,作家们开始通过马克思主义经济学说来观照文学。从文学的表现方向来说,是将产业工人作为文学的描述对象。因此,在1930年代中国工业文学中,人力车夫已退出作家的叙写中心,车夫形象已不再

---

① 邱国盛:《北京人力车夫研究》,《历史档案》2003年第1期。

第三章　启蒙文学叙事中的北京

常见。

二、"五四"作家笔下的人力车夫

中国文人注意到人力车,大致始于1880年代的日本。这种起初被唤作"戈罗妈"(东洋车)的新鲜事物出现于街头时,留日文人们首先惊讶于其作为新式交通工具的先进。黄遵宪多次歌咏人力车,在他笔下,那种街头"戈罗妈"的"万车毂击"似乎是对日本近代都市文明的概括。人力车进入上海后,文人们仍然循着同一思路去看待,将其视为近代城市文明的象征,这在清末民初歌咏城市繁华的诗词中并不鲜见。

民国初年,西方自由平等学说进入中国,一些文人开始以人道观点去看待人力车夫。在把人力车视为近代文明产物的同时,文人也发现了其所包含的人与人的不平等因素。如吾庐孺写于1910年的《京华慷慨竹枝词》中《人力车》一诗:

> 短小轻盈制自灵,人人都喜便中乘。自由平等空谈说,不向身前问弟兄。①

满口"自由平等"口号的坐车人,其实并没有正视其与车夫之间的不平等。这一视角是以前所没有的。

"五四"之初,"劳工神圣"与人道主义思潮风行一时,以致时人评论说:"劳工神圣!劳工神圣!劳工神圣!与劳工为伍!与劳工为伍!这种声浪在杂志界和报章上也闹得够高了,一般讲新文化的青年,都不免的要讲几声。"②人力车夫开始作为底层人民生活的代表,大规模进入文人视野。报刊上出现了大量讨论人力车夫生活的文章,如善根

---

① 吾庐孺:《京华慷慨竹枝词》。
② 羲璋:《讨论怎样过我的暑假生活》,《民国日报》,1920年6月17日。

的《人力车问题》①、署名植的《上海人力车罢工》②、朱天的《人力车问题》③等。以人力车夫为题材的作品也大量出现,体裁从诗、小说到话剧等,不一而足。作者方面,既有名家,也不乏新手。前者如胡适、沈尹默、鲁迅、郁达夫、刘半农等,后者如写诗的周恩来与创作了话剧《人力车夫》与《车夫的婚姻》的陈绵、陆家健等人,形成了新文学表现人力车夫的第一个高潮,从1918年持续到1924年。

由于主观与客观两方面的原因,此时的作家并未完全深入到底层人民的实际生活中去。他们观察车夫的主要视角是"坐车",由这观察所得出的表现难免有相当的局限,较多集中于车夫生活的某个较易看到的侧面,即辛劳与贫困,较独特一些的也仅仅涉及某些车夫的道德问题,其他的则基本无人问津。

新文学第一批诗作便涉及北京人力车夫的贫困,其中最著名的是胡适与沈尹默的同题诗作《人力车夫》,此外还有顾颉刚的《春雨之夜》、陈南士的《走路》等,大都表达对人力车夫的深切同情。胡适的诗作以坐车客人的视角写车夫:16岁的少年,竟已拉车三年,"半日没有生意","又寒又饥"。但宽泛的人道主义思想在面对现实问题时,却也表露了一种无奈:出于人道,"你年轻太小,我不坐你车。我坐你车,我心惨凄"。但如此"好心肠",又会让车夫饱不了肚皮。客人虽然"心中凄惨""酸悲",但仍然坐上车去说"拉到内务部西"。沈尹默的诗作则以看车者的视角看待车夫:

> 日光淡淡,白云悠悠,风吹薄冰,河水不流。
> 出门去,雇人力车。街上行人,往来很多;车马纷纷,不知道干些什么?
> 人力车上人,个个穿棉衣,个个袖手坐,还觉风吹来,身上冷

---

① 善根:《人力车问题》,《每周评论》,1919年2月。
② 植:《上海人力车罢工》,《每周评论》,1919年3月。
③ 朱天:《人力车问题》,《民国日报·觉悟》,1919年10月11日至17日。

第三章　启蒙文学叙事中的北京

不过。

　　车夫单衣已破,他却汗珠儿颗颗往下堕。

手法全用白描,情感也似乎冷静,但作者对车夫苦难的感触却更纤敏,呈现出一种同情态度。

　　到了刘半农手中,表现视角有了转换。他的作品,第一视角由乘客转变为车夫,很多首诗的副标题均标明"拟车夫语"或"拟拟曲"。《车毯》一诗注明是"拟车夫语",内中以车夫的语言状写其心理。比如,这位车夫对其铺于车座上的毛毯极为珍视:"洋红的柳条花,映衬着墨青的底子",表现出一种敬惜工具的劳动者本色。但如此装饰只是为了坐车的老爷们能多花两三个铜子,自己却无法享用。其心理转述颇为自然,显示出对车夫贫苦表现的深度。《车毯》一诗是刘半农表现车夫的诗作的先河。由于观察的深入,刘半农突破以往同类题材诗作只求一侧面的表现框架,开始向纵深发展。第二首《拟拟曲》不再局限于坐车人对车夫的瞬间观察,而是以一位名叫老久的老车夫的一生命运为表现对象。在老舍《骆驼祥子》之前,这首诗可算作最全面地反映车夫生活的作品。诗作以车夫老五、老六的对答,忆写出车夫从青壮年时开始拉车,到病无钱医、死无人葬的一生。除了贫困之外,车夫的精神世界亦在作者视野之内。《老木匠》的主人公的痛楚源自丧子;《拟拟曲》中车夫由于贫困,甚至得不到妻子的理解,死后,只有小女想到为他办丧事。这是作者超出当时其他诗人的另外一个方面。上面那首《拟车夫曲》,在描述车夫的贫困之外,也揭示了车夫家庭人际关系的冷漠与车夫之间的患难互助。作于巴黎的另一首《拟拟曲》,则是表达车夫们虽朦胧但不失正直的政治观念与人生理想。车夫对军阀统治下的衰败、混乱的政治与贫富的尖锐对立有了认识,看到不管是光绪爷,还是曹老三(曹锟),"他们都是耀武扬威的来/可都是——他妈的——捧着他脑袋瓜儿走","只是闹着来,闹着走/隶苦子们只是咱们几个老百姓"。可贵的是,车夫们在混乱的世态里,还信守着自己的观念:"他们有脸的丢脸/咱们有命的拼命/还不是一样的英雄好汉么?"

表现贫困,是此期以车夫为题材的文学最重要的内容。同时期的小说创作,如王统照的《生与死的一行列》、郁达夫的《薄奠》、孙俍工《隔绝的世界》,都大致循着同一模式。在新文学第二个十年里,它仍是作家们最关注的主题,如闻一多的《飞毛腿》、臧克家的《洋车夫》、欧阳予倩的《车夫之家》等。

从内容上,表现车夫另一属类的作品是展示人物的高尚人格。在这方面,鲁迅《一件小事》可视为第一篇。它描写一位车夫细心扶助被车撞的妇人,还通过车夫行为与坐车人自私心理的对比,强调车夫可贵的品质。茅盾曾评论《一件小事》,说它"没有颂扬劳工神圣的老调子"[①],但其中"劳工神圣"的色彩还是依稀可辨。不同的是,它拉近了文人与车夫之间的距离。在车夫身上,不仅有被文人怜悯的遭际,还有被文人感佩的品质,因而给以车夫为题材的作品添上了另一个不曾被人注意的侧面。郁达夫发表于1924年的小说《薄奠》大抵与《一件小事》相似。一个文人于大风之中乘车,车夫却没有对他进行当时在恶劣天气里常会出现的"敲竹杠行为"。文人悄悄摘下手表想资助车夫的家庭,车夫却登门奉还。作品将车夫贫困的生活与其高洁的情操结合起来,使其劳动者高大的形象深入人心。

可以说,"五四"时期有关车夫的文学作品是当时作家关注底层人民生活最重要的实绩,但毋庸讳言,这类作品大致仍囿于知识者文学的范畴。首先是广泛存在的知识者视角。大多数作品的题旨仍是表述与车夫有接触的文人的道德与情感,车夫的贫困或人格是被发现,而非显现。即使是《一件小事》与《薄奠》这样优秀的作品,也仍是从自我感受展开,更不用说胡适、沈尹默等人的单纯的人道情怀表达。在《一件小事》中,我们能读出一个"我"字。应该说,作者表明的知识

---

① 方碧:《鲁迅论》,《小说月报》1927年第18卷第11期。

者人格追求与提升,不比表现车夫更弱。被榨出"小",其实是人格的扩大。其次是作家对车夫生活的观察较为有限。他们大都注意到车夫生活中较容易受到关注的某个侧面,如贫困。相对来说,却忽视了这种职业所蕴含着的巨大的社会性内容。仅就车夫生活的贫困来说,其本身只是外在显现,内里则是车夫与社会各种复杂的关系所致。如果忽视了后者,对贫困的表现也就容易流于泛化。当时表现这一题材的许多诗歌、小说都善于用上等人与车夫之间的比较作为情节框架,如沈尹默、胡适的"车上人"与"拉车人",王统照《生与死的一行列》中因贫困死去的老车夫与来往于街头的红男绿女等,但两种人只构成同情与被同情的关系,这似乎是对车夫贫困根源的挖掘,然而这种挖掘并不深,只是成为社会贫富悬殊的一种写照。由此可以看到,尽管车夫作为一种广泛存在的城市个体劳动者,但其形象内涵的复杂性在"五四"文学中并未被充分揭示。当然,这里并非指摘"五四"劳工文学,就"五四"时期的思潮与新文学初期通行的短篇小说来说,这已经是难能可贵的了。改变这一切,要等到1930年代思潮的演进与长篇小说体式的成熟。

三、人力车夫与1930年代的北京社会

"五四"退潮后,人道主义思想不再汹涌,冷静剖析社会成为作家们新的创作趋向。作家们不再把车夫当成表达人道精神的传声筒,而是将其视为城市社会的普通一员,借描写车夫来剖析社会。

老舍在1934年创作《黑白李》前后,开始向左翼文学靠拢,这使他的作品在关注北平底层市民生活的同时,融入了某种社会批判意识,政治、经济、文化综合分析替代了单一的文化展现。1935—1936年,老舍在《宇宙风》上陆续发表《老牛破车》创作谈,标志着其创作已进入高度自觉状态。1936年老舍辞去大学教职专事创作,《骆驼祥子》这部表现北京车夫的巨作便在这年完成。在谈及创作经验时,他说:

> 我所要观察的不仅是车夫的一点点的浮现在衣冠上的、表现在言语与姿态上的那些小事情了,而是要由车夫的内心状态观察到地狱究竟是什么样子。车夫的外表上的一切,都必有生活与生命上的根据。我必须找到这个根源,才能写出个劳苦社会。①

由此可以看到,虽然老舍仍以车夫为题,但创作上远远超越"五四"时期对车夫生活的简单、直观的表现,他力图展现的是车夫悲剧的人生与时代社会的关系。《骆驼祥子》所展现的20世纪二三十年代的北京社会,正处于中西、新旧嬗递交合的转型时期。政治上,由北洋末期的军阀暴政转向国民政府前期的苛政。文化上,一方面,北平因其故都地位与消费特征,传统文化形态仍占据主导位置,另一方面,又受到西方文明特别是经由上海、天津等沿海都市而来的资本主义经济、文化的侵蚀,在传统形态的末期与近代的初期,处于复杂、混乱乃至无序、畸形的前资本主义状态。

作为车夫,祥子这个人物是丰满且完整的形象,老舍在小说中广泛描写他的生产方式、生活方式、价值观念、精神原则等。祥子的人生即是一个下层人民全面失败的过程,其中包括奋斗、愿望、破产、人生理想幻灭、家庭伦理败亡、强壮身体逐渐萎弱等等。起初,祥子是一个健壮结实,有着善良、义气、质朴、勤劳等传统美德的个体劳动者。随着情节发展,他的人生经历了三起三落,家庭破败。与此同时,更重要的是,他在精神上"丧失一切",成了一个游手好闲、吃喝嫖赌、自私懒惰的行尸走肉,一个"个人主义的末路鬼"。祥子的社会观就是个体观,他所有的人生理想都简化为买车挣钱,娶妻生子,而他所面对的则是由复杂政治、经济、文化诸多因素构成的群体社会。他以自己简单的信念抗拒着复杂强大的社会,在当时,他的失败不可避免。祥子的失败不仅是个人的失败,究其原委,更是他个人与社会关系的全面

---

① 老舍:《我怎样写〈骆驼祥子〉》,《青年知识》1945年第1卷第2期。

第三章　启蒙文学叙事中的北京

失败。

从政治关系上说,祥子只是个单纯的人,是一个被压迫的无产阶级。阶级压迫是构成他人生失败的重要力量。军阀混战造成祥子的第一次破产,国民党特务侦探的敲诈又使他失去几年辛苦而得来的车资,还有车厂主刘四的剥削,杨氏夫妇"不准仆人闲一会儿"的压榨,都足以使祥子无以翻身。但问题还不全在于此,关键在于,祥子的理想只有在透明有序的社会政治中方能实现,而他置身的恰恰是与此相反的所在。他对城市复杂、黑暗的政治环境根本没有任何概念,既没有依托所属的阶级力量与恶势力相争的意识,又没有乱世之下求得自保的市民经验。他与工友们不相往来,只顾自己的生意。当张作霖的败兵逃离北京之时,同伴劝他不要出车,但他偏偏要在乱兵汹涌之时拉车挣份,其结果是车被劫用,人被扣留。祥子可以不管政治,但政治偏偏要将他击垮。

从经济关系上看,祥子的个人愿望不过是获得一份小康的生活,他憧憬的发家理想有着人类的普遍性:"照这样下去,干上二年,至多二年,他就可以买辆车,一辆、两辆……他也可能开车厂子了。"这一点,看似与刘四、虎妞并无二致,但区别在于发家的方式。祥子来自乡间,到了城市后,他的谋生方式仍与农夫耕作没有区别,他的"资本"就是"力气"与质量,宁愿出臭汗下力,也不愿觊觎刘四的车厂。在一个资本主义经济规律已经全面建立的都市中,仍固守着自己农民式的经济逻辑。高妈劝说:"资本有大小,主义是一样……搁在兜儿里,一个子永远是一个子!放出去呢,钱就会下钱!"这既是剥削者的逻辑,也是近代资本主义经济的通行原则——货币的流通增值。而祥子完全不以为然,他宁肯把钱放在葫芦罐里,以致被特务悉数敲诈。虎妞劝他靠"心路"吃饭——形成有规模的雇佣生产方式,以达到资本积累的目的,祥子也一口拒绝。在通行资本主义经济原则占主导的社会中,只有刘四、虎妞那种血淋淋的剥削,方能达到经济上的成功,其手段是"心路"与毒辣,而不是力气与善良。在此情形下,祥子拒绝的不仅是手段,同时也是目的,"老实成了无用的别名"。

　　从伦理文化关系上看,祥子更是一个恪守传统的人。起初,他信守着自己的伦理准则:不赌、不嫖、不贪。对未来的婚姻的期望,完全表现出传统伦理特征。他对小福子情有独钟,因为小福子身上具备传统美德:"她美,她年轻,她勤俭。"可以说,传统伦理原则是祥子抗拒畸形社会的最坚固的防线。只要能固守这样的伦理法则,那么不管是丢掉了车,还是钱被诈骗,他都还是一个完整的人。而当时祥子所处的环境,其人其事,都与祥子那种乡间的单纯气质格格不入。不仅车主刘四是个老淫棍,同类的车夫也都吃喝嫖赌无一不通。在这种非道德的畸形享乐环境中,祥子完全是个异物。与虎妞的婚姻,是攻破这道防线的第一力量。虎妞与祥子的关系,关键不在于爱与不爱(虎妞是爱祥子的),而在于支配婚姻关系的是爱情、伦理还是钱。虎妞很明白地对祥子说:"你结的婚,可是我拿的子儿。"金钱摧毁了祥子的伦理观念。有钱的虎妞支配了一切,传统伦理价值被弃如敝屣,祥子反而成为配角,"不是人,而只是块肉",不仅被逼结婚,婚后还要被妻子决定自己的事业。虎妞代表的,是近代城市拜金主义环境里市民未成熟的一种准新型性爱道德与家庭模式,其对传统的冲击力,直如洪水猛兽。虎妞死后,祥子把自己信守的伦理准则移到小福子身上,但却无力负担其一家人的生活。及至小福子被黑势力逼迫而死,祥子的伦理价值完全崩溃,他终于从身心两方面都支持不住。不仅原来正直的人生理想无从把握,勤劳致富的经济原则完全毁掉,连强壮的身体也逐渐萎弱,终于堕入永久的沉沦之中。

　　由此看来,老舍通过祥子所观察到的"地狱",就是畸形的近代城市社会。祥子悲剧的"生活与生命上的依据",便是他与社会的种种关系。与"五四"时期作家面对车夫仅仅表示一些人道思想不同的是,老舍找到了车夫生命悲剧的根源——那种畸形的近代社会的政治、经济、文化形态。由于老舍把对祥子的描写,融入了对社会的具体分析中,所以祥子的形象已超越了"车夫"这一规定性,成为北京城市下层

第三章　启蒙文学叙事中的北京

市民的普遍代表。所以,《骆驼祥子》不仅是"车夫文学",更不仅是借车夫表述知识者情感的知识者文学,而是较完备的城市文学与市民文学。

第四节　鲁迅与启蒙时代的北京

由于近代的不平等条约,北京很早就被西方列强强制要求"开放",然而由于它政治中心的特殊地位和"官本位"的文化传统,在北京城并没有形成如上海般独立的市民、商业阶层。所以,很多研究者都认为比起上海,北京更是乡土中国的一个缩影。然而,民国初年的北京,拥有的不仅仅是昔日帝国的衰败之色,生活在北京的鲁迅在他的文章、杂记、日记等作品中记录着北京现代化进程中点点滴滴的痕迹。作为批判者的鲁迅,目光投向的是麻木的庸众和封闭的空间,但是,从鲁迅的文字中再度重构民国时期的北京想象,却会让我们发现北京在变为如今这个现代化大都市之前,于现代性最初发展时蹒跚的脚步。

谈到老北京,人们总是马上联想到京城那些"老字号"店铺、悠然自得的古文玩市场和沿着胡同叫卖的小贩,这种闲适的生活情调与封建农业社会中缓慢的生活节奏相关、吻合。北京从元代开始就成为国际性大都市,商业贸易一度繁荣,但是为官服务却是北京商人的首要任务,他们依赖的是传统封建社会农业文明环境中形成的信义,在经营方式中透露出现代契约市场所没有的深厚人情味和浓郁的"官气"。在第一次世界大战开始时,北京的使馆区内拥有饭店、银行、教会、大学、医院等现代化公共设施和机构。鲁迅就曾到六国饭店与《阿Q正传》俄译本翻译者苏联人王希礼会面。在遭遇半殖民化的过程中,北京的环境也在逐步改变。

鲁迅在北京生活的时期也被称为"军阀时期"。军阀混战在削弱北京政权力量的同时,也对外国企业在北京的发展起到制约作用。政局动荡之时,诸如铁路、电报、邮政这一类传统为官服务而今与西方专业技术联姻的行业机构并未受到影响,它们蓬勃发展,收益稳定。可与之相对的奇怪现象是,政府的公职职员却总是不能按时出薪,以至于教师、官吏等经常示威游行。鲁迅在日记中就经常提到欠薪的情况。由于中央政府的权力不断被削弱,大学、期刊和其他出版机构也因此而有思想上不被钳制的宽松环境。从某种意义上来看,鲁迅能够到大学里去兼课、参加新文化运动,与当时混乱的军阀时代的客观背景是分不开的。

1912年,在当时北洋政府教育部部长蔡元培的领导下,鲁迅来到北京,担任社会教育司第一科科长,主管文艺、教育、考古等部门,可以说是当时文化艺术领域的最高领导之一。实际上,在1926年离开北京之前,鲁迅最主要的身份一直是北洋政府教育部的官员,他也积极投身到各项文化事业中。比如,他做了将天坛辟为公园、参与历史博古馆和京师图书馆筹备建立等工作。但是由于上司的昏庸无能加上"三·一八"惨案的发生,鲁迅在北京的仕途之路不久之后即告终止。

鲁迅一生中的黄金岁月是在北京度过的。正当壮年的他精力充沛、才华横溢,在北京大学、北京师范大学、燕京大学、辅仁大学等院校都留下授课的身影。作为"五四"运动的发祥地,北京大学一直走在民主运动的最前列,在北大成立27周年之时,鲁迅撰文《我观北大》,赞扬北大"是改进的运动的先锋"。除了担任大学老师,在象牙塔内传播新文化、新思想,鲁迅还积极利用现代出版印刷文化,开辟与政府不同的公共批判空间。在《新青年》杂志的工作,是鲁迅投身到新文化运动的洪流并成为旗手的重要契机。发表于《新青年》杂志上的《狂人日记》是中国新文学史上第一篇白话小说,成为中国现代小说的重要开端。从此,鲁迅在《新青年》先后发表作品50多篇,引领和聚拢了众多的满腔热血的青年作家,在民国时期的北京形成了一个蓬勃兴旺的新文坛。这个由围绕着鲁迅参与编辑的期刊而形成的新文坛在文学上共同的追求是:真诚而独立地面对自我及灵魂,大胆地批判现存统治、

第三章 启蒙文学叙事中的北京

针砭时弊,积极地解构旧的文化秩序,奉行"我自己所愿意遵奉的命令,决不是皇上的圣旨,也不是金元和真的指挥刀"①。《莽原》半月刊出版时,鲁迅曾撰文:"想什么就说什么,能什么就做什么,笑和骂那边好,冷和热那样对,绅士和暴徒那边妥,创作和翻译那样贵,都满不在乎心里。"②鲁迅曾认为在创作上强调自我的创造社、沉钟社和以翻译外国文学为主的未名社,在推广新文艺方面非常值得肯定,他说倘若"这三社沉默,中国全国真成沙漠了"。在与各类新兴期刊和青年作者的交流中,鲁迅逐步实现着他精神上的现代性的追求,虽然启蒙视域下的新文化运动对广大底层的劳苦民众到底能起多大的启蒙作用仍是疑问,但毕竟这一幻想中的美好图景在期刊营造的热情、积极的氛围中显得具象化了。

在北京时期的鲁迅,有着政府官员、大学老师、作家、编辑等多重身份,他在保护文化遗产、发展现代教育、创办新文化期刊、积极组建文学社团、扶植青年作家、发表文艺作品等方面,都取得了相当的成就。尤其在文学创作方面,北京以深厚的文化底蕴滋养着鲁迅并成就了他最辉煌的创作期。鲁迅曾在给友人的信中提道:"以文笔做生活,是史上最苦的职业。"他几乎都是在薪水发放、衣食无忧时才开始静心创作,这是因为鲁迅当时在北京的生活,毫无经济压力。以当时一个标准家庭的老少三代五口人每月只需 11 元伙食费来做对比,虽然教育部的 300 元月薪会偶尔欠发,但是他在 8 所大学授课,每月还有其他的收入,再加上他的稿费和翻译费,鲁迅每月的生活可以算得上是颇为宽裕。所以,鲁迅的文化身份是精英,他可以从容不迫地倡导文化批评,努力去实现自己在文艺上的理想图景。同时,他的极富责任感的新文化捍卫者的角色,使他更多地去关注身边的沉重现实。他对于北京这座城市的看法,更有一种居高临下的审视。

---

① 鲁迅:《自选集·自序》,见《鲁迅全集》第五卷,人民文学出版社 1973 年版,第 50 页。

② 刘运峰编:《鲁迅佚文全集》(上),群言出版社 2007 年版,第 373 页。

虽然，鲁迅在北京度过了自己一生中的黄金年华，但是走进他的文本世界，却会发现，尽管北京是他的生活场所和创作地，北京拥有丰富的文化内涵和审美趣味，但鲁迅笔下的北京却是一片荒凉的"沙漠"，没有光和热，没有花与诗，如同历史遗留的荒芜战场，在春与秋的季节转换背后，时间似乎是凝滞的，有的只是漫天的黄沙。在《鸭的喜剧》里，鲁迅写北京仿佛"夏才去，冬又开始了"，"寂寞呀，在沙漠似的寂寞呀"。"沙漠"意象对于鲁迅来说是一种现实，一种毫无生机的环境。在他笔下，似乎北京人都生活在这样一个被沙漠笼罩的城市里：小贩的叫卖声充满慵懒倦怠；街头民众像鸭子一样伸长脖子当一个漠然的看客（《示众》）；旧知识分子充当"差不多"先生，对新事物充满迂腐和敷衍（《端午节》）；追求爱情和个性解放的青年男女，最终被现实无情地吞噬生命（《伤逝》）。鲁迅的小说多以鲁镇作为中国封闭乡村的缩影，发生在北京背景下的故事不多，仅有的一些也都取材于社会中不幸的下层人民，探讨的是落后的国民性。他让笔下的落后知识分子、迂腐官员、庸碌的群氓穿梭在茶馆、胡同等旧北京的公共场所之间，通过描绘这些人空虚苍白的精神状态，揭露国民麻木和自欺的劣根性，并借此揭示北京城市中光怪陆离的景象和压抑的文化环境。他对各色人等混迹的北京街区有这样的描写：

> 走到丰盛胡同中段，被军警驱入一条小胡同中。少顷，看见大路上黄尘滚滚，一辆摩托车驰过；少顷，又是一辆；少顷，又是一辆；又是一辆；又是一辆……
>
> 溜到西单牌楼大街，也是满街挂着五色国旗，军警林立。一群破衣孩子，各各拿着一把小纸片，叫道：欢迎吴玉帅号外呀！一个来叫我买，我没有买。
>
> ……走进宣武门城洞下，又是一个破衣孩子拿着一把小纸片，但却默默地将一张塞给我，接来一看，是石印的李国恒先生的传单，内中大意，是说他的多年痔疮，已蒙一个国手叫作什么先生

第三章　启蒙文学叙事中的北京

的医好了。(《马上日记》)①

鲁迅看到了热闹的北京城中的混乱,没有生机和活力。在他笔下,北京的胡同是这样的:

> 在北京常看见各样好地名:辟才胡同、乃兹府、丞相胡同、协资庙、高义伯胡同、贵人关。但探起底细来,据说原是劈柴胡同、奶子府、绳匠胡同、蝎子庙、狗尾巴胡同、鬼门关。字面虽然改了,涵义还依旧。这很使我失望;否则,我将鼓吹改奴隶二字为"弩理",或是"努礼",使大家可以永远放心打盹儿,不必再愁什么了。但好在似乎也并没有什么人愁着,爆竹毕毕剥剥地都祀过财神了。②

鲁迅从国民劣根性入手,揭示中国人自欺欺人、自我麻痹。北京人毫不自觉的不思进取、缺乏开拓精神令其生活在亲手建造的活的坟墓中:

> 我现在住在一条小胡同里,这里有所谓土车者,每月收几吊钱,将煤灰之类搬出去。搬出去怎么办呢?就堆在街道上,这街就每日增高。有几所老房子,只有一半露出在街上的,就正在预告着别的房屋的将来。我不知道什么缘故,见了这些人家,就象看见了中国人的历史。③

---

①　鲁迅:《华盖集续编》,见《鲁迅全集》第三卷,人民文学出版社 1973 年版,第 297—298 页。
②　鲁迅:《咬文嚼字》,见《鲁迅全集》第三卷,人民文学出版社 1973 年版,第 16—17 页。
③　鲁迅:《华盖集·通讯》,见《鲁迅全集》第三卷,人民文学出版社 1973 年版,第 26 页。

北京叙述：帝都、家园与现代性

鲁迅笔下的北京和北京人代表的是一个已然消逝却余烬未熄的封建时代，但即便是这样一个看似没有任何生机的文化"沙漠"，它却以独特的魅力吸引着南来北往的青年知识分子：

> 虽说北京象一片大沙漠，青年们却还向这里跑；老年们也不大走，即或有到别处去走一趟的，不久就转回来了，仿佛倒是北京还很有什么可以留恋。[……]北京就是一天一天地百物昂贵起来[……]借了安特来夫的话来说，是"没有花，没有诗"，就只有百物昂贵。[……]活在沙漠似的北京城里，枯燥当然是枯燥的，但偶然看看世态，除了百物昂贵之外，究竟还是五花八门，创造艺术的也有，制造流言的也有，肉麻的也有，有趣的也有……这大概就是北京之所以为北京的缘故，也就是人们总还要奔凑聚集的缘故。①

在鲁迅眼里，这个结合着过去的古旧与现代的新潮的帝都，充满了权力与梦想的魔力，诱惑着人们寄希望于在乱世的北京做一个"奴隶"。以北京为代表的中国传统文化造成了世态的荒凉和杂乱，急切地需要改造和自省。鲁迅对北京城的世间百态的描述也因此成为文化批判的武器，蕴藏其中的是他对中国传统文化爱恨交织的复杂感情。在启蒙者犀利的目光中，北京如文化废墟般令他感到封闭和窒息，生活在这样环境中的人，有着令人痛恨的庸碌及随波逐流。实际上，作为社会精英的鲁迅和现代性萌芽中的昔日帝都，无法在文化基调上进行完美的融合。鲁迅在北京精英式的文化身份决定了他关于北京的文学作品有着启蒙的基调，他一方面执着于为启蒙呐喊，一方面又表现出对抄古籍、整理碑帖等属于北京古旧的文化的喜好。在给郑振铎的信中，鲁迅坦言："海笺曾自搜数十种，皆不及北平；杭州广

---

① 鲁迅：《有趣的消息》，见《鲁迅全集》第三卷，人民文学出版社1973年版，第190—192页。

第三章　启蒙文学叙事中的北京

州,则曾托友人搜过一通,亦不及北平,且劣于上海,有许多则即上海笺也,可笑,但此或因为搜集者为外行所致,亦未可定。总之,除上海外,而冀其能俨然成集,盖难矣。北平私人所用信笺,当有佳制,倘能亦作一集,甚所望也。"从信中可以看出,鲁迅对北京文化的追恋其实从另一个侧面印证着北京所拥有的独特的文化力量。北京给予鲁迅的生存体验,在他离开之后,成为一种难以割舍的精神眷恋,他在和友人直抒胸臆的倾诉中带着缱绻般的落寞:"我还是喜欢北京,单是那一个图书馆,就可以给我很多便利,但这也只是一个梦想。"

第五节　旧时帝都大户人家的衰败与没落

在曹禺所有的剧作中,《北京人》最具有文化意蕴。这部作品在框架构置方面颇为精巧,既写了封建大家长与儿媳之间的钩心斗角,也写了曾文清、愫方、曾思懿三人之间的爱情纠葛,同时还涉及夫妻不和、翁婿反目等内容,但是,剧本却没有将主旨停留在揭露封建家庭罪恶这样浅薄的层面,它通过描写一个封建家族的落魄解体,反映出对传统文化对人进行"异化"的深刻批判,同时又深切呼唤人性、原始生命力的回归。从某种意义上可以说,在启蒙时代的北京,曹禺的《北京人》是对启蒙文学的一个总结。

曹禺选取了一个三世同堂的传统封建家庭作为故事的发生地。表面上看,这是一个秩序森严、书香环绕的三代之家,实际上,家庭中却充满矛盾冲突。祖父不顾一家生计,全部心思都用在给自己的棺材一遍遍上漆上,俨然一个"活死人"。父亲由于爱情的失败而沉迷于字画,成为一个既不敢爱也不敢恨,既不会哭也不会喊的"废人"。一家之中最年轻的儿子,本来应该有着年轻人火热的激情,实际上却是一个不知反抗的思想缺钙者。在传统文化统治下的封建家庭中,人的个性被压抑,生命的激情被扼杀,有的只是生活的苦闷和沉沦。文清的自杀和愫芳的出走,代表了濒临分崩离析的封建家庭的命运。作者通过对传统家庭文化的否定,来否定封建社会中的道德文化。

除了对传统家庭文化的否定,曹禺也对传统的婚姻关系进行了毫不留情的批判。在作品中,作家用三对夫妻的经历表现他们婚姻的不幸,文清原本深爱着有相同爱好、情投意合的愫方,但却惧怕道德的枷锁,想爱而不敢爱。妻子思懿深爱丈夫,终日忙于一家老少的生计,却得不到文清的关怀。缺乏感情基础的文采和江泰,婚后由于文采家世衰微而感情不和。曾霆与瑞贞的婚姻受制于母亲,婆婆的淫威使得瑞贞最终离家出走,然而曾霆对这一切只是淡然处之,并不加以反抗。从这些男男女女的感情纠葛中,不难看出作者不遗余力要表现的是传统的封建礼教对人性的戕害。

此外,曹禺对以士大夫文化为代表的封建文化也进行了驳斥和控诉。曾家原本是前清显赫的官僚世家,但是到了曾皓一代已然颓败不堪。曾文清除了会吟风弄月,无其他所长,虽然他春天放风筝,秋天游西山看红叶,看似生活优雅恬静,但是人格却不健全。在作品中,曹禺通过江泰之口讽刺文清:"他的舌头不但尝得出茶的性情、年龄、出身、做法,还分得清这杯茶用的是山水、江水、井水、雪水还是自来水……然而这些有什么用?他不会种茶,不会开茶叶公司,不会做出口生意……喝茶喝的再怎么精,怎么好,还不是喝茶?有什么用?"可以说曾文清不但是一个肩不能挑、手不能提、五谷不分的旧式文人,还是一个在精神上受封建思想戕害的牺牲品。他用封建礼教害了自己也害了他人,将愫方、瑞贞都变成封建传统的殉葬品。他唯一一次主动地做出人生选择就是自杀,然而这样勇敢的行为带来的不是走向自由而是走向死亡。从曾文清的人生遭遇可以看出,曹禺揭示了士大夫文化给予人们的只有麻醉自我和娱乐自我的能力,在探寻自我并进行自救等方面,传统文化显得苍白无力。在剧本中,思懿曾说:"我们家什么都不讲究,就是讲究这点臭规矩。"正是这些"规矩",带来了夫妻不和、婆媳不容、钩心斗角、坐吃山空。门外的讨账叫骂声不绝于耳,门里面的封建家庭还在努力维持礼教传统,难怪讨账的讽刺他们:"别丢

第三章 启蒙文学叙事中的北京

人!没有钱,还不和我们一样!"

在《北京人》中,有一段堪称全剧"戏眼"的台词最为关键:

> 这是人类的祖先,也是人类的希望。那时候的人要爱就爱,要恨就恨,要哭就哭,要喊就喊,不怕死,也不怕生。他们整年尽着自己的性情,自由地活着,没有礼教来拘束,没有文明来捆绑,没有欺诈,没有阴险,没有陷害,没有矛盾,也没有苦恼;吃生肉,喝鲜血,太阳晒着,风吹着,雨淋着,没有现在这么多人吃人的文明,然而他们是非常快活的。①

这是作家借对周口店发现"北京猿人"的感慨,表达自己在这部剧中要表现的主题。他一方面用原始时代"北京人"生活的自由空间作为参照物来反映封建礼教对人性的异化,另一方面通过对原始生命的赞颂来表达自己对洋溢着旺盛生命力和野性、充满纯真、质朴的自然人性的深切呼唤。曹禺希望人可以主宰自己的命运,摆脱外在的束缚,拥有生命最本质的真诚。在这个哲学意义上,剧本《北京人》中透露的启蒙价值昭然若揭,即人到底应该拥有什么样的生存价值和生命体验。

在作品中,曹禺通过塑造具有强烈反差的人物形象来表达这种深刻的哲理内涵,比如曾家老少与机器工匠、袁氏父女的对比。机器工匠和袁氏父女的形象是曹禺追求人性本真的外在具象化表现,他描写机器工匠时这样写道:"他约莫有七尺多高,熊腰虎背,大半裸身,披着半个兽皮,浑身上下毛茸茸的。两眼炯炯发光,嵌在深陷的眼眶里,塌鼻子,大嘴巴,下巴伸出去有如人猿,头发也似人猿一样低低压在黑而浓的粗眉上。"曹禺让机器工匠承载了北京猿人的体魄和外表,同时拥有原始人的野性力量。剧本中,正是这位工匠替出走的瑞贞们砸开曾

---

① 曹禺:《北京人 原野》,人民文学出版社 2010 年版,第 31 页。

家那沉浮紧闭的大门。在袁氏父女身上,曹禺着力体现的是自然人性中的率真爽朗、质朴简单。人类学者袁任敢洒脱豪放、不拘小节,女儿袁圆更是由着自己的性子,率性快乐地活着。他们无法理解曾家人刻板的传统伦理,曾家人也认为袁家父女的表现简直不成体统。曹禺通过叙述思懿在袁家父女面前故意罚跪曾霆、让文清向老爷子敬酒等情节来表达:受传统文化浸染越多,越是丧失了作为一个人应有的自然本性。

实际上中国古代一直有对人性自然的关怀。庄子认为在远古有一个"至德之世",人和人之间没有尔虞我诈,也不争夺名利,只是按自己天然的本性而活。西方的哲学家卢梭和尼采也都表示过对人类原始蒙昧时代人性的淳朴自然的眷恋。尼采曾说在原始时代,人类"更接近大自然的心灵,在自然状态中达到人类的理想"[1]。可以说,曹禺与先贤哲人们一样,是预设了一个人性完美自然的时期,然后带着伤感落寞的情绪反观当下社会中人性的异化和分裂,认为文明的发展带来了质朴人性的消亡,所以对统治中国千年的文化传统进行尖锐的批判。在今天看来,启蒙运动中的曹禺,能够敏锐清醒地意识到人类发展本身实际上是一个令人费解和困惑的二元悖论,这是非常不容易的。人类只有与原始告别才可以走进高级文明时代,但是在走向未来的同时却也失去了原始人率真的心灵和人与自然的和谐共处。很多人类创造的高级文化已经成为自身沉重的枷锁,作为一个人最本真的感性激情日益被冲淡。曹禺正是因为看到了封建文化对人的异化,才高呼自然人性的复归。这在今天看来,其中的启蒙意义仍然深刻而合理。

1940年代的中国,内忧外患,国难当头,国家和民族危机不断,在当时讨论人性的自然与回归曾被很多人认为是不合时宜的,然而,纵观现代文学史上知识分子一直不遗余力倡导的启蒙理想,可以发现,曹禺的《北京人》蕴含着对人性最深刻的探讨,其中的文化哲理内涵是对整个启蒙运动的完美的总结。

---

[1] 尼采:《悲剧的诞生》(续),缪朗山译,见中国人民大学中国语言文学系《文学论集》编辑组编《文学论集》第四辑,中国人民大学出版社1980年版,第262页。

第四章　想象中的故乡:现代散文的家园叙事

北京不是一个有着持续统一历史并且同质的城市,实际上,它是在不同的时间和空间的相互作用下被反复构建和定义的一个地方。所以,在20世纪的中国文学中,北京既可以进入私人化的叙事,投射个体的私人情愫,又常常被描述成某种集体的记忆与传说;它有着独到而特别的地域特征,同时又是家园故国、民族历史的重要象征。清末至新中国建立之前的北京,处于一种精英与大众交锋、地方和国家冲突聚合的过程中。在各类文学作品中,北京的形象往往是在抽象与具体之间、真实生活场景与特有象征意义之间的复杂呈现。

第一节　旅游热潮中的北京

1930年代,中国的现代旅游业兴起,各类旅游群体中,文人及学者这个序列格外令人瞩目。中国古代诗人骚客素有游历山水、读万卷书行万里路的传统,民国时期知识分子的旅游既承接古训,又带有新的时代特色。他们怀揣着一颗爱国、求知的心,造访他乡乃至异国的山山水水,在登临五岳、泛舟平湖之际,以旅游为文艺创作、科考研究甚至救亡救国服务,为后人留下相当多的文化财富。

中华五千年的历史留下了大量名胜古迹,青山绿水也在浓厚的文化底蕴浸染下更显秀丽。文化名流往往乐于踏访古迹,感慨往事。1933年著名学者傅增湘从北京前往陕西,在秦川大地造访游览了骊山、大雁塔、刘邦长陵、兴教寺等名胜,同时期游览陕西的还有书画家林散之和鲁迅、张恨水等人。鲁迅在西安曾对"昭陵六骏"石雕给予很高评价。林散之在游历秦时古都咸阳后赋诗:"我来咸阳城,苦访咸阳迹。荒荒春草青,阿房何处宅? 空余渭水声,滚滚自朝夕。"张恨水从北平出发,经过郑州向西至洛阳,最后到达西安,他饱览西安的风景名胜,畅游大小雁塔,在碑林收集碑志2000多件,游遍西安大街小市,沐浴于华清池,最后在咸阳古渡造访传说中的周文王和周武王的陵墓。

除了游历历史古迹遗留颇丰的古都,文人们还乐意去一些并不被人熟知但却有历史、文学价值的地方。郭沫若的合川钓鱼城之旅就是一个例子。钓鱼城位于重庆合川城区嘉陵江南岸的钓鱼山上,钓鱼城三面环江,依山而建,形势陡绝,是兵家雄关。南宋末年,蒙古大军西征伐宋,一路进犯四川,但是兵临钓鱼城下却遭到顽强的抵抗。钓鱼城保卫战持续了整整36年,这场战役不仅是南宋与蒙古之间的生死决战,也是改变世界历史格局的重大战役。郭沫若在前往钓鱼城途中,仔细了解了钓鱼城的故事,到了钓鱼山下,他感慨道:"的确是拔地而起的山岩,爬山的路相当陡。在古代平面战的时候,怎么也是不容易攻破的。"在山顶的护国寺和祠堂中,郭沫若将有价值的碑文细心抄录,并赋诗感慨其中忠义堂与淫祠并列在一起:"魂夺蒙哥尚有城,危崖拔地水回萦。冉家兄弟承璘玠,蜀郡山河壮甲兵。卅载孤撑天一线,千秋共仰宋三卿。贰臣妖妇同祠宇,遗恨分明未可平。"①

文人们常常将旅游与文学创作结合起来。被誉为中国现代徐霞客的教育家蒋维乔,游览过很多山川,并就其不同之处一一品评。蒋维乔与好友冯农、冯雨在房山先后游览上方山和云居寺之后,写下《大房山游记》,盛赞房山……蒋维乔走遍大半个中国,历次游历均有游记。胡适在1935到南方游历讲学,留下了《南游杂记》。郁达夫到游北平、济南、北戴河之后也写下大量游记散文,将山岭水瀑的神奇美景、名胜古迹的傲人风姿以及独特新异的民俗民情用他清新优美的笔调传神地描绘下来,成为现代文学史上不朽的佳作。

实际上,诗人们人在旅途,面对青山绿水的秀色可餐和历史古迹

---

① 郭沫若:《钓鱼城访古》,转引自杨钊《合川钓鱼城诗文及其文化意义》,《重庆社会科学》2007年第5期。

第四章　想象中的故乡：现代散文的家园叙事

的沉厚底蕴，难免文兴大发，很多动人的文章就此产生。弘一大师曾两度游览庐山，留下"春风吹面薄于纱，春人装束淡于画……莺啼陌上人归去，花外疏钟送夕阳"这样传唱一时的歌词。张恨水这样总结旅行和创作的关系，他说在游历后才会发现"人民的苦处，实在有我想不到写不到的地方"，所以行万里路和读万卷书一样，都是"写小说的基本工作"。1930年代的旅游热使众多文人和艺术家从游历中吸取创作素材、激发创作灵感。在这个过程中，文人们如何看待北京的名胜和新兴景点，也成为值得关注的地方。其中，知识分子对待中央公园的态度最为有趣。

北京的中央公园是"北京第一座经过精心规划"而且由"皇家坛庙改建"①的大众公园，由当时的北洋政府内务总长兼北京市政督办朱启钤发起捐款并建立，在1914年正式面向公众开放，是当时文人们交流思想、抒发感情的特别之地，同时也是民众表达社会主张和民主诉求的一个公共平台。中央公园不但景色极佳，"春秋之交，鸟鸣花开，池水周流，夹道松柏苍翠郁然"，而且是"学校之游行、公众之聚会咸乐"的自由开放的空间，这是它成为文人们在此构筑文化沙龙的必备条件。

由于改自皇家坛庙，所以中央公园保留了颇多的文化底蕴，这使得众多国学大师对其青睐有加。陈寅恪和毛子水经常在公园散步吃茶，进行学术交流；钱穆和张东荪、熊十力在公园吃早餐之时，探讨"经史旧学"和哲理政事；另外，北大、清华和燕京的学界巨子也在公园开办学术沙龙。除此以外，南社、《新青年》杂志社、语丝社等近现代文学、思想社团都常常在中央公园举行展览、演讲和聚会等活动。这其中，京派文人尤其与中央公园亲密，沈从文每隔一两个月就会邀约青年作家们去来今雨轩以茶话会的形式谈论文学问题，萧乾则每月都在来今雨轩举办一次茶会。梁宗岱、朱光潜、林徽因、卞之琳等人势必到

---

① 王炜、闫虹编：《老北京公园开放记》，学苑出版社2008年版，第51页。

场。有学者认为,来今雨轩在20世纪30年代的北京扮演着公共空间的角色,"这个空间集结的文人却超越了单一性,成为众多京派文人尤其是学生辈的文人建立社会网络的黄金通道"①。除了京派作家,左翼文人也在中央公园留下身影,它是冯雪峰、柔石等人小圈子的聚会地之一,胡也频还在中央公园为丁玲拍摄照片。通俗作家和其他文艺界人士也喜爱在中央公园举办活动,张恨水著名作品《啼笑因缘》就是在中央公园创作的,他还常常在园内备一杯茶,请老友欣赏晚开的牡丹。1935年,北京文艺界知名人士在中央公园举行欢迎李苦禅来京以及送别张恨水返沪的茶会,不但梅兰芳、齐白石、徐悲鸿等文化名人前来参加,还特地邀请了一代名媛赛金花出席,文人们在古雅的中央公园,意欲目睹已经淡出历史风云的迟暮佳人,这体现了风雨飘摇中文人们隐晦的审美心态以及苦涩的民族意识。文人们在同仇敌忾的民族感情中团结起来,在中央公园成立了由张恨水、刘白羽、凌淑华、顾颉刚、俞平伯等各类文人们联合的北平文协分会。可以说,在国难当头的岁月,中央公园某种意义上承担着黏合民国文人群体的重要作用。

中央公园不仅为文人们提供抒发政治主张、讨论学术问题的场所,同时也留下许多文人们浪漫的感情故事。比如,冯沅君就曾在文章中写过在中央公园里约会的感受:"就在这样的夜里:我们相搀扶着,一会伫立在社稷坛的西侧,一会散步在小河边的老柏树下,踏碎了柏子,惊醒了宿鸦,听得河冰夜裂的声音。"②这样的诗意使得中央公园披上了一层缱绻的柔色。庐隐几次重大的情感遭遇都发生在中央公园,从爱上已婚的郭梦良,二人在园内忘我交谈,到郭死后她又经常在"中央公园的最高峰上酣歌狂舞",再到后来与李唯建在中央公园

---

① 许纪霖等:《近代中国知识分子的公共交往(1895—1949)》,上海人民出版社2008年版,第340页。
② 冯沅君:《隔绝》,见袁世硕、严蓉仙编《冯沅君创作译文集》,山东人民出版社1983年版,第6页。

第四章 想象中的故乡:现代散文的家园叙事

相恋,中山公园对于庐隐来说算得上是最为特别的人生驿站。作家们将中央公园视为自己表达情愫、与心上人约会的最佳场合,对此,梁实秋曾写过:

> 下次会面是在一个星期后,地点是中央公园。人类的历史就是由一个男人一个女人在一个花园里开始的。中央公园地点适中,而且有许多地方可以坐下来休息……等人是最令人心焦的事,一分一秒的耗着,不知看多少次手表,可是等到你所期待的人远远的姗姗而来,你有多少烦闷也丢到九霄云外去了。①

中央公园在胡适心中同样刻下了印痕。1924年胡适在中央公园内触景生情,吟诗道"我且封一两枝花,寄予江南人看"。诗中的"江南人"被认为正是胡适所恋的曹珮声。到了1931年,从上海迁居北京的胡适再次与夫人去中央公园散步、吃饭,故地重游,心绪已然大不同。胡也频与丁玲相恋期间,曾独自"在中央公园徘徊",抒发郁结,而老舍则是在中央公园与未婚妻有了"第一次拥抱",另外,徐志摩和陆小曼、沈从文和张兆和还在中央公园举行了婚礼。

可以说,中央公园承载着文人们或热烈、或复杂、或单纯、或隐秘的个人情感,它既是两情相悦的场所,也是受到文化感召的特殊之地,尤其是对于一些远离故乡、在外漂泊的文人。赴美之前,林语堂曾专程回到中央公园,重温旧日的时光;身处异邦的陈之藩看到国外的鲜花时,自然想到了中央公园的花朵;这种对中央公园的特殊情愫与无法忘怀,根源在于对祖国牵魂的思念。

中央公园对文人们的特殊意义还在于,它在不经意间引发了一些文字上的纠葛。比如刘半农因作古诗《中央公园即目一首》被周氏兄弟指出形式与感情均不符新文学的观念;钱玄同曾撰文表示比起保守

---

① 梁实秋:《学问与趣味:梁实秋散文》,浙江文艺出版社2014年版,第236页。

知识分子"读古书",还不如去"中央公园爬爬假山"。由中央公园引起的新旧文化之间的冲突和矛盾,更从另一个侧面印证了中央公园在民国知识分子心中的重要地位,哪怕是在知识分子们离开北京以后,中央公园对他们仍有着不同寻常的召唤力。在北京多次驻留的宇文回忆起中央公园曾说,"在北京清早你可以到中央公园,在公众散步的马路上走完你每天走的十个圈子,不受旁人的注意和干涉",不仅如此,他还称赞北京人有一种极为可贵的"雅量",是一种"宽容的态度"。① 章源若离开北京后回忆在京生活,提到"中央公园和北海公园",只要想去,"就可以去,随便赏心悦目"。② 在北京文化的传播与认同上,中央公园有着特殊的意义,它使得来京的文人不自觉地、迅速地对北京文化产生皈依感。

现代文学史上有着南北文人的"京海"之争,京派文人对中央公园的赞美和描绘自不必多说,而海派文人在回忆中央公园时,心态就显得更为多样和复杂。比如叶灵凤虽赋诗描写过中央公园"笙歌院落人声沸,灯火楼台夜色凉。谁知紫禁森严处,辟作民间游戏场",但他仍然认为中央公园不比北海,因为白天太过嘈杂,作为清高自傲的知识分子,实在难以接受"夹在"人群里"吃瓜子""品评来往的女人"的行为。从叶灵凤对待中央公园的态度,可以反映出他对于北京文化的特殊情感:一方面无法排斥北京的魅力——"在这软尘十丈的上海住久了的人,谁不渴望去一见那沉睡中的故都"③,另一方面又无法接受北京市民文化中的朴素和简单。这种复杂的心态实际上是与京、海两种文化心理在深层内核上的冲突不相容息息相关,海派文人眼中的北京,往往带着黯淡和沉沦的色彩,他们在描述北京时,更是于同情中带着奚落,中央公园改自旧时皇家祭祀庙坛,从"昔日繁华"到今天"人声聒噪",他们对北京的历史沧桑既有着同情,又有着远观赏玩的看客

---

① 宇文:《北京的空气》,《现代评论》1926年第4卷第94期。
② 章源若:《北京与上海》,《现代评论》1927年第6卷第150期。
③ 叶灵凤:《北游漫笔》,见《灵凤小品集》,现代书局1933年版,第96页。

第四章 想象中的故乡：现代散文的家园叙事

心态。雄伟壮观的皇家建筑可以引起南方文人的审美愉悦，但远离喧嚣、古朴平淡的民风民俗却难以被时髦新派的他们所接受。

在民国时期的旅游热潮中，知识分子们以旅游为文艺创作服务、以旅游为科学考察服务、以旅游为改革救国服务，他们于远涉山水中行文，在踏访古迹、保护历史文化的同时奔走天下，常怀一颗救国之心，为后人留下宝贵的旅游文化财富。虽然身处民族危亡、内忧外患接踵而至的历史关头，但是文人们仍然有情感宣泄、学术追求、文化研讨的精神渴求，中央公园作为一个特别的公共空间，在一定程度上满足了文人们的内心需求。由于各自的文化立场不同，知识分子们在中央公园有着大相径庭的精神体验，中央公园也就由此成为一个五彩缤纷的万花筒，经由它，我们可以看到民国文人不同的精神姿态。

第二节 旧京文人眼中的北京城

城市的空间秩序发生改变，与之伴随的是人们的生活方式也发生了变化，这样的变化被记录在文字中，留存下来。翻阅民国时期的报纸和杂志可以发现，老北京日常生活的独一无二常常被细致地记录于文字中，其中蕴含着丰富的历史和内涵。日常生活中间简单的小事，诸如街头巷尾的一声吆喝、裁一件衣服或者各种新奇的吃食，若其中有掌故，也会令学者们感兴趣。他们将日常生活中的这些点滴汇总、以面面俱到的方式进行分类，写成文字，最后化为一种历史知识供后人品评玩味。

金受申就是一位致力于将日常生活实践中的文化编纂分类的散文家，他出生于1906年，在1930年代为当时报纸撰写有关北京的文学专栏。1935年他的"北平历史上赏游地记略"和"北平剪影"在《华北日报》上刊登。1937年，他在《正报》上撰写"北京通"专栏、在《新兴报》撰写"故都杂缀"专栏，同时还在《全民报》《立言报》开通"新京旧语"等专栏，这些专栏大都以发表各种关于北京当地民俗和日常生活琐记的散文为主。金受申认为北京的民风习俗,"一事有一事的趣味,一事有一事的来历,小小的一个玩物也有很深微长远的历史……记这类旧事,一方面给过来人一种系恋,一方面把过去的北京风俗,前人所未记载,不见文人笔墨的事故,记下来保存"①。作为自小生活在京城的清朝贵族,金受申的选题范围是非常广泛的。上至皇家的礼仗仪式,下到市井众人的逗鸟养虫,甚至一样小吃的做法、著名的商贩和新兴的理发馆等事物都是他记载的对象。

我们知道,食物往往是代表一个城市特色的最主要标志,它可以唤起人们对一个地方熟悉的记忆,而"老北京"作为一个四季鲜明、不同场合与节庆都有特定吃食的地方,对食物的描写与记载则显得更为重要。在金受申的散文中,立春时节飘香的"春饼"、夏季用来消暑解渴的山楂汁、秋天肥嫩的螃蟹以及冬天暖意融融的火锅等,都是他描述的对象,甚至详细到可以依照文字变作菜谱,比如春饼一定要用热水烫面,将生面团分成一个个小份,再加入少量的芝麻油在平底锅中烙成双层的煎饼,吃春饼时应该"揭开两片平铺,放好饼菜,卷成极边式的细卷,吃个有头有尾,不会散开,不会流汤,才算是会吃的。我曾见一位先生,将饼包好了菜,捧在口边大嚼,如吃'白菜包'一样,见者无不大笑"②。除了饼以外,香甜的甜面酱和切成细丝状的"羊角葱丝"也是必备的,还有各式各样均切为细丝状的酱肉,都是从食品店中购买,为此,他还专门列出了普云楼、仁和坊以及金华楼三家最有名的食品店,值得一提的是,金华楼还一度是清皇室御用的肉类供应商。再有,吃春饼还需要"炒合菜"和"拌合菜",炒合菜是用豆芽菜和干粉丝炒制而成,而拌合菜则更为"讲究",是"将豆芽菜(掐菜太老,不宜采用,豆芽菜以桶菜的第二层的'二菜'与盆泡豆芽的'盆菜'最嫩)用水焯热,干粉煮好,用团粉、醋、黑白酱油勾成汁(千万加入烂蒜),用

---

① 金受申:《老北京的生活》,北京出版社1989年版,第424页。
② 金受申:《老北京的生活》,北京出版社1989年版,第12页。

第四章　想象中的故乡：现代散文的家园叙事

汁拌菜粉便成，比肉丝熟炒强得多了"①。金受申在描述这些吃食的做法时极为严谨，不但每一种食物的成分作料都要来自某一个特定的地方，而且每一种菜品佳肴都有一个完美的做法，暂不说16种制作家禽的方法和烧鱼的12种制法，就连清炒卷心菜这样的家常菜都有着特别的讲究和正确的刀工切法。值得注意的是，在北京这种城市里，并不仅仅是权贵家庭才可以讲究，家常风味的食品往往也非常精致，甚至普普通通的路边小吃也常常是独具一格。从金受申的散文中可以发现，人们对一种食物的着迷和眷恋往往是来自于这种食物与季节、时令的特殊联系，它并不是随时随地都可以品尝到的，它并不像日用品那么随处可见成为令人难以忘怀的根本原因，而金受申就是这样不厌其烦地用细致入微的手法着迷般描绘着老北京日常生活中的点点滴滴。

　　除了食物，服饰、游戏场所、娱乐形式、婚丧嫁娶的礼仪形式、走街串巷的吆喝和琳琅满目的商品都是被反复描写的不同话题，在金受申的作品中，老北京独特的地域特征蕴含在这些话题中，营造出这个城市独特的风格意象。

　　齐如山是另一个北京历史的重要记载者，曾就读于京师大学堂，并在第一次世界大战爆发之前多次访问法国，一生致力于戏剧研究。在他的推动下，京剧转向为现代的娱乐形式。在描述日常生活的散文方面，他对老北京的胡同和集市有着浓厚的兴趣，另外，除了描述节日风俗及商贩叫卖等，与金受申不同的是，他主要将描述的视角置于北京的各行各业上。齐如山的《故都三百六十行》在1941年出版，在书中他描述了很多逐渐消失的行业，尤其是那些慢慢地被现代工业化所取代的手工业。由于清朝的没落，流行时尚和宗教信仰活动也在悄然发生改变，伴随这些变化而来的是很多古老行业无法继续维持。比如专门为妇女缠足做鞋底、做诵经时使用的木鱼、缝制剪裁袈裟道袍等

---

①　金受申：《老北京的生活》，北京出版社1989年版，第13页。

行业已经消失。齐如山敏锐地发现这座城市在现代化进程中出现的点滴改变，详细记载了这些行业的名称和曾经运转的方式，同时细致地说明了它们衰败的具体原因，在文学中构建了一个"日渐消失的世界"①。

为何这些散文家事无巨细地记录着日常生活中的点点滴滴？这样细致地着眼于事物的细节意义何在呢？不同作家有不同的看法。在《旧京琐记》中，夏仁虎一方面详细描述着北京城的各种细节，另一方面又称这些细节其实并不重要。他说，写《旧京琐记》这本书的目的是要记录值得让人了解的北京城，"及今所述，以为陈迹。告诸后生，或疑诳汝"②，但更宏大的历史应该留给史官去"大手笔"完成，因为他所选择和关注的种种日常生活中的奇闻轶事都是人们茶余饭后才会关注的"琐事"。然而，正是这样一种翔实的描述，使得《旧京琐记》在今天研究过往的老北京生活时，仍是重要的民俗、文学乃至历史资料。因为那些有价值的史实细节，正史往往不曾对其进行记载。

在这方面，齐如山的态度与夏仁虎便极为不同，他直言不讳地强调记录日常生活细节的重要性，并认为，正是这些细节与琐碎的日常，使中国人得以成为中国人。在齐如山的文字中，可以发现，他选择用平日生活里出现的种种细节及其逐渐式微来讲述历史的更迭，描绘出一幅与新政权倡导的现代化愿景不同的帝国旧貌。在《故都市乐图考》中，齐如山用照片的形式收录了京城里小商贩们所使用的种种不同的乐器，同时对每一种乐器的用途加以解释和说明。他认为，清代祭祀时使用的很多乐器在这个时代已经消失了，但是"北京小贩采用乐器甚多，盖亦不过取其悠扬动听而已。而古代乐器，乃能藉此保留，能常入吾人之眼帘耳鼓者，则此类小贩，诚有保存古代文化之大功也。吾故特绘此图，以彰其美，藉传永久，否则现在诸事维新，恐将来连此

---

① 齐如山：《北京三百六十行》，书目文献出版社1993年版。
② 夏仁虎：《旧京琐记引》，《枝巢四述　旧京琐记》，辽宁教育出版社1998年版，第75页。

第四章　想象中的故乡：现代散文的家园叙事

数种物件,又将弃而不用,致失传流矣"①。

无论是金受申、齐如山还是夏仁虎,纵观他们的作品,人们都会有一种这样的印象,那就是,他们记载的是这座城市中不分阶级、等级、地位的民众们在生活中共有的一些东西。但是,实际上,由于金受申自己所处的生长环境,只有富裕阔绰的家庭才可以享受到他所描绘的种种精妙的帝都美食。斗蟋蟀、遛鸟这样闲散的生活方式更是由八旗子弟流传下来的属于有闲阶级的一种生活状态。实际上,清王朝的精神残垣苟延残喘般留在普通老百姓的日常生活中,过去祭祀的皇家场所,如今已是民众可以踏足的公园。清王朝灭亡以后,昔日的贵族逐渐变成普通百姓中的一员,甚至相当多曾经毫无生存技能的八旗子弟已经沦为赤贫,但是那些存在于昔日生活中的气息和要素却随着贵族的沦落逐步渗入城市的整体生活方式里,商业化的快速进程也在另一方面起到了普及旧日贵族与上流社会生活方式的积极作用。从这些意义上来说,这些散文作品记载的就不单单只是旧时的生活方式与传统,更是作家们目睹的清代权贵生活方式世俗化、平民化的历史过程。细心的读者可以发现,这时候作家笔下写的老北京,早就已经是"割去辫子"的"民国时期的北京",但是种种生活习俗究竟产生于哪个朝代、兴盛在何时,又是如何日渐式微的,作家们往往只字不提,这样随手带过的一种"无意识"般地对阶级差异的遮蔽和对具体历史时间的忽略,却恰恰能够反映出身处新旧时代交替历史背景下,精英知识分子内心偏颇的视角。

在民国时期,知识分子对北京这座城市的历史以及文化传统有着不断增长的兴趣,担心民国时期持续的混乱会不可避免地导致帝都独有的历史文化传统走向衰亡,很多出版机构和个人都再版了大量的描述故都王朝的历史文献。文人学者们则着力创作北京在空间秩序和

---

① 齐如山:《故都市乐图考·跋》,北平国剧协学会1935年版,收入《齐如山全集》第七卷,台北齐如山先生遗嘱编印委员会,1964年,第41页。

文化风俗变化等方面的作品,他们把对未来的忧虑投射在对历史的珍惜中,在努力营造出历史整体感的同时,也表现出对这种历史延续遭到不可避免地破坏的焦虑和抗拒心理。

当曾经的皇权土崩瓦解以后,生活于昔日政治体系之下的日常生活实践和审美就如同碎叶般随风飘散,虽然整个体系轰然坍塌不可再造,但具体细节却保留下来,成为一种文化上的"残骸"。作家们对日常生活中种种细节"着迷"般的记述实际上是想建立起一份完整的、日渐式微即将销声匿迹的生活方式的记录。在杂糅百家的文字描述背后,突出的是作家无可奈何的一种怀旧情绪,这种情绪弥漫在对日常生活的各种记录中,成为一种掺杂着希望与哀悼的复杂情绪:旧时文化传统的流逝不可避免,但是收集的"残片"越多,越有可能留下一幅近乎完整的历史画卷,在将来的某一天,依照这些碎片残骸,仍有可能复原、再现曾经的整体图景。虽然故国之思贯穿中国传统文化,但是身处现代性变革中的民国作家们的复杂情绪却与之前文人们的怀旧有所不同,余棨昌曾说:"予既衰老,都城亦非昔日之旧,良时不再,此固无可如何者矣。……在今日事过境迁,人皆淡忘,独予于往日之旧京,犹拳拳于怀而不能恝置焉。夫以声明文物绵延六百余年之古都,予幸生其间,既见其盛,旋见其衰,复见其陵夷。以至于今日,而予犹偷息于此。"[①]同样是处于现代性进程的洪流之中,19世纪末的巴黎作家却期待着现代性的到来,他们在作品中将现代化构想为一种新思绪和新框架,并试图对现代性有可能造成的混乱局面进行规范,但是,北京的作家们在内心深处不愿意接受新思绪和新框架,相反,更强调保存过去的重要性,他们收集日常生活中散落的旧俗点滴,再版各种旧刊书籍,把种种民俗文化如百科全书般分类收录和记载。有趣的是,在当时,这些文人们的努力看似是将未来阻挡在自身世界之外,但是当日后时代变迁,人们试图用商业力量重新塑造一些传统文化图景

---

① 余棨昌:《古都变迁记略·自序》,北京燕山出版社2000年版,第1页。

第四章　想象中的故乡：现代散文的家园叙事

的时候，昔日百科全书式的面面俱到的记载便显得尤为有用。当然，面对现代性的强烈变革与冲击，一部分作家如上述选择保存旧有传统，另一部分作家却更关注正在被现代化了的将来。

在复杂的历史巨变时期，实体的城市为外部变化所引起的深刻、复杂的人的情感提供一种结构与依靠，使得这些模糊隐晦的情绪可以通过文字表达出来，同时，城市实体在思想领域再次被构建，以便更容易被理解和想象，一个城市的历史也就由此变为社会群体的集体记忆。

第三节　南方知识分子对北京的描述

在北京这座可以激发强烈情感的城市中，不但世居此地的老派旧京学者留下了品类繁多的以记录这座城市为主的各种文学作品，新知识分子们也创作了很多描述北京的作品。虽然这些作品（尤其是创作于1930年代中期日据时期的）在笔调上也充满感伤和怀旧，但是与老派旧京学者齐如山、金受申等的感伤与焦虑不同，他们不会对即将消亡的老旧传统，表现出强烈的抗拒和切身痛苦。这是因为，作为新知识分子的主体，很多作家来自南方，在北京，他们只是租房暂住。他们留在北京的缘由，大多是任教或就读于新设的大学和教育机构。这样一来，他们眼中的北京，自然和旧京学者眼中的帝都有很大差别，北京成为一个可以与其生活过、经历过的任何地方做比较的城市，他们不再只关注北京在历史年代上的更迭变化。可以说，在日据时代开始之前，这些南方知识分子很少对传统的北京文化即将消失表示过担心，因为这些传统，毕竟是北京当地人的生活方式，并非他们自己的，即便是涉及此类情感、题材的作品，作家们往往也只是以一种旁观者的语调客观地论述。由于这些新知识分子生活的中心已经是民国的北京，所以他们更加关注北京城在转型时期的文化结构。而1937年后，日军进占北京，老派的北京学者选择继续留在这座城市进行编纂地方志等历史研究,新派知识分子则大多离开北京,去往南方,在那里抒写他们对北京的回忆与念想。由于他们曾经生活过的北京,已经是一个转型时期的北京,因此,这些身在南方的知识分子的作品中往往并不关注旧北京的种种生活细节,他们对文化与民国时期社会的转型这类问题更加关注。

一、精英化的描述模式

从1924年以后到抗日战争全面爆发之前,新知识分子关于北京的写作发展到了新的阶段。虽然他们对北京有着各种不同的见解,但却慢慢地融入这座城市,体会到自己与城市之间更深、更复杂的种种关联,同时也在自己的文学作品中表现出这种情怀。郁达夫、俞平伯、朱湘、叶灵凤、石评梅等人都在作品中写到了自己在北京钟爱的游玩之地,表达出对北京这座城市深刻的喜爱与眷恋。俞平伯在《陶然亭的雪》中写道:"我虽生长于江南,而自曾北去以后,对于第二故乡的北京也真不能无所恋恋了。"他用饱含深情的笔调细致地描绘着北京冬日的银装素裹,将内心对故乡家园的依恋曲折地表现出来,北京的雪,使他"重温热久未曾尝的儿时的甜酒……俯拾眠歌声里的温馨梦痕;并可以减轻北风的尖冷,抚慰素雪的飘零。换一句干脆点的话,就是在清冷双绝的况味中,它恰好给喝了一点点热热酽酽的东西,使一切已凝的,一切凝着的,一切将凝的,都软洋洋弹着腰肢不自支持了"①。作家们笔下的游玩之地包括故宫、颐和园、北海等,也有类似香山和陶然亭这种历代文人不断造访的地方,另外,还有"接地气"的什刹海、琉璃厂等。从文人们的游记和笔记中来看,他们造访的脚印主要包括四种:公园和博物馆、大学、繁华的商业区和饭店。

这一时期作家们对北京的描述与刻画体现出他们与北京城不断增加的情感联系,但是,通过对他们游玩、造访地的梳理,可以看出,新

---

① 俞平伯:《陶然亭的雪》,见姜德明编《如梦令:名人笔下的旧京》,北京出版社1997年版,第35页。

第四章　想象中的故乡：现代散文的家园叙事

知识分子所钟爱的北京更偏向于旧帝国首都在民国转型之后开放的景区园林。比起普通市民阶层生活中接触的胡同小道，他们更喜欢的是现代化与古都风情交融的各类景观以及体现文人雅客情怀的熙熙攘攘的琉璃厂，也就是说，他们笔下的北京，带有一种旅游者的视角。所以，这些知识分子笔下的北京与旅游者的北京之间有着多处的重叠，在他们看来，北京的魅力并不在于老北京的民俗与传统或是普通市民的日常生活，而在于北京特殊的自然景观和历时悠久、别具风格、景观化了的皇家园林。这样的视角与金受申等北京本地作家的关注极为不同，是一种在国家视域之下的城市观。

在众多景点之中，北海公园是知识分子们最流连忘返的地方。这是因为，中央公园往往人员嘈杂，三教九流汇聚于此，"一望去几百张藤椅嘈杂的人声中，去夹在里面吃瓜子，去品评来往的女人，实在太乏味了"①，不符合知识分子清高雅致的品位，什刹海又是给"小市民准备的"，无非是"一坑臭水，两行杨柳，实无可胜之处"②。北海则"清洁、安静"，"没有讨厌的人和嘈杂的活动"，符合知识分子清高、雅致的品位。他们对北海的描写，充满溢美之词，因为来往的人群都蜂拥而至中央公园，陈学昭用不无落寞的笔调写道："寂寞的北海！北海的寂寞，少就是我所感到的寂寞罢？"其实，正是因为北海被"小市民"所忽略，才有了一份清静，而这份清静正是清高的知识分子们所迫切需要的，这份清静与寂寥使北海在知识分子眼中与众不同，是"绅士的花园"。知识分子们在北海的白塔与碧波荡漾中尽情地抒发文人情怀，这是"中流人物"充斥的中央公园和"堕落的小市民"汇聚地什刹海所不能比拟与替代的。

对于自己喜爱钟情的景点，这些南方文人们往往不惜笔墨大肆描

---

① 叶灵凤：《北游漫笔》，见姜德明编《北京乎：1919年—1949年现代作家笔下的北京》，生活·读书·新知三联书店2005年版，第194页。

② 师陀：《什刹海与小市民》，见姜德明编《如梦令：名人笔下的旧京》，北京出版社1997年版，第161页。

绘,而对自己厌恶的地方,他们也毫不留情地批评与鄙夷。在《什刹海与小市民》中,师陀写道:"至于什刹海的吃茶,也从未听说是为名流头衔来的。由于上午吃多了酒,想以茶来消解消解,似乎较为靠得住些,可是肯定的说法是没有的。他们都是什刹海的父亲,一面呷着浓烈的绿茶,一面嗑食南瓜子或西瓜子,由傍晚到黄昏,嘴里谈着戏经,板眼,看看游客,望望一池浊水,一天消磨过去了。他们的祖先喝着茶死的,他们的父亲又是喝着茶死的。而他们自身也许及其子孙,国家世界都不在眼里。在他们眼中,国家的存亡仿佛没有什么了不得的关系,只消什刹海一日在着,世界将仍是繁华的。"①对于旧京学者来说宝贵的本土化的东西,在南方文人眼中往往显得过时和寒酸,他们用与西方文明城市对比发展的眼光来审视北京城的古老。章衣萍和丁西林等人都对北京的现代化进程表示过忧虑。丁西林在《北京的电车真的开了》中列举北京电车的各种问题:走得慢、要价高、价格不透明等。章衣萍则更是忧心忡忡地关注现代北京在发展中的凝滞:

> 北京,北京是一块荒凉的沙漠:没有山,没有水,没有花。灰尘满目的街道上,只看见贫苦破烂的洋车,威武雄起的汽车,以及光芒逼人的刺刀……当我在荒凉污秽的街头踽踽独步的时候,我总不断的做"人欲横流"的梦,梦见巴黎的繁华,柏林的壮丽,伦敦、纽约的高楼冲天,游车如电。②

如果说章衣萍和丁西林对北京还抱有忧虑和希冀的心态,那么彭芳草和陈炜谟则对北京充满厌恶,他们认为北京就是充满污秽和令人备感疲态的,到处都是社会不公。"古的,老的充满了一城,就是所谓

---

① 师陀:《什刹海与小市民》,见姜德明编《如梦令:名人笔下的旧京》,北京出版社1997年版,第162页。
② 章衣萍:《春愁》,见书同、胡竹峰编《章衣萍集·随笔卷(上)》,安徽师范大学出版社2015年版,第54—55页。

第四章　想象中的故乡:现代散文的家园叙事

新的也是被暮气熏过了的。"①在所有批评的意见中,徐志摩更是毫无情面、斩钉截铁地宣判了北京这座城市"就是这样死定了"。

作家们对北京表现出的种种复杂的情感其实并不矛盾,他们热爱的是现代化进程中大都市般的北京,而厌恶落后、发展凝滞的北京。与旧京学者认同老北京的胡同、寺庙等地不同,南方知识分子对北京的认同主要体现在对新兴商业中心与新建的城市公园等地的拥有感上,由于他们享用、欣赏各种现代化城市中的成果,自然其生活也就和本地人有极大的不同。北京市民阶层的拥挤与吵闹是他们最为厌烦的,是否安静、清洁,是否有足够多的私隐个人空间,是他们评价一个地方的重要标准。虽然新知识分子们喜欢的公园与博物馆很多都是由昔日的皇家禁地改造而成,但对他们来说,那只是一个中华文明笼统的代表和象征,他们不关注这些皇家建筑背后承载的历史变迁,更不会感伤昔日皇权在今天的没落与崩溃。改造后的皇家园林往往恢宏壮丽、气象万千,这其实是与它的历史密切相关的,但是由于新派知识分子对"新文化"的憧憬,使得他们有意无意地忽略着北京城沉重的历史,以避免发生两种意识形态的冲撞与矛盾。在这样的心态与选择下,北京对于新知识分子,更多地表现为一种剥离了历史、只存有审美经验的城市。由于历史的缺席使得新派知识分子在对北京的描绘中,更关注北京的未来,但却避免不了这样一个事实:那就是他们所欣赏的北京正是曾经代表过皇家文化的北京,他们理想的生活空间——清净、雅致——是要将普罗大众排除出去的,而这些平民大众却正是他们所期盼的民主共和以后国家的新公民。这样的悖论使得新知识分子对北京的描述,充满了精英文化的色彩,他们笔下悠闲、浪漫、充满雅趣的北京是建立在与其他普通"小市民"的差距和距离之上,甚至可以说是建立在他们痛心疾首又充满鄙薄的"贫民化"之上的。

---

① 芳草:《芳酒集》,北新书局1929年版,第225页。

二、作为"故乡"的北京

对于北京文化中蕴含着的"中国传统文化",新知识分子在对这个问题的描述上有着较为矛盾的态度。郁达夫曾表示,任何在北京生活过两三年的人一旦离开,过了一段时间以后,"在北京以外的各地——除了在自己幼年的故乡以外——去一住,谁也会得重想起北京,再希望回去,隐隐地对北京害起剧烈的怀乡病来",而且,"这一种经验,原是住过北京的人,个个都有"。① 北京的特殊魅力就在于,任何一位在此生活过的人,总是会在今后的生活中,对于北京的经历念念不忘。就连看不起什刹海贫民化生活的师陀也同样感慨道:"北平是个例外,凡是在那里住过的人,不管他怎样厌倦了北京人同他们灰土很深的街道,不管他日后离开它多远,他总觉得他们中间有根细丝维系着,隔的时间愈久,它愈明显。甚至有一天,他会感到有这种必要,在临死之前,必须找机会再去一趟,否则他要不能安心合上眼了。"②

对于北京的文化传统,知识分子们往往表现出不愿承认的复杂心态,尤其是在对比描写北京和上海的作品中更是可以看出这一点。比如,茅盾在《子夜》中描述一位地主老爷由于受到上海大都市种种现代化事物的惊吓而昏厥;林语堂说上海是一个"非常可怕"的地方,可怕之处在于"赤裸裸而无遮盖的金钱崇拜""空虚,平凡,与低级趣味",他将上海看成"强盗、官僚、督军与骗子的城市"。但是对于北京,由于在京的新知识分子们大多具有比较高的社会地位,所以可以拥有和享受慢节奏的生活方式。他们欣赏北京的建筑,同时在此基础之上延伸出对北京的种种依恋之情。

民国后的北京,旧秩序的统治继续延伸,而新兴的城市空间却是为新知识分子们所准备的,他们是社会中的上层阶级,结交的社会人士也是与自己地位、审美、文化水平相当的其他知识分子。虽然他们

---

① 郁达夫:《北平的四季》,见姜德明编《如梦令:名人笔下的旧京》,北京出版社1997年版,第132页。

② 师陀:《马兰》,文化生活出版社1948年版,第1页。

第四章 想象中的故乡:现代散文的家园叙事

批评政府,强调改革,但是却带着深深的主人翁情怀,认为自己所学对国家和城市的改造具有重大的作用和意义。而这个被批评的政府,在很多时候还是会对他们的批评和意见做出回应,知识分子们在充满安全感和归属感的空间里,希望可以持续地发挥自己的种种政治理想。现代化进程中的北京,使他们有着强烈的归属和认同,似乎世代生活在这里的本地人才是应该被改造的"他者"。有趣的是,不同于本雅明眼中作为漫游者和闲逛者的知识分子及诗人,南方文人们在北京根本没有融入真正的"人群"当中,除了生活中必须接触的譬如黄包车夫等下层人民,他们对本地人的了解非常有限,沟通也少之又少,他们站在精英文化阵群中,俯视着北京的贫民生活,同时与其保持应有的隔阂。在优越的生活条件及社会认同心理之下,南方文人往往乐不思蜀,在将本地人幻化为"他者"的同时,对北京有一种故乡般的情怀,但是,与北京本地文人的价值归属感不同,南方文人一直是用一种比较的眼光看待北京。北京是在与上海的对比中获得了"故乡"的地位,北京可以作为故乡的重要原因是因为上海不能承担这个功能。上海太新潮,在现代化进程中,变得太快、太大,过分的工业化与西化使得上海不具备"故乡"应有的一种缓慢、老旧甚至是陈腐的基调。孙恩霖在《我的故乡在哪里》中写道:"大上海一天一天地向外扩展,我心目中的故乡却一天一天地在缩小。最使我抱憾的,人家提起故乡两字时,总连带着涌现出青的山绿的水,或是使人常常称道着一种或几种好吃的东西,和一些认为珍贵的土产。"孙恩霖从小生活在上海,上海可以说是他真正的故乡,但是他却认为:"上海除了油腻黄污的黄浦,足以确切代表江山的'江'字以外,要找到别的故乡的'灵魂',那就非常困难了。"[①]

北京可以作为南方文人心中的"故乡",正是因为它拥有与上海截然相反的特质,但是,知识分子在享受北京闲适、缓慢的生活的时候,

---

① 孙恩霖:《我的故乡在哪里》,《旅行杂志》1938 年第 1 期。

却往往忘记和忽略了其不断增长的贫困。这种"故乡"式的情怀带有一种幻灭了的乌托邦式的悲凉,就像阎重楼在《我没有故乡》一文中写的那样,"我和故乡的关系好像是愈来愈远了。至于故乡的民情风俗,一般可说是淳厚质朴;不过淳朴的人见识不免浅近,所以也就是缺少能够应付当前多面的繁重的事物的那种新精神和智慧……人怎么会不爱故乡。我的意思是人不要抱着死守故乡的观念罢了。人能充实自己,即使离开故乡,也能抱住故乡;人自己没有进步,那即使死守着故乡,故乡也是保不住了"①。

作为通商口岸不断现代化的上海,成为文人们选择心理上"故乡"的参照点,北京被南方文人们认为是"故乡",其原因不在于北京对他们有何种重要的价值,或者北京的历史在他们的日常生活中曾如何贯穿及扮演重要角色,而是在于,北京作为国家的首都和象征,有着一种特殊的国家政治地理结构具象化因素。昔日帝都古老的历史传统被政府的都市发展计划所破坏,这并不会让知识分子们痛心疾首,只有沦陷在日军铁骑下、无法自由出入以后,他们才开始对北京表现出深深的眷恋和怀念。可以说,"回不去"的才是故乡,无法亲身感受、只能在午夜梦回魂牵梦萦的,才是文人情怀中的"故乡"。

民国时期,北京本地人往往是在日常生活中感受着现代化的种种变化,他们努力地想要保全某种历史文化传统,但是南方知识分子却将现代性视为一种对北京的威胁,他们认为,北京承载了太多的过去,所以变得沉睡不醒、发展停滞。实际上,正是北京的"古"和"旧"带来了北京的从容,只是这样的从容与闲适,在国家民族危亡、国难当头的时期却显得陈腐与落寞。比起上海紧张的生活,北京各种文化古迹让人产生一种怀古的幽思,使得这些生活在当时北京的人们很难想到家国大事。所以对于许多文人、知识分子来说,北京虽然是文化的中心,但是它昔日的繁华早已落寞,振兴中华的希望在于长江流域充满现代

---

① 阎重楼:《我没有故乡》,《旅行杂志》1938年第1期。

第四章　想象中的故乡:现代散文的家园叙事

化气息与改革风向的上海,北京作为昔日帝都,其地位已经没有那么重要了。只有当北京作为家国传统的象征已经岌岌可危、受到外敌侵略的时候,南方的知识分子们才开始怀念这座城市。随着日本侵华战争的全面爆发,指责、批评北京改革缓慢的声音逐渐减弱。风雨飘摇的1930年代,江山覆巢似乎就在顷刻之间,此时的北京,成为曾经的辉煌与文人心中故国家园的特殊象征。这种心态在"七七事变"以后发展到高潮。由于北京沦陷,撤离到南方的知识分子几乎在这一时期所有文章中都充满对北京的怀念。这时,他们在写作中也不再刻意彰显知识分子的情怀与品位,更多地将眼光投射到北京本地人的生活中。

在1930年代,知识分子对北京的叙述逐渐淡化了个人经验,也不再用批评的语调描写昔日曾鄙夷的平民生活,北京的文化、北京的一切此时都变成了一份正遭受侵略而岌岌可危的国家财富。在这样的笔触中,作家们对于北京的市民生活的描写,渐渐摒弃了"他者"的视角,他们将对祖国的忧虑和全部的爱国之情,毫不吝惜地变为对北京的怀念与赞美。"五六百年来文化聚萃的北平,一年四季无一月不好的北平,我在遥忆,我也在深祝,祝她的平安进展,永久地为我们黄帝子孙所保有的旧都城。"[①]

[①] 郁达夫:《北平的四季》,见姜德明编《如梦令:名人笔下的旧京》,北京出版社1997年版,第133页。

第五章 "京派"作家笔下的北京意象

第一节 "京派"的文化倾向

1933年沈从文在《大公报》上发表《文学者的态度》一文,开启了"京海之争"。鲁迅说:"所谓'京派'与'海派',本不指作者的本籍而言,所指的乃是一群人所聚的地域。"①由此可认为,"京派"不是仅指北京籍作家,更多的是指在北京居住并开展文学活动的、于文化上有共同审美倾向的一部分作家。但是一贯被认为属于"京派"作家的萧乾却表示:用"京派"的概念来包括当时在北京一带活动的作家,本身就不科学。作为一个文学流派,"京派"的"显性特征"不足,它没有严密的文学组织,也没有发表过共同的文学主张,作家的创作更呈现出复杂的状况。所以,对"京派"如何定位、是否应成为一个文学流派,学界一直说法不一,我们在讨论"京派"时,很多时候更关注的是它与"海派"相异的特质。但是,不能否认的是,在1930年代的中国文坛确实存在"京派"的文学活动。

"三·一八"惨案发生后,北洋政府对北京当时的文化界实行高压恐怖政策,导致大量知识分子和作家选择离开北京南下,国民党也将南京作为自己的政治中心。这样一来,随着政治、文化中心的南移,北京成了一座被遗弃的旧时古都,随着曾经活跃的如《语丝》等新文学刊物的凋敝冷寂,"五四"运动开垦的新文化园地逐渐转向荒芜。留在北京的作家如周作人,也一改之前批判的凌厉锋芒,于作品中不再关

---

① 鲁迅:《"京派"与"海派"》,见《鲁迅全集》第五卷,人民文学出版社1973年版,第481页。

第五章 "京派"作家笔下的北京意象

心黑暗的现实,选择了一种消极的疏远。当身处上海的左翼知识分子倡导"革命文学"、反对"五四"文学传统之时,以周作人为代表的身处北京的文人却冷眼旁观着上海文坛关于"革命文学"的激烈论战,不愿意发表看法,更无意参与其中。沉寂几年之后,随着周作人主持创办《骆驼草》,北京文人和作家又开始重新聚集,但是由于经历了之前动荡的时局,他们对待文学和现实的态度都发生了一些转变。虽然《骆驼草》继承了《语丝》的传统,文风较为闲适,追求自由并且允许作者们自由地发表见解,追求纯文学风格,失去了"五四"时那种反抗一切黑暗的反叛精神。待到1930年代"新月派"作家重回北京,与海外归国的年轻学者们、原本驻留北京的知识分子们重聚后,北京文艺界再度形成了一个以《大公报·文艺副刊》和林徽因的"太太客厅"文学沙龙为联系的文学群体。他们共同的主张是,无论"左右",远离政治斗争,坚持在动荡时局中保持文学的独立精神和作家的独立人格,同时坚持纯文学的自由创作文艺观,由此,"京派"正式形成。在1930年代北京特殊的文化、政治环境中,"京派"作家紧密地凝聚在一起,在与"左联""海派"的文艺论争中,坚持自己的创作观和文学理念,成为一种被文学史肯定的存在形式。

在今天看来,文学史上"京派"存在的价值首先就在于独具一格的文学立场,即强调作家在保持人格和精神独立自由的基础上,坚持创作自由的纯文学作品。他们对左翼作家宣扬的文学为革命服务的理念进行猛烈的抨击,认为"革命文学"因为被附加了政治目的,所以带有强烈的功利性特征,"海派"文学中的世俗商业化也被他们嗤之以鼻。"京派"作家既批判当局政府对文化的专制态度,也不迎合世俗的商业炒作,同时对政治干涉文艺创作也持反对态度,他们追求的是文学与社会、历史、政治、时代等的隔离和超脱,强调的是"文学和实际人生的距离"。他们认为,只有追求人性、表现人本真之美的"非功利"的纯文学作品,才有永存于世的价值。

"京派"作家对争夺意识形态的主流话语权不是很关心,也不愿意依靠政治的力量来实现文学对社会现实问题的观照,所以,他们的作品中没有硝烟弥漫的战火和慷慨激昂的政治鼓舞,宏大叙事中的激越情感在"京派"作家笔下属于缺席状态。朱光潜在1935年提出的"和平静穆"的美才是"京派"追求的美学观,其本质就是要超脱现实,对一切的是非恩仇进行淡化,在文学创作中达到一种无冲突、无矛盾的平淡、静雅的状态。为了表现这样的美学宗旨,"京派"作家们往往将视野投向远离城市的偏远乡村,在世外桃源般的山野乡间感受原始生命所洋溢的纯真与质朴,他们用文字构筑了一个田园风情与都市喧嚣二元对立的世界。

以往的研究大多关注"京派"中如沈从文的取材乡村、表现田园牧歌式情调的小说作品,实际上,"京派"散文对这一文学追求有着更多的表达。在李广田、何其芳、卞之琳和芦焚等人的散文里,可以看到成长于都市中的知识分子的异化感,他们往往通过叙写梦、记忆和存在之间的关系来表现自我。比如在何其芳的《雨前》中,有这样的意向描写:翠绿的柳条上覆盖着一层尘埃,继而变成一种"憔悴色",雨声则是像"细草"一样柔和拂面的,作者心中的情感如同北方缺水的大地,而白色的鸭带着他的感情游向不洁的"都市的河沟"。在他想要休憩的时候,对雨的渴望又使他再度想起故乡的遥远,他说:"在这多尘土的国度里,我仅只希望听见一点树叶上的雨声。一点雨声的幽凉滴到我憔悴的梦,也许会长成一树圆圆的绿荫来覆荫我自己。"原来的鹰隼俯冲水面再飞起,使文章的沉闷感更加压抑,最后作者用鹰隼的叫声来结束文章,留下的是深深的"雨还是没有来"的怅惘。文中孤独、压抑、对都市的隔离和轻蔑等消极情绪通过对雨的呼唤以及怀乡之感加以表现,雨声的温柔代表他得不到满足的欲望,浓浓的乡愁寄托在怀念滋润土地和植物的雨水中,身在城市的他孤独、寻找不到知己,仿佛那只俯身冲下的鹰隼,在心中有一个"巨大的呼号","在黑暗中寻找伴侣",然而"雨终究还是没有来"。《雨前》把读者带入一个压抑、肮脏、充满灰色、使动物和人类都不舒服的城市角落,他想要寻找和呼唤

第五章 "京派"作家笔下的北京意象

的是远离都市逼仄空间的那种贴近自然的永恒自由。

"京派"作家心之所念的田园乡土,是一个没有受到现代文化冲击、充满原生态但也在一定程度上坚守传统文化并且有些闭塞落后的世界。这样的一个"心中的故乡",在作家笔下普遍洋溢着一种悠然的田园牧歌式的唯美与哀愁,这使得他们笔下建构出的乡土世界既充满着诗情画意,又充满了神秘色彩,在交织着原始生命力和质朴真挚的感情中,体现作家对故乡之美的深深依恋。与之形成对比的则是,在描写现代都市人时,他们都表现出一种强烈的厌恶和隔膜,"乡下人"这个他们对自己的称呼,多少体现出作家们不愿意与城市罪恶同流合污的清高。"京派"作家以"乡下人"身份自居,从乡村的立场反观城市,目光所投之处不是现代化城市的文明与进步,不是城市生活中具体的先进的公共设施,而是人在都市生活中表现出的人性的异化和病变。城市中官僚、职员、绅士、市民等,表面上风度翩翩,是谦逊的文明人,实际则贪婪、投机、在欲望面前自甘堕落、无法自拔。所以,"乡下人"是以闯入者的身份,通过对城市中人性的沉沦和人的生存状况的揭露,表现批判都市的审美倾向。"一切所为,所成就,无一不表示对于'自然'之违反,见出社会的拙象和人的愚心。"①可以说,城市和乡村在"京派"作品中被赋予了更深的意义,是作家探寻人性的载体。从沈从文的《绅士的太太》《有学问的人》到废名的《响午》《讲究的信封》等作品,都可以看到,作家们在作品中要表现的就是都市中的人,在金钱和欲望的驱使下,道德和人性已然沉沦。在都市这片人性的荒芜沙漠中,人们崇高的人格和质朴的心性被虚伪的贪欲所取代,原始生命力的萎缩带来的是人在都市中以一种异化的方式苟延残喘。这种从精神体验上感知到的人类的生存困境,实际在很大程度上是继承了"五四"新文化运动中的改造国民性、启蒙民众心智的文学主题,只是,"京派"作家不再依靠阶级或者政治力量来达到自己的文学诉求,

---

① 沈从文:《烛虚》,见《沈从文全集》第十二卷,北岳文艺出版社2002年版,第14页。

他们在回归自然中努力寻求原始人性的理想力量,而且深信这才是人类灵魂的最好归宿。这种通过表现乡村的美好和都市的浑浊来完成探寻人类审美主体的文学创作活动,在今天看来,仍然给人性信仰的重新建立指出了一个合适的选择。

在文学作品的艺术表现力方面,"京派"作家一方面孜孜不倦地在古典文化、民族文化、传统文化中发掘具有现代审美价值的人文精神,另一方面也积极地借鉴西方现代主义的文学营养,两者合一,从而体现"京派"作品独特的艺术魅力。朱光潜的"心理距离说"和"移情说"算得上渗透到了"京派"作家的创作肌理当中,他们把"和平静穆"当作美的最高境界,用"节制"来规范自己的情感表达,在使用"恰当"的艺术技巧的同时,追求"和谐"的艺术效果。正如沈从文所说,文学创作是"一种使情感'凝聚为渊潭、平铺为湖泊'的体操"[1],应该在创作中注意情感的平衡,拒绝写作时过分的"兴奋",他认为即便是写紧张的冲突情节,也不需要"一滩血一把眼泪"[2],这种追求"冲淡而深情"的艺术高度,造就了"京派"作家笔下的作品,在整体上都呈现出平和、悠远、空灵的艺术特征。这一点在"京派"小说中的表现最为明显。

"京派"小说经常淡化故事发生的特定时间和背景,情节也不那么跌宕起伏,在故事的铺陈和叙述中,更加注重对诗意般情景的渲染和美化,这种审美追求使"京派"小说呈现出一种诗化的叙述风格。在写作语言的运用上,"京派"小说虽然使用白话文写作,但是非常注重通过借鉴古典诗歌艺术来汲取传统文化中的精华。沈从文就曾说过,诗可以使小说作者对创作"更具特殊敏感",同时"产生选择语言文字的耐心"。作家们关于古典文化的深厚修为使得"京派"小说在行文中

---

[1] 沈从文:《废邮存底·情绪的体操》,见《沈从文全集》第十七卷,北岳文艺出版社 2002 年版,第 216 页。

[2] 沈从文:《废邮存底·给一个写诗的》,见《沈从文全集》第十七卷,北岳文艺出版社 2002 年版,第 186 页。

第五章 "京派"作家笔下的北京意象

往往充满古朴简约的风格特征,同时又深谙古典作品中对意境美的雕琢与塑造,所以,"京派"小说往往兼具了诗歌的意境和散文的潇洒。当河滩、月光、山花、碾坊等意象赋予了深远的象征意味之后,作品的内涵和其中蕴藏的深刻的象征意味也就增加了作品含蓄且饱满的情感意味,也夸大了小说能够展现的艺术空间。除了对古典文化的借鉴,在沈从文、废名等人的小说中,也可以看出西方"意识流"的影响。废名在谈及自己的创作时就说过:"英国的哈代、艾略特,尤其是莎士比亚,都是我的老师……我从外国文学学会了写小说,我爱好美丽的祖国的语言,这算是我的经验。"①

在动荡变革的1930年代,特殊的政治及文化环境让"京派"知识分子们清醒地意识到在政治斗争和改革社会面前,知识分子能力有限。他们在经历了社会转型和各种变革运动之后,选择了远离政治,一心追求文学的"纯洁性",他们从自由主义文学艺术观出发,倡导对人性的赞美和表现。人性就是沈从文所说的"一把尺",是标量"一切来到我命运中的事事物物……的尺寸和分量,来证实生命的价值和意义"的理想标准,他们以人性的本真作为道德尺度去进行社会批判、反思现代文明对人的异化作用,同时也渴求通过这样的方式对民族精神进行重建。

第二节 沈从文与北京的现代性对话

众所周知,沈从文并非北京人,他的文学创作也很少以北京为背景,主题永远围绕着他魂牵梦萦的湘西大地,这样看来,似乎沈从文与"北京文学"根本没有关联。实则不然,从他的人生经历上看,自1922年离开湘西来到北京,直到1988年在崇文门的寓所离开人世,沈从文在北京度过了人生66年的光阴,经历了北京历史、社会的变革和动

---

① 废名:《废名小说选》,人民文学出版社1957年版,第3页。

荡,同时,作为北京文坛的重要力量,从1930年代担任《大公报》文艺副刊的主编开始,他培养了相当一批的北方青年作家。另外,沈从文在文学、艺术观念以及实验性的写作尝试、创新方面,也与北京现代性城市的发展息息相关。

《边城》一直被认为是代表沈从文文学成就的重要作品,任何对《边城》的理解和讨论都不能不考虑这部作品虽名为"边城",却是在帝都写成。这样特殊的地域、时空架构向人们揭示了贯穿沈从文文学创作的重要旨意,那便是,永远心心念念的湘西,不但代表他对昔日故乡的留恋与怀念,更主要的是作为与城市中现代生活的对抗意象而存在,湘西是沈从文的心之所向,实际上却也是他永远到达不了的乌托邦式的故乡。所以,沈从文一直坚决地反对文艺的世俗商业化和政治功利化,这在"京派"和"海派"论争期间以及在1940年代写下的诸如《新的文学运动与新的文学观》《白话文问题》《小说作者和读者》文中都有明确体现。

1930年代末,沈从文对文学问题的思考有所偏转,从之前文学的功利性转变为对作家写作本身以及对生命意义的思考。实际上,对语言和主体危机的思考是19世纪末、20世纪初欧洲现代主义运动最主要的组成部分,随着现代社会中人的异化体验感越来越强,"主体"(人)也就越来越容易陷入语言和审美的双重困境。霍夫曼斯塔等欧洲现代派文人的文章大都深入地讨论过现代主义境遇下文学、绘画等艺术形式在艺术表现力与自然关系等方面遭遇表达危机及失语症等矛盾。沈从文则从1940年开始,历经八年"内省",在经历了由主体危机带来的语言表达困境之后,终于完成了《看虹录》,这部实验性写作的作品探究了中国现代文学在语言表达和文学形式上的现代性可能,算得上是一次现代主义文学审美活动危机的自觉体验和创新。《烛虚》二的题词中的文字便是证明:

第五章 "京派"作家笔下的北京意象

> 自然既极博大,也极残忍。战胜一切,孕育众生。……智者明白"现象"不为困缚,所以能用文字。在一切有生陆续失去意义,本身亦因死亡毫无意义时,使生命之光,煜煜照人,如烛如金。①

沈从文认为,在广袤浩瀚的宇宙和自然界中存在一种超越历史、政治、时空、生命、个体局限性的广泛的"美",这种美也许无处不在,但想要捕捉却很容易稍纵即逝,所以,他将这样的"美"称为"神"和"圣境",只有超越了世俗利益、肉欲的生命才有可能感受到并且捕捉到这"最高的神性"。也就是说,只有超脱世俗中的蝇营狗苟,返璞归真寻求原始生命中最本真的属性的"人",才能靠近真正的"我"。今天看来,这种有关主体的思考是带有弗洛伊德意识的,沈从文认识到他所谓的这种"美",没有具体形式,而且处于一种变化的状态中,"似乎用文字颜色以及一切坚硬的物质器材通通不易保存"。那么如何用一种具体的文学形式来展示这样流动的抽象意识,便成为他需要思考和解决的问题。沈从文清楚地意识到语言和文字在描述这种"美"时的局限,他说:"表现一抽象美丽印象,文字不如绘画,绘画不如数学,数学似乎又不如音乐。"尽管如此,沈从文还是在文学创作中不断进行实验,试图找到"一种更完美的形式"来用于表现这种由感受和幻想体会到的玄妙、触不可及、难以捕捉且流动恒变的美。小说《看虹录》成为他在探寻这个问题上所做的重要文学实验,然而,由于沈从文在这部小说中注重的是怎样用情欲来抒写艺术,如何通过象征、隐喻来经营文本结构、消解主体,从而达到作者与读者、时空之间界限的模糊和消亡,即如何用文字的意象流动性来展现一种流动中的美;再加上由于一心追求个人主体的经验再现和当时文艺要为抗战服务的文坛大环境相左,在相当长时间内不但不被重视,而且受到批评,被认为是"颓废堕落的

---

① 沈从文:《烛虚》,见《沈从文全集》第十二卷,北岳文艺出版社2002年版,第9—10页。

追求肉欲的色情文学"[①]。

抗战之后,随着沈从文在北京文坛担任主力,他对艺术和生命之间关系的思考也继续了下去。他首先提出以艺术代替政治,对古都进行市政改造,创造北京的"文艺复兴",就改造图书馆、故宫等文化圣地,做出了一系列的构想。在《苏格拉底谈北平所需》这篇文章中,沈从文设计了一个艺术的理想国,比如他认为梁思成应该任副市长来主持都城保护工作,教育局长应该由工艺美术家来担任,让市民在美育中受到熏陶。这种不切实际的乌托邦想法当然无法实现,最后只能作为一介书生的一家之言存留在故纸堆中供后人翻阅。虽然梁思成在建国之后确实参与了北京的城市重建,但他提出的要保护和开发老城墙等设想,最终让位给社会主义政治中心所需要的纪念碑式城市外观设计的宏伟蓝图。

另外,沈从文关于北京重建的想法还反映在他对博物馆及文物研究的思考与批判上。在对民国以来30年的文化研究以及博物馆的开发和利用问题上,沈从文毫不客气地指出,中国的考古研究,或者是如封建社会时重收藏,或者是一味追求西方艺术而忽略传统文化,这样一来,博物馆只不过是堆放没有生命的传统艺术品的故纸堆而已,如何从现代的角度出发,顾及传统文化,将博物馆和文物研究相结合,是他思考的重点所在。连年的内战带来了对历史文物的巨大破坏,在文化界呼吁要和平不要战争、要保护文物的时候,沈从文却尖锐地指出,保护文物其实最重要的还是得从"社会多数学人对历史文化宽泛深刻的'认识'"来入手,他表示,虽然故宫博物院已经成立了24年,可是馆内工作仅仅停留在对文物的陈列、点验和保管这三个基本的方面,根本没有实现一个现代城市中博物馆应有的功用。所以,对于北京城中历史文化的保留工作,当务之急是要各行各业通力合作,注重文物

[①] 贺桂梅:《〈看虹录〉的追求与命运》,见钱理群主讲《对话与漫游——四十年代小说研读》,上海文艺出版社1999年版,第133页。

第五章 "京派"作家笔下的北京意象

研究,同时将学术研究和现代的生产工艺相结合,使现代城市中的博物馆成为"国家民族复兴的一种象征"①。当沈从文发现,北京传统的手工艺生产如景泰蓝、琉璃器、朱漆器等已经呈现衰败之后,他感慨,如果一直不改变对文物的态度,那么纵然有国宝十万件,其实也没有任何意义。所以,只有深入、系统地去研究文物,并且为现代生产提供创造的灵感源泉,才能将现代文化与古典文明完美地重接、融合。

博物馆不但是现代社会的产物,更是启蒙思想的一种反映。西方现代史上最著名的法国卢浮宫博物馆,就是从神圣皇权的标志变为了现代意义上的文化场馆,它不仅是法国大革命胜利果实的直观反映,也是启蒙思想促成的新观念。可以说,博物馆代表的是一个国家整体的文化遗产,也是现代民族国家的文化象征。辛亥革命以后,1925年,清皇室正式搬出故宫内廷,紫禁城成为故宫博物院,过去象征政治权威的宫殿变为历史博物馆,是以艺术代替政治的最佳象征。所以,现代的博物馆应该是一种对历史文化的新认识。

在沈从文看来,历史绝不仅是正史记录中的各种阴谋斗争和宫廷杀戮,而是瞬间生命存在于各种艺术形式中并得以永生的表现整体,时间也只有沉淀到历史文化中才更具意义,"要说明时间的存在,还得回头从事事物物去取证。从日月来去,从草木荣枯,从生命存亡找证据"②。无论是封建帝国的政治还是现代民族国家,历史不只是政治言说的工具,更是一部艺术文化史,"对于这个民族在一段长长的年份中,用一片颜色,一把线,一块青铜或一堆泥土,以及一组文字,加上自己生命做成的种种艺术,皆得了一个初步普遍的认识。由于这点初步认识,使一个以鉴赏人类生活与自然现象为生的乡下人,进而对于人

---

① 沈从文:《收拾残破——文物保卫的一种看法》,见《沈从文全集》第三十一卷,北岳文艺出版社 2002 年版,第 295 页。
② 沈从文:《时间》,见《沈从文全集》第十二卷,北岳文艺出版社 2002 年版,第 101 页。

类智慧光辉的领会,发生了极宽泛而深切的兴味"①。沈从文从1930年代就在自传中写下这些对艺术和历史的感悟,这种对"永恒之美"、对"生命神性"的执着追求贯穿他一生的文学创作以及文化活动。在1949年以后,当主流社会主义意识形态政治话语一统天下的时候,沈从文仍然默默地埋头于历史文物,在数以万计的文物中继续他对生命之美的追求,在历史沉淀中叙写物质文化史,默然回应着社会主义政治话语的宏大叙事。虽然沈从文在作品中很少直接描写北京当时的风土人貌,但是生活在这座城市中的他,却从文化研究者的角度,在古城改造、古都文物研究、博物馆研究以及保护历史遗迹等方面探讨现代与传统的接轨,同时在融合文物与文献、文学与学术等方面与北京进行着一次次的现代性对话。

第三节 萧乾笔下北京城的底层平民生活

萧乾出生于北京城墙根下一个蒙古族贫民家庭,父亲在他出生前的一个月因病离开人世,留下了遗腹子萧乾和寡母二人,无依无靠,只能过寄人篱下的艰难生活。为了补贴生计,母亲去有钱人家做佣人。后来萧乾在谈及童年生活时说:"她(母亲)干活的地方离家并不远,但是一个月才准回来一趟。所以我虽然有母亲,却好像没见几面她就离开人世了。有时由于太想她了,有时是为了缺钱,下学之后就到她那个'宅门'外边去守候。碰上好心人,兴许给我往里头捎个话儿,她抓机会溜出来,鬼鬼祟祟地搂我一下,塞给我几吊钱,就又消失在朱门里了。大多数情况下,不但见不到,还要遭白眼,受叱骂。"②由于父爱缺失,母亲又经常不在身边,孩童时期的萧乾不但在物质上十分匮乏,精神上也时常感受到低人一等的深深自卑,这种心理创伤是他创作的

---

① 沈从文:《从文自传》,见《沈从文全集》第十三卷,北岳文艺出版社2002年版,第356页。

② 萧乾:《一本褪色的相册》,浙江文艺出版社1998年版,第141页。

第五章 "京派"作家笔下的北京意象

不竭动力。他说自己如同一颗"干瘪的莲子",而慈爱和善良的母亲却将这颗莲子"捧在掌心"。虽然身处社会底层,但母亲却想方设法赚钱让萧乾接受教育,然而当萧乾终于结束了求学生涯可以孝敬母亲的时候,她却离开了人世。母亲的去世,带走了萧乾心中仅存的温暖,自此他人生的色调在微弱的希冀中更多的是一种孤独、抑郁和不平。

由于童年生活对萧乾的一生影响颇大,所以他从1933年开始创作小说起,作品中就带有明显的自传性质。但是萧乾的自传式创作既不是自传体小说,也不是郁达夫倡导的那种自叙传小说,而是取两者之长,以自身经历为本,在艺术加工的同时重视情感相容,将"想象的工作"用于"修剪、弥补、调布、转换已有的材料,以解释人生的某方面"①。忍辱负重的寄养生活使得萧乾在感知生活方面具备独特的敏感性,他用儿童视角即孩子的眼光、思维和价值取向来挑选创作素材并组织情节、表现生活。孩子有着天真无邪的天性,不能完全理解成人社会中的世俗万象,所以,作家用孩童的视角还原生活时,在展示社会现实的同时,也蕴含着作家对种种阴暗、不公的感慨心绪。小说《篱下》《落日》《小蒋》等,都是用儿童的眼光看待世界,用儿童的思维理解社会,这些作品建构出萧乾笔下世态炎凉的萧瑟北京城。

谈到《篱下》时,萧乾说"这是我早年生活的一个影子"。小说中,环哥既是不谙世事的孩童,又是寄人篱下生活的体验者,他不知道爸爸在"城里又娶了女人",已经抛弃了母亲和自己,也不懂母亲在"红帖子"上画押即为与父亲婚姻到此终结。无奈的母亲将他送到城里的姨家,离开乡下的他竟然还"乐得直颠着身子",将母亲的叮嘱抛在脑后,他在庭院里撒尿、上树打枣,终被姨父嫌恶。当母亲流着泪水数落环哥的时候,他感受到了城市生活的阴郁、寂寥。小说用环哥的不谙世事衬托弃妇母亲的悲惨心境,同时以孩子童真率性的天性和姨父的世俗虚伪、道貌岸然做对比,将寄人篱下生活的

---

① 萧乾:《我与文学》,见《萧乾文集 7·文学回忆录》,浙江文艺出版社 1998 年版,第 24 页。

艰辛困苦一一道出。与《篱下》一样,《落日》和《矮檐》写的也是孤苦母子的寄居生活。《落日》中的少年,为了养活自己,在洋人开的工厂里工作,饱受欺凌和虐待,在母亲病危之时,还被剥夺了侍奉床前的可怜愿望,好不容易拿着第一个月的薪水跑回家时,看到的却是母亲已然长眠的身体。《矮檐》里,孤苦的寡妇尝尽人间辛酸,由于生活的悲苦,头发早已褪去乌黑的光泽,然而任凭怎样操劳、怎样忍受别人的尖酸刻薄,也换不回冬日里的一个火炉。在冷风呼啸的严冬,母子二人蜷缩在如冰窖一般的房间里,泪水几乎凝结成冰,却连抱怨的资格都被剥夺。这些来源于萧乾童年创伤回忆的自传性小说,展现了一个世态炎凉的悲苦世界,他用儿童视角再现世俗社会中人和人之间的情义淡薄,用孩子的天真童趣和懵懂来反衬寡母的愁苦生活,真切地表现出他在北京"贫居闹市无人问"的悲凉、孤独的心态。

"京派"的文学诉求是要在城乡对比中发掘田园乡村中蕴含的人的善良、淳朴的原始天性,并且以此实现重建民族精神的愿望。萧乾承接"京派"的文学理想,在作品中关注城市底层人民,塑造了弃妇、老人、孩子、车夫等都市中"乡下人"的形象,虽然他们饱受命运的不公与生活的困苦,但却仍保有人性中最质朴的真诚。

《花子与老黄》描写了七少爷与老仆人之间的故事。老仆忠心耿耿,天天送少爷上学放学,但是孩子害怕约束,更喜欢和小狗花子一起玩耍。虽然少爷想方设法地作弄老黄,但是老黄一如既往地照顾他。慢慢地,老黄成为少爷最知心的玩伴,也是他心目中的英雄。然而,花子染上"疯狗病",老黄为了不让少爷难过,想办法给花子治疗却被狗咬,少爷的母亲,一位拿着"菩提素珠"常常念佛的贵妇,却毫无怜悯之心,像躲避瘟疫一样将老黄连夜赶出了家门。忠心耿耿的甚至"替爹爹挨过一刀"的老黄,命运却连狗都不如,被扫地出门后只能沦为无家可归的"游魂"。身强体壮的男人,尚且在沉浮人生中无法掌握自己的命运,可想而知底层女性的遭遇该是如何悲惨。

第五章 "京派"作家笔下的北京意象

《雨夕》描述了一个有着不幸命运的女性形象。因为一场急雨，"我"和同窗来到磨棚躲雨，在"我"儿童视角的注视下，长工无情地驱赶一位衣冠不整蓬头垢面的可怜女人。虽然，天性纯良的少年不理解长工的做法，但是长工却也有着自己看似合理的解释，那就是这个被视为"祸水"的女人，有可能给长工招致麻烦。通过讲述"我"才得知，原来，这个女人从小就被卖给有钱人家的二少爷做童养媳，但是上了洋学堂、受了新式教育的少爷却在学成之后自由恋爱，带回城里的"少奶奶"而抛弃了她，被赶出家门的女人又惨遭不知名的强盗的糟蹋，受尽虐待，颇为可怜。天真的孩子无法理解长工的避祸心理，更无法探究是谁造就了可怜女人的悲惨命运，这种孩子般地对成人世界的无法理喻和迷惑不解，也从另一个层面暗示出底层女性对自己命运沉浮的无能为力、无法掌握。他们被男人买卖、遗弃、凌辱，却毫无抗争的能力。

由于萧乾的童年是在北京的贫民区中度过的，所以他深知贫民的心态，也了解贫民的生存状态，是真正"站在弱者群里"为弱势群体发声的作家。《花子与老黄》中的老仆人、《雨夕》里的弃妇、《篱下》中惨遭抛弃的妈妈，他们的悲惨命运都表明，在社会动荡中，下层人民无力掌握自己的生活，随波逐流，但常常最终难逃被社会遗弃的命运。萧乾笔下身世可怜的贫民形象常常是栩栩如生的，他们虽然命运悲惨，但却在点滴中闪现着质朴的人性光辉，同时表现出顽强的生存意志和原始灵动的生命活力。在萧乾的小说中，孩子们常常在不谙世事、崇拜英雄、率性而为中透露着自由、天然、原始的生命活力。《篱下》中的环哥虽然被爸爸抛弃，但却在寄人篱下的生活中透露出活泼的、向往自由、不受束缚的天性，萧乾用看似顽劣、一身野气的环哥反衬"腼腆、体面的白嫩书生"，借环哥之口说出城市的压迫和逼仄："城市多寂寥呵，听不见一声牛鸣，听不见一句田歌。"然而纯真、质朴、纯洁的孩子却在可怜的生活中过早地结束了自己无忧无虑的童年，走入城市中世态炎凉的"矮檐"下。除了天真的孩子，成年人的命运也一样可怜、软弱的女人一旦被丈夫遗弃,等待她们的不是过着非人的生活就是在寄人篱下中饱受欺凌;壮年的男子,原本可以凭借自己的智慧和强健的体魄立足于世,但是这作为人最基本的愿望,却也常常无法实现。《邓山东》中的主人公邓山东只不过想要做小生意,却因为给孩子送饭并心疼孩子、替其受罚而冲撞了"学校的制度",最后被驱赶。萧乾的这些小说作品,无不是用哀婉的语调写着弱者可叹的命运,底层的贫民们为了生活而挣扎、努力,却最终难逃失败的命运,这曲曲生命的挽歌,使近一个世纪之后重读作品的读者,仍然能感受到社会动荡中的北京下层人民,曾随着这座辉煌的帝都的沉浮,经历过怎样的痛苦的人生。

虽然今天我们研究萧乾的文学创作,多是将他归于"京派"文学的羽翼之下来观照,但是他却否认过自己"京派"作家的身份。他说:"文学史家为了省事,往往把三十年代的一些作家分作京派和海派……我的创作状况,同习惯上所说的'京派'作家又有很大不同。"[①]不同于沈从文等人对田园牧歌乡村的反复描写,萧乾的作品大部分是以北京为背景,写的是"城里的生活",他对乡村的宁静没有过多的展示,更多的是表现都市里的可怜人在社会黑暗中悲惨的境遇。但是,由于早期开始文学创作时萧乾是被"京派"旗手沈从文所提携,并在《大公报》的文艺副刊这个"京派"文艺阵地上频频发表作品,所以,他的小说创作,尤其是早期《篱下集》中的作品,无可避免地带有明显的"京派"特质。

"京派"文学倡导的是纯文学的本体观,要求作家和作品保持精神上的独立和自由,他们有意地远离政治斗争,以审美的方式别样地介入现实生活,同时热衷塑造以故乡村落为代表的精神乌托邦世界,在乡村与城市的二元对立中,表达对人类原始生命力和人性中传统美德的赞扬。萧乾是受沈从文的提携而步入文坛的,在创作

---

① 萧乾:《未带地图的旅人——萧乾文学回忆录》,中国文联出版社1991年版,第55页。

第五章 "京派"作家笔下的北京意象

上,他与"京派"有一种师承关系。在为《篱下集》作序时,沈从文说:"他的每篇文章,第一个读者几乎全是我。他的文章我除了觉得很好,说不出别的意见……我认为只有一个'乡下人'才能那么生机勃勃、勇敢结实。"①虽然萧乾的作品写的是城市人的生活,但是他笔下底层人民的生活空间却与"乡土"有着封闭、淳朴的共性特征,他们在悲惨的生活中不懈执着地抗争,所表现出的就是一种原始的生命活力。另外,比如《篱下》中道貌岸然的姨父、《花子与老黄》中看似吃斋念佛却毫无怜悯之心的贵妇,萧乾对这些上流社会的人物也表达了无情的批判和鞭笞。这种从他小说中流露的生命意识和淳朴的人性美德,是萧乾被视作"京派"作家的重要依据,也是他的作品在今天仍具有文学价值的不容忽视的一个因素。另外,从审美特点上来看,"京派"讲究情感的节制和"冲淡之美",而萧乾善用儿童视角观察成人世界,这与"京派"的美学理念是相吻合的。在儿童的视野中,世界是纯真、简单的,所以即便是表达生活中种种的不幸与悲苦,他的作品中也不会有痛苦的悲鸣和激烈的剑拔弩张,他于再现客观世界本身的同时,有的只是一种淡淡的哀伤与无奈的愁怨,而这就是一种表达情感时刻意节制的方式。实际上,"京派"的这种美学追求与中国传统文论中提倡的"乐而不淫""哀而不伤"的理念不谋而合。萧乾曾对郁达夫极尽宣泄情感的文风有所异议,他说:"除了一部分作家滴着'爱莫能助'的同情泪,在黯淡的角落里写着人道主义的小说外,文艺界成为了一个繁荣的鸟市,一个疯癫院:烦闷了的就扯开喉咙啸号一阵。"②在创作中,萧乾不但能够做到情感的含蓄与节制,更将灵动优美的诗化语言融入独特的意象塑造,尤其是在后期的文学作品里,他将现实与诗意,经奇特的联想而凝结于一处,

---

① 沈从文:《萧乾小说集题记》,见《沈从文全集》第十六卷,北岳文艺出版社2002年版,第325页。
② 萧乾:《废邮存底·理想与出路》,见《萧乾文集8·文论卷》,浙江文艺出版社1998年版,第114页。

表现出明显的小说诗歌化、散文化的特点,也实现了"和谐""冲淡"的艺术之美。

第四节 女性视角下的京城生活

一、凌叔华的《古韵》

凌叔华在典型的官宦之家出生、成长,自步入写作开始,发表的第一篇小说《女儿身世太凄凉》就是将着眼点放在描写大家族中女性的婚恋问题上。此后她一直延续着自己的这个写作传统。凌叔华的父亲凌福彭曾在清末任职户部主事、顺天府尹代理、直隶布政使等要职,进入民国以后,仍然担任过参政院的参政,在婚姻上,凌父有六房夫人,而凌叔华是四太太的第四个女儿。在京城这等名门望族里成长起来的凌叔华,自幼就对豪门大家族中各房妻妾子女之间的钩心斗角、风云变幻深有感触,并且善于描写闺中女性。她的代表作《绣枕》《一件喜事》等,都深深地体现着封建传统控制下家族文化的特点和女性生活中所遭遇的种种困境。鲁迅曾评价凌叔华的小说优秀之处在于,极为谨慎而又适可而止地描写刻画旧式家庭中一个个性格温婉归顺的女性。这种谨慎、适可而止的情感控制使得凌叔华的文风温婉飘逸,即使是再激烈的情节冲突,在她写来也是婉约有致、云淡风轻,虽没有激情的呐喊,却仍然感人至深。由于幼年时凌叔华就展现出与众不同的绘画天分,所以家人特别为她请了名师,寄希望于将来她能够在画坛有所成就。她的文字描写往往体现出强烈的画面感和清新质朴的风情,也与此有关。在接受过"五四"新文化的洗礼后,她逐渐走出了旧式家庭,笔下的人物既有传统文化枷锁下附庸男性的姨太太,也有能体现新文化特点的现代新女性。对于凌叔华而言,她的"北京故事"以描写女性婚恋故事为主,后来的《古韵》,是以她的童年生活为蓝本,体现了传统大家族中特有的文化素养。无论是写母亲如何嫁给了父亲变成姨太太,还是写各房妻妾之间的勾心斗角,又或是写年

第五章 "京派"作家笔下的北京意象

幼的自己如何孤独寂寞地在闺中学画习作,均在封闭的空间里构筑了一个传统官宦大家庭的气质氛围。

属于"京派"作家群体的凌叔华,在审美上符合"京派"追求"冲淡平和"、赞美天真童趣、原始淳朴人性的美学理念。她在回忆孩童时代时,总是以温婉细致的语调抒写童心无邪,难怪有论者认为:"用童心写出一批温厚而富有暖意的作品,正是凌叔华为京派做出的贡献。"①《小英》《一件喜事》等篇章都是以一个小女孩的眼光来看世态万千,尤其是旧式家庭中的人情世故、是是非非。这些早期的篇章成为后来《古韵》中的种种投影,比如《一件喜事》和《八月节》就成为《古韵》中父亲迎娶六姨娘这样的"喜事",五姨娘却黯然落泪的情节。身处"京派"作家序列,凌叔华与许多本身并不是北京人的作家相比有所不同,她自幼生活在北京的官宦家庭中,这使得她在传承"京派"淡远隽永、古朴明净等文风的同时,又有其鲜明的个人特色。在她笔下,北京成为一座集结了漫长历史传统文化的古城,在女性特殊的文化记忆书写中,她于原始的人性人情之美中透露出女人婚恋生活的辛酸与哀怨,不但体现了女性"京派"文学写作与北京城市文化的锋芒交汇,也影响了后来的女性作家在将北京作为创作灵感时所表现出的特别意味。

二、林海音《城南旧事》中的北京记忆

受凌叔华影响颇深的后辈女作家中,有一人颇为显眼,那就是林海音。林海音从不隐晦自己对凌叔华的倾慕,早年间就曾撰文表示自己是"凌迷",后来更一手促成凌叔华在台湾第一篇文学作品《下一代》的发表。虽然两人年龄相差20岁,但是在成长背景、创作历程、文学风格等方面都有很多相似之处,尤其是在动荡的战乱岁月,她们都不约而同地选择了超越政治,以幽然的笔调写下北京城带给她们的种种文化记忆,这种不同于男性视角的都市想象成为研究者所关注的重

---

① 严家炎:《现代小说流派史》,北京大学出版社1989年版,第229页。

要方面。

从1923年随父母到北京城南定居,至1948年离开北京重回台湾,林海音在北京度过了20多年的黄金岁月,"北京"在林海音的创作中,一直有着极为特殊的意义。她说:"读书、做事、结婚在那儿。度过的金色年代,可以和故宫的琉璃瓦相媲,因此我的文章自然离不开北平。有人说我比北平人还北平,我觉得颂扬得体,听了十分舒服。"①林海音笔下的北京是她记忆中的北京,也是回不去的年少时光。北京意象除了在其自传性小说《城南旧事》中以大背景出现外,在其他一系列以女性婚恋生活为主题的短篇故事中也有表现。

《城南旧事》描述的是小姑娘英子从童年到少年在北京城南的成长历程,天桥、虎坊桥、琉璃厂以及林立着供各省游子居住的会馆……五方杂处构成了生机盎然的城南文化。英子来自台湾,她与北京的关系既融合又有距离,她以小女孩的目光注视着北京城南的人事万象,"不诠释、不评判"②,使故事中的人物能以自然、真实的面貌出现,展现自己喜怒哀乐的一生。这种不解释、不评判的叙事态度,使文章超越贵贱阶级之分,更为真实地呈现现实中的人心人性。另外,女性独特的写作身份,使婚恋主题成为她创作中最重要的一环。《城南旧事》中关于兰姨娘和秀贞的故事,已经轻触新旧时代交替中女性在婚恋问题上有所转变的态度,在后来"婚姻的故事"系列小说中,则揭示得更为明晰。

虽然都生活在北京,但林海音与出身于旧时代官宦大家族的凌叔华相比有很大不同。林海音的父亲北上工作后,娶了林的母亲,她在北京的家庭里感受到的是父母情感融洽、生活单纯。在林海音嫁入丈夫夏承楹的仕宦大家族以后,感受到各方于情感、利益上的纠葛,这对她的冲击和震动尤为强烈。在《婚姻的故事》中,她说:"妈妈的婚姻生活是多么的有趣而新颖,在那古老的年代,她以一个平凡的女人便

---

① 林海音:《城南旧事》,尔雅出版社1960年版,第2页。
② 林海音:《两地·自序》,北京出版社1988年版,第2页

有机会随着丈夫到外国去。而我呢？谁会想到二十二年后，妈妈的女儿反而嫁到一个有着四十多口人的古老的家庭去了呢！"①林海音所嫁的婆家，是一个传统旧式大家庭，在其中她领略到了书香世家的文化底蕴、传统习俗中蕴含的老规矩，这为她的创作提供了宝贵的素材。随着社会变迁和新文化的洗礼，种种旧式的传统文化都在走向崩解和消亡，但是北京城中特有的都市文化的保守特质，却留在了种种生活习俗和伦理规范中，这其中渗透出的"保守风气""新旧碰撞"成为林海音取之不竭的创作灵感源泉。

综上所述，不管是出生在北京、成长于旧式家庭中的林海音、凌叔华，还是外来的沈从文，他们都以属于自己的方式与北京这座城市进行着不同层面的对话。无论他们是以悠然婉约娓娓道出"京城故事"，还是于行文中对底层民众寄托哀怨的关怀，抑或是在文物保护、文化重建上所做的不懈努力，"京派"文人群体都以自己独特的视角和眼光告诉读者，北京这座有着悠久历史的古城，是如何以独特的都市想象和文化记忆覆盖了国家政治的喧嚣纷扰，为逝去的那个变革时代，留下一个独一无二、无可取代的注脚。

---

① 林海音：《婚姻的故事》，北方妇女儿童出版社1986年版，第8页。

第六章 "前线诗人"的北京记忆

1930年代,由于政治、经济、文化以及外交中心的南移,北京变成一座具有特殊历史氛围和文化环境的城市。北京具备丰富的现代教育、学术、思想资源以及自由的学术、文化氛围,这极大地促进了知识分子的聚集和文化思想的传承。北京的八百载帝都历史,使其具有其他城市不可能有的深厚文化内涵,而作为"五四"文化的发祥地,启蒙思想也已成为一种新的文化传统,在新旧文化激烈的碰撞交融中,北京显现出既继承传统文化,又联系现代、展望未来的特点。

在这样独特的城市文化环境中,文学中的北京也显示出独具一格的艺术特色。尤其是在1930年代以卞之琳、何其芳等人为代表的"前线诗人"笔下,北京的城市特征更有突出的体现。在文学创作上,他们虽然也属于"现代派诗人",但相较于上海诗人,北平诗人在诗歌意象、创作心态、心灵体验和现代情绪的表达上都显示出别样的特色。比如,在"前线诗人"的作品中,经常出现古城、宫门、沙漠、荒街等意象,以此寒冷寂寞的环境来表达对现实中个体生命的反思、对麻木心灵的批判和对温暖明亮的人性的向往、追求。尤其是对古典传统文化在留恋中存有批判,在批判中保有希冀的复杂情感,造就了"前线诗人"在诗歌艺术上更有深沉内敛的独特韵味。

第一节 "前线诗人"的"古城"记忆

"三·一八惨案"后,大量文化界人士选择离开北京,北京的文化环境与之前相比,显示出一种边缘化的特征。所以,"边城"这样的诗歌意象,大量出现在"前线诗人"的作品中。林庚在《无题》中有这样

第六章 "前线诗人"的北京记忆

的描写：

> 海上的波水能流去恨的
> 边城的荒野留下少年的笛声
> 河畔的小草看着花长落
> 年青的事到中年才明白
> 双燕飞来暝色又成愁了
> 如今想起的多是不能说的
> 黄昏的影子里那里是呢
> 晚霞的颜色又是一番了。

在黄昏黯然的色彩中，"边城"响起忧愁的"笛声"，"笛声"中蕴含的是诗人对现实的失望不满及苦闷寂寞的情绪。实际上，"五四"时，知识分子基本上都是怀揣着追求新文化、新思想的信念来到北京的，但是随着"五四"落潮，社会环境和政治变革使文化中心南移，生活在北京的知识分子普遍感受到寂寞和失望。由于"社会改革""改造国民性"等宏伟愿望无法一一实现，他们体会到理想与现实之间的巨大差距，在心理上有一种被放逐的荒凉感。这种失落的情绪在很多"前线诗人"的诗歌中都可看见。比如，曹葆华在《寄诗魂》中写道：

> 寻不着梦中的地图
> 袋里还有多少春秋
> 一叶芦苇风中飘摇
> 站在长夜的石门前
> 等候万里外一声号角

"万里外"的"一声号角"可以说是诗人无法放弃对理想的追求,然而在坚守理想的同时,又要忍耐现实中的寂寞。这种寂寞苦闷的心态在林庚的诗中有着更多的体现,在像"海一般深沉的夜里",诗人"寂寞的守着""夜的心"。帝都,本来就是一座沉淀着近千年历史的古城,再加上新文化运动的特殊背景,更显得悲凉沧桑、寂寥萧瑟。所以,对古都北京的凭吊之情和对"五四"变幻风云的纪念与缅怀,在诗人心中是一种统一的情绪。他们满怀热情,然而在处于时代的边缘和历史的缝隙中的北京,感受到的却是深深的荒凉与寂寥:

> 衰老的城垣似有意义地忍受这。还有许多刺心的伤痕,是磨灭了无数英雄与暴力的征记,它生理的勋章。我茫然下望,凄凉的心随着沉醉。①

以"前线诗人"为代表的现代派作家和诗人,在政治上没有特别的诉求与信仰,他们一直反对文学向政治功利性靠近,追求文学的纯洁性,但是1930年代的北京,由于特殊的历史政治原因,无法给诗人们提供一个完全真空的创作环境。在民族危机到来之际,怀揣曾经的"五四"启蒙意识,"有政治觉醒的学生进一步投入现实斗争",即便是"太不懂事的'天真'小青年,也不会安于现实,若不问政治,也总会有所向往"。② 所以,作为北京知识分子的代表之一,"前线诗人"以另一种方式和心态关注着现实,他们在作品中继承和发展启蒙思想,在抒写孤独寂寞心态的背后,不但没有悠然闲适,反而流露出太多的忧虑焦灼和沉闷的叩问。所以说,身处"文化边缘"的现代派诗人,他们是用自己独特的隐性革命的姿态,于无奈和隐忍中发出了别样的声音。

这种特殊的心态成为"前线诗人"创造独特意象的基础,在他们的诗歌作品中,往往流露出孤独一人置身于茫茫荒野中的寂寥与放逐之

---

① 方敬:《城垣》,《水星》1935年第1卷第4期。
② 卞之琳:《雕虫纪历1930—1958》(增订版),人民出版社1984年版,第2页。

第六章 "前线诗人"的北京记忆

感,这样的荒凉意境,既带有感性中的孤独,也蕴含着批判与反思。正是由于他们有理想、有抱负却不能在现实中一显身手,才无奈将这种情绪用批判的态度表达出来,这样复杂的情绪在诗歌中便凝结为"荒街""古城"等特殊的意象。

"前线诗人"们在受到西方现代主义诗歌影响后,对现实进行提炼和艺术升华,创造出"古城"等诗歌意象,这个意象与艾略特笔下的"荒原"有许多精神上的共通之处。但是,中国诗人笔下的"古城"意象却又蕴含了中国传统的文化性格和特殊的历史民族特色,较之艾略特"荒原"的抽象意味来说,"古城"是更加具体而且真切的,它指代的就是1930年代的北平。"荒原"带有浓重的西方宗教色彩,而"古城"则脱胎于中国历史传统文化,是一种于影响、借鉴中产生的民族性创造。

"古城"凝结了诗人浓重的感情与寄托,它不仅客观地描述了北京特殊的历史地位,同时也倾注了知识分子们对传统和家园故国的深刻眷恋。在这个意象中,存在着对历史文化传统的眷恋和对现实寂寞忧愤交织的复杂情绪。北京本来就是一个昔日的帝都,封建制度在这里终结,带来一种深深的传统文化衰败之感。它缺少上海那样的摩天大楼和工业文明繁盛发展的隆隆噪声,它没有时髦的舞场,也没有现代都市那种洋派的气息。1930年代的北平,更像是林庚笔下的那个有着风沙万里的荒原,以及荒原中比干燥天气还要冷漠的人心。"古城"是忠于客观现实所创造出的意象,但是诗人们在这个浓缩了中国千年民族历史的隐喻中又附加了自己对民族命运的牵挂、反思以及期冀。

比起江南的温婉秀丽,北京的天气显得干燥寒冷,所以"古城"的外在环境是风沙四起的荒凉。同时,现实中的风沙与诗人苦闷的情绪相结合,幻化为一种独特的干燥、寒冷、寂寞、无奈的诗歌意象:

> 但长城拦不住胡沙
> 和着塞外的大漠风

吹来这古城中，
吹湖水成冰，树木摇落，
摇落浪游人的心。

[……]
悲这是故国遂欲走了，
又停留，想眼前有一座高楼
在危阑上凭倚……

坠下地了
黄色的槐花，伤感的泪。
邯郸逆旅的枕头上
一个幽暗的短梦
使我尝尽了一生的哀乐。
听惊怯的梦的门户远闭，
留下长长的冷夜凝结在地壳上。
地壳早已僵死了，
仅存几条微颤的动脉，
间或，远远的铁轨的震动。

逃呵，逃到更荒凉的城中
黄昏上废圮的城堞远望，
更加局促于这北方的天地。
[……]
望不见落日里黄河的船帆，
望不见海上的三神山……

悲世界如此狭小又逃回

第六章 "前线诗人"的北京记忆

> 这古城。风又吹湖冰成水。
> 长夏里古柏树下
> 又有人围着桌子喝茶。①

"地壳将死""悠然短梦"都说明着古老文明无法避免的衰落命途。在遮天蔽日的黄沙漫漫中,诗人看到的是被埋葬的历史和枯竭的生命,这种没有光芒和热情的荒凉也象征着中华民族当时所面临的悲剧命运。所以,诗人们在诗中怨愤风沙,实际上是在无声地反抗社会环境中的冷漠压抑,由此,北京的"风沙",已经不单单指自然气候的干燥,更成了因荒凉、冷漠、压抑、隔膜的环境而发出的一种精神上的呐喊。

自然环境的荒凉在"前线诗人"诗歌中也成为社会现实和国民劣根性的注脚,苦闷的情绪使诗人们颇为认同艾略特的"荒原"之现代性荒芜。卞之琳就表示自己"最早写北平街头灰色景物"是受"波德莱尔写巴黎街头穷人"的启发,这种受现代主义启发的意识可以代表"前线诗人"的普遍思想。实际上,就是"荒凉"的自然景观激起了他们清醒的批判意识。在描绘古城的时候,他们对古城中麻木、沉默、失去生命活力的民众有更多的批判及体会:

> 四邻呆若木鸡
> 孩子撅着小嘴
> 站着
> 像一个哑巴的葫芦
> 摇也摇不响②

古城中的人们丧失了作为人最基本的同情、怜悯以及尊严,连天性率

---

① 何其芳:《古城》,见牟决鸣选编《何其芳诗文掇英》,东方出版社2004年版,第29—30页。
② 林庚:《沉寞》,见《林庚诗集》,清华大学出版社2014年版,第56页。

真质朴的小孩子也丧失了发出声音、表达自我的能力,变成一个"哑巴的葫芦"。麻木的国民自然无法体会到自己的沉沦与消亡,对民族国家的悲剧命运也理所应当地缺少关注,随着社会现实的日渐残酷和这种麻木心灵的不受启迪,"五四"倡导的那种理想的国民性格也日渐削弱。

另外,"前线诗人"诗歌中所体现出的现代性不仅仅停留在揭露和批判现实上,更重要的是他们在对象征和隐喻内涵的挖掘与开拓方面有着别样的先锋姿态。"古城"中浓缩着诗人们对"古国"的想象,包含着中国千年的历史和民族国家的整体。

北京众多的历史遗迹都进入诗人们的观察视野:历尽沧桑的圆明园、几经起伏的紫禁城、巍峨的长城,这些景物象征传统文化的辉煌与灿烂,也代表民族精神的英勇与忠烈。在由这些景物构成的意象中,北京随处可见的石狮子是最值得玩味的形象。古城中的石狮子往往表现出昔日的威武与如今的残破的强烈对比,这种反差象征着中华民族在封建帝制结束后的坎坷现代遭遇。诗歌中的石狮子,要么是"流着眼泪",要么是"张着口没有泪",这种无声的挣扎与悲愤,蕴含着的是全民族的苦难痛楚、悲剧命运,所以石狮子的血泪就是古城的血泪,古城的血泪就是整个中华民族的血泪。

干燥寒冷的自然环境加上历史的沧桑变迁以及现实中冷漠麻木的人心,这一切都使身处1930年代北京的现代派诗人们感受到寂寥、忿满与忧虑,这种忧愤超越了古城,指向整个民族国家。所以,"古城"意象在诗人们的拓展中超越了具象的城市内涵,成为民族国家甚至整个人类历史的巨型隐喻。诗人们在"古城"中寄托着自己的现代性迷思和焦虑,这使得北京这座古城,在1930年代现代派诗人的笔下成为一座蕴含着太多情绪和抗争的东方的"荒原"。可以说,正是古城北京特有的环境,造就了现代派诗人别样的诗歌艺术,无论是湛蓝无云的碧空还是春日特有的漫漫黄沙,无论是黄昏里夕阳映射下凋残的昔日宫阙还是鸽哨中寄托着的对未来的希望畅想,是"古城"、是"北京"使诗人们结出了丰厚的创作果实,反过来,也由于诗人们的描写与叙述,北京才不单单是一个历史地名,它在诗人的创作中被赋予了更深厚的历史意义和文化内涵,成为日后影响深远的一个独特的诗歌意象。

第二节 身处帝都的"乡下人"与"地之子"

北京以自己特有的文化氛围和教育、学术资源,吸引着因为求学求职而来到这座古城的知识分子,他们一方面被北京特有的历史文化内涵所吸引,在精神上对北京有深深的眷恋感,另一方面,外来者的身份又使他们对北京的文化氛围、城市发展、传统文明带着客观审视的目光。"前线诗人"群体可以说是外来者的代表,他们不是来自另一座城市,而是来自乡土、农村,他们对北京的观察有一种城乡文化之间的二元对立思维,乡土中国与现代城市的巨大差异使他们形成一种对城市文化有所摒弃、始终保留着"乡下人"的思维方式的独特心态。

1933年,李广田在后来被认为是其代表作的《地之子》中塑造了一个"来自田间"、以田野和大地为母亲的"地之子"的形象。李广田曾直言不讳地说:"我是一个乡下人,我爱乡间,并爱住在乡间的人们。就是现在,虽然在这座大城里住过几年了,我几乎还是像一个乡下人一样生活着,思想着。"①"地之子"这一诗歌意象负载的不仅是诗人对故乡、家园的留恋,也传达出诗人认可传统、淳朴生活的朴素情感。以"地之子"作为情感寄托的诗歌,所要强调的是不同于城市文明的一种思维与生活方式,它作为一种特殊的文化表达而存在,已经不仅仅是简单的思乡情绪。这种以"乡下人""地之子"为代表的审美情趣,在1930年代的北京文化圈里具有相当的代表性,除了李广田,何其芳、废名等人都以自己不同的方式表达对"精神故乡"的追寻和怀念。

---

① 李广田:《画廊集·题记》,《益世报》1935年3月20日。

在"前线诗人"的创作中,乡村和故土已经不单代表具体的农村社会,更象征着原始人性的纯粹和一种审美情结。在何其芳等人的文学作品中,可以发现,诗人们是以一种纯朴的笔调描述乡村中原始生命里的蓬勃、健硕以及从中透露出的平凡的、人性的纯美。

在1930年代的北京文坛,不但自觉强调自己的"乡下人"的身份立场,同时还用"乡情"来对抗城市文明的作家是沈从文。沈从文的"乡下人"身份中蕴含着他对自我的期许和设计,相较于"地之子",他的"乡下人"认同,有更多挑战城市文化的意味。从某种意义上说,"乡下人"的心态是与城市生活相对立的,但是这种对立并不是敌意的,而是以"乡下人"的身份反观城市生活、现代文明对人的异化并加以反思。

现代主义对城市文化中人的异化问题一直有着持续的关注。城市作为一个复杂的客体,既存在无数可能,又在某些方面显得"支离破碎"。实际上工业文明就是在传递"旋涡"般强烈新奇感的同时,又充满着破坏的能量。所以,对城市工业文明的反思和批判是对现代文化进行剖析的最主要途径,"反工业文明"是西方现代主义思想中重要的组成部分。"前线诗人"继承了这种思考,但是他们笔下"乡下人"和"地之子"的形象中有更多的民族元素,更加贴近中国传统文化和民族性格。

在他们对城市文化的批判中蕴含着对原始人性的颂扬。沈从文认为,"一到城市中来生活",人就忧郁得不像"一个'人'"了,只有田园乡村里那种优美、自然、健康的生活状态才是人应该具备的不违背人性的形式,但这种淳朴自然往往是充斥着发达工业文明的城市所不具备的。值得注意的是,中国知识分子对于现代城市中的工业文明抱有一种比较矛盾的态度:一方面,现代化带来的是彻底的革新以及和过去的封建制度完全决裂,这是中国走向现代化的必经之路,"五四"启蒙所倡导的就是要认同现代的生产力,批判封建旧文化;另一方面,在城市中生活的知识分子又难免以现代人的眼光去批判地看待城市

第六章 "前线诗人"的北京记忆

的种种弊端以及现代工业文明带来的对人性的异化,转而去赞美乡土的质朴。这种矛盾的心态,构成他们作品中独特的审美态度。在"前线诗人"的诗歌世界中,"城市"与"乡村"成为负载传统与现代思想的意象,寄托着诗人矛盾的心态。他们站在现代城市与田园乡土两个世界的夹缝中,在留恋乡村的恬静质朴的同时,批判都市的喧嚣与孤独,痛苦地反思乡土世界的愚昧和落后。这种复杂的创作心境其实也是中国知识分子从传统走向现代时所必须经历的思想阵痛,这样的痛苦,使他们狂笑、怒骂、流下一把热泪,继而又默默地收起。

另外,"乡下人"和"地之子"的意象除了蕴含诗人在面对现代和传统的相悖时复杂情绪外,还负载着诗人们在审美倾向上的选择,影响着他们的表达方式。沈从文曾表示"乡下人"有着之所以为"乡下人"的特殊气质,实际就是作家们对"美"的特殊理解以及由此引发的对文学本质的认识。在李广田、何其芳等人的诗歌作品中,都可以看到诗人们所特意营造的一种朴素和寂静的美,这样的美,去除了喧嚣和冲突,贴近自然,蕴含着传统文化中"和谐""天人合一"的审美趣味,是"乡下人"与"地之子"们所追求的创作心态及审美标准。沈从文在谈起这种"乡下人"所欣赏和追求的"美"的时候表示,城市中的读者能欣赏他作品的朴实和清新,却看不到其背后隐藏的热情和悲痛,因为城市的生活"太匆忙""太杂乱",城市中的人除了色欲外,对其他的感觉都近乎麻木,而造成这种结果的主要原因就是现代社会对人的异化。所以,原始的自然的美,就是能唤醒人性中最天真淳朴的那种激情,用这样质朴的美去和城市喧嚣中虚伪的美做对比,才是作家们所追求的。李健吾在评论《边城》时曾说,沈从文的作品虽然"热切",但是却并不"说教",因而,这部颂扬人性纯美的作品,是"抒情的,更是诗的"。也就是说,《边城》所表现的,是一段被充盈的原始美所美化了的具体的生命历程,这样"细致"却不"琐碎"、"真实"却不"教训"、"风韵"却不"弄姿"、美丽却不做作的近乎自然的纯真之美,是"千古不磨的珠玉",这样的作品,对于在城市中已经变得麻木不仁的民众来说,是一副"可口的良药"。①

《边城》中蕴含的淳朴、自然的人性,以及沈从文一直强调的"乡下人"的气质,其实就是传统、简单的生活造就的一种对生命的纯真理解以及对生活热情的智慧表达。这种质朴而简单的人性之美,不但在沈从文的作品中反复出现,也被何其芳、废名、李广田等诗人一写再写,诗人们通过不同的方式对它进行表达与颂扬。比如,在林庚的诗中,就幻化为对童心的留恋、赞美,因为童心接近天然和原始,一个人如果没有失去童心,那么他也就还保持着生命的活力与健康。

诗人们反复地表达这样的童心之美、自然之美以及原始淳朴的人性之美,目的就是要引发读者对现实中的腐朽、破败进行思辨。他们的写作,不但是一种执着的信仰和对道德重建的不懈努力,更是一种包含热情的孜孜不倦的"写作的信仰"。这种执着和努力,也就是沈从文一再强调的,属于"乡下人"气质中的认真的态度。他们对待文学,一直抱有这种认真的态度,相信文学的特殊功能及价值意义。和"五四"时期有所不同,作家们认为发挥文学功能并不是办几份刊物、成立若干社团就可以做到的。想要使文学在社会上起到"良好的作用"、把文学变成一个"有力的武器",需要长远的坚持和努力。要从不断的失败教训中获取有用的经验,再继续向前,这条漫长而艰苦的创作之路,包含着诗人、作家们单纯的热忱和朦胧的信仰。② 正是这种对待文学的虔诚态度,支撑着他们一路向前。

在这种对纯文学的信仰近乎宗教皈依的精神的引导下,他们反对文学的政治功利化和商业化,反对为了某种目的而进行文学创作,更对功利性的文学作品嗤之以鼻。这种远离政治,用平淡朴实的创作态度来完成艺术作品的风格,奠定了"京派"文学的审美价值取向。正是

---

① 李健吾:《边城——沈从文先生作》,见《咀华集·咀华二集》,复旦大学出版社2005年版,第76页。

② 沈从文:《向现实学习》,见《沈从文文集》第十卷,花城出版社、三联书店香港分店1982年版,第310页。

由于北京的阳光、风沙以及政治上的"边缘化",才使诗人、作家们于现代商业和革命浪潮的双重巨浪中,拨开迷雾,更真切地贴近自然、靠近人性本真,创作出包含着独特审美趣味及社会理想的文学作品。这样的文学精神产生在北京这座古老的城市中,是对"文化古城"北京的最好注解。

第七章 "京味儿"四溢的旧古城

第一节 老舍笔下的京城世事

众所周知,在树立北京形象、塑造北京人人物特征方面,老舍的文学作品起到了重要的作用。他以北京作为小说的背景,描绘出民国时期的京城众生相。通过描写北京的民风民俗、传统文化和平民的生活方式,老舍的作品也成为连接社会变革时期北京地方文化与国家民族命运的重要纽带。

在北京出生并长大的老舍,对北京城有着不同于他人的深切感情,北京在他的文学想象中也占据着最重要的位置。在他的小说中有三个重要元素,那就是故事的发生地永远在北京,故事讲述的是北京皇城根下普通民众的生活,讲述故事的语调则是幽默诙谐的"京味儿"。老舍自1920年开始发表作品至1930年代达到创作高峰,在这一阶段写成的《老张的哲学》《赵子曰》《骆驼祥子》《我这一辈子》等重要的小说都是以北京作为故事背景,在城市景观的描述、人物语言动作的展现等方面都体现出浓浓的"京味儿"。读者通过他的小说作品,看到了旧北京凝固、停滞中的生命活力:

> 我生在北平,那里的人,事,风景,味道,和卖酸梅汤、杏儿茶的吆喝的声音,我全熟悉。一闭眼我的北平就是完整的,像一张色彩鲜明的图画浮立在我的心中。我敢放胆的描画它。它是条清溪,我每一探手,就摸上条活泼泼的鱼儿来。①

---

① 老舍:《三年写作自述》,见胡絜青编《老舍生活与创作自述》,三联书店香港分店1980年版,第91—92页。

第七章 "京味儿"四溢的旧古城

北京的人世万象、风俗民情都深深渗入他的血脉。据统计,在老舍小说中出现的北京真实地名达两百多个,他的小说创作是将北京的一切揉碎了再用文学想象将其黏合,表现在读者面前的就是一部有血有肉的北京风土人情志。他笔下的人物居住在古朴的四合院中,每天于城市中蜿蜒的胡同里穿梭,他们晚上听见的是钟鼓楼的钟声,白天则在街头路过有轨电车,寂寞的深巷中传来小贩的叫卖声,北海、中央公园、积水潭等则是人物相会和漫游的好去处。如果说金受申、齐如山用平散的语调描述了北京城的风土人情,那么老舍则是把这一切用小说特有的叙述语言再一次立体地展现于读者面前。在他的作品中,我们可以看到生活在北京的女人们冬天会穿长袍,夏天要装纱窗,冬天要糊窗户纸,羊肉馅儿的饺子最好吃,冰糖葫芦是孩童们的最爱,外地人闻之掩面变色的豆汁儿被北京人奉为消暑健康的良品。不同的吃食有着不同的讲究,亲朋好友见面时问安道好的礼数不可少,做事更要循着老规矩来……这林林总总的描述其实就是北京生活的本质,他将旧京学者力图延续的民俗民风和传统文化用生动、优美、富于感情的笔调保存下来。

然而引人注意的是,老舍笔下的人物,其命运多舛正是由于他们是北京人,也就是说,他在创作中最关注的是,北京人在社会变革的沉浮中、在现代文明与传统文化的冲突中,如何选择自己的立场,他们的命运又如何。在《离婚》《我这一辈子》《骆驼祥子》这些重要的作品中,人物的命运与城市的前途是那么紧密地联系在一起,这也使作品有了值得关注的新的分量。《离婚》中的张大哥,是一个典型的北京人,说话办事不疾不徐,循规蹈矩从不越界,但是,不幸偏偏就降临在这个凡是讲礼数的、从来不会得罪任何人的老实人身上。随着他的儿子被怀疑成共产党抓进监狱,张大哥遭遇了丢工作、没房子等挫折,当张大哥那些"讲礼数"的朋友都开始疏远他的时候,只有乡下来的老李仍在努力帮助张大哥。在张大哥官复原职的时候,众人都来道贺,故事又回到刚开始的样子,老李悲哀地发现,他为改变周遭所做的一切努力都是无用功,北京人仍然像之前那样子庸碌、麻木、不思进取地生活着。

《骆驼祥子》是老舍最重要的作品,这部小说最早是在1936—1937年的《宇宙风》杂志上连载。父母双亡、失去土地的祥子来到城市,有志气也有力气的他,以为凭着自己的强壮身体拉人力车可以在北京城挣一份好生活,第一次拥有自己的人力车以后,祥子以为幸福的生活即将开始,却被兵匪抓去,好不容易逃回了城,祥子又开始重新攒钱,然而命运再次作弄他,倾心于他的虎妞借假怀孕骗他成婚,虎妞的父亲在恼怒中拒绝给祥子还钱。这样三番五次的努力攒钱却因意外竹篮打水一场空后,随着虎妞难产而死,祥子真正爱着的女人也上吊自杀,他对生活最后的希望也宣告破灭,身体日渐虚弱,灵魂也在痛苦与消沉中枯槁。

在《我这一辈子》中,主人公是一个15岁就掌握老北京传统手艺的裱糊匠,他不但有着过硬的手艺还对人和气,是一个体面人,但是,随着妻子和师哥弃他而去,他觉得没有面子再回到裱糊行,遂放弃了自己的手艺,改当巡警。随着清朝灭亡、军阀混战,他的命运也起起伏伏,50岁时,死了儿子,没了工作,他不得不照顾仍在襁褓中的孙子,奋斗了一生又回到了一无所有。

这些作品中欲言又止的发问是,到底是什么毁掉了这些北京人的生活。显然他们都是勤劳、和气、肯干、忠厚的老实人,他们都没有好逸恶劳、不思进取的堕落之气,所以作者不会批评他们,但是却用同情、幽默、诙谐、理解的语言去诉说他们的故事,谴责他们生活的社会环境。北京在老舍笔下是一座可爱的城市,他不住地描写北京美丽的景色和喧闹的市场,北京的独特魅力展现在日常生活、节日礼俗等细节的描绘中。一方面是对北京的热爱,另一方面他又指明,正是北京的社会环境造成了那些可悲人物多舛的命运。这种对北京矛盾和痛苦的表述情绪贯穿在20世纪二三十年代他所有的小说作品中。北京孕育了小说中那些北京人完美的品格,但是他们却最终难以在这座城

第七章 "京味儿"四溢的旧古城

市里存活下去,他们的奋斗变得徒劳无用,曾经在这座城市学到的东西成为摧毁他们的陷阱,总有一股更强大的力量牵引着他们走向命运的深渊,而这种强大的力量究竟是什么,老舍最终也没有明确说出。完美的人生活在可爱的城市里,原本应该和谐、幸福,然而随着整个社会的动荡,他们的生活也只有面对分崩离析的残酷命运。

无论是"五四"新文化运动中的启蒙知识分子还是"京派"作家,文人们对北京这座城市都有着自己的理解,他们直面现代化进程中北京的种种腐朽、破败、不堪和阴暗,以各种方式对其进行批判与反思,但是老舍却深深爱着这座城市。他说:"北平的地方那么大,事情那么多,我知道的真觉太少了,虽然我生在那里……我所知道的只是'我的北平',而我的北平大概等于牛的一毛……可是,我真爱北平……"①这种言语都不够表达的爱,使老舍笔下的北京蕴含着与其他作家不同别样的风情,"夸奖这个古城的某一点是容易的,可是这就把北京看得太小了。我所爱的北平不是枝枝节节的一些什么,而是整个儿与我的心灵相黏合的一段历史,一大块地方,多少风景名胜,从雨后什刹海的蜻蜓一直到我梦里的玉泉山的塔影,都积凑到一块儿,每一小的事件中有个我,我的每一思念中有个北平"②。北京有着几百年的古城历史,天子脚下的政治地位和汇聚于此的文化力量使北京市民有着特别的自豪感和优越感,不管是各行各业,北京的三教九流都非常讲究"体面",在老舍笔下人物的身上,可以非常明显地看到这种文化和地域自豪感。比如,《离婚》中的张大哥就曾表示,除了北平人都是乡下佬,世界的中心是北平。《骆驼祥子》中,祥子好不容易逃出西山,远远望着北京城的景物,心中感慨没有比"北平再好的地方"。老舍借人物来表现自己对北京的特殊的依恋情感,在散文中他更是直抒胸臆,认为

---

① 老舍:《想北平》,见姜德明编《梦回北京:现代作家笔下的北京 1919—1949》,生活·读书·新知三联书店 2009 年版,第 164 页。
② 老舍:《想北平》,见姜德明编《梦回北京:现代作家笔下的北京 1919—1949》,生活·读书·新知三联书店 2009 年版,第 164 页。

北平之秋就是天堂。这些优越自豪和对城市特殊的身份认同,反映出老舍对北京独特的母亲般的、无条件的爱。老舍心中始终存在着两个北京,一个是他生于此、长于此的熟悉的北京,另一个则是需要抽象概括的更大的北京。写他熟悉的"枝枝节节"的北京并不难,可以信手拈来,然而想要写那个隐藏着的"整个儿"的北京却很难做到,这是因为在社会变革之中,北京已经不是昔日四平八稳的古城帝都,时代的浪潮裹挟着它一路向前,在新旧文化的碰撞中,北京人的生活、习俗也变得如碎片化般细碎、繁复。在小说《骆驼祥子》中,老舍说出了自己对变化中的北京的看法:

> 北平本身可是渐渐地失去了原有的排场,点心铺中过了九月九还可以买到花糕,卖元宵的也许在秋天就下了市……经济的压迫使排场去另找去路,体面当不了饭吃。①

由于经济的衰退,原本"做事应时对景"的传统习俗变得不合时宜,北京人只得放弃他们昔日的"讲究"和"排场"。身处在这座城市、对北京有着特殊情感的老舍,既像旧京知识分子那样对北京的传统文化和民俗民风保持着迷恋,又在面对社会变革时和新知识分子一样,感到腐朽的北京正在落魄和消亡,这样矛盾的心态使小说展现出一种对北京强烈的爱和对人物悲惨命运深刻的同情交织在一起的复杂情绪。然而无论是爱还是同情,他都无法回答为什么这么"好"的人生活在天下最好的城市里,却只能让自己的不幸随着可悲的命运随波逐流。同样是写北京、写这座城中的人和事,老舍与其他作家不同之处在于,他对北京的风土人情有着细致的刻画,同时,他用小说中丰满的人物形象和其命运来揭示这座城市的前途及文化。所以,在整合北京群体形象和给北京人形象定位等方面,老舍的作品有着特殊的贡献及

---

① 老舍:《骆驼祥子》,人民文学出版社2006年版,第223页。

第七章 "京味儿"四溢的旧古城

作用。

文学作品的核心就是刻画人物形象,而"京味文学"作品的最显著特征就是通过借刻画北京人的形象来展现北京文化。京味不仅是小说中体现出的"风格氛围",同时也体现在"作家描写北京市民庸常人生时对北京文化心理结构的揭示方面"①。老舍小说中人物的悲剧命运带给我们对北京这座城市独有的价值体系的思索,而这却正是老舍一直避免正面回答的问题。他在人潮汹涌的天桥大街上看北京,也在静谧宁和的北海公园看北京,他不是在静止、凝固的时空下表达北京,而是让北京的文化和变迁出现在鲜活的人物的人生经历中。在表达北京文化时,老舍一方面对优秀的传统文化不遗余力地加以表现,另一方面对北京人身上的劣根性,他感到痛心,但"又不赶尽杀绝"②。他看到北京独特的文化面临着威胁,但却不否定其价值,这样矛盾的心态使老舍在表达北京时,既有着新知识分子那样现代的国家视角,也保留着对家乡独特的深切和关怀。他的小说中"既充满了对'北京文化'所蕴含的特有的高雅、舒展、含蓄、精致的美的不由自主的伤感、悲哀,以及若有所思的怅惘,同时也时时为'文化过熟'导致的柔弱、衰败而惋惜"③。

实际上,老舍不是不能概括地写出为什么北京人在北京传统文化消亡时会面临那样悲惨的命运,而是他没有一种诸如资本主义文明提出的国家身份来理解他所处的迈向现代化的北京、来分析他小说中人物的人格实践。为了抽象概括地来表现整体的北京,老舍试图将他所熟悉的北京的一草一木、人物的一言一语都原原本本地记录下来,定格于历史中的一瞬,然而这种保存又不同于旧京学者百科全书式的收藏。旧京学者对北京文化习俗的"收藏"使北京被当作没有生命的实体,在将中国文化核心的实质转换为简单的对"过去的依恋"的同时,

---

① 温儒敏等:《中国现当代文学专题研究》,北京大学出版社2002年版,第127页。
② 赵园:《北京:城与人》,北京大学出版社2006年版,第6页。
③ 温儒敏等:《中国现当代文学专题研究》,北京大学出版社2002年版,第127页。

阻断了北京在历史语境中与现实社会变革的激烈碰撞。老舍对北京文化的"保存"是为了让读者清楚地感觉到危机和变革处于城市的四周，但是他既不直接奔走呼喊，也不解释这危机到底是什么，一切的"说不出"都留给读者去仔细品味。

另外，老舍的北京想象又与新派知识分子对北京传统总是抱有一种针对痼疾式的批判不同，在新知识分子的分析中，北京那沉重的传统是阻碍它迈向现代文明的巨大牵绊，曾经具有无限活力的帝国式生活方式是现在的北京和北京人向前发展的负担，如果城市要进行现代化发展，必须全方位地抛弃过去的政治、经济及文化体系。他们认为只有在强大的政权、国家体系的领导下，北京的人民才能不受压迫之苦，才能避免悲剧性的命运，只有不同以往的价值系统才可以给古城带来希望，而在历史的变迁和进程中，我们会发现这种单纯的希望实际上非常苍白无力。新知识分子们大多不是北京人，他们所钟爱的北京，从来都不是北京人的北京，然而，老舍生长于此，他既不是没落文化的破坏者，又不会完全谴责传统文化和北京人身上那种沉淀了百年历史风貌的习气。他避免用社会分析的方法去谴责北京的文化和北京人身上固有的传统，宁愿选择欲说还休、欲言又止地去努力保存北京的美好，同时不遗余力地去赞美生养他的故土和人民。

第二节　华北沦陷区作家对京城意象的情感寄托

卢沟桥事变以后，北京城处在战争一触即发的风雨飘摇中，1937年12月，随着日本在北京成立伪中华民国临时政府，北京的作家群体构成发生了比较大的变化。大部分北京籍的作家离开了北京，有的"奔赴延安或其他抗日民主根据地，有的去重庆或大后方，有的到'孤岛'上海或香港，老的作家留在北京或华北地区的寥寥无几"，不但如此，北京昔日的高等学府，如北京大学、清华大学等也都迁往西南，"大

第七章 "京味儿"四溢的旧古城

部分教师随校南下,原先出版的报纸、杂志已纷纷停刊或内迁"。① 一时间,北京的文化氛围趋向荒芜。

除去离开北京城的作家,在北京留守的老作家也大多选择了不发声,比如俞平伯,除了一些学术性的研究论文以外,基本没有发表创造类的文学作品。可以说,"七七事变"以后,在华北地区"没有什么显著的文化运动。虽然多数的文化人因为事变的关系都逃到南方去了,可是事实上仍有不少的文化人滞留于北京。这些滞留于北京的文化人,五年来他们只是蛰居在书斋里,一向是沉默的"②。虽然恶劣的政治环境使大批作家离开北京,也使在京的作家们集体选择了沉默,但值得注意的是,在这个时期,仍然有一部分作家选择进驻北京并在北京展开文学创作活动,这为日后北京文学场复苏及重建提供了重要的支持。通过对"七七事变"后的北京作家群体进行分类可以看出,此时北京城的作家群体大致有三类:第一类是以张我军、林海音为代表的居住在北京多年的作家;第二类是从台湾移居北京的作家,包括张深切、郭柏川、张秋海、林朝权、王庆勋、徐牧生等人;第三类是东北流亡作家群,以黄军、王则、共鸣、梁山丁等人为代表,其中还包括从日本到北京的梅娘。

此时的北京,与"五四"时期相比,文化环境萧条而冷清,随着大批作家的离开,昔日文化之都的地位已经失去。但是,令人欣慰的是,由于以上所说的三类作家群体仍然于艰难的政治环境下积极重建北京的文艺,使得北京没有沦为一座文化上的空城。这些作家的不懈创作不只有对文学的热情,更有一种对于文学的承诺,当时有作家曾表示:在北京重建文学场的繁盛已经不太可能,因为重建的人有许多是生手,这个工作做起来又的确不易,自然成绩比不上从前,甚至步上前人的后尘都不可能。但是即便如此,在战争带来的文化监控下,1941年华北文坛也渐渐进入了复苏期。

---

① 彭放等主编:《中国沦陷区文学研究》,黑龙江人民出版社2007年版,第453页。
② 刘心皇:《抗战时期沦陷区文学史》,台北成文出版社1980年版,第217页。

选择留在沦陷区的作家,除了处于经济需要以外,最主要的是来自城市本身的魅力。城市对一个作家的影响往往是潜移默化的,而这种影响力又是其创作生命重要的组成部分,北京有着上千年的文化积淀,加上"五四"以来由高等学府和知识分子们倡导的自由、民主、文化的新知识学风,吸引了许多外地的知识青年汇聚于此。"七七事变"以后,由台湾赴京的知识分子不断增多,虽然这些人大部分在伪政权统治下的高等学府任课教书,但他们的作品中依然反映出反对侵略者文化同化的文学追求和坚持中国传统文化并将其发扬的坚毅品格。

1894年《马关条约》签署以后,台湾被日本侵占,"七七事变"后,北京也从昔日帝都变为一座荒城,物质条件匮乏使得人民生活非常窘迫。在这个时候,台湾作家没有选择远离战场的国统区,而是跋山涉水、不远万里来到北京,其实是有着特殊的意义。张深切曾经回忆,他是千方百计在台湾办好护照才得以离开台湾进入北京的。在台湾,张深切已是背负日本国籍的中国人,他的北上,是他"把北京作为躲开'大和文化',重新回归中国文化的避居地"①。北京,此时代表的不只是地理上的普通意义,更重要的是在这些文人作家心头,成为中华民族传统和家国故土的特殊精神象征。在北京已经沦陷、抗战中国势节节退败、大好河山不断被日寇铁骑殖民的时候,固执而坚韧的作家们则在心中越来越被强烈的民族归属感充实,他们执着地坚守在北京这个"五四"新文化的发源地,并且认为只要守住北京,就是守住了中华民族文化的根。只要文化的根基不被动摇,那么民族的血脉就会延绵不断。领土虽被异族用强力侵占,但是民族的文化绝不会被征服。当时的北京,虽然沦陷,但是作家们却没有被训练用日语进行写作,汉语仍然是统一的官方语言。很多作家在艰难的环境里仍然坚持对传统文化进行梳理和集成,同时不忘"五四"新文学的追求,甚至还掀起了关于"乡土文学"与"色情文学"的论争。在国破家亡的集体焦虑时

---

① 张泉:《抗战时期的华北文学》,贵州教育出版社2005年版,第25页。

第七章 "京味儿"四溢的旧古城

代,文学传统的坚守和文化的重建其实具有特殊的意义,由于文学文化与民族性的血肉共存,此时对民族文化的坚守成为一种保卫民族统一完整的坚强堡垒。身处北京的作家找到了自己文学言说的工具和位置,在已经被破坏的近乎荒凉的文学土壤上发现了星火生机,同时于内心获得了强烈的民族认同感和心灵归属的保障。

高压的政治环境使华北沦陷时期的文坛并没有出现一流的作家,这个时期沦陷区的小说创作的整体文学价值也并不让后来的文学史研究者满意,但是在翻阅资料后,还是可以发现,此时有志于从事文学创作的作家数量并不少,而且不同的作家在创作心态上也有着斑驳复杂的特质。

一、关永吉的"乡土小说"

关永吉在1937年后的华北文坛上提倡"乡土小说"的理论有深远的意义:虽然他没有超过传统描写地方色彩的乡土小说范围,但是却在"乡土"的概念上有所延伸,"乡土"不单指农村,更是"我乡我土",在创作中注重生养他的整个社会,以此体现出强烈的民族责任感。早在读初中时,关永吉就表现出敏感和早熟的写作天赋,作品《汽车》以一个妹妹给哥哥写信的形式展开,用"汽车"作为线索,在结尾高喊"打倒小日本"这样强烈的政治诉求,由此也可以看出年少的关永吉满腔热血,对日本侵略者有着憎恶分明的强烈感情,同时也有自觉要承担国家兴亡历史重任的民族意识。沦陷以后的华北文坛环境,使关永吉不能再如年少时那样慷慨激昂、随心所欲地去创作,他想用文学去拯救饱受欺凌、身处水深火热中的民众,所以,他的创作转向"乡土文学"。

关永吉的作品大多数取材于现实生活,用文学表现现实生活中的苦痛,以此来反映现实生活中人民的生活。长篇小说《牛》,将笔触伸向辛亥革命之前的华北农村,描写了高家祖孙三代的家族故事:革命到来之前,高家是一个门上贴着"文章华国、忠厚传门"的父慈子孝、衣食无忧的传统农村大家族,高五爷依靠自己的劳动获得富足的生活,风调雨顺、自给自足的农耕文明被作者寄予了很多赞美之词。在高五爷之子高祖禹身上,传统农耕文化的美好已经开始渐渐褪去,他靠着商人般精明的头脑,一系列的低买高卖使高家达到经济的顶峰。然而战争打破了小镇的和谐安详,高五爷一家被迫离开老家去天津躲避战事,但是由于经济上的困窘,高五爷和孙子又决定再次回到家乡期待白手起家、东山再起,现实中农村的凋敝和悲惨让他们深深感慨,此时的艾子口镇已经不是曾经那个田园牧歌式的祥和乡村。虽然高五爷拼了老命努力耕作获得了大丰收,却不得不将收获的果实贱卖给雄霸一方的军阀;虽然高贤认识了志同道合的新青年赵氏兄妹,但最终也只能饱受欺凌离开家乡、无法在农村展开自己的理想。

在小说中,国民性被重新提到观照的高度,高五爷和高贤身上体现出新旧文化观念的交锋。作为地主的高五爷是农耕文明的代表,他虽然善良朴实、老实肯干,但是在遭遇强敌的时候,他更多地表现出不反抗的懦弱和狭隘自私的小农意识,甚至说"老百姓,只要能叫他们好好种地就够了,他们谁都欢迎,连白俄都欢迎"。他对王朝更迭、外敌侵略有一种无知的愚昧,从中也可以看到以高五爷为代表的旧乡绅在国破家亡时内心的麻木与冷漠,作者在这个人物的塑造上有着悲哀、失望和无奈的情绪。与腐朽的高五爷相对比的是高贤,高贤生活在都市,受过良好的教育,虽然是个"农三代"但却不是农民,他有着理想主义和浪漫气质,是一个有着焦躁心态和高尚追求的热血青年,作者在这个人物身上更多的是寄予了一种希望。高贤代表一个不断质疑敢于批判的思考者,他对都市人不劳而获、扭曲人性的批判代表着作者追恋乡土的审美理想。"高贤这时候想,如果能在乡下多住几年就好了,要培养一种新的人性,农民的性格不是极为可爱的么!如果在乡下办一个小学,而且成立可以提高一切文化水准的机关,小学教员便是收生的大夫,而且,也可以教给人们利用农暇的时间。大家劳动着,享受着,生活就是这样的东西,一定要满足而且愉快……都市里一切罪恶的试探和诱惑,艳丽的女人,红色的酒,浮逸的生活,赌博、机运、官吏、商人、奸诈、欺骗和虚荣、无耻、阴谋、陷害,以及毫不值钱的文化人和教授……一切这样的存在,一到田野里,他们便都到魔鬼那里去了,他们就都被人遗忘了……"①都市作为与乡村的淳朴二元对立的存在,被作者所厌恶。但是当高贤带着对农村的美好想象回到故乡时,却发现现实与理想之间的巨大差距,他羸弱的身体早已没有劳动者应有的健康和力量,他不懂耕作,以为凭借自己的力量可以使乡下的人们变得有文化,结果却发现村里的文化教员实际上都是一群蝇营狗苟的无耻小人。

高贤这种强烈的挫败感和沮丧感在代表美好人性的赵秀要被军阀强行霸占时达到了顶峰,他曾经热血的改革思想和对乡村的热切憧憬消失殆尽,无奈之中的他烦闷而痛苦,只能别无选择地带着赵秀又一次逃离了乡村。这种鲁迅笔下知识分子在农村无法避免的"离开——回去——再离去"的悲剧结局,在关永吉的小说中得到再次的印证。可以看出,关永吉的民族责任感是贯穿他创作的永久动力。时光荏苒,褪去了早期的热血呐喊,在作家的喉咙被钳制、无法自由发声的岁月里,他依然在荒芜的华北沦陷区文坛高举关注国民性、提倡"乡土文学"的旗帜,表达对乡土中国强烈的依恋和热爱之情,曲折地展现内心对山河破碎、国土沦丧的巨大悲悯、愤慨之情。

二、梅娘笔下的婚恋言情故事

与关永吉、黄军等人一向不被后世读者所熟知的境遇不同的是,梅娘在华北沦陷区的地位和影响要大得多。1942年,北平的马德增书店和上海的宇宙风书店联合发起了一场评选"读者最喜爱的女作家"的投票活动,调查结果显示,上海的张爱玲和北京的梅娘,是读者最喜欢的两位年轻女作家,自此文坛就有了"南玲北梅"之说。今天看她的"水族三部曲",可以发现其中展现了不少青年女性在华北沦陷区的情感观念和生命体验。

---

① 中国现代文学馆编:《关永吉代表作》,华夏出版社2009年版,第234页。

北京叙述:帝都、家园与现代性

中国几千年的封建文化形成了根深蒂固的男尊女卑的观念,在大门不出、二门不迈的深闺中,女性无论在生活空间还是心理体验上都被局囿于封建传统的逼仄气息中,在经济与人格上,都没有独立的地位。"五四"新文化运动以后,在知识分子高呼自由民主的声音中,女性人格的独立、解放和平等第一次得到关注,但是女性自身解放的革命却不是喊喊口号那么简单。在社会变革和实际生活中,女性地位的提高和女性主义的革命,始终是悬而未决的,同时,中国女性可以以英雄的身份出现在历史上的唯一可能就是于父权衰微崩塌之际①。抗日战争全面爆发后,1940年代的沦陷区无疑造就了这样一个男权衰亡的空间,由此,在不同的沦陷区都出现了一些颇有名气的女作家,比如东北的萧红、上海的张爱玲,还有华北地区的梅娘。在她们的文学创作中,不但能看到时代洪流中女性书写的共同特色,同时她们迥异于他人的鲜明创作特点在大半个世纪后的今天也仍然熠熠生辉。

在小说作品《鱼》中,梅娘以第一人称展开叙述,大量的口语化写作更清晰地表达出主人公百转千回的心理活动。女主人公芬受新时代启蒙思想的影响,坚决走出封建家庭,但是却不谙世事地爱上了放荡不羁的已婚男人林省民,在感受到人生的苦涩与生活的困境后,她又爱上了林的表弟,但是两次都遇人不淑,林省民的表弟也是一个胆小怕事的懦弱之辈。这种两性之间的感情纠葛,在今天的读者看来可能并没有什么太大的新意,但是值得注意的是,梅娘在小说中表现出对女性心理和自我认识的一种细腻的把握,并且比较敏锐地认识到,女性悲剧宿命的根源很多时候来自她们无论在情感上和经济上都无法摆脱男性的给予和施舍。

在梅娘的很多小说中,都出现了"鬼"的意象,这些"鬼"之意象的纷繁展现,也体现出她与同时代其他女作家不同的创作特质。梅娘是

---

① 戴锦华:《涉渡之舟:新时期中国女性与女性文化》,北京大学出版社2007年版,第8页。

第七章 "京味儿"四溢的旧古城

庶出,生母很早就离世,在养母的嫉恨中长大的她,比一般人更为敏感、早慧。这样的经历和出身,使她对世间的人情冷暖有着相较于他人更敏锐的认识。她在作品中,经常会塑造一个生母去世、被养母养大的毫无地位的弱质女子的形象(与其自身经历高度一致),这样的女性在整个封建家庭中,毫无自由做主的权力,她们大多内心敏感、心思细腻。《小广告里面的故事》描写"我"和母亲投奔姨爹,姨爹不但不怜惜可怜孤苦的母女二人,反将"我"伪装成有着良好教养和教育的富家小姐去行骗,以招亲为诱饵诱惑有钱人上钩。在行骗的过程中,"我"遇到了善良并倾心于自己的阔绰少爷"祥",被其真心所打动,遂准备向他和盘托出一切。文中只要出现姨爹,大多以"鬼"和"魔鬼"来指代,比如:"那个鬼,那个鬼就是你赞美过慈祥得很有长者风的姨爹。""不知道那个鬼听去我们的话没有。""快看看那个鬼是不是在窥视我们。""等着我,我去找那个魔鬼去。"①梅娘用"鬼"这样的意象反复指代姨爹,写出他的阴冷凶残和暴虐,像魔鬼一样时时监视"我"一举一动的姨爹,其实暗示了梅娘个人的幼年创伤记忆——处于封建家庭的牢笼中,亲情的缺失使她饱受内心的压抑和折磨,这种创伤记忆在成年后的作品中变成"鬼魅",再次幽然出现。

《雨夜》中的李玲,婚后因为丈夫不在身边陪伴加之照顾新生的婴儿的烦闷,使她无奈告别了单身时的生活方式。在些许寂寞和无聊情绪袭来之时,她打扮一番,为的是想要重新感受过去的生活,但是最终因为想到夫妻之间的恩爱,止步于舞会门口,最后,盛装的她在沙滩独舞,在放松心情时刚好遇到涨潮和暴风雨,无奈之下李玲来到海边的小木屋避雨,没想到碰到了过去认识的轻狂男人。雨夜和男人独处的李玲,在心中涌起莫大的恐惧,她认为醉了的男人比鬼魅还可怕,因为对鬼魅的怕是单纯的恐惧,醉了的男人的身上则藏着所有的罪恶。她

---

① 中国现代文学馆编:《梅娘代表作》,华夏出版社2009年版,第78—83页。

盼望看守老人能够奇迹般出现,将她从这样恐惧尴尬的境地解脱出去,"那样,一切都可以揭过去了,不管他是人是鬼"①。虽然李玲已经是一个嫁做人妇的成年女性,但是仍然处于无法保护自身安全的危险境地,在特殊的情况下,尤其是想到喝醉的男人有可能丧失约束对自己做出非分之事,她不寒而栗,男性的威胁和由此构成的社会压力让她想要寻求的是另一个男人(看守老人)的救援。

同样是写夜晚独处时女性的孤立无援,《行路难》中"鬼"的蕴意更深。参加完宴会的"我"独自走夜路,第一个出现的男人帮"我"驱走追赶"我"的恶狗,在两个人一前一后走了很久后,"我"慢慢感到了黑暗中潜在的威胁。在灯光的映衬下"我"看见了男人的样子,却更吓一跳,因为男人有着两只闪烁的大眼睛,陷在两个黑洞里,要不是他穿着只有现代人穿的西装,"我"一定会想他是从棺材中跳出来的僵尸。当"我"战战兢兢并误以为这个僵尸般的男人会对自己图谋不轨的时候,出现了夜路上的第二个男人。"我"将第二次出现的男人视为救星,没想到第二个是一个"醉鬼",并且还调戏"我",这样的情形让"我"倍感孤立无援。作者写出了人物内心的复杂情绪,"难堪,恐怖,愤恨,窘急,我后悔我的轻率和盛装,我处在两个鬼之间,我不能确切地想出来他们都在打我的什么主意"②。当第二个意图轻薄的醉鬼发现了尾随在"我"身后的男人便离开后,情节发生了有趣的反转,第一个男人突然令人意外地说出自己困窘的生活状况,然后抢了"我"的钱包逃走。"我"到此才知道,这个"鬼"原来是一个被生活逼到走投无路准备自杀的小学教员。知道一切后,"我"对这个"鬼"放下了防备心理,并且同情他的遭遇。至此,"我"由害怕被陌生男性轻薄侮辱转为对生活艰辛的"鬼"的怜悯,"我"虽然被抢,但是这些钱可以挽救濒临破碎的家庭中的生命。与张爱玲在上海繁华的十里洋场发现残酷生活中人类残忍的动物性一面一样,梅娘的小说反映了华北沦陷区

---

① 中国现代文学馆编:《梅娘代表作》,华夏出版社2009年版,第87页。
② 中国现代文学馆编:《梅娘代表作》,华夏出版社2009年版,第58页。

平民生活中的真实与复杂,她从女性的家庭、婚恋生活出发,表现了底层人民生活的悲惨和落魄、国破家亡时社会中的阴暗和险恶。她带着强烈、宽广的社会责任感,在谴责封建男权社会带给女性的性别压力的同时,给予悲惨人物以人道主义的关怀和同情。

第八章　通俗小说中的四九城

第一节　张恨水文学世界中的平民与官场二重奏

张恨水虽然没有出生在北京,但是身为安徽人的他却真切地爱着北京,他的小说京味儿十足,人物对话多用京腔,但叙述语言却是普通话,这就使叙述者在无形之中带有中立的立场,在冷静中带有一份客观的态度。

在记录北京、描画北京风情时,张恨水毫不掩饰自己对北京的深情,他笔下的民国北京城,处处带有北京特有的民风民俗。他通过描写北京人的寻常生活,来展示一种北京文化。在传统与现代交织并行的1930年代,张恨水既写北京上流社会的万千世相,也将笔触伸及下层穷苦百姓的悲苦生活。在新旧交替、中西混杂的社会大变革中,张恨水不似其他作家那样着重写北京的帝都风范、文化内涵抑或落后寂寥,他写的是市井中的北京,和官场中的北京。无论是《春明外史》《金粉世家》,还是《啼笑因缘》《天上人间》,他刻意于小说中展示的都是保守与西化、新派与传统、纯美与丑恶等二元对立中的北京文化。

一、俗中带雅的平民生活

老舍笔下的北京城无论是地名还是景物都非常真实,张恨水笔下的人物虽然也生活在真实的公共空间中,他们也去颐和园畅游,也到来今雨轩等地方闲谈,更会去天桥看杂耍,但是故事情节却可以在北京城任何一条胡同和街道中发生。他笔下的北京不是所有细节都力求还原再现,因而也不能当作旅游指南和考古资料来使用和发掘。

张恨水的北京是平民构成的北京,他于平民的日常起居、衣食住

第八章　通俗小说中的四九城

行中,构建出独特的北京情调。《啼笑因缘》写的就是北京城平民的故事。来自南方的青年樊家树在北京求学时爱上唱鼓书的沈凤喜,但几经波折最终未能与沈凤喜成就姻缘。在小说中,家常小食、茶楼里的卖唱、夜市中的人头攒动等,都显示出北京特有的平民文化。小说的主人公也是社会底层的平民,他们属于社会低薪的范畴,文化教养不高,往往居住在大杂院和胡同中,生活方式上保留着传统文化的色彩。张恨水从胡同中平民的衣食住行、言谈举止出发,写出街坊邻里之间的秩序关系,从而表现出浓厚的市井气息。他可以理解三教九流汇集的胡同生活,也能尊重街坊邻里相处时的凡俗特质,更认同平凡庸常的小市民对待人生的生活态度。他在描写底层劳动者匮乏的物质生活时,往往也写邻里之间的相互帮衬,透露出人道主义的关怀。张恨水没有师陀在描述什刹海市民时流露出的那种高高在上的清高和不屑,他贴近市民生活,对庸碌的世俗文化价值有着不同常人的认同和欣赏。他将这种包含了价值取向的审美判断和情感态度,用贴近平民的笔调趣味娓娓道来,在展现北京平凡人生活百态和世俗的生活内涵等方面,表现出贴近大众的最实在的文化内容。

　　从北京的时令四节到风土人情、奇闻轶事,张恨水的小说写的就是四九城中平民大众的凡俗生活。很多描写,往往是越平实就越见风情。与其他"京味儿"小说相似,张恨水的通俗小说中也常见平庸琐碎的日常描述,但是正因为这些日常生活中的庸碌与零碎,构成了胡同文化特有的风情,使人今天读来仍然可以触摸和感受北京胡同文化的情调及氛围。虽然他极尽笔触去描绘胡同和大杂院中的庸常、凡俗,但是却在写俗中透露出清雅之气,这种俗中见雅、雅蕴俗内的特质成为张恨水通俗小说颇具研究价值的一个方面。他笔下的人物出身普通,却不是不解风情的俗气之人,他们"俗中有雅,就连他们的世故,也因为是哲学诗,以至于最世故处反倒显不出世故来,没准还有几分天真可爱"①。这些"天真可爱"的人物,无论是出入戏园子还是天桥、胡同,他们的故事总是听候着自然的召唤,情节不是发生在海棠开花、柳燕纷飞的鲜丽时节,就是发生在云淡风轻、雨过初霁的晴空之下,北京城中自然的风景和诗情,就这样于一两笔中跃然纸上,人物们仿佛活生生地生活在古城中。读者在平凡的聚散离合中感受到昔日帝都特有的沧桑情调。

小说《夜深沉》②第一回便写到,夏夜里,大杂院中劳作一天的穷苦百姓纳凉谈笑,行文中寄托着平民世界的朴素平易:

> 夏天的夜里,是另一种世界,平常休息的人,到了这个时候,全在院子里活动起来。这是北平西城一条胡同里一所大杂院,里面四合的房子,围了一个大院子,所有十八家人家的男女,都到院子里乘凉来了。满天的星斗,发着浑浊的光,照着地上许多人影子,有坐的,有躺着的,其间还有几点小小的火星,在暗地里亮着,那是有人在抽烟。……架子上爬着倭瓜的粗藤同牵牛花的细藤,风穿了那瓜架子,吹得瓜叶子瑟瑟作响,在乘凉的环境里,倒是添了许多情趣。

夏夜有清风、有凉意,也有如水般微凉的月光,除了"夜"这个意象以外,"月亮""月光"也成为小说中衬托人物心情的关键景物。在《夜深沉》中有这样一段描写,杨月容在清冷的月光中唱戏,使侧耳倾听的丁二和不禁落泪:

> 天上的黑云片子,已经逐渐的散失,在碧空里挂一轮缺边的月亮,在月亮前后,散布着三五颗星星,越显着空间的淡寞与清

---

① 老舍:《想北平》,见姜德明编《梦回北京:现代作家笔下的北京 1919—1949》,生活·读书·新知三联书店 2009 年版,第 163 页。
② 张恨水:《夜深沉》,人民文学出版社 2009 年版。

第八章　通俗小说中的四九城

凉。杨五爷的家门口有一片小小的空地，月亮照在地上雪白，在他们的围墙里，伸出两棵枣子树，那树叶子大半干枯着，在月亮底下，不住的向下坠落。为了这一阵黄昏小雨的原故，这深巷子里，是很少小贩们出动，自透着有一番寂寞的境味。就在这时，有一片拉胡琴唱戏的声音，送了出来……在这凄凉的夜里，在月亮下面坐着，本也就会引起一种幽怨，加之杨五爷的家里又送出那种很凄凉的戏腔与琴声来，那会更引起听人一种哀怨情绪。二和坐在那大石墩子上，约摸听了半小时之久，不觉垂下两点泪来。后来是墙里的声音全部息了。抬头看看天上的月亮，已经偏斜到人家屋脊上去。满寒空的冷露，人的皮肤触到，全有一种寒意，自己手摸着穿的衣服，仿佛都已经是在冰箱里储存过了的。他自言自语的叹了一口气道："回家去罢！"一个人在月亮下面，低头看了自己的影子，慢慢走回家去。

清冷的月光和凄凉的戏腔结合，再加上月夜下影影绰绰、摇晃着枝丫的枣树和寒空里微凉的露水，一切都衬托出一种淡漠、孤冷的意境。这种用月夜中景物的寒瑟来凸显人物的寂寞与幽怨，在第二十二回杨月容遭宋信生的欺瞒和玩弄、历尽了沧桑想回去找丁二和时，又有出现：

> 这时，天色已经是快接近黄昏了，天上的白云，由深红变到淡紫，蔚蓝的天空，有些黑沉沉的了。……抬头看看天上的月亮，很像一只大银盘子，悬在人家屋脊上面，照着地面上，还有些浑黄的光。自己慢慢地踏了月亮走路，先只是在冷僻曲折的大小胡同里走，心里也就想着，见到了二和，话要怎样的先说……再进一步，他们怎样的问，自己怎样的答，都揣测过了一会，慢慢儿就走到了一条大街上。月色是慢慢的更亮了，这就衬着夜色更深。这是一条宽阔而又冷僻的街道，大部分的店户，已是合上了铺板门，那不

曾掩门的店户，就晃着几盏黄色的电灯。那低矮的屋檐，排在不十分明亮的月色下，这就让人感到一种说不出所以然的古朴意味。月容就这样想着，天津租界上，那高大的洋楼，街上灿烂的电灯，那简直和这北京城是两个世界。想着坐汽车在天津大马路飞驰过去，自己是一步登了天，不想不多几日，又到了这种要讨饭没有路的地步。

这两段在文中出现的由写月之冷清描衬夜之深沉，可谓是与题目《夜深沉》紧紧相扣，"夜深沉"原本是《霸王别姬》虞姬舞剑时的唱段，在小说中成为人物矛盾、复杂、忐忑、愁闷心态的注解，同时，"月夜的深沉"更成为男女主角情感关系的发展线索，具备了多重意义的象征性。

对于笔下从事特殊行业的人物，张恨水也表达了对她们艺术境界和美感表现的认同，比如《夜深沉》中唱戏的杨月容、《啼笑因缘》中唱大鼓的沈凤喜，她们的社会地位虽然不高，却都是姿态出众的优秀艺人，即便是风尘女子，也有着特别的诗文气质。他在这些人物身上着力刻画出身俗世却清丽脱俗的一面，而北京的平民世界就是由这样的一群人物构成，他们虽然有时势利，但却不失人性的自然纯美，他们的生活虽然世俗平凡，却不庸俗。

二、官场与上流社会的粗鄙庸俗

京味小说总是会写北京文化的清雅古朴，张恨水的小说中，平民的生活虽然世俗却不庸俗，除去北京幽静抒情的一面，他自有另外描写社会阴暗面的小说，那就是人物虽居上层社会却猥琐丑陋的官场小说。这一类的作品大概有《春明外史》《金粉世家》等，都是在常见的男女言情世俗小说中增加社会与政治的奇闻轶事，反映当时北京社会变革中人们在价值观方面的混乱。

《春明外史》中的"春明"是北京的别号。1924年，张恨水已经在报界工作了几年，听到看到许多社会上的逸闻，于是他将这些北京地界儿上发生的社会轶事写进小说，在针砭时弊抒发情思的同时也为读

第八章 通俗小说中的四九城

者展开了一幅北京风土人物画卷。《春明外史》以新闻记者杨杏园的叙述为线索,带出他因职业关系遇到的诸如记者、妓女、演员、官僚、政客、学生等不同的人物,再由写这些人物身上的故事,描写社会众生世相。小说一经问世,就出现了北京读者争相传阅的盛况,这不仅因为小说中描绘了当时军阀政坛的时局变化,也写到很多真实的社会名流的交际应酬,使读者有一种人物跃然纸上、呼之欲出的亲切感。

《金粉世家》写的是北京内阁总理金铨一家从豪门盛世走向衰败的过程,以金铨小儿子金燕西和平民女子冷清秋恋爱、结婚、离散为故事主线,兼写金铨与妻妾、子女等的奢靡生活和遭遇,其中穿插了许多当时北京政商界的奇闻轶事。小说一经出版便引起轰动,当时北京的各大报馆都纷纷请张恨水写小说,他在《益世报》上发表《京尘幻影录》,也给《晨报》写《天上人间》,但是这两部小说都没有《春明外史》和《金粉世家》那么轰动,《京尘幻影录》更偏重揭示官场的各种世相丑闻,算得上是民国时代的"官场现形记"。鲁迅曾说过,"帝都多官,租界多商",比起上海人梦想发财来说,北京人则更以获取权力为人生追求,老舍也表示,就连普通的北京市民也有很多是"官迷",所以,以写北京世情为主的通俗小说不可能不写到官场世相。

北京的传统文化历来就有官场士大夫文化与民间世俗文化两种分层,在张恨水的小说中,官场的贵族文化却并不高雅,尤其是在他描写达官贵人整天妓院茶楼里无所事事的糜烂生活时,更着力表现出上层社会的文化态度比平民更为庸俗。《京尘幻影录》中曾描写很多官僚,每天只是谈谈逛窑子、打牌和抽鸦片,虽然清闲自在,照例却是每天弄到凌晨两三点睡觉。《金粉世家》里,金家子弟大多有赴西洋留学的经历,然而仍是每天打麻将、上妓院、骄奢淫逸、醉生梦死。金燕西花重金在落花胡同租屋筹办诗社,并不是因为自己多么喜欢吟诗作对,而是为了想方设法接近才女冷清秋。在《夜深沉》中,杨月容倾心的宋信生也是一个伪君子,他将杨月容骗到一个房间意图不轨,却还打着"看月亮"的风雅名义。无论是作诗还是看月亮,这些纨绔子弟在日常的生活中其实毫无高雅的情趣。另外的人物，则大多如《京尘幻影录》中的李逢吉一样，沉迷官道，四处巴结权贵，这些种种的描写，都是对上流社会奢靡庸俗的最佳嘲讽。在小说中，看戏、看电影、作诗等风雅活动，在上流阶层眼中和跳舞、喝酒、打麻将一样，都是应酬之事。他们虽然有丰富的文化活动但是却没有文化情趣，难怪同时期的知识分子都将北京视为一座文化的荒漠，"没有山，没有水，没有花"，这些掌握教育文化资源的上层阶级连艺术品位都很浅薄，就更谈不上对生活有什么敏锐的生命感悟和文化格调了。

由此可以看出，张恨水笔下的两种阶层，呈现出不同的生活状态和迥异的文化审美情趣。官宦贵胄、世家子弟们吃喝嫖赌、利欲熏心，在看似高雅的生活中充满庸俗不堪，而平民生活却是俗人向雅，日常点滴的琐碎人生都充满着生命的美感。小说中之所以出现这种生活品位与社会阶级不符合的"礼失求诸野"的现象，原因大概有三点。

首先，作者有着特殊的观察视角。张恨水是以记者的身份在北京逛遍市井，采集不同人物的生活阅历，他以平民的视角去观察世情，心态上也更接近市井的劳动者，刻意鄙视上层官商。他抓住当时社会惹人议论的种种贫富差距和不公平现象，在小说中凸显贵胄公子和官僚们的龌龊气息，笔调中带有对上流社会虚伪可恨的浓厚批判，使平日无法接近上层阶级的读者在阅读中窥视到豪门的恩怨，同时间接参与了对其庸俗淫逸生活的审判，于心理上获得一种想象性的满足。

另外，张恨水不是北京人，所以他的叙述语言是普通话，而人物对话则是京腔京白，这样就显示出叙述者与人物之间的距离感，从而更为客观。叙述者对人物遭际不会产生太多温情的关怀，也没有太多怀古幽思的抒发，这一点是张恨水与其他京味小说作家的最大差异。他没有近距离地采用追忆的方式去怀念旧古城，也不以一种旅游者的身份只是看到北京的繁华建筑和民风民俗，更不会像老舍一样，字字句句都透着对北京的无限爱意。客观的记者之眼有助于他鸟瞰式地记录下当时北京城中的俗世万象，所以，他笔下的民国四九城，真实仿若

第八章　通俗小说中的四九城

再现,却也残酷得令人读罢心寒。

其次,张恨水笔下的北京,是处于变化中的古城。在现代化进程中,古城北京有着新的发展,也出现许多与原先不同的问题,张恨水在真实展现北京社会风貌的同时,也表现出对京城文化发展的隐忧。在众多作家的文学展示中,我们或许可以看到,民国时期的北京上流社会也许真是如此庸俗粗鄙,艺术场所对于他们而言不过是社交场域的一种,在时代变革中,他们更注重感官刺激,人生追求无外乎财富积累和升官晋爵。文化活动成为他们实现个人私利目的的手段或是彰显社会身份的工具,听戏、看电影等活动无非就是附庸风雅、装点门面。有趣的是对于普通的劳动阶层来说,日常生活中的审美文化却有了苦中作乐的特殊效果,可以使他们暂时摆脱繁重的生活压力和苦闷单调的庸常人生,成为某种生命的意义,所以描绘上戏院这样的活动对于平民来说,更多了一份集体崇拜的审美情趣,这种对文化的接受和追求也更趋近纯粹的审美情操。

再次,批判上流社会的不堪庸俗承袭了近代谴责小说的传统。《春明外史》《京尘幻影录》等作品基本可以算是民国时代的"官场现形记",写作风格与手法也继承了诸如《二十年目睹之怪现状》《官场现形记》等晚清谴责小说的文学传统,揭露的就是官场上的虚伪腐败。民国以后,陈慎言的《故都秘录》和高阳的《八大胡同》等也都是反映北京社会的种种黑暗。在《故都秘录》的序言中有这样直言不讳的描写:

> 满族亲贵……一至民国,礼防尽撤,所谓王公贝勒,福晋格格,出入社会,姿情声色,挥霍之豪,用情之滥,有出人意外者。遗老高风亮节,为世所尊,而清室之遗老,间有阳取孤忠之名,阴施鼠窃之计……其存心之龌龊,手段之卑鄙,较之现代无耻官僚为尤甚。[①]

[①] 陈慎言:《故都秘录》,湖南文艺出版社1998年版,第1页。

小说情节也是用清朝亲贵肆意挥霍、遗老卑鄙龌龊来反衬名伶洁身自好、仗义疏财，表现出对官僚阶层的严厉批判和对平民人物的讴歌。

这种写官场黑暗的文学类型，来源于北京市民乐于打听宫廷秘闻和小道消息的癖好。北京因其特殊的地理位置，许多皇家贵胄的秘闻野史容易通过各种渠道流传到民间，民国以后，报业为了盈利，对这种上层社会的丑闻秘史也是争相披露。军阀和官僚的骄奢生活、名士美人之间的风流传情都是小说基本的素材，这些情节大部分来源于当时的新闻或者捕风捉影的八卦和传言，时效性和纪实性都比较强。张恨水用"野史"观念揭露上层社会的腐朽落败和阴暗不堪，继承了晚清以来通俗小说于题材构建上的传统。

张恨水留恋着古朴醇厚的北京传统文化，在情感上更接近老北京的平民社会，他笔下的达官贵人虽然接受了西方现代的文化和教育，属于进步的新型阶级，但是却浅薄粗鄙、虚伪浮夸。这其中不但透露出张恨水难以接受民国世态炎凉的粗鄙丑恶，也反映出他对北京从传统走向现代的变革有着深深的忧虑。对于"老北京"传统生活的眷恋，使张恨水在创作中融入了现代商业文化对古朴人情侵蚀、现代化进程中传统文化该何去何从等的思考。现代文明与传统文明之间的种种冲突，使得他的小说作品中也有着人物构造上鲜明的二元对立，与正派平民阶层对立的往往是军阀、汉奸等受过高等教育的伪君子，所以，在张恨水眼中，北京比上海更能代表中国，也更显传统文化的纯粹和淳朴。他于赞美平民文化中赞美北京，不但表现出对北京风土人情的传承与想象，更寄托着对传统文化精神沦落时的深刻忧虑。

第二节　王度庐的北京下层贫民女性故事

大多数人对王度庐的认识主要是从李安著名的奥斯卡获奖影片《卧虎藏龙》而来，实际上，王度庐在写武侠小说的同时，也写过很多

第八章　通俗小说中的四九城

通俗言情和反映社会百态的小说,这些故事的发生地基本都在北京,时间也是抗日战争全面爆发之前。一般来说,学界将王度庐划为新鸳鸯蝴蝶派作家,研究成果较少,但实际上这些描写北京世相的社会言情小说却风格贴近京味小说且保持着独立的特色。

一、贫民女子的北京爱情

王度庐出身于北京下层贫苦的旗人家庭,因谋生艰难而离开。他的社会言情小说基本在青岛创作,所以其中也寄托了他对故乡的深切怀念。纵观王度庐的文学作品,我们会发现,他善于描写平民少女初入社会时的单纯和情窦初开时的懵懂经历,主要是通过弱女子的视角来刻画古城的世相万千,他对北京的怀念与乡愁并没有使他去描绘帝都的辉煌与绚烂,而是将此融合在再现平民生活的种种细节中。在这些社会言情小说中,主人公出身贫寒却自强不息,但是总避免不了一次次被险恶的环境所吞噬,由此尖锐地控诉社会和性别对贫寒女子的双重压迫,读者不忍心去读但却忍不住去读。出身贫苦的王度庐对下层女子的社会处境感同身受,同时对她们细腻的内心刻画得也独具一格,这种强烈的观照妇女生活的现代意识,加上灵动自然的京味语言、幽静雅致的北京古城空间想象,使得他的文学作品在某种程度上与京味小说中的性别议题形成特殊的对话。

老舍是京味小说的代表,他的小说被故都北京的风土人情所浸染,仿佛天然是民国北京风情画的组成部分,其中的人物生动传神、充满感情。遗憾的是,老舍笔下的女性角色,虽然也有如虎妞般形象鲜明的,但整体看来人物性格缺乏变化及层次,同时,他也始终是以男性视角来观照为数不多的女性形象的生活轨迹。在老舍对北京饱含深情的种种文学想象中,唯独缺少浪漫旖旎的风花雪月,更看不到对女性心理细致入微的描绘与体察。而王度庐的小说,则在某种意义上弥补了这个缺憾,他用未加矫揉造作的京腔写着市井之间具有鲜活气息的北京,同时又用丰富的想象力去描绘一个个让人读罢荡气回肠的爱情故事。这些故事的女主人公个个形象丰满,多是聪明秀丽但却命运多舛的年轻女性,她们在步入社会和情窦初开时遭遇的种种困境与心理决断,让人有一种女性成长小说的即视感。

"五四"新文学浪潮之后,现代的女作家如庐隐、凌叔华、萧红、丁玲、冰心等,她们在文学创作中对"自我"和社会都有了一种新的认识。这些涉及女性心理成长历程的文学作品无论是从形式长短还是题材结构上来看,大部分都反映出女性走出深闺、参与社会生活、发现自我并进行主体认同和定位的成长史,然而,由于这些作家大都出身于社会中上层阶级,受过良好的教育,所以她们笔下的女性形象也多半是新时代的知识女性,对于下层贫苦女性的命运关注得较少。而王度庐却将贫苦少女的心理描写得丝丝入扣、细致入微,将她们的坚强和自尊、努力和向上、理智和情感之间的种种冲突写得饱含深情并且波澜壮阔。民国时期,下层贫苦人家的女孩子是弱势群体中的弱势,很多人无法掌控自己的命运,只能随波逐流、任由他人主宰,王度庐将笔触伸及于此,想要探明的就是贫苦少女眼中的北京到底是一座怎样的城市。它雄伟壮丽的建筑下有没有人情质朴的醇厚?在动荡的社会变革中,身处下层阶级和女性的性别身份对她们自我的认知与定位又起到了怎样的作用?

王度庐的社会言情类小说有《古城新月》《落絮飘香》《虞美人》《海上虹霞》《寒梅曲》等,这些小说的中心人物都是北京社会中平凡的下层阶级女性,描写的大都是她们从少女初入社会的生活和恋爱,人物往往都有着因为周遭恶劣的生存环境或病或死的悲惨命运。这些悲剧故事在当时出版或连载后,打动了很多读者,让他们在平淡、压抑、逼仄的生活中获得一种情绪上的释放,同时,这些作品也让读者对现代妇女所面临的生存困境产生思考。

《落絮飘香》是王度庐的第一部社会言情小说,描写的是一个漂亮聪明、温柔大方的贫苦女孩的恋爱与人生经历。范菊英出身贫贱,母亲是城内大宅里的帮佣,她则和叔父同住在某大学附近,由此,认识了大学生秦仆,两人坠入爱河。虽然范菊英在与秦仆的交往过程中逐渐

第八章　通俗小说中的四九城

成长,但其叔父却贪慕虚荣嫌弃秦仆贫寒,范菊英受身边势利朋友的影响,逐渐向往摩登物质的生活方式,被英俊多金的花花公子章邵杰所打动,但却最终遭其遗弃。母亲的死亡加上被始乱终弃的现状使得范菊英生计困难,她听信叔父去郑州工厂做工,但实际却被卖入妓院,历经屡次逃脱的失败,终于艰难地重返北京。这时范菊英的精神和身体已经双重残败,虽然她与秦仆再次相遇,但是终究带着遗憾离开人世。

范菊英和张恨水《啼笑因缘》中的沈凤喜相似,都是涉世未深的贫女被物质诱惑而遭始乱终弃的命运,但是与张恨水不同的是,王度庐更深刻地探寻了范菊英的内心世界,将她自卑又自尊、对章邵杰又倾心又惧怕的心理和面对秦仆时的羞愧与痛苦写得丝丝入扣。读者在看完小说后,对范菊英贪恋虚荣的爱慕浮华恨不起来,相反会去同情她的悲惨遭遇,周围险恶的环境使她一步步走向堕落,男权中心社会的狰狞和凶残更使她无法获得自身价值的实现。虽然"五四"以来,新文化高举"妇女解放"的大旗,但是在现实的社会中,长期根深蒂固的父权思想使得大部分男性并不尊重女性,甚至将她们视为物品,可以玩弄,可以买卖,也可以遗弃。王度庐将自己对女性职业追求和自由恋爱等问题的思考,融入小说的行文叙事中,在今天看来,这样的通俗言情小说,仍然具备探索研究的空间。

《落絮飘香》中的范菊英生活在新旧社会交替的变革中,她向往的是符合现代理想的独立自主的爱情和生活。在遇到秦仆和他的同学以后,她被那种无忧无虑、追求知识、打扮时髦的生活所吸引,并且体会到了爱情的甘甜。对于章邵杰费尽心机的假意追求,范菊英信以为真并且感动不已,然而在被章邵杰玩弄以后,男权社会的残酷使她对现代生活的种种美好憧憬都化作了泡影。从范菊英的经历可以看出,理想的现代生活并不是每个人都可以得到,在当时的民国,想要获得大学教育、喝茶看戏、洋装洋房等这些代表着进步和现代的生活,必须有金钱作为保证。上层阶级唾手可得的现代生活在贫苦女子的世界里仿佛天方夜谭般不真实,即便她们努力去追求最终也不过是黄粱一梦的破碎。

然而,《落絮飘香》并不是要告诉人们停止对现代新生活的追求,王度庐想要表达的是对现代精神理想的向往和现代物质文明之间有着巨大的差距,如果说章邵杰代表着现代物质的华丽与丰富,那么他身上匮乏的现代精神内涵就在秦仆身上体现出来。秦仆的家境并不富裕,但是他努力好学,在追求新知的同时尊重女性,更懂得对自己的爱人加以包容和关爱。在范菊英离开他选择了章邵杰的时候,他虽然痛苦心碎,但是仍然叮嘱章邵杰好好对待菊英,并且告诉菊英在危难时仍可以向他求援;当菊英拖着残破的躯体和灵魂回到北京之后,他仍然奔赴北京向身患肺病的菊英求婚;甚至对于菊英曾经沦为娼妓的历史,他只是紧紧搂着她给予安慰,含泪真情地说道:"你堕落也不要紧,那不是你的堕落,那是社会的堕落⋯⋯等你病好了,我们结婚!"秦仆对菊英充满了怜爱与悲悯,也完全不以传统的贞操观来嫌弃和鄙夷菊英,他身上体现出的真挚多情、善良勇敢、尊重女性等进步思想,代表着王度庐对现代文化的高度评价。

《落絮飘香》中另一个值得关注的是下层贫女是否有追求自由恋爱的权力。早在"五四"时期,知识分子就曾讨论过恋爱自由、贞操观念以及新的道德标准等问题,但是王度庐作为一个普通的知识分子,在小说中透露出的则是:当自由恋爱的风气吹向下层社会时,女性追求的婚恋自由的梦幻是否带有着深深的苦涩;在她们追求与传统道德相悖的新生活时,会遇到怎样的波折;而与她们相恋的男性知识分子在心理和经济上又要做好怎样的准备。虽然菊英烫了发、穿着新式旗袍,但是就连不解世事的孩童看见她,也知道她不是"洋学生"而是个"大姑娘",这种"洋学生"与"大姑娘"的新旧文化分水岭成为菊英在追求恋爱与平等的过程中无法逾越的巨大障碍。当孩子们看见她和秦仆在一起时,第一反应就是大喊着讽刺她:"大姑娘,真不赖,追着男

第八章　通俗小说中的四九城

子当太太。"①孩子们内心集体无意识的自然流露揭示的问题是,用当时下层社会的目光来看,菊英这样出身贫寒又没有接受过新式教育的"大姑娘",是不应该抛头露面地去主动追求自己的幸福的,她的恋爱是不守本分,是逾越规矩,更是不成体统。下层民众无法想象自己生活中的贫民女子也可以拥有和"洋学生"去恋爱的自由,更不能想象"大姑娘"可以迈出家庭,通过自己的努力去超越自己的阶层。在这样的社会现实面前,真心与"大姑娘"相恋的"洋学生"也必须承担下层社会的嘲弄,还要理所应当地负担起他们的经济生活——毕竟他们将女性视为可以买卖的物品。如果做不到以上种种,那么他的爱情注定失败,既然如此,还何苦相爱?在近百年前,王度庐就用自己的笔,为读者们上演了一部超越阶级却又最终难逃宿命安排的北京爱情故事。

二、日常生活描写中透露出的乡愁记忆

王度庐透过女性弱势的视角,描绘着下层北京民众日常生活中的种种细节,直言不讳地写出其中的美好与丑恶。在这样的重构与再现中,体现出当时已经远离北京、身在青岛的王度庐对北京伤感的追忆和矛盾的怨念。和小说中的下层百姓一样,在北京生活的王度庐尝尽生活的艰辛与贫苦,但是北京毕竟是他的故乡,所以他将这种复杂而矛盾的心态融合在小说的行文叙述中。在作品中,他正视北京民众的贫苦生活,很多琐碎的贫困窘境的描述举不胜举:

> 白月梅在课室正吃饭,她的饭是用纸包着,不知是些什么东西,一看见骏青来了,她就赶紧把饭食收在书包里。骏青进了课室,见她的脸上有点儿红,骏青就和颜悦色地说:"你吃饭吧!不要怕我。今天你怎么没有回家?"白月梅摇头说:"没有,我回去怕又来晚了,我带了吃食来的。"骏青点点头,同时又看见桌上有些

---

① 王度庐:《落絮飘香》,励力出版社1948年,第128页。

黄色的碎屑，就知道她吃的是一种很粗劣的食品。①

《古城新月》中，白月梅是一个出身贫寒的孤女，而骏青则是在月梅就读小学中任教的有知识的上层社会青年。白月梅看见骏青来到教室，马上就对自己的吃食粗劣感到难为情。骏青生活富裕，当然想不到白月梅是因为窘迫而红脸，直到看见白月梅掉在桌上的碎屑，才反应过来。但是这段描述的叙述视角是骏青，他只知道是粗劣的食品，而说不上这种吃食的具体名称。另一段描写白月梅不愿寄人篱下而出走的场景中，王度庐就是这样描写的：

> 她匆忙地穿上衣裳，摸摸身边尚有丽雪上次给她雇车余下的两块几毛钱，她悄悄地拿了脸盆出屋，院中的风很是凉爽，花草都沾着朝露。她赶紧到厨房舀了凉水，回屋来擦擦脸拢拢头发，就悄悄地进门走出去，然后把街门从外面关上了。月梅走出胡同，这时街上的电灯还没有灭，铺户多半关着门板，只有清道夫在打扫马路。电车也没有，偶尔有一两辆空着的人力车，车夫带着倦意走着，那是拉了一夜的车夫，现在他要回到厂里睡觉去了。东方微微地显出些朝阳的紫色，可是西边的天上还嵌着无光的蚌壳似的月亮。月梅觉着这时天色太早，她顺着东安门大街一直往东走。她到了东河沿河边，就见这里有个卖豆浆的，几个工人模样的人围着挑子在用早点；北面河旁的柳树下，有两个老头儿把他们那百灵鸟的笼子挂在树上，让那灵巧的鸟儿在晨风里嘹亮地叫着。月梅就倚着洋灰的桥栏呆呆地站立，仿佛是在静听着鸟儿叫似的，其实她的心里却怀着像柳丝那么乱、那么多的愁。②

---

① 王度庐：《古城新月》，群众出版社2001年版，第188—189页。
② 王度庐：《古城新月》，群众出版社2001年版，第211页。

第八章　通俗小说中的四九城

王度庐用"早起洗漱"和"带好余钱"这样的细节表现白月梅的冷静和独立,但是也写到她"走出胡同"就不知何去何从的迷茫,清晨的街道有朝阳也有还未褪去的月亮,有鸟叫也有柳风拂面,然而她却无心欣赏。实际上,王度庐在《古城新月》中,为白月梅的成长设计了一道道的障碍,她无论怎么辗转更换住处,却始终无法容身;生母不肯承认她的身世,养母家又一次次迫使她面临黑暗的深渊;好不容易脱离养母家庭,又被邻居拐卖卖入娼门,逃脱以后还不幸被汽车撞到……一次次的悲惨和"被人嫌弃"使读者对月梅弱小的身躯寄托无限爱怜,王度庐也在这些细节的着重刻画上描绘出冰冷无情的北京现实。

然而,虽然王度庐直面下层社会的贫穷与悲苦,但是他也将这种贫穷变为试验主人公爱情是否坚贞的重要试金石。在《落絮飘香》里,他安排穷苦女子与清贫的大学生相恋,虽然自由恋爱的"五四"新观念和下层人民恪守的传统伦理及悲惨境遇格格不入,但是一切不幸都成为考验他们爱情的重要情节,充满世态炎凉的北京在爱情的浸染下,变为充满风花雪月般情与愁的恋爱之都。《古城新月》中白月梅所遭受、经历的种种不幸和人心险恶都没有使她放弃自我,这样自尊而独立的个性正是日后使骏青倾心的重要原因,可以说没有险恶的社会环境,也就无法造就刚强、勇敢、自立、自信的白月梅。通过这种种化腐朽为神奇的手段,作品中的北京也就再次成为远走异乡的王度庐怀念的故土,他在回忆中拥抱往昔生活,在书写中再次与北京相亲相近。

在与张恨水以北京为背景的通俗小说的对比中可以发现,王度庐的小说更关注下层女子在恋爱遭遇中的内心挣扎和心理转折。在叙述上,王度庐的语言更为质朴,比较接近北京的口语,尤其是他注意语言的区隔,在写到流氓、暗娼、小贩等下层人物时,往往使用很多市井之间的俏皮话,但是在表现中心人物的心理时,他又介入人物的内心世界写出她们的独白。在王度庐小说中,贫民女子作为主角的主体性更为具体,同时他也引领读者对女性人物形象进行认同,这样的叙述风格与男性中心视角下第三人称全知全能讲故事的张恨水颇为迥异。

另外，值得注意的是，在贫民女子的职业和人生选择上，比起张恨水的一味谴责，王度庐更同情她们因为物质经济的客观制约而处于被动和不得不纠结的位置。在王度庐的虚构世界里，他给予贫民女子理想的结局，那便是如白月梅一般，凭借自己的聪明才智、坚强勇敢和不懈努力，最终获得人格的独立并且收获爱情。这种难得的性别平等的视角，使得他言情小说中的两性爱情在更为复杂、平等中充满浪漫的气息。同时，与高级知识分子肩负改造社会、启迪民众的崇高使命而进行文学创作活动不同，王度庐无论从空间地点的构置还是人物之间人际关系的展现，都紧贴当时北京的现实，这使得他在为女性呐喊、谴责社会环境对贫民女性的不公时，显得有凭有据。从这一点上来看，除去娱乐消费功能以外，王度庐的通俗言情小说在一定程度上，普及了男女平等和女性追求人格自由独立等基本的女权观念。

第九章 市井书写:传统北京最后的挽歌

市井文化连接着城市和乡土,是中国文化中重要的组成部分,有学者认为市井"代表着城市的底层,是中国城市的根。抓住了市井,也就捕捉住了中国城市的'魂'"①。在中国文学的长廊中,市井文学有着悠久的历史,早在唐末宋初就已经伴随着封建社会商品经济的出现而出现,"俗文学、白话文学、平民文学、民间文学等都与之有一定的关系",特别是唐代以来的通俗文学、民间文艺、活动和庙会文艺都是市井文学最直接的渊源。② 到了北宋中期,市井文学已经发展为一种相对独立和成熟的文学体式,但是这一持续了数百年的文学传统在20世纪却表现出不同的形态,甚至在一定的时期内完全处于消隐状态。

在20世纪上半期的北京城市书写中,相当一部分作家对于北京城市的市井形态给予了关注,他们或者直接以古都北京的市井风情为书写对象,或者将市井北京融入自己创作的作品中。整体看来,20世纪上半期关于市井北京的书写可以划分为两种类型:一种以老舍为代表,在其创作中以市井作为故事发生的背景,对生活于其中的北平市民进行观照,其中涉及没落旗人、洋车夫、镖师、艺人、妓女、太监、地痞流氓等市井群体,老舍在创作中思考的问题是"市民阶层命运向何处去";另外一种则是张恨水、包天笑、秦瘦鸥等人的创作,"他们既接纳传统的文化、价值观念,驰骋于旧派章回小说的腹地,又力图突破'鸳鸯蝴蝶派'的狭小躯壳,以适应'五四'以来批判传统观念的时代风潮,跟上现代的步伐"③。

---

① 肖佩华:《中国现代小说的市井叙事》,学苑出版社2008年版,第1页。
② 参见谢桃坊《中国市民文学史》,四川人民出版社2015年版,第38页。
③ 肖佩华:《中国现代小说的市井叙事》,学苑出版社2008年版,第42页。

但是这一书写方式在中华人民共和国成立后的相当长一段时期内都处于消隐状态。"十七年"和"文革"时期由于社会整体环境的影响,在意识形态话语统领一切的时代,"工人、干部、知识分子、手工业者、个体商贩、有产者(社会学意义上的市民),以及经济上的资产状况或拟臆的意识形态,被强行分为无产阶级和资产阶级两大阵营……社会成员、社会力量被政治化,被纳入意识形态斗争的行列"[1],市井书写要么作为封建文化的流毒,要么作为与公共性相对立的私性和日常性表达受到了严厉的批判。古都北京以及与其相适应的市井形态在政治意识形态话语的观照之下变得模糊不清甚至彻底消失,但是作为一种延续数百年的文化形态是不会轻易地被切割开来的,新时期伊始,关于古都北京的书写成为北京城市文学中重要的组成部分,并且在相当长的一段时间内,"古都北京"都是作为北京城市最具代表性的城市形态存在的。

新时期文学创作中关于古都北京的书写是一种想象性的产物。经过"十七年"和"文革"改造之后的北京整体形态已经发生了相当大的变化,作家企图以"老北京"城市形象来对抗政治意识形态话语下的"新北京",在文本创作中通过居住空间、娱乐空间、空间中的人物形象以及风俗民情等方面重新建构和塑造了北京城市的性质和形态。在下文中,本书将试图就新时期文学中关于古都北京城市的建构及其原因做进一步辨析。

第一节 "新北京"改造与日常性空间的建构

中华人民共和国成立以后,大大小小的城市被"解放",中央政府要领导人民从"农村包围城市"的政治策略中走进城市、接管城市,以城市为中心进行社会变革和发展。以毛泽东为首的中共中央面对着

---

[1] 孙先科:《"新写实小说"中的市民与"新市民"形象及其意识形态》,《天津文学》1996年第8期。

第九章　市井书写：传统北京最后的挽歌

增大的城市数目表现出兴奋的心情,但是这种幸福是夹杂着不安和焦虑的。中国共产党及其所领导的部队几乎没有任何城市生活的经验,所以,如何管理城市这个问题,在当时是一个极大的困难。在七届二中全会上毛泽东提出,要警惕资产阶级糖衣炮弹的进攻,"必须学会在城市中向帝国主义者、国民党、资产阶级作政治斗争、经济斗争和文化斗争,并向帝国主义者作外交斗争"①。在进驻"魔都"上海时,陈毅在一个讲话中说:"我们解放军除西藏而外,全国都到过,可是说不定到上海被人打倒在地上……我们农村同志到上海,无异进入八阵图。"②北京作为新中国的首都自然处于被改造的最前沿,对北京城市的改造从现实的物理空间延续到意识形态空间等层面,其中一点就是对于城市"日常性"和"私性"的批判。

萧也牧的小说《我们夫妇之间》"是新中国成立后最早发表的小说之一,也是最早受到批判的作品之一,对它的批判,也构成了当代文学的一次重要事件"③。这篇曾经饱受批评的文章在1980年代获得了广泛的赞誉,评论者认为这篇文章表现了新中国城市与乡村的冲突,是新中国成立后"第一篇具有城市意味的小说"④。无论批判还是赞扬,都是基于小说中对于"日常性"和"私性"的表达。主人公李克进入北京以后生发出了别样的感觉,"这城市,我也是第一次来,但那些高楼大厦,那些丝织的窗帘,有花的地毯,那些沙发,那些洁净的街道,霓虹灯,那些从跳舞厅里传出来的爵士乐……对我是那样的熟悉,调和……好像回到了故乡一样"。而张同志呢?"可是她呢?进城以前,一天也没有离开过深山、大沟和沙滩;这城市的一切,对于她,我敢说,连

---

① 毛泽东:《在中国共产党第七届中央委员会第二次全体会议上的报告》,见《毛泽东选集》第四卷,人民出版社1991年版,第1427页。
② 方晓升主编:《接管上海》上卷,中国广播电视出版社1993年版,第60页。
③ 张鸿声:《当代文学中日常性叙事的消亡:重读萧也牧〈我们夫妇之间〉》,《中国现代文学研究丛刊》2005年第5期。
④ 张鸿声:《当代文学中日常性叙事的消亡:重读萧也牧〈我们夫妇之间〉》,《中国现代文学研究丛刊》2005年第5期。

做梦也没梦见过的！应该比我更兴奋才对,可是,她不！"①两个人去外面吃饭,"她一听那跑堂的一报价钱,就把我一拉,没等我站起来,她就在头里走下楼去",只是因为"一顿饭吃好几斤小米;顶农民一家子吃两天！哪敢那么胡花！"同时李克的一些生活习惯遭受到了她的批评,当他开始抽纸烟的时候她认为"我真会享受",而李克去参加单位组织的舞会时又被理解为资产阶级的腐朽行为而受到张同志的强烈批判。文本中李克一次次地受到张同志的批评,似乎每一次胜利的都是张同志,但是在文本中最终获得胜利的却是李克,"我为她那诚恳的真挚的态度感动了！我的心又突突地发跳了！我向四面一望,但见那四野的红墙绿瓦和那青翠坚实的松柏,发出一片光芒"②。文本中李克和张同志代表两种不同的话语方式,尽管作者列举了一系列关于张同志的优点,但是,最后还是李克所持有的日常性生活话语对张同志的意识形态话语完成了解构和压制,这一冲突过程满足了来自知识分子和市民阶层的阅读期待,并引起了他们强烈的认同。但是随后,这篇小说引起了广泛的批评,批评者认为"萧也牧无原则地拼凑了李克与他爱人之间的矛盾。他把二人之间政治思想上的矛盾与非政治上的矛盾等量齐观","集中和夸大了的描写我们女主角的日常生活的作风、习惯"。③ 萧也牧创作之初是想写一篇反映工农知识分子结合的文章,但因为没有正确处理日常性和政治意识形态话语之间的关系,所以受到了批判。从"可不可以写小资产阶级"的讨论到关于《我们夫妇之间》的批判以及关于人性论、人道论、"中间人物"论的讨论等联系在一起,"城市日常性被杜绝。此后的城市题材作品,都以从日常生活洞悉政治思想问题为模式,将日常性中的私人生活领域归之于

---

① 萧也牧:《我们夫妇之间》,《人民文学》1950年第1期。
② 萧也牧:《我们夫妇之间》,《人民文学》1950年第1期。
③ 丁玲:《作为一种倾向来看——给萧也牧同志的一封信》,《文艺报》1951年第4卷第8期。

第九章　市井书写：传统北京最后的挽歌

社会公共性的敌人,也即有日常生活,但没有了'日常性'。"①

在《我们夫妇之间》被批判之后,日常性叙述淡出文学创作的视野,大量创作都围绕新中国的社会主义想象展开。在关于社会主义新北京的创作中,关于日常性北京的叙述逐渐被抛弃,但北京作为曾经的"故都"和"废都",整体上是一个消费性的城市,具有强烈的日常性特征。如果在描述中抛弃其日常性特征,那么就需要重新建构一种城市特性。这种特性首先是要符合社会主义新中国的国家想象的,同时又可以和日常性、私性割裂开来。这种城市叙述建构是如何完成的呢?简而言之就是在关于新北京的公共性描述中把北京作为一座工业化城市,这座城市和传统的消费性北京不同,同时也符合国家关于工业化发展的宏大构想。1960年《北京文艺》连续发表了关于此类主题的文章,其中包括费枝《胡同里的笑声》、丁力《胡同口上挂红榜》、黎先耀《太阳从胡同里升起》、颜一烟《皮尺车间访问记》等,内容涉及妇女解放的话题。妇女在新中国走出家门,投身到一个广阔的生产空间内。她们不再围着锅台转,开始围着机器转,虽然工厂的劳动强度更大,但是她们心里却感觉痛快了许多。在这些文章中作者强调了工厂空间的感召力,也将消灭日常性、表现工业化的北京和革命叙事话语联系在了一起。

新时期伊始,饱受"文革"迫害的作家再次拿起了笔,表现在北京城市书写中就是对于日常性的重新表达。在空间选择上,作者有意地放弃和红色北京相联系的天安门、人民英雄纪念碑等标志性符号,也放弃了惯常进行的工业化想象,在新时期开始一段时间内关于北京城市的市井书写除了陈建功《丹凤眼》②等作品外,基本不涉及工业化北京。他们选择四合院、大杂院、胡同、公园等日常性空间,以其为背景

---

① 张鸿声:《当代文学中日常性叙事的消亡——重读萧也牧〈我们夫妇之间〉》,《中国现代文学研究丛刊》2005年第5期。
② 《丹凤眼》涉及京西煤矿工人,但是依然表现了胡同中的热心"老人"们努力为受歧视的工人张罗相亲的事情。

重新建构古都北京在当代的延续。

四合院是古都北京最具代表性的建筑,它集中融合了传统中国的文化精神,无论从时间还是从空间上来讲都是"有格局"的。这个格局是四合院本身的严整、庄重,是物理空间上的智慧,更体现了长幼有序的伦理。如果将四合院推而扩大,那么被城墙包围着的老北京就像一个大的四合院,居于中间的紫禁城也是依据类似的伦理秩序建成,可以说古都北京就是由一个个的四合院结构组成。当面对着北京渐次被拆除的四合院时,苏叔阳曾经借由傻二舅的嘴喊出自己的心声:"北京城要是哪儿哪儿都盖楼,没了平房,那还叫北京不?那该叫洋京啦。没有平房,没有胡同儿,没有四合院,没有纸顶棚,就跟没有五坛、八庙、颐和园一样,那还是北京吗?"①这也表明了四合院在北京的特殊意义。清人夏仁虎说"京师屋制之美备,甲于四方,以研究数百年,因地因时,皆有格局也"②,一个"甲于四方"表现了夏氏对于"京师屋制"的喜爱之情。他描述了北京四合院的两种建筑类型,一种是"大家入门,即不露行,以廊多于屋也……夏凉冬燠,四时皆宜者是矣",还有一种是"中下之户",是"贫穷编户,有所谓杂院者,一院之中,家占一室,萃而群居,口角奸盗之事出焉"。③

在1980年代的"京味文学"书写中,对这两种居住类型都有所涉及。邓友梅在《烟壶》中对乌世保进行了介绍:乌世保是火器营正白旗人,"祖上因军功受封过'骁骑校'","每日里无非逗逗蛐蛐,溜溜画眉,闻几撮鼻烟,饮几口老酒,家境虽不富有,也还够过。北京的上等人有五样必备的招牌,即是'天棚,鱼缸,石榴树,肥狗,胖丫头'。乌世保已没闲钱年年搭天棚了,最后一个丫头卖出去也没再买。其他三

---

① 苏叔阳:《傻二舅》,《人民文学》1981年第8期。
② 夏仁虎:《旧京琐记·习尚》,见王景山编《国学家夏仁虎》上卷,浙江文艺出版社2009年版,第201页。
③ 夏仁虎:《旧京琐记·习尚》,见王景山编《国学家夏仁虎》上卷,浙江文艺出版社2009年版,第201页。

第九章 市井书写:传统北京最后的挽歌

样却还齐备,那狗虽不算肥,倒是地道的纯种叭儿"。① 但是,在这篇小说中邓友梅并没有围绕乌世保当下的生活继续写下去,乌世保很快就因为受人陷害进了监狱,然后在监狱中偶然地学会了制作鼻烟壶的技巧,出狱后他一步步走入市井百姓的生活中。在文章的最后,乌世保和聂小轩、柳娘一起去河北的三河市投奔了他的奶娘。邓友梅将旗人的生活艺术、象征着传统文化的鼻烟壶制作技巧都一同融入普通百姓的日常生活中,其目的是强调传统文化强大的生命力。涉及"大家之门"的书写在"京味文学"第二代的创作中并不是太多,其他还有韩少华的《少管家前传》等,但更多的还是将视角放置在"中下之户"的市井生活中。

刘心武小说《钟鼓楼》的故事发生在钟鼓楼旁边的四合院里面,"这院子在北京北城的一条胡同里。此刻站在院门口,可以看见钟楼和鼓楼的剪影","薛大娘抬头仰望着这溶入她的生活、她的灵魂的钟鼓楼。钟鼓楼仿佛也在默默地俯视着她住的那条古老的胡同、陈旧的院落和她本人"。② 这是北京城市里面一个普通的大杂院,里面居住着薛大娘一家人,还有在小酒馆做厨师的路喜纯和京剧女演员澹台智珠一家人,而北屋居住着做局长的一家人。在这个由不同行业人员组成的大杂院中,每一家都有自己的无奈和欢喜。虽然外面的环境经历着各种变幻,但大杂院里的生活还是日复一日。在刘心武看来,曾经发生的某些在当时看来重大的事情,总是抵不过恒久屹立的钟鼓楼,抵不过时间。

类似的故事也发生在陈建功小说《辘轳把胡同9号》中。"辘轳把胡同9号院"是北京四合院中极为普通的一个小院落,"门脸儿也不漂亮,甭说石狮子,连块上马石也没有",里面住了5户人家,有退休的和在职的老工人,有没落的旗人,也有中学教师。小说的主角儿韩德来

---

① 邓友梅:《烟壶》,新星出版社2005年版,第41页。
② 刘心武:《钟鼓楼》,见《刘心武文存1》,江苏人民出版社2012年版,第10页。

是一位退休的工人,在"文革"时期曾经风头无二。9号院曾经因为有韩德来,在整个辘轳把胡同都腰杆子硬了起来,"院儿里的人和外院儿的人争论点子什么事儿,只消说:'老韩头儿说了,是这么回事儿!'肯定就可以得胜回朝了"。① 但是"文革"结束,韩德来在9号院也就丧失了自己的"权威",没有人继续听他讲"国家大事"了,偶尔听听的人也没有了过去的兴致。被"文革"树立起来的"权威"就这样随着社会的发展而消失,留下的还是大杂院里面熟悉的生活,旗人赫老太一家又重新吃上了"十几年没吃着的'麻豆腐'"。

　　作家笔下的人物不仅回到了四合院,而且吃上了"麻豆腐","私性"重新成为作家表现的主题,这一写作倾向在市井百姓的娱乐和休闲中有着更突出的表现。四合院中的居民们重新拿着鸟笼子走进公园,走进小酒馆,在世俗的娱乐和消遣中享受着自己的生活。公园是现代化的产物,现代公园最早是由西方引入中国,辛亥革命以前中国最多的是皇家和私人园林。辛亥革命以后,皇家和私人园林逐渐社会化。中央公园的前身是社稷坛,从面向寻常百姓开放那一天起就决定了它以后的复杂特性,所谓"'社'代表'土','稷'代表'谷',合起来就代表'国家'……是皇权王土和国家收成的象征"②。中央公园对百姓开放是由当时主政北京的朱启钤完成的。朱启钤1913年8月起代理国务总理,稍后任熊希龄内阁的内务总长,1914年兼任京师市政督办。中央公园在开放后几十年时间内和社会意识形态多保持一致,如改名中山公园,将位于东单北西总布胡同的"克林德牌坊"转移到中央公园内,改名为"协约公理战胜纪念坊",1949年以后改名为"保卫和平坊","保卫和平"四个字由郭沫若题写。在当代作家的笔下,很多故事都是在公园内展开,如新时期的"京味文学"作品邓友梅《话说陶然亭》、李陀《余光》、刘心武《四牌楼》等。有些作品将故事发展的空间设置在公园中,有些则把公园作为故事延续的一个场景。在他们

---

① 陈建功:《辘轳把胡同9号》,见《建功小说精选》,华夏出版社1997年版,第37页。
② 陈义风:《当代北京公园史话》,当代中国出版社2010年版,第32页。

第九章　市井书写：传统北京最后的挽歌

笔下，公园呈现出公共性和开放性，成为普通百姓日常消遣的去处。

在小说《放生》中，"我"因为最近心情不好，决定去天坛公园走走，公园里面有练气功的，有遛鸟的，有闲聊天、侃大山的，而"我"看到"森森的古柏林中飘游着紫蒙蒙的雾气，一株古柏的树干上赫然挂着一面暗红色的锦旗"①。在练气功的团体里面，"我"和沈晓钟是凑热闹的。沈晓钟练功的时候"那动作哪是'鹤翔'啊，整个儿一个'忠'字舞"。两周以后，其他人"都修到了'正果'，一个个迷迷瞪瞪，在古柏林里东扑西撞，撒欢儿打滚儿。凄凉的是我们两个：望着比我们老的，比我们弱的，全都喜气洋洋，心满意足，而我们，压根儿还没明白，怎么还能找出股子气儿来"②。在小说中无论"我"和沈晓钟，还是其他参与各种活动的人，各自都可以自由地选择自己感兴趣的事情，这是没有了政治束缚之后民众生活的真实写照。还有汪曾祺笔下的安乐林，同样是公园，同样有人在养鸟，但是天坛里面和安乐林是不一样的，"安乐林围墙上开了个月亮门，门头砖额上刻着三个经石峪体的大字，像那么回事。走进去，只有巴掌大的一块地方，有几十棵杨树。当中种了两棵丁香花，一棵白丁香，一棵紫丁香，这就是仅有的观赏植物了"。林子不大，但是吸引了一群养鸟的，"他们养的都是小鸟，红子居多，也有黄雀。大个的鸟，画眉、百灵是极少的。他们不像那些以养鸟为生活中第一大事的行家，照他们的说法是'瞎玩儿'"③，每天到了公园里面，鸟笼子一挂，大家就坐在自己带来的马扎上开始聊天。在李陀小说《余光》中，公园里面出现了谈情说爱的年轻人，曾经被视为资产阶级腐朽没落生活方式的恋爱行为在公园、在普通百姓的日常生活中得以萌生，而李陀用那一位父亲不适应的心理间接地揭示出了"文革"

---

① 陈建功：《放生》，见人民文学出版社编辑室编《1992年中篇小说选第二辑》，人民文学出版社1993年版，第180页。
② 陈建功：《放生》，见人民文学出版社编辑室编《1992年中篇小说选第二辑》，人民文学出版社1993年版，第180—181页。
③ 汪曾祺：《安乐居》，见《汪曾祺全集》第二卷，北京师范大学出版社1998年版，第214页。

时期对于个体的禁锢和压制。

如果说公园是一种消遣和娱乐的场所的话,那么小酒馆则是属于市井百姓的"公共空间"。在研究20世纪"京味文学"的创作时,可以将酒馆和茶馆作为一种类型的公共空间建构进行讨论。在"京味文学"书写中,对于茶馆的描述最具代表性的是老舍的话剧《茶馆》。老舍以"茶馆"的命运变迁展现了北京从晚清到1949年新中国成立以前的市井风情。《茶馆》塑造了没落旗人、算命先生、太监、民族资产阶级、特务、巡警等几十个人物,老舍说"茶馆是三教九流会面之处,可以多容纳各色人物。一个大茶馆就是一个小社会"①。新时期的北京市井书写中,"茶馆"也是重要对象。《烟壶》中的"义顺茶馆"主要招待和唱戏有关的各色人等,与早起遛鸟的人,"久而久之,两种艺术交流的结果,就出现了一些既会唱戏又能养鸟的全才人物"。不同的茶馆有不同的特色,还有一类茶馆和妓院等场所类似,比如《那五》中的"清音茶社",是捧角儿、斗富的地方。虽然招待的对象不同,但它们都是具有中国传统特色的公共空间,人们在其中进行信息交流、娱乐休闲乃至生意往来等。1949年以后,茶馆作为市民公共空间的功能逐渐消失,新时期以后出现的茶馆更多的是一种商业化的产物,其功能和社会属性也显现出新的特征。

和"茶馆"类似的还有"酒馆"。刘一达在长篇小说《大酒缸》说"北京的爷儿们的生活离不开酒……酒不但能活血化瘀,消愁解闷,还能给平淡生活添点儿诗意和情趣。这里渗透着的是文化"②。在小说中刘一达塑造了酒馆老板夏三爷、落魄文人荷花程等人物形象,其中的海八爷和老舍《正红旗下》中的福海类似,在他身上融合了满汉文化,是一个优秀的旗人。这篇小说通过"大酒缸"折射出世事风云、社会百态、人生炎凉。其他类似的作品还有邓友梅《"四海居"轶话》、汪曾祺《安乐居》等。汪曾祺在《安乐居》中以近乎散文的笔法描写了小

---

① 老舍:《答复有关〈茶馆〉的几个问题》,《剧本》1958年第5期。
② 刘一达:《大酒缸》,中国友谊出版社2004年版,第3页。

第九章 市井书写：传统北京最后的挽歌

酒馆"安乐居"的市井形态，"安乐居是一家小饭馆，挨着安乐林"，"安乐居不卖米饭炒菜。主要是包子、花卷。每天卖得不少，一半是附近的居民买回去的。这家饭馆其实叫个小酒铺更合适些，到这儿来喝酒的比吃饭的多"。他说，"北京人喝酒，大致可以分为几个层次：喝一毛三的是一个层次，喝二锅头的是一个层次，喝红粮大曲、华灯大曲乃至衡水老白干的是一个层次，喝八大名酒是高层次，喝茅台的是最高层次。安乐居的'酒座'大都是属于一毛三层次，即最低层次的"①。也就是说，在"安乐居"喝酒的主要是北京居民中的普通百姓，老吕是小红门附近一家木器厂看大门的，"老聂原来是做小买卖的。在天津三不管卖过相当长的炒肝"，这儿展现的是市井百姓的日常生活，出入其中的都是最普通的市民，偶尔有个在文化馆上班的画家，"衣着合时而且得体"②，但是谁都没有见过他的作品。汪曾祺并没有具体讲述发生在"安乐居"的故事，而是仔细描述小酒馆中经常出现的人。去"安乐居"的每一个人都有自己固定的"仪式"，包括坐位置、吃东西、喝酒的方式。每天第一个进来的人是老吕，"他总是坐在靠窗户一张桌子的东头的座位。一年三百六十五天，天天如此"③。"老聂每次喝一两半酒，多一口也不喝。有人强往他酒碗里倒一点，他拿起酒碗就倒在地下"。其他还有画家，这个"算个知识分子"的人喝"骆驼酒"，每次"二两酒，一扬脖子，一口气，下去了"。④ 这儿的每一个人都有一套属于自己的准则，准则背后是传统文化，其中凝固的是道家或者儒家的思想特征。"安乐居"就是这么一个相对固定、熟悉的传统社会的当代体现。

---

① 汪曾祺：《安乐居》，见《汪曾祺全集》第二卷，北京师范大学出版社1998年版，第215页。
② 汪曾祺：《安乐居》，见《汪曾祺全集》第二卷，北京师范大学出版社1998年版，第215页。
③ 汪曾祺：《安乐居》，见《汪曾祺全集》第二卷，北京师范大学出版社1998年版，第216页。
④ 汪曾祺：《安乐居》，见《汪曾祺全集》第二卷，北京师范大学出版社1998年版，第217页。

新时期以来,北京城市居住情况特别是四合院或大杂院中的居住情况并不理想。1968年在大批干部、知识分子、青年下放、外迁的情况下,北京人均居住面积为4.04平方米。后来虽然修建了一批新式住宅,但是伴随着回城的浪潮,住房成为北京居民生活中一个重要的问题。1992年10月5日美国纽约举办"世界人居日(世界住房日)"庆典,来自清华大学建筑研究所的吴良镛主持的菊儿胡同住房改建计划获得了奖项。菊儿胡同是南锣鼓巷地区一个长不足500米的胡同,1980年代的菊儿胡同类似以前的龙须沟。菊儿胡同42号低于胡同地面80多厘米,每到雨季,房屋就泡水,三分之一以上的住宅常年没有阳光,近80人的院落中只有一个水龙头。[1] 所以在《抚摸北京——当代作家笔下的北京》中,关于大杂院的回忆并不温情脉脉,人们会为了水龙头、晒衣服、上厕所等一点点小的事情而大打出手。[2] 可是这样的居住环境在新时期北京城市文学书写中却常常成为作者们的"精神沃土""理想家园",也许是因为四合院、胡同中承载的文化传统已经内化为一种集体无意识。作者以普通百姓的日常生活空间作为文本叙述的场景,通过建构一个具有古都北京特质的日常性空间来完成对"新北京"形象的建构。

第二节　传奇性与"旧京"书写

"传奇"作为一种文体形式在古代文学史上有着重要的地位,它的出现"体现了我国小说在经历了志怪小说、历史小说阶段后到唐代出现的新变化——市井传奇"[3],而后传奇可以"容纳诗、文、史正规的问题不能容纳的内容"[4],在记述的过程中脱开纪实的手法,极尽虚构之

---

[1] 参见丁世华《当代北京居住史话》,当代中国出版社2009年版,第94页。
[2] 参见邹仲之编《抚摸北京——当代作家笔下的北京》,生活·读书·新知三联书店2012年版。
[3] 佟雪:《冯骥才市井人生小说的传奇叙事》,东北师范大学2009年硕士学位论文。
[4] 肖佩华:《现代中国市民小说的传奇美学品格》,《江淮论坛》2005年第6期。

第九章　市井书写：传统北京最后的挽歌

能事。经过数百年的发展，"传奇"已经不仅仅局限于一种创作文体，其由名词转变为形容词，强调某一事物、事情的非常规性。因为具有了虚构、夸大等特性，当"传奇性"用来表征一个城市的时候，也就往往和"日常性"相对应。如果说"日常性"是一个城市的基础，那么"传奇性"就是基础之上"亮丽的花朵"。当代"京味文学"作家在其文本叙述中，一方面努力表达城市的"日常性"，另一方面则通过对于"传奇性"的书写重新建构起古都北京的城市历史。

1949年以后，政府对北京进行了大规模的改造，其中一点就是重新建构北京城市的历史逻辑。经过十几年的"叙事改造"以后，关于北京的叙述确实发生了重大改变，不过这一过程随着"文革"的结束也宣告终止。但是毕竟，这是一座有着上千年建都历史的城市，其历史逻辑不是轻易能够割断的。在新时期的北京城市书写中，一些作者借助"传奇性"叙事又重新建构起了北京城市的历史逻辑，并进一步表达了古都北京的城市精神。

1949年以后的北京是一个复杂的城市。在文人的眼中，这是一座"废都"，是一座"带有文人的某些落寞、不平之气"[1]的城市。尽管清朝已经结束几十年，但是其帝都特性并没有消失，随着社会整体环境的变化，这座城市的消费性得到进一步彰显。关于这一点，赵树理在《北京人写什么》中进行了详细论述，他认为："北京城内是消费专家集中的地方，以前的代表人物是满清的王爷，可是自从皇帝垮台以后，他们的气派渐渐小起来，摇摇摆摆蹓鸟的也渐渐不存在了，可是另外有一种老爷又来了：乡下的地主，刮地皮刮得乡村供不起他的消费了，就搬进北京城来，置些房产，盖个花园。军阀政客们下了野，也拿着民脂民膏盖房子买别墅，都以老爷的姿态来出现。……不但老爷太太们享受，附庸于老爷太太的也都要享受，整个社会都在供养他们，构成这么一个消费城市。这些人也不能说他都不劳动，特别是供应他们衣食

---

[1] 张鸿声:《文学中的"新北京"城市形象——以"十七年"与"文革"诗歌为例》，《扬子江评论》2009年第5期。

煤水车马的干粗活的,每天也是忙得要死,可惜他们的劳动只是侍候少数享福人,没有生产意义。所以这一个城,除了三十多万产业工人以外,劳动者固然还不少,可不能算是生产者。好了,帝国主义的洋货,也就乘虚而入,来给老爷们凑趣,日子久了,弄得北京顾不住北京,非仰仗帝国主义不可。"①

在文学书写层面,北京作为新中国的首都必然要为其寻找合法的历史,但是北京和上海不一样,上海"从1921年至1949年,中共举行七次全国代表大会,三次在上海,另有八次中央会议在上海召开。28年间,中央领导机关有三分之一以上时间设在上海"②,而北京却连最基本的产业工人群体都不够完备,1930年代,北京常住人口150万,其中"产业工人仅有7000人,社会经济以消费性质的商业和服务业为主,市民总数中的3/4全为住户,不从事任何生产性工作。有工作的市民大多数人从事工商业和服务业"③。故都北京似乎少一些革命斗争的历史。作家们在文本表达中只能通过联想、类比、迁移、跳跃等手法,将天安门城楼和嘉兴南湖、天安门广场和莫斯科红场相联系,将北京和莫斯科等社会主义城市并置,进而建立起北京城市的红色历史逻辑,塑造北京城市的新形象。④ 在其叙事建构过程中,和帝都相关的历史被割断,三教九流的市井百姓都纳入国家宏观建设的工业化潮流中去,新北京成为一座几乎没有历史的红色城市。

新时期伊始,作家们在北京城市形象的建构过程中重新回到被中断的传统,完成一次又一次的"传奇"叙述。有人说:"古都北京,是和

---

① 赵树理:《北京人写什么》,《大众文艺通讯》1950年第2期。
② 熊月之:《上海城市与红色革命》(上),《东方早报》2013年8月13日第13版。
③ 杜丽红:《20世纪30年代的北平城市管理》,中国社会科学院研究生院2002年博士学位论文。
④ 关于北京城市历史逻辑的书写,在当时主要通过诗歌创作来体现,其中包括王恩宇《北京的声音》(天津人民出版社1978年版)、诗歌集《北京的诗》(北京出版社1958年版)、诗歌集《北京的歌谣》(北京出版社1958年版)、诗歌集《北京的歌:工农兵诗选》(人民出版社1973版)以及何其芳、绿原等人的部分诗歌创作。

第九章　市井书写：传统北京最后的挽歌

紫禁城联系在一起的,是和皇城文化联系在一起的。"①确实是这样,我们无法想象没有了帝王文化、皇城文化的北京将会是如何一种情形,即使是1949年之后对故都北京进行大肆改造的时期也无法完全隔断北京城市和传统的联系,因为关于故都北京的城市传奇都已经融入到市井百姓的日常生活中。刘心武在小说《如意》中描写了一段爱情传奇,作者以"如意"为题目,自然是指文章中屡次提及却一直都没有说破的那一对"如意",那是金府的格格送给校工石义海的定情礼物,象征着两人之间一段跨越半个世纪的生死恋情。金府的格格金绮纹是天潢贵胄,即使是在最困难的岁月里,"一个搪瓷盆儿又洗脸又和面,还是戒不了她那两样嗜好:抽好烟、喝好茶"②,而石义海是一个在教会育婴堂成长起来的弃婴,一个偶然的机会,金绮纹在后花园搭救了被洋人惩罚的石义海,然后就像传统戏剧中所表现的那样,石义海这样一个"穷小子"爱上了"金枝玉叶",只不过两人并没有和传统戏曲中一样有一个大团圆的结局。1949年以前,两人身份地位的差距将他们远远隔开,直到1949年,"他们用了整整三十年,才终于坐到了一张桌子的两边"③,但却也只是坐在了桌子两边。"文革"期间,金府格格被安排去清扫竹叶胡同,"每天后半夜,有人帮着她扫,只留下这三十来步的一段,天蒙蒙亮的时候她来划拉划拉"④,这个人就是石义海。一个格格和一个"小厮"之间的爱情故事只有在北京这样的城市才能上演,这是属于古都北京的现代传奇。

由于清王朝的覆灭,和宫廷、皇帝相关的一大批人都落入了普通百姓的日常生活中。《如意》中金府的格格是一位,邓友梅小说《双猫图》中的金竹轩也是一位。金竹轩"平日在一些人们眼里,就像摆在旧货摊犄角上的旧壶套,认为除去给人增加点笑料,废物利用的价值都

---

① 刘孝存:《皇城子民》,见《闲说中国人》,中国文联出版社2001年版,第2页。
② 刘心武:《如意》,《十月》1980年第3期。
③ 刘心武:《如意》,《十月》1980年第3期。
④ 刘心武:《如意》,《十月》1980年第3期。

不大"①,可是就是这样一个人,却有着不凡的经历,并且经过几十年的风雨依然保存着自己的生活习惯。他是皇族后裔,如果清政府依然存在的话,他就是"贝子爷",可惜在其四岁那年,清政府灭亡了。继承了一屁股债的金竹轩只能把房屋卖掉,"唯一的出路就是给人作清客"②,过着比沿街乞讨略强一点的生活。但是数十年来,这个人依然保持着自己的习惯,无论有钱还是没钱,都要确保自己生活的质量。"发薪这天,照例是不在食堂吃饭的"③,去天福酱肘铺买一个刚酱的填鸭,在砂锅居吃一顿"头回灌的血肠,鲜亮的炸鹿尾"④,就这样,一天过去,钱已经花掉了三分之一,然后就是半个月的穷日子。尽管没钱,金竹轩的日子一样过得有声有色,"下班后关上门临两张宋徽宗的瘦金体,应爱国卫生委员会之约,给办公楼的厕所里写几张讲卫生的标语,然后配上工笔花鸟。到星期天,早起到摊上来一碗老豆腐下二两酒,随后到琉璃厂几个碑帖古玩铺连看带聊就是大半天"⑤。从皇亲贝子到富贵人家的"清客",再到新中国政府的公务员,金竹轩的经历就是一个传奇,但更为传奇的是无论经历什么,他都依然保持着精致、典雅的生活态度,保持着古都北京特有的文化品性。

在城市市井中还生活着一类人,他们或许没有高贵的社会地位,但却有自己独特的手艺。在邓有梅小说《那五》中有一位武林人物武存忠,"乃形意门传人,清末在善扑营当过拳勇,民国以后在天桥撂场子卖艺,'七七事变'后改行打草绳",他的师弟则是曾经在中山公园的擂台上打败过俄国大力士的李存义。其他还有小说《烟壶》中的聂小轩,关于烟壶"多少人精神和体力的劳动花在这玩意儿上,多少人的生命转移到了这物质上……精美的鼻烟壶也是我们中国人勤劳才智

---

① 邓友梅:《双猫图》,《小说月报》1980年第8期。
② 邓友梅:《双猫图》,《小说月报》1980年第8期。
③ 邓友梅:《双猫图》,《小说月报》1980年第8期。
④ 邓友梅:《双猫图》,《小说月报》1980年第8期。
⑤ 邓友梅:《双猫图》,《小说月报》1980年第8期。

第九章　市井书写：传统北京最后的挽歌

的结晶"①。《寻访"画儿韩"》中的"画儿韩",做假画可以骗得过原画主人,他认为"骗得过画主本人,这才叫作假呢"②。在刘一达小说中则有一个"虫儿"系列,其中有"房虫儿""戏虫儿""古玩虫儿""买卖虫儿""商虫儿""画虫儿"等。所谓"虫儿"是老北京土话,形容一个人在某个行业做得时间长了,成为该行业的行家里手。这种人不仅熟练掌握本行业的各种知识,而且对人生、社会有着深刻的了解,复杂的人生阅历促使他们形成了一种和环境密切相关的"智慧",他们是古都北京"小传统"最为直接的体现者。《画虫儿》中的"画虫儿"冯爷的名字在北京书画圈儿里"像是带响儿的麻雷子",天生一对"阴阳眼",却是辨识字画真伪的"准星","再逼真的假画,让冯爷的这对眼睛一扫,也得破相"。③ 韩少华小说《红点颏儿》则刻画了一位终生与鸟有关的"五哥","五哥"是一位调教"红点颏"的高人,调教出的鸟儿从外形到叫声都出类拔萃,仅仅是"小不溜儿地那么一哨,嘿,真是五音出口,百鸟儿压言"④。

新时期"京味文学"塑造了一系列的城市传奇。作者不是仅仅出于"猎奇"的目的,而是企图通过这些市井传奇展示传统北京的文化精神。在小说《如意》中作者展示了传统文化中的仁和义,金府的格格出于自己的"仁"拯救了被惩罚的石义海,而石义海在最开始则出于报恩的心情关注着金绮纹,石义海正如他的名字一样是"义"的,同样讲求仁义的还有丫头秋芸,秋芸新中国成立前陪着金绮纹守活寡,新中国成立后也一直照顾着她,到1956年秋芸跟煤铺师傅结了婚,他们两口子也还是待金绮纹不错。《那五》中的云奶奶是"那五的爷爷晚年收房的一个丫头",这样一个比那五的父亲"福大爷"还小八九岁的丫头在福大爷去世以后却想把那五接过来同住,她说"不看金面看佛

---

① 邓友梅:《烟壶》,新星出版社2005年版,第3页。
② 邓友梅:《寻访"画儿韩"》,《中国文学》1982年第6期。
③ 刘一达:《画虫儿》,作家出版社2008年版,第4页。
④ 韩少华:《红点颏儿》,见《万春亭远眺》,同心出版社2008年版,第265页。

面。不能让街坊邻居指咱脊梁骨,说咱不仗义"①。云奶奶也确实对那五做到了仁至义尽,只是那五这位贵族后裔确实不够长进。武存忠后来屡次搭救那五也是因为和那五的祖父有交情,武存忠在第一次见到那五的时候就说"说起来有缘,那年我往蒙古去办差,回来时带了蒙古王爷送给你祖父的礼物。我到府上去交接,你祖父还招待了我一顿酒饭"②,正如作者所设计的"武存忠"这个名字一样,在武存忠的身上流淌着的是中国传统习武之人的血液,那是忠义的象征。

  新时期伊始,作家通过对于北京市井传奇的书写表达了对于传统文化精神的向往,上文提及的武存忠、云奶奶等人都象征了传统文化中的忠和义,有些小说在忠义之外还包含着民族气节。韩少华《红点颏儿》中通过对待鸟儿的态度见出五哥的人品。有人要买他的鸟,"那人说着,从公事包里取出半尺来长、比后门桥头儿卖的灌肠还粗的一对红纸卷儿来——甭揭封儿,嘿,'袁大头儿'"③,但五哥丝毫不为之动心。可是当寺庙的尼姑为了生病的母亲要这只鸟的时候,"没容我插言,五哥的话音早落了地"④,并且回头告诉"我":"佛事定下了,就比什么都要紧。鸟儿呢,稀罕归稀罕,可终归不过是个玩物。"⑤在金钱面前毫不动心的五哥为了亲情轻易地放弃了自己心爱的鸟,这是"孝"。当做了狗腿子的"那人"又一次想要红点颏儿,并且提出要五哥进府去做一个鸟把式的时候,五哥借鸟说人,"这脏了口的小孽种,整天价黄口白舌、丢人现眼,还留着它干什么",然后"把个小生灵儿给摔死在青石甬路上"⑥。在汉奸、强权面前没有任何退缩,这是五哥表现出的民族气节。当一位海外的游子想要听听红点颏儿的声音的

---

① 邓友梅:《那五》,见《邓友梅小说选》,四川文艺出版社1987年版,第118页。
② 邓友梅:《那五》,见《邓友梅小说选》,四川文艺出版社1987年版,第142页。
③ 韩少华:《红点颏儿》,《十月》1983年第1期。
④ 韩少华:《红点颏儿》,《十月》1983年第1期。
⑤ 韩少华:《红点颏儿》,《十月》1983年第1期。
⑥ 韩少华:《红点颏儿》,《十月》1983年第1期。

第九章　市井书写：传统北京最后的挽歌

时候,他只给自己留下了一盘录音带,就把鸟送给了海外的侨胞。韩少华叙述了五哥传奇的一生,文本中的五哥不再是一个个体,而是传统文化的化身。五哥从民国一直延续到新时期的传奇经历也正如古都北京在20世纪的命运变迁。

同样的人物形象还出现在邓友梅小说《烟壶》中,作者详细叙述了烟壶的类型、制作工艺以及使用方法等。烟壶在作者看来已经不仅仅是一种古玩器物。善于烧制"古月轩"鼻烟壶的聂师傅因为这一门手艺被关进了牢房,在牢房里面将手艺传授给了乌世保,因为聂师傅担心这一门手艺会绝在他手上,传给乌世保,他就可以"无牵无挂生死由之了"。聂师傅没有死在牢房里面,面对着昏庸的清王朝和汉奸的逼迫,聂师傅拒绝为洋人烧一套有八国联军图案的作品,作为一名普通的手艺人他毫不犹豫地坚持民族气节,将自己的双手伸进了滚滚前行的车轮下面。

新时期伊始,关于北京的传奇书写重新建构了古都北京的历史逻辑。在作家的笔下,关于古都北京的城市传奇依然在上演,只是融入了普通百姓的日常生活中。《如意》中金绮纹和石义海的爱情传奇在世俗生活中得到延续,《烟壶》中乌世保和聂师傅父女一起暂时离开了北京,去河北三河市投奔亲属。刘一达小说中的人物都生活在胡同与大杂院中,他说"我把关注的焦点放在小人物身上,因为社会的主体是千千万万的小人物"[1]。然而正是这无数的小人物汇聚在一起延续了城市的文化和精神。众多作家用传奇重新建构起古都北京的市井风情和文化传统,通过传奇性叙述完成了对"新北京"书写传统的反拨。

---

[1] 沈文愉:《我以我笔写京华——记北京晚报记者刘一达》,《新闻与写作》2002年第10期。

第三节 "小众"群体与不可逆的时间现代性

从清王朝灭亡到1949年之前,北京发生了许多变化,原本最为核心的文化特质一步步地边缘化,曾经最为主流的群体也逐渐成了"小众",一个很重要的原因就是北京从帝都变为故都。1949年以后北京成为首都,成为政治、文化、经济中心,在全国占有重要的地位。无论是帝都、故都还是首都,在北京这座城市里,作家们还塑造了一系列的"小众"形象,他们和古都北京一样,将会在现代性的进程中逐渐边缘化直至成为历史。

"城市经常以换喻的方式出现,比如体现为人群。"①在关于北京的书写中,作家们还塑造了一系列的老人形象。在他们笔下,老人是和古都北京联系在一起的,关于老人形象的书写更能体现这座城市的当代命运。刘一达在小说《八珍席》中说"北京城60岁以上老人已经超过120万,成为老年化的城市"②。作为一位媒体工作者,他是从人口组成结构这个角度来说的。北京的老人有一个重要作用,那就是他们身上所凝聚的传统文化精神,是传统北京城市精神的继承和延续。写明白老人,也就写出了这个城市的过去。《八珍席》中的赫二爷是"'尽美楼'的大拿。别的先甭说。京城的大小馆子,有一个算一个,能做出宫里的席面来,得首推赫云亭赫二爷"③。赫二爷之所以有这本事,和他的继父多庆瑞分不开。多庆瑞因为一手地道的烧麦技术,得到慈禧老佛爷的赏识,被召进御膳房。尽管赫二爷没有在御膳房上过灶,"但师傅的那些手艺都过了脑子"。多庆瑞把自己在御膳房里所见所学的知识都传授给了赫云亭。之后就有了赫云亭在北京饮食界的风光地

---

① 理查德·利罕:《文学中的城市:知识与文化的历史》,吴子枫译,上海人民出版社2009年版,第10页。
② 刘一达:《八珍席》,《中国作家》1994年第3期。
③ 刘一达:《八珍席》,《中国作家》1994年第3期。

第九章 市井书写:传统北京最后的挽歌

位,这一方面源于赫云亭自己的手艺。当然他的手艺到底有多好谁也说不清,所以作者在开始就说"赫二爷从多庆瑞那儿都学到了哪些路数,谁也说不准,单就他能一连气儿数出千八百道菜名,敢开八珍席这一手,'勤行'里的老少爷们就得服服帖帖地让他拔尊"①。另一方面则源于他的经历。跟着御膳房的师傅学过手艺,曾经是"尽美楼"的大拿,后来带的徒弟都成了北京饮食界的"灶王爷",所以赫二爷就成了一种象征,也就有了郝贵田对于赫二爷的尊重和认可。因为郝贵田"只要赫二爷的名儿,人在,就是戳得住的一面幌子。他在买卖地混了几十年,晓得字号和名厨,比门面和排场更金贵"②。但是赫二爷毕竟已经老去,最后一次做出"八珍席"后,他在无限风光中退出了饮食界。同样老去的还有同一个时代的老人。赫二爷一生暗恋的多淑珍在女儿和自己当年的初恋情人结婚以后跳了护城河。胡同口剃头的福海为赫二爷剃头是"今生今世最后一次动剃头刀了",以后的日子就是"每天溜溜鸟儿,打打牌,吃饱了混天黑"③。

刘一达塑造了以赫二爷为首的一群老人形象,他们和古都北京紧密相连,却已至迟暮,另外一类人则慢慢成为城市的主体。赫二爷的儿子金海、多淑珍的女儿石榴以及赫二爷的徒弟等人,他们都有一个共同的愿望,就是出国,哪怕只是去香港也行。金海和赫二爷说起去香港就来了精神。他说"瞧您土老帽儿啦不是,去香港,美差呀",而石榴也是"一听乐得屁颠屁颠儿的"。④ 香港在文本中不仅仅是一个地名,更是一个现代化的都市的象征,是商业帝国和遍地的金钱的象征。每一个梦想出国的人都渴望有一天能得到大笔的财富。小说的最后,赫二爷应邀去给多淑珍做"八珍席",这与其说是作者留给古都北京的一丝希望,不如说是不忍直接面对古都北京没落的现实。和古都北京一

---

① 刘一达:《八珍席》,《中国作家》1994 年第 3 期。
② 刘一达:《八珍席》,《中国作家》1994 年第 3 期。
③ 刘一达:《八珍席》,《中国作家》1994 年第 3 期。
④ 刘一达:《八珍席》,《中国作家》1994 年第 3 期。

样,即使坚持但他们还能走多远呢? 当新一代的市民百姓用对香港的梦想取代了对于古都北京的热爱的时候,其实也就宣告了古都北京的终结。也许技艺能够得到延续,就像文本中赫二爷的徒弟昆子学到了赫二爷做"八珍席"的手段,但是其中的文化和精神却无法延续,因为昆子已经和香港富商签订了合同,将要去香港发展。

每一种关于城市的书写都提供一种阅读城市的方式,"我们通过人群看见城市,不论是艾略特和波德莱尔笔下的僵尸般的行路人,还是狄更斯、左拉、德莱塞、维斯特和艾莉森笔下充满暴力的乌合之众"①。在当代文学关于北京的书写中,"老人"就是北京这座城市的化身,作者通过描写老人、刻画老人,去刻画传统的北京城市精神。邓友梅、陈建功、汪曾祺、苏叔阳等人都对"老人形象"倾注了大量的热情,尤其是陈建功。② 有论者认为在陈建功的文本中塑造最成功的是"老人"系列,尽管他并不完全认可这一说法,但也承认"的确更愿意到公园里,到护城河畔,到老年活动站,久久端详那一张张爬满皱纹的脸,那一双双浑浊的、焦点渺渺的眼睛",他认为盯住那一双双眼睛,"会突然觉得从幽深旷远的心灵深处,缓缓地流过来一条河,一条宽宽坦坦、默默无言的河"。③ 小说《放生》中,"我"开始是在天坛公园认识沈老爷子的,老爷子第一次出场时"提着两个大大的画眉笼子,一晃一晃地从古柏林子里走出来……冬天的阳光舒舒坦坦地洒在老爷子的身上,这身影让他身后那墨绿色的古柏林子一衬,透着那么洒脱、闲适,显得我们——看着这老爷子走过来的两位晚辈,一身全沾满了暴土扬烟的滚滚红尘。北京老爷子的从容不迫,真的是文化,是哲学,是历史,是我辈永远也修炼不出的道行"④。可是从"宣武门内的大杂院"搬迁到高楼上以后,沈老爷子整个就发生了变化,他只能"在16层

---

① 理查德·利罕:《文学中的城市:知识与文化的历史》,吴子枫译,上海人民出版社 2009 年版,第 9 页。
② 陈建功:《放生》,见《陈建功小说选》,华夏出版社 1997 年版,第 202 页。
③ 陈建功:《放生》,见《陈建功小说选》,华夏出版社 1997 年版,第 196 页。
④ 陈建功:《放生》,见《陈建功小说选》,华夏出版社 1997 年版,第 197 页。

第九章　市井书写:传统北京最后的挽歌

高的楼道里溜他的画眉","半年不见,腰也弯了,背也驼了,当年提着鸟笼悠哉悠哉的神采,都不知哪儿去了"①,离开四合院住到高楼上的老爷子依然在溜他的鸟,老爷子的动作十分认真,但是在陈建功看来却更"让人觉着有无尽的悲剧意味"。沈老爷子是在古都北京的历史和文化里浸染出来的,其一言一行都是古都北京在当代的体现,当大杂院被拆除,老爷子搬上高楼以后,一切都改变了,作者在本文中放"画眉鸟儿一条生路",可是沈老爷子连同古都北京却无法在现代化的浪潮中获得一条生路。晚景凄凉的还有《卷毛》中的剃头师傅、《耍叉》中的崔老爷子、《找乐》中的一群票友等,在时代的浪潮下,他们注定面临的是将被淘汰的命运。

苏叔阳同样塑造了一系列的老人形象,但和邓友梅、陈建功等人不同,他在创作中往往直接质疑改变的时代。小说《傻二舅》塑造了扎天棚的艺人傻二舅,作者说傻二舅是"昔日的裱糊匠。说他是'昔日的',是因为他的职业,在如今的北京城已经成为历史的陈迹"②。苏叔阳在这篇小说中尽管一直强调自己对于已经失去和将要失去的过去抱一种没关系的态度,说"旧的总是消逝,连同它的好处与美,因为它毕竟属于旧的"③,但是在其叙述中却总是流露着伤感的情绪。傻二舅回忆了曾经吃的老豆腐,现在再也找不到了,现在吃的"不是老豆腐,是棉花套子"。一起消失的还有"硬面饽饽","冬景天儿,夜里,刮着风,电线呜呜响。老远的,听见梆子声,那是卖硬面饽饽的来了。你听那声吆喝:'硬面儿——饽饽!'好听不?听不见啦!"④傻二舅的话把作者带进了过去的回忆,过去的北京是有一种散文美的,可是那些都消失了。面对着这即将消失的一切,作者发出了无力的感慨,"墨写的呼吁,无论怎么情急,也抵挡不住生活的脚步,他的住房连同那条小

---

① 陈建功:《放生》,见《陈建功小说选》,华夏出版社1997年版,第212页。
② 苏叔阳:《傻二舅》,《人民文学》1981年第8期。
③ 苏叔阳:《傻二舅》,《人民文学》1981年第8期。
④ 苏叔阳:《傻二舅》,《人民文学》1981年第8期。

胡同儿终于要被拆平了。十几辆推土机隆隆响着,仿佛擂起向旧事物宣战的鼙鼓。这钢铁的开拓者排在胡同的外面,只等一声令下,去推倒、碾碎那历史的陈迹。这时候,我的傻二舅一屁股坐在拆掉了门框的门边,手抓着砖墙,发狠似地说:'我不走,这儿是我的家,我死在这儿好了'。"①作者最后提出了自己的疑问:"'凡是好的都得留下',有没有一定的合理性?特别是对于古老的北京,北京的生活。我说不清,真的糊涂了。"②

这就是现代性视野中古都北京的命运,当古老的钟鼓楼面对格林威治时间时,尽管屹立却难以继续承担自己的使命。刘心武小说《钟鼓楼》采用"类似中国古典绘画中的那种'散点透视法'",将钟鼓楼附近一个大杂院一天的生活情景作为叙述对象,"企图向读者展示一幅当代北京市民生活的斑斓画卷,或者说,是企图展示当代北京的社会生态景观"。③作者用来展示社会生态景观的线索就是传统中国的计时手段,从卯到申,用将近12个小时的时间展现了当代北京市民生活的斑斓画卷。关于时间,还有另一层线索。钟鼓楼本身是中国计时的器具,"无论百官上朝、百姓劳作、城门闭开皆以此为度",晨钟暮鼓,"为旧时帝都的报时中心"④。但是这将要被主人公手腕上的石英钟手表和火车站的计时器所代替,"时代进步了,人们不再依赖钟鼓楼报时,即便公共计时器遍布每一个路口,人们也还是要拥有自己独享的计时器"⑤。时间是现代性的一个重要尺度,"作为价值,一切商品都只是一定量的凝固的劳动时间"⑥。中国最早的公共计时器出现在上海,1893年建成的江海关大楼上已经安装大钟,而后在粤海关、潮海

---

① 苏叔阳:《傻二舅》,《人民文学》1981年第8期。
② 苏叔阳:《傻二舅》,《人民文学》1981年第8期。
③ 刘心武:《〈钟鼓楼〉的结构与叙述语言的选择》,《北京师院学报(社会科学版)》1986年第2期。
④ 李炳华:《北京重现晨钟暮鼓》,《市场报》2001年12月22日第3版。
⑤ 刘心武:《钟鼓楼》,见《刘心武文存1》,江苏人民出版社2012年版,第301页。
⑥ 卡尔·马克思:《资本论》第一卷,中央编译局译,人民出版社1975年版,第51—52页。

第九章 市井书写：传统北京最后的挽歌

关、江汉关等大楼上也都安装了大钟，并且都具有计时功能。但是在新时期作家的笔下，北京城里依然矗立着钟鼓楼[1]。这其实是作家的一种态度，是在现代化进程中的一种坚守，"它们现在已经不再鸣响晨钟暮鼓了，但当它们映入有心人的眼中时，依旧巍然地意味着悠悠流逝的时间"[2]。

这是当代作家在面对古都北京时流露出的普遍情绪。一方面，他们赞同现代性前进的步伐，认同现代性带来的改变；另一方面，他们又像李陀《余光》中那位受到现代性空间挤压的老人一样，在时代变幻的浪潮中表现出不适、压抑，只能回到自己无法割舍的古都北京，用处于边缘境地的"小众"群体来抚慰自己的内心。但是，随着时代的变迁，总要有一些人、一些事情成为过去。老舍在《断魂枪》中描写的那位在月下练枪的镖师，面对时代的流逝，他只能对着长枪念道"不传、不传"；新时期以来关于北京城市书写中的老人形象也必将和传统北京一样成为过去。正如汪曾祺在《安乐居》最后描写的那样："安乐居已经没有了。房子翻盖过了。现在那儿是一个什么贸易中心。"[3]

---

[1] 其实北京早在 1915 年前后重新修建的正阳门上也已经悬挂了两个钟表，当作者继续书写传统计时工具钟鼓楼的时候也正表达出了作者的态度。
[2] 刘心武：《钟鼓楼》，见《刘心武文存 1》，江苏人民出版社 2012 年版，第 6 页。
[3] 汪曾祺：《安乐居》，见《汪曾祺全集》第二卷，北京师范大学出版社 1998 年版，第 212 页。

第十章　怀想与解构："新北京"的政治表达

第一节　新空间、道路意象与社会主义"新北京"
——以"十七年"与"文革"诗歌为例

与书写旧北京的文学相比，当代文学中"新北京"的空间叙述发生了重大改变，传统标志性建筑空间的书写被新的城市景观描述所代替。

一、社会主义城市空间的建立

文学中的空间叙述和作者对于叙事对象的认知、想象，有着直接的关系。一个典型的例子就是，同样是民国时期的创作，老舍的北京叙述和沈从文、郁达夫等人就有着极大的差异——老舍笔下的北京极少涉及天坛、北海、陶然亭、钓鱼台等皇权与文人化的空间，指向的总是胡同、四合院等与传统社区相关的场景。这是因为，老舍对于北京的认识，远远不同于来自南方而定居北京的知识分子。同样，"新""旧"北京叙述的断裂，其实暗含了"新北京"叙事对社会主义空间的寻找。考察1949—1976年间的关于北京的文学创作，我们发现，1949年之后文学中"新北京"的城市形象，已经很少有紫禁城、天坛、地坛、八大处、钓鱼台等旧京胜景，而常常是天安门、人民英雄纪念碑、西长安街、中南海、北京车站、人民大会堂、十三陵水库以及一些面目模糊不清的高楼、工厂等。这些"新北京"景象，基本都是旧京叙事中没有或不可能有的，"新北京"叙事以此建构了城市几个方面的重要意义。

与这一时期上海文学如何处理旧上海高大洋房建筑的符号意义相似，文学中的"新北京"空间叙述也会遭遇问题，即如何利用旧北京

第十章　怀想与解构："新北京"的政治表达

的传统建筑进行社会主义城市的空间构建。一般来说，1949年之后新兴的苏式建筑（如人民大会堂、中国历史博物馆、中国军事博物馆）和民族风格建筑（如民族文化宫、中国美术馆、全国农业展览馆）一般都具有社会主义政治意义。但与上海相比，"新北京"完全是在老城里面建设的。在所谓的"十大建筑"建成之前，北京的高大西式建筑数量极其有限，即使有，也都是纯消费性的场所，甚至是一些臭名昭著的"销金窟"。所以，在"新北京"叙述中，完全不能依赖具有现代感的高大建筑，而只能继续使用旧北京时代的建筑空间表达新主题。这样一来，比之上海方面的文学，虽然不存在建筑本身的殖民特征，但毕竟"新北京"叙述无法回避旧北京建筑的封建性。那么，"新北京"叙事又是如何给旧北京场景赋予新的意义呢？

在以北京为题的当代作品，特别是诗歌中，空间表现大体在城市旧有格局的中心地标性的建筑中展开，出现最多的是天安门广场及周围道路，其次为中南海、新华门、北京展览馆、北海、昆明湖、永定河。再其次，就是泛化了的东郊、西郊工业区。

最为重要的空间场景就是天安门。在当时描写北京、表达对北京的向往的诗歌中，几乎都会涉及天安门。臧克家的《我爱新北京》开篇第一句就说："我爱新北京，我爱/天安门的门楼在朝阳下发红。"换言之，在某种程度上来说，天安门已经成了"新中国"的象征。但是，天安门原为帝都的皇城大门，以天安门为中心的古建筑群原是古典中国的象征。按照新文化的立场，这是一个旧的建筑空间符号。那么，天安门是怎么获得其革命现代性的意义呢？

天安门之所以能够被想象为"新北京"的代表，很重要的原因在于在这个地方发生的现代性事件。从"五四运动""一二·九运动"到新中国宣布成立，天安门都是最重要的场所，这也带来了后来文学对它的想象和强调。但是，让天安门去进行这样的"左翼"叙述，显然割断了古典性民族历史原有的意义线索。这是一个极大的难题。天安门原为皇城南大门，它首先应该和皇城北大门——地安门构成意义连接，或者向南，与永定门、中华门、前门形成向南的中轴线的意义连接。但是，在1949年之后的建设方案上，必须将原来天安门地区中轴线上的中华门拆除，并将中轴线两边的六部等清王朝时期的中央官署以及千步廊拆除，而代之以人民大会堂、中国历史博物馆，否则，天安门始终是皇城的代表，而不是新中国政治的中心。因此，在当代文学书写的空间结构上，天安门不再与北面的端门、午门、景山、地安门和南面的前门、永定门一起构成古典性的皇城意义网络，而是往往与南面广场上的人民英雄纪念碑、广场左右的长安街形成意义连接，从而构成对于"左翼"革命史的联想。这使得北京承载的"左翼"革命史意义更加具有修辞性：以纪念碑浮雕对应红色政治的各个阶段，以诗歌式的跳跃取代写实性的叙事手法，从而，"左翼城市史"或者"左翼国家史"的叙述目的得以完成。

在"新北京"叙事中，人民英雄纪念碑是作为与天安门相关的空间出现的，两者成为一种互文关系。或者说，天安门的空间线索必然要向南延展，才能构成政治意义书写。许多诗歌都涉及这样一个标志性建筑，比如萧三的《毛主席来到天安门》一开始就颂扬人民英雄纪念碑："广场万树旌旗飘，/红林翻影生波涛。/百年英雄形象在，/纪念丰碑比天高。"① 人民英雄纪念碑四面的浮雕，是诠释现代革命史的符码。对于"新北京"来说，人民英雄纪念碑虽是一个新兴的建筑，但它象征着民族革命历史。天安门广场因此成为自太平天国、辛亥革命、"五四"、北伐、抗日战争等民族独立、解放革命的承继性标志。于是，在相关主题的写作中，抒情性的手法、简单的比附手法开始大量出现，如丁力《人民英雄纪念碑》《红旗》等篇。"旗，满场的旗，/数不清的旗/象一片红色的森林"(《红旗》)，"碑座嵌浮雕，/先烈显容貌；/斗争事迹有多少，/刻也刻不了……"(《人民英雄纪念碑》)②

到了1960年代和1970年代，相关主题的诗歌中的修辞性手法愈

---

① 萧三：《厌枥集》，作家出版社1963年版，第9页。
② 丁力：《北京的早晨》，北京出版社1959年版，第2、7页。

第十章 怀想与解构:"新北京"的政治表达

加明显,更加强调天安门所表征的政治特性。在当时,比较常用的一个手法是使用某种意象,把天安门和遥远的革命圣地联系在一起。比如韩静霆的《战士爱北京》中的《天安门城楼比天高》以设问句"天安门的城楼呵,到底有多高"起句,接着进入井冈山、雪山、宝塔山等空间联想,以喻其"高":"天安门城楼呵,到底有多高?/登上她,革命路程知多少?/呵,万里长征路途遥,/毛主席脚印做路标!/从井冈山直奔雪山顶,/雪山顶再攀宝塔山道……/毛主席登山天安门呵,/五星红旗插九霄。"《我爱长安街的灯火》以"长安街的灯火"指喻革命时代的"火炬",诗中出现了"井冈山的火星""韶山的北斗""窑洞的灯光""赤卫队火把""红军帽上星"等"灯火"的意象,并将之与天安门、长安街建立意义联系。另外,徐刚的《天安门组诗》也是系统地对天安门进行"革命史"意义建构的作品。《红楼颂》以"水"的意象入手,将天安门与共产党诞生的南湖烟雨楼和延安的延水河联系起来,最后发出感慨:"是烟雨楼,还是天安门城楼?/相隔万里,却又肩并肩、手携手!/从南湖出发的航船在天安门前疾驶,/呵!两座红楼,托起了七亿神州。"在《红灯歌》中,徐刚使用"灯"的意象,把天安门和延安革命圣地枣园联系起来:"呵!从延安到北京,/枣园的灯连着长安街的灯!/红呵,天安门上有一轮不落的太阳,/亮呵,中南海书房里有无尽的热能。"在上述诗歌中,从最早的南湖烟雨楼到中国革命史上的一个个富有意义的地点,作者通过这样的链接,让天安门的神圣身份不断得到强调。

与此相似的是,朱子奇的《我漫步在天安门广场上》以天安门引发中国近代史的两大事件:"'五四'的大旗飘在眼前","'一二·九'的大队冲过身旁"。[①] 王绶青的《手摸着中南海的红墙》写于1959年国庆前夕,将天安门场景做了空间上和意义阐释上的延伸与对应。第一节写诗人走到天安门广场,抚摸中南海的红墙,"傍晚,我走过火树银

[①] 朱子奇:《朱子奇诗选》,作家出版社2006年版,第77页。

花的天安门,/径直走进中南海。轻轻地,轻轻地,/手摸着中南海的红墙"①,诗句连用两个"轻轻地"来表现诗人的兴奋和敬畏之情;第二节紧接着进行空间的意义抒写,"我知道一颗伟大的心灵正在工作,/怕打扰他构思新的诗章……",诗人的感情在这里递进了一个层次,双手把"心"捧到中南海的墙上;第三节仍以"手摸着中南海的红墙"开始,在宇宙观的角度表现历史。

二、道路意象与现代性空间

除了天安门之外,新北京叙事经常涉及的建筑空间还包括北京车站、人民大会堂等新北京十大建筑,以及十三陵水库和一些高楼、工厂。这些都是1949年之后新建的。在当时,它们具有特殊的意义。我们先看李学鳌的《光辉的里程——看彩色纪录片〈欢庆十年〉》,这首诗描述了典型的新北京建筑形象:"我看见:/崭新的北京车站,/用最响亮的钟声,/迎来优秀的儿女,/——各条战线上的英雄,/向党汇报大跃进的成就,/怀着更大的雄心!//我看见:/人民大会堂的灯,/亮如天上的星,/庄严的主席台上,/坐着八十多国的贵宾,/高歌我们的伟大友谊!/高歌反殖民主义的斗争!/我看见——/天安门前红旗入海,/天安门前掌声欢腾,/毛主席在门楼上含笑指点……/我们啊要开足马力,/更勇敢地向前!"②在空间结构上,诗歌使用了北京火车站和人民大会堂的"灯光"意象。前者是各个行业英雄群聚北京的喻指,后者是反殖民主义的意象。这首诗是诗人在观看彩色纪录片《欢庆十年》之后所作,诗歌中出现的"新北京"场景显然是纪录片中播放的影像。对"新北京"的建筑物——北京车站、人民大会堂、天安门等的选择性表述,已不仅仅是诗人的主题,也是纪录片的主题。

空间意义上的"新北京"建筑景观,除了天安门外,其他几个都是1949年之后的新式建筑:

---

① 王绶青:《王绶青诗选》,时代文艺出版社2004年版,第309页。
② 李学鳌:《北京晨曲》,北京出版社1962年版,第4—5页。

第十章 怀想与解构:"新北京"的政治表达

为迎接国庆10周年,1958年8月中央决定建设国庆十大工程,又称北京50年代十大建筑。十大建筑包括:人民大会堂,建筑面积约17万平方米;中国革命和中国历史博物馆,建筑面积69510平方米;民族文化宫,建筑面积31010平方米;民族饭店,建筑面积34649平方米;钓鱼台国宾馆(迎宾馆),建筑面积67383平方米;农业展览馆,建筑面积29473平方米;工人体育场,建筑面积80515平方米;华侨大厦,建筑面积13343平方米;军事博物馆,建筑面积60557平方米;北京车站,车站大楼建筑面积4.7万多平方米。十大建筑总建筑面积61.5万平方米,基本上是1958年开工,全部于1959年10月前竣工,创造了中外城市建设史上的奇迹。十大建筑设计一流,施工质量一流,装修工艺复杂,建筑形式既采用中国传统建筑风格,又具有时代特色,代表了当时中国建筑的最高成就。[①]

也就是说,这些建筑在新中国、"新北京"修建之初就蕴含着意义——它们不只是建筑,而是既有中国传统建筑风格,又具有时代特色。"十大建筑"来自苏联的建筑因素明显要大于民族的风格,它暗含了"新北京"的一种带有国际性的社会主义现代性想象特征,其庄重的风格和庄严的气象显示了社会主义时期对国家现代性的宏伟追求。

对"新北京"城市空间的表现,还有两个方面。一是使用"道路"意象,表达社会主义首都建设的现代性。这一主题较多地呈现于1950年代末"大跃进"时期,基本上属于对城市现代性的想象性叙述。在空间表现上,出现最多的场景是拓宽了的马路、东郊西郊的工厂区、永定河等。"道路"是这一类叙述的核心,因为"道路"意象的设置,可以突破文学对于老城与新城表现的空间界限,将老北京城的"封闭"意象打破,并与东郊、西郊的工厂区连接起来,进入工业化的意义指向。这

[①] 转引自张颐武《"国都"与"全球都市":双重想象的混杂》,见陈平原主编《现代中国》第五辑,湖北教育出版社2004年版,第127页。

一类作品较多出现对于"新""旧"北京的比较角度,典型的例子是艾青的《好!》:

> 一天早上,我从东四牌楼路过,
> 忽然觉得马路很宽,很高,
> 原来那挡在十字路口的四个牌楼,
> 被工人们呼嚷着锤击着拆掉了,
> 我朝着十字路口大喊一声:"好!"
> 但听说有人为了这件事哭泣,
> 泪水模糊了他的老花的眼镜;
> 由此可见人的爱好是扁圆多样,
> 当一些陈旧的东西消失的时候,
> 会引起陈旧的灵魂的暗暗叹息。

"道路"意味着走出"封闭":"我们应该大胆地把马路放宽,/曲折的路能拉直就尽量拉直,/我们的东西长安街将直通郊区,/站在天安门上就看见正阳门外的景色;/百货公司的门也要开得很大,/因为今天人民是我们的顾客;/让我们的马路有美丽的林荫道,/林荫道上发散出洋槐花的香气,/让年轻的母亲推着睡车慢慢地走过,/让我们在劳动后有爱情和友谊。"作者以"拓宽"的马路起首,走向连接郊区和正阳门外的大街,由内城向外城及城外连接。由此,诗人将古老皇城的中心引向了充满现代性的工厂区。再比如韩忆萍《东郊之春》:"沿着这通往城里的宽阔的大路,/树枝桠摇着绿雾弥满着厂房。/新楼多得象山脉连绵不断,/高大的烟囱喷吐着云烟。"[①]类似的还有丁力的《北京的早晨》:

---

① 韩忆萍:《北京的节日》,北京出版社1959年版,第12页。

第十章 怀想与解构:"新北京"的政治表达

> 我走出胡同,
> 走在宽阔的大街上,
> 这是长安街,
> 它延伸到建国门了!
> 向西一望——
> 又宽又光,
> 又直又长。
> 来来往往的车辆,
> 好像穿梭一样。①

写道路,是为了与建设工地连接:"我跳上公共汽车,/到天安门前去义务劳动。/驶过东单,/这里正翻修马路,/碾路机、铲运机大声哄哄,/好像在说:/快把这条最好的路修好,/让国庆十周年的游行队伍,/浩浩荡荡地畅通。"②李瑛的同题诗歌也以道路为抒情核心:"北京,你每天都有一个太阳/升起来,从那/如林的建筑的楼架后面,/当轧路机喷着气/滚过一条街道又一条街道,/当起重机闪着耀眼的阳光,/电车响着笛子开出了车站。"李学鳌的《好啊,北京的街道》则以街道连接"群星似的工厂"与"食堂""托儿所""有求必应的服务站"等社会主义公共性空间。③

在书写"新北京"城市建设的过程中,诗人们的想象性叙述都一一变成了事实。北京城市的东部与西部都建了工业区,即使是在老城里,也有许多工厂。北京由1949年以前的文化城市,转变为以大工业为主导的全能型城市。巴牧的《北京在前进》、冯至的《我们的西郊》都涉及北京西郊的工业区。应该说,文学中对"新北京"的设想,与当局的城市功能的观念转变是一致的。不管是文学中的表现还是实际

---

① 丁力:《北京的早晨》,北京出版社1959年版,第13页。
② 丁力:《北京的早晨》,北京出版社1959年版,第13—14页。
③ 参见李学鳌《北京晨曲》,北京出版社1962年版,第30—32页。

中的城市建设,北京都体现出由国家的现代性憧憬而引发的现代化方案。

第二个方面,是将北京作为社会主义中国的首都,对其在共产主义阵营中的中心或次中心地位进行国际性的想象。从数量上来说,将北京与苏联的城市相类比的占了绝大多数。邹荻帆的《两都赋》,诗作名称就提供了一个最直接的国际想象方式。在空间概念上,体现最多的建筑是西直门外的北京展览馆。在这种国际性表述中,有一种大致的等级倾向。李学鳌《早晨》将中苏友好大厦比作轮船的桅杆,而北京则被比作轮船:"展览馆的镏金尖塔像一条桅杆,/高高的挺立在西直门前,/绚丽的北京城是巨大的船身。"沙鸥的《在金塔的红星下——苏联展览馆纪事之一》也是写北京展览馆的:"我在金色的高塔下,/见柔软的白云紧挨着红星,/太阳在塔身上射出光彩,/那金色的光芒呦!/照耀着美丽的北京。"①在诗中,"柔软的白云"与"高塔"是对中苏微妙的等级关系的隐喻。

此外,对于北京城市的域外想象,还发生在与朝鲜、越南、古巴等社会主义国家的城市类比中,如田间的《北京—平壤》、韩忆萍的《北京—仰光》等。不过,与同苏联城市相类比的情况不同,在这些作品里,诗人表露出的是另一种微妙心态。顾工《在北京获得的灵感》中写北京的宾馆聚集着世界各地的朝圣者:"你的肤色,/像南方的橡胶;/你的眼睛,/像北方的海洋;/你挂着/欧洲的微笑;/你带着/美洲的话谜。"②公刘《五月一日的夜晚》写天安门前的盛大庆典,有"半个世界站在阳台上观看"③。郭沫若《五一节天安门之夜》写"天安门上胜友如云","来自四十几国的嘉宾,/一个个都在谈笑风生"。④ 青勃《北京颂》中,昆明湖的"游艇上闪耀着全世界的目光"⑤。朱子奇《我漫步在

---

① 《北京的诗》,北京出版社1958年版,第101页。
② 《北京的诗》,北京出版社1958年版,第254页。
③ 公刘著,刘粹编:《公刘文存·诗歌卷》第1册,安徽文艺出版社2018年版,第237页。
④ 张学植编:《郭沫若代表作》,河南人民出版社1990年版,第177页。
⑤ 青勃:《绿叶的声音》,百花文艺出版社1981年版,第4页。

第十章 怀想与解构:"新北京"的政治表达

天安门广场上》,不仅写北京之于中国的意义,还有北京作为社会主义世界象征的表达。诗中写道:"这打头走着的不是世界青年联盟书记布加拉吗?/这不是荣获'列宁勋章'的苏联人赛米恰斯尼吗?/这不是与美帝国主义搏战过的朝鲜英雄金宗焕吗?/这不是和法国侵略者厮杀过的越南武士武春荣吗?"①在王绶青的成名作《手摸着中南海的红墙》第三节中,诗歌虽仍以"手摸着中南海的红墙"开始,但最后引申至从宇宙观的角度:将北极星和中南海联系在一起,"好一个众星捧月的秋夜哟,看北极星正跳在中南海的当央"②。

毋庸置疑,"新北京"叙事中呈现出来的景观带有更多的"新"城市想象的因素。其中很重要的原因在于,"新北京"叙事有意遮掩旧的城市空间,特别是忽视北京明清以来的旧建筑。一定程度上,这些旧建筑在文学的层面,已经被遗忘了。偶有涉及的话,也仅仅是要表现"改造旧城"的主题。典型者如艾青的《"好"!》。在艾青笔下,"牌楼"成了陈旧的"老中国"的象征。这种叙事遮蔽了关于北京的其他形态,特别是北京作为公共园林艺术空间和四合院民居的生活形态,只有老舍等几个作家的创作涉及四合院。原因也许在于,描写四合院,作家很难完成对于北京的红色首都想象。公共园林虽然并非不在"新北京"叙述的视野当中,但是,对于它的叙述,基本上与旧北京文学的空间叙述不同。作家们只是选择与新时代相关的旧京园林地区,如龙潭湖、陶然亭等被改造的地区进行书写。这不仅仅是一种叙事空间的断裂,事实上也表征关于北京的以"新"代"旧"的不同城市想象。这个断裂的形成,有其合理性。臧克家在《我爱新北京》中提到了陶然亭:"我爱新北京,我爱/陶然亭变成了整洁的公园,/我爱金鱼池,那一湾臭水,/今天清亮得照出人影。"③

我们也可以这样说,围绕北京的红色建筑进行的红色叙事,一方

---

① 朱子奇:《朱子奇诗选》,作家出版社2006年版,第79页。
② 王绶青:《王绶青诗选》,时代文艺出版社2004年版,第310页。
③ 臧克家:《臧克家全集(新诗)》第二卷,时代文艺出版社2002年版,第289页。

面是新时代的某种经验表达,另一方面,也带有强烈的现代性想象色彩。相对于1949年以前的北京叙事,新中国文学在叙事空间上完成的这个转变特征鲜明。如果说旧北京叙事中经常出现的北海、陶然亭等文人景观隐含着知识分子对北京的"废都"、文化之都的认知和想象,那么在"新北京"叙事中,北京形象被天安门、纪念碑、人民大会堂以及众多工厂、高楼所表征,正隐含了新时代对北京的新的认知和想象。通过对这样的全新的空间的叙述,"新北京"叙事有效地构建了关于社会主义的政治空间:典型的社会主义红色首都和世界革命中心的形象。

文学中的"新北京"与明清以来的"老北京"叙事,根本上都是依据北京城市的总体布局来表现北京所体现的人文意义的。只不过,明清以来的北京是一个古典的伦理学上的典型空间构架,而"新北京"则体现着社会主义政治经济学意义。虽意义不同,但两者都有着"世界性"特征。

第二节 "红色"书写:"共和国首都"的再建构

王朔在其文本中有一段描述:"四九年以后,新生的中央政权挟众而来,北京变成像纽约那样的移民城市。我不知道这移民的数字到底有多大,反正海淀、朝阳、石景山、丰台这四个区基本上都是新移民组成的。说句那什么的话,老北平的居民解放前参加革命的不多,所以中央没人,党政军连干部带家属这得多少人?不下百万。我小时候住在复兴门外,那一大片地方干脆就叫做'新北京'。"[①]也有作家同样用"新北京"来勾画北京城市的未来,但是"新北京"的城市性质已经发生变化,现在所谓"新北京"是融合现代化、国际化与传统于一身的多元城市,如2008年前后所提倡的"新北京、新奥运"中对于"新北京"

---

① 王朔:《王朔自选集·自序》,见《鸟儿问答》,天津人民出版社2007年版,第38页。

第十章 怀想与解构:"新北京"的政治表达

的表达。在本章中,"新北京"主要指的是1949年以后社会主义改造时期的城市,其形态突显了北京的现代意义,以及现代化进程中的工业化特点。

"文革"结束以后关于社会主义"新北京"的表达出现了更加复杂的文学形态,有作者依然延续着上一时期关于社会主义"新北京"的文学想象,也有作者表达"家园式"的怀想,还有作者对社会主义北京进行了解构,而这种解构式的叙述也表现出了"新北京"的某种形态。

作为中华人民共和国的首都,1949年以后的北京不仅是一个地名、一座城市,而且是一个符号、一种象征,很长时间内是都是以国家的换喻身份出现的。文学艺术家们继承了《在延安文艺座谈会上的讲话》的精神,通过对北京城市形象的反复叙述,"将其凝练和提升为一种超级政治符号,使北京城市的具体空间在抽象出某种政治象征意味之后丧失了其空间的实在性,成为询唤个体、召唤认同的文学意象,并进而成为在更广阔的国土上唤起新型意义的现代民族国家想象的核心"①。

1960年《中国青年报》刊发了通讯报道《为了六十一个阶级兄弟》,文章形象地展现了作为首都的北京是如何辐射整个中国,又是如何与人民群众建立起联系的。这篇文章后来经删改发表于1960年4月《人民文学》,讲述了管理部门如何在八个小时以内集合全社会的力量去拯救61个中毒工人兄弟的事情。事件的经过是远离北京的山西平陆有人中毒,无奈之下向北京求援,北京的各行各业都发动起来寻药、送药,最后61个阶级兄弟得到救治。在这篇通讯报道中,平陆—北京是一个有机联系的整体,尽管两者在空间上相距数千里,但是管理部门在八个小时以内完成了拯救生命的全部过程,有效地用时间对空间进行了压缩。北京代表着希望、拯救和权威。在当地无法筹集到足够药品的时候,县委书记斩钉截铁地说:"为了六十一个同志的生命,现在我们只好麻烦中央,向首都求援。"②当北京接到救援电话,

---

① 丛治辰:《现代性与社会主义城市建构》,北京大学2013年博士学位论文。
② 《为了六十一个阶级兄弟》,《中国青年报》1960年2月28日。

"人心向北京,北京的心立刻和平陆的心一起跳动"①。当北京筹集到足够的药品并且决定连夜送回平陆的时候,"人们满怀急不可耐的激动心情,向茫茫的夜空,向东北方向,不,向我们伟大的首都,瞭望着,瞭望着"②。文章的结尾,在欢呼胜利的同时作者以规训的方式完成了政治动员,"他们新的更强壮的生命,是党给予的,是同志们用阶级友爱救活的……不仅仅是这六十一个死而复生的人,不,我们每个人都有两次生命"③。

当时的写作者非常注重将北京和全国各地相联系,通过长安街、天安门、火车站等意指符号将首都北京和全国各地连接在一起。诗歌《沿着北京的东西长安街》中作者开篇写道:"早晨,沿着北京的东西长安街,我行走在祖国的最中心。脚底的粒粒家乡泥土,落在千万行人踏过的脚印上,我,从川西平原新来的公民,正随着北京的人民行进。"④诗歌中,作者点明了长安街的地位,那是"最核心",是"反击,从这儿开始!命令从这儿传向四方"⑤的地方。作为川西人,"我"经由家乡粒粒泥土和长安街脚印的融合将自己的家乡和北京连接在一起。诗人冯至在《北京的诗·序》中写道:"有人在北京车站,望着开出去的列车将要把幸福种子运到祖国各地,把和平和友谊运向辽阔的世界,而感到北京是'一切道路的起点';同时在遥远的玉门油矿区,有一个信念也在鼓舞着工人,'条条道路,通往北京'。两个诗人,一个在北京,一个在玉门,从不同的地点给我们指出,北京是一切道路的起点,又是条条道路的目标。"⑥写作者们通过文本一次次地建构着首都北京的城市形象,表达着"无论身在海防前线""藏区牧场"都关心着北京的消息、渴望到北京去、把北京作为精神上的家乡的主题。"北京

---

① 《为了六十一个阶级兄弟》,《中国青年报》1960年2月28日。
② 《为了六十一个阶级兄弟》,《中国青年报》1960年2月28日。
③ 《为了六十一个阶级兄弟》,《中国青年报》1960年2月28日。
④ 化石:《沿着北京的东西长安街》,见《北京的诗》,北京出版社1958年版。
⑤ 化石:《沿着北京的东西长安街》,见《北京的诗》,北京出版社1958年版。
⑥ 冯至:《北京的诗·序》,见《北京的诗》,北京出版社1958年版。

第十章　怀想与解构："新北京"的政治表达

的金山上光芒照四方",作为一座被幻化了的城市,北京成功地建构了自己的形象并且辐射到全国。

新时期,关于北京城市形象的书写趋于复杂化。其中一部分作品依然延续着"文革"结束前的表现方式。1996年4月24日《北京晚报》在副刊"文学与社会"版刊登了一篇征文启事,声称主办方《北京晚报》将要举办一场题为"我在北京打工"的征文活动,其目的是要表现打工族在北京的生活状况。这一活动历时三个多月,"得到了市民的广泛支持"。1997年,在有关单位的配合下,同心出版社将获奖作品结集出版,即《我在北京打工》。这是一个表达打工者心声的文本,他们描述了自己在北京的现状、境遇,同时表达了自己对于首都北京所持有的认知。文章《北京梦》中有这样一段描述:"为了让女儿了解北京,热爱北京,我带她去看天安门。望着我们母女两代人在童年图画课上画了两代的天安门真真切切浮现眼前时,望着女儿的激动和快乐,望着慈祥的毛主席像,错综复杂的心情,从不流泪的娜子眼睛潮湿了……天安门,对北京人来说,也许已经太熟悉,但它对于我和女儿以及许许多多还不曾来到北京的人来说,它永远都是一座最神圣、最庄严的风景,这风景会影响他们一生的渴望与向往。这渴望会让人觉得做北京人是何等的骄傲与自豪。"这是一个放弃了自己家乡悠闲、惬意生活的女人表达出的对于北京的心声,她说:"一年的奋斗,我毫无条件地爱上了北京!北京的风景就是我的风景,北京人的奋斗就是我的奋斗,北京人的建设就是我的建设,北京人的一切就该是我的一切。"①同样在《情系北京》中,一位四川籍的打工者写到,在第一次离开家乡时,爷爷用他的烟包装了一把黄土递给"我"说:"娃!你到毛主席那儿干活,咱放心。带上这土,别忘了它。"②"我"在离家的那天晚上看到爷爷在树下抽着烟看月亮,爷爷说:"娃!毛主席住过的北京

---

① 娜子:《北京梦》,见李丙仁主编《我在北京打工》,同心出版社1997年版,第23页。
② 张弩:《情系北京》,见李丙仁主编《我在北京打工》,同心出版社1997年版,第27页。

城一定跟这月亮一样美。"①文中有一个有意思的地方,"我"在北京过了一段时间,回到故乡以后开始给乡亲讲述北京的美丽,"那美丽的北海、庄严的天安门、川流不息的人流和汽车"②,这体现出首都北京作为一个"想象的共同体"的建构过程。

这些打工者的写作水平相对较低,无论是语言、构思还是行文方式都存在着不足,这本著作从文本价值的角度来说不是太大,但重要的是它的创作方式和引起的反响。打工者们身份多样,包括厨师、保安、保姆、小商小贩等,他们通过自我表达完成了对首都北京城市形象的确认。这次征文活动"历时三个多月,收到稿件万余份,在受到打工者和北京市民欢迎的同时,也受到北京市委领导的高度重视和表扬,特邀征文部分获奖者到市委参加座谈会,媒体也纷纷报道盛况,其中《焦点访谈》对副主编高立林进行采访,而赵李红则带领部分获奖者参与了《实话实说》节目的录制"③。后来,这次征文活动又经由收视率颇高的《焦点访谈》和《实话实说》传播到全国各地,影响进一步扩大。

此外,部分外地作家也以自己的方式表达了个体对于北京的认知。相对于北京籍作家,他们在文本书写中彰显得多是首都北京的神圣。小说《我爱北京》的作者白连春,1965 年出生于四川泸州,他种过地、当过兵,也打过工,2008 年返回故乡继续创作。他写作了一篇关于北京的小说,描写了北京的两副面孔。一副是现代性进程中的黑暗北京:"我"离开家乡是因为失去了赖以生存的土地,想去北京问问到底是怎么回事;李多粮来到北京是因为北京吞噬了他的儿子李栋。李栋是一个农村出来的孩子,在北京大学读硕士,为了供养他上学,李多粮历尽艰辛,但李栋却因车祸去世。"根据责任认定,李多粮的儿子李

---

① 张弩:《情系北京》,见李丙仁主编《我在北京打工》,同心出版社 1997 年版,第 28 页。
② 张弩:《情系北京》,见李丙仁主编《我在北京打工》,同心出版社 1997 年版,第 28 页。
③ 《1996 年北京晚报专栏〈我在北京打工〉温暖打工者的心》,北晚新视觉网,检索时间 2013-03-28。http://www.takefoto.cn/viewnews-30300。

第十章　怀想与解构:"新北京"的政治表达

栋虽然死了,但由于他忽视交通安全深夜两点钟还在大街上慢吞吞地散步,并且没有及时把街边的人行道让开,使我们只喝了一斤半真茅台酒的司机开的车顺利通过,违反了多少条多少款的规定,故和某运输公司负有同等责任。"①作为死难者的家属,李多粮只能得到一半的经济赔偿金,这些赔偿金还被处理案件的警察给贪污了。在这篇小说里,两个人物都从内心深处热爱着北京,但是却并不被北京所接纳,正如作者所言:"北京有湖,都很干净,但那都是在公园里,像李多粮和我这样的人是不敢进去的,更别说上那儿安家了。"②李多粮和"我"以及无数相似的人,在北京体会着种种艰辛,却依然充满热爱。

文本中北京的另一副面孔是神圣的。"我"和李多粮对北京的热爱源于一种情结,那是一种根深蒂固的情结。十月一日是新中国的生日,这一天有很多人赶到天安门广场上去观看升旗仪式,其中就包括"我"和李多粮。那天,"我"和李多粮"一点钟就起了床。我们用一个矿泉水瓶子装了满满一瓶凉开水,再带上六个馒头,就上了路"③,用了三个小时骑自行车到天安门广场。广场旁的小树林里睡着许多人,那些人都和"我"一样,怀揣着虔诚与向往。当看到国旗升起的时候,作者写道:"这是最激动人心的时刻。这是我们(所有这些从全国各地赶到那一天来北京的天安门看升旗仪式的人)盼望了一生的时刻","我们在十月一日凌晨约五点钟的北京的宽阔无边的凛冽的风中,围绕在天安门广场上的旗杆旁,仰望五星红旗迎风升起且随风招展的时候,我们的心里只有崇高、爱和美。一切的不幸和苦难,我们都忘了。升起且招展的五星红旗映红且闪烁着我们每一个人的心和脸。我们心里对祖国的爱写在来我们的脸上。那爱是崇高的美的,没有私欲和杂念"。④ 和《为了六十一个阶级兄弟》中的 61 个工人兄弟重新获得

---

① 白连春:《我爱北京》,《人民文学》2001 年第 10 期。
② 白连春:《我爱北京》,《人民文学》2001 年第 10 期。
③ 白连春:《我爱北京》,《人民文学》2001 年第 10 期。
④ 白连春:《我爱北京》,《人民文学》2001 年第 10 期。

新生一样,李多粮也在天安门广场重新学会了走路,"他像一只初学走路的鸭子一样摇摇摆摆地走着"①,在不知道围绕天安门广场走了多少圈之后,他再一次获得新生。

天安门广场因为是宣布新中国诞生的地方而被赋予了神圣意义。经过文本建构的天安门及其周围建筑群落已经整体被神化,其中蕴含的是长期积累形成的民族想象,是经由意识形态话语完成的"想象的共同体"。在徐则臣小说《啊,北京》中,卖假证的边红旗第一次到北京的时候,"火车在傍晚时分进了首都,边红旗激动得哭了……尽管笼罩在沙尘暴下的北京没有想象中的雍容和繁华,边红旗还是十分满足,借着沙尘暴的借口,眼泪一直流到车站"②。到北京的第一个夜晚,边红旗就到了天安门广场,"见到毛主席的巨幅画像时,眼泪又下来了。从小就唱《我爱北京天安门》,现在竟然就在眼前来,像做梦一样。他趴在金水桥的栏杆上,看见自己的眼泪掉进了水里,泛起美丽精致的涟漪。他就想,北京啊,他妈的怎么就这么好呢"③。无论李多粮还是边红旗,在他们内心深处关于北京的想象都来自"集体记忆"——一种"想象的共同体","说到底,像北京这样的城市,其规制追本溯源是来自中国人的大脑,来自意识形态,这是一座意识形态之城"④。

第三节 政治怀想:文本中的"大院北京"

刘心武在小说《钟鼓楼》中叙述过老北京的居民,他认为所谓"老市民"是指"那些'土著',就是起码在三代以上就定居在北京,而且构成了北京'下层社会'的那些最普通的居民"⑤。按照他的说法,作为

---

① 白连春:《我爱北京》,《人民文学》2001年第10期。
② 徐则臣:《啊,北京》,见《跑步穿过中关村》,重庆出版社2008年版,第59页。
③ 徐则臣:《啊,北京》,见《跑步穿过中关村》,重庆出版社2008年版,第60页。
④ 西川:《想像我居住的城市》,见邹仲之主编《抚摸北京》,生活·读书·新知三联书店2012年版,第42页。
⑤ 刘心武:《钟鼓楼》,人民文学出版社1985年版,第122页。

第十章 怀想与解构:"新北京"的政治表达

共和国首都的北京是一座不折不扣的移民城市,其中大部分居民都是伴随着新中国的成立进入北京的,"1985年底,北京市区常住人口586万人中,从外省迁入的243.9万人,从国外迁入的2.2万人,从远郊县迁入的72万;加上自然增长,那么建构后入京的'新北京人'达433万,占市区常住人口的74%;而建国前即住北京的老北京人及其后代共153万,只占市区人口的四分之一"①。这批"新北京人""以解放者、胜利者和新一代统治者的身份从国家的各个战线、领域或行业中携带着各自的专长、方言与地方性汇聚到新中国首都的等级性上层建筑体系之中。他们是被精心挑选的,必须以其强烈的国家主人翁意识凌驾于北京城之上,是超越北京城的领袖与国家神圣性的守护者,也是领袖与国家意志的坚定执行者。与国家政治中心及领袖的临近性,导致他们被笼罩于一种神圣的光芒之中。他们不仅是大院的主人与新首都的主人,也是新中国的主人,他们似乎天生就具有一种脱离或者超越北京城的国家想象"②。大量的"新北京人"涌入古都北京,使社会资源更加紧缺,在这种情况下,他们利用自身的社会地位和建设社会主义的强大热情,在北京构建了具有强烈政治色彩的城市空间,其中最具代表性的就是被称为"大院"的城市建筑。

和"新北京"同时出现的"大院",不仅仅是一种居住空间,也是当代北京城市历史的重要承载者,一种和"京味文化"相对应的文化体式。1949年以后,"大院"无论整体数量还是重要性都远远超过了曾经作为居住主体的四合院和胡同。王朔在《我是你爸爸》中少有地描写了北京胡同中的生活。老式四合院的屋子里面没有自来水、没有厕所,"只在院当间有一个自来水龙头,一个共用水表,谁要用水全院人盯贼似的盯着"③,这是一个由自私自利的小市民构成的生活空间,和

---

① 杨东平:《城市季风:北京和上海的文艺精神》,东方出版社1994年版,第249—250页。
② 徐敏:《王朔与文革后期的城市游荡者——以〈动物凶猛〉为例》,《上海文化》2009年第1期。
③ 王朔:《我是你爸爸》,人民文学出版社1992年版,第3页。

王朔在《动物凶猛》等小说中描写的是两个完全不同的"世界"。关于"大院"的社会地位,我们可以从它们产生的过程来一看究竟。"大院"的建造方式主要由两种:一种是先划定一片区域,然后在上面建造一个包含各种功能的社区;还有一种是在北京寻找现存建筑,将其重新改造、建设成功能完备的建筑群体。第一种类型的"大院"从西长安街向西延伸,"从木樨地北上,经白石桥到中关村,人们看到了另一种城市景观。没有胡同和披着灰瓦的平房,也没有坐落在低矮的平房之中的王府或庙观。在这昔日的城外荒郊,大道两边,围墙连着围墙,院落连着院落"①。第二种选取房子的过程称为"号房子",就是在原有住宅的基础上进行选择,从地理位置、周边环境以及现有建筑等方面综合考虑,选择最适宜的地方。在《动荡的青春》中,作者回忆了当年新华社建造"大院"的过程,"当时有三个选择,除了国会街这个大院,还有一处在平安里的王府和一处在张自忠路的院落",当时国会街这座院落中的主要建筑和中山公园相类似,"据说其中还住着一些北京大学的教授"。②

作为"新北京人"最为主要的居住空间之一,"大院"一开始并没有得到太多的关注。1984年长春电影厂拍摄的电影《黄山来的姑娘》上映,当从农村出来的姑娘龚玲玲推开一扇紧闭的大门的时候,"大院"才第一次通过艺术表现的方式走进人们的视野。而后陈建功、柯云路、王朔等人对"大院"的书写,让关于"大院"的叙述成为北京城市文学中一个重要组成部分。在不同作者的笔下,"大院"表现出不同的形态,但是不管叙述风格怎么变化,他们都在文本中表达了"大院"作为社会主义新北京的重要组成部分的特征。

柯云路1980年代中后期先后创作了小说《新星》和"京都三部曲"③,其中1984年出版的《新星》"长期被看成'新时期'中国文学的

---

① 杨东平:《城市季风——北京和上海的文化精神》,东方出版社1994年版,第249页。
② 叶维丽:《动荡的青春》,新华出版社2008年版,第55页。
③ "京都三部曲"最终未完成,只是完成了第一部《夜与昼》和第二部《衰与荣》。

第十章　怀想与解构:"新北京"的政治表达

里程碑,现实主义文学最辉煌的神话"①,主人公李向南利用自己在"大院"成长的经验和来自"大院"中的权力勇敢地去刺破那张由"农村的落后和以封建家长式的人身依附关系建立起来的权力网络"②,尽管作者极少有关于北京"大院"的描述,但作为一个沉默的"他者","大院"始终存在,并决定着李向南乃至整个中国改革的走向。李向南生在"大院",长在"大院",无论成功还是失败都离不开"大院"。当李向南的改革无法顺利进行的时候,遥远北京的"大院"都会给其提供支援,这是一种来自"大院"的支持。当李向南的改革受阻时,他想到的是回一趟北京。在回北京之前,他和林虹有一次对话:"李向南沉默了一会儿:'我准备搞一个大的行动。''在古陵?''不,在上层。过两天,我要回一趟北京。'"③在小说中,作者并没有进一步叙述,只是将"大院"和北京相联系,透露出作为共和国首都的北京所具有的强大影响力和决策力。

随后柯云路计划推出小说"京都三部曲",但他在完成第一部《夜与昼》和第二部《衰与荣》之后无力再创作第三部《灭与生》。在《新星》中,柯云路将创作视角置于一个边远地区,到"京都三部曲"他转向了首都北京。"京都三部曲"透露着柯云路的"野心",正如《衰与荣》开篇所说,"天者,夜昼;地者,衰荣;人者,灭生"④,他力图以"描绘全景式社会图画的艺术追求"⑤描述"北京大院",展示1980年代变革中的中华大地。在《夜与昼》中,柯云路通过短短24个小时内发生的事情,刻画了"大院"中各色人物形象,其中有位高权重的老革命

---

① 陈晓明:《表意的焦虑——历史祛魅与当代文学变革》,中央编译出版社2002年版,第47页。
② 陈晓明:《表意的焦虑——历史祛魅与当代文学变革》,中央编译出版社2002年版,第48页。
③ 柯云路:《新星》,人民文学出版社1985年版,第796页。
④ 柯云路:《衰与荣》,人民文学出版社1988年版,第1页。
⑤ 柯云路:《力展全景式的社会图画——谈谈小说〈新星〉的创作》,《文学报》1986年第5期。

(顾恒),有在大院中成长起来的"革命接班人"(李向南)、大院中的纨绔子弟(顾晓鹰),另外出入大院的还有艺人、学者以及全国各地的官员、百姓,他们有的是来寻求政治支援,有的是想得到经济扶持。在"大院"中每一次看似平常的交往,其实都能决定某一个人的命运,决定某一地区、某一城市乃至整个国家的走向。

如果说柯云路描写的"大院北京"主要是以权力的方式辐射全国的话,那么陈建功在《鬈毛》中则突出了"大院"在面对"胡同"时的优越感。《鬈毛》是"谈天说地系列"中的一个中篇小说,对市井百姓的日常生活进行了大量描写,从嘈杂的菜市场写到疯狂的工人体育场,因为作者特别刻画了一位晚景凄凉的剃头师傅而被划入"京味小说"中。关于这篇小说的研究,主要集中在关注市井北京的日常风情,而忽略了小说对北京"大院"的描述。主人公卢森是一个在"大院"成长起来的年轻人,在小说开始,卢森过马路闯红灯被警察拦住以后,他干脆利落地答道"柳家铺小区,报社大院"。他的话里有"后文革"一代人玩世不恭的心态,也有卢森对于自己身份的自信。关于后者,陈建功进行了反复叙述:卢森中学老师是一位有些懦弱的知识分子,见到卢森习惯说的一句话是"你爸爸好吗"或者"你爸爸挺好的吧"。在卢森的眼中,中学老师简直一无是处,他一再对其进行嘲讽和戏弄。当受到同学挤兑的时候,他不是紧张或者生气,而是说:"这帮兔崽子可逮着一个'臭'我的机会啦。活该,谁让你在大伙儿的眼里一直是个牛气哄哄的总编的儿子呢。搬运工的儿子们、抹灰匠的儿子们也该挤兑挤兑你,撒撒气啦。"[1]类似的画面还有很多。比如卢森和同学蔡新宝相遇时,蔡新宝穿着深灰色的西装,打着领带,留着一丝不乱的偏分头,已经不再是曾经那个头上像"扣着一个黑漆漆的锅盖"的"盖儿头"了,但是作为在大杂院中长大的孩子,无论怎么样都无法改变他在卢森面前的弱势地位,"直到现在,他还死心塌地地在我面前认怂",

---

[1] 陈建功:《鬈毛》,见《建功小说精选》,华夏出版社1997年版,第113页。

第十章　怀想与解构："新北京"的政治表达

依然向自己周围的人吹嘘和卢森之间的良好关系，对自己的朋友说"这就是我老跟你提的，我们班的小文豪卢森啊！他爸爸是报社的副主编，就是那个叫……叫宋为的"①，并且介绍的时候一定要用大嗓门，恨不得让周围的人都知道。

卢森游手好闲、满腹牢骚，对于周围的一切都看不顺眼，对任何事情都提不起兴趣，挂在嘴边的"没劲儿"是他精神状态的外在体现。他藐视一切，对他的父亲也颇为敌视，认为他父亲虚伪、专制、霸道、好色。他试图挑战一切权威，但却无法摆脱他父亲的阴影。无论是学校的老师还是为他提供"一个赚钱机会"的同学，背后与之相联系的都是他的父亲。当他走出家门想要自己去打拼的时候，却只能靠买彩票去撞大运，最后的结果是身上只剩下五分钱，已经不足以支撑他回到自己曾经深深厌恶的家中。然后情节逆转，卢森遇见过去的一位朋友，然后又遇到了"盖儿头"，最终靠同学的100块钱回到家中，并且还上了父亲那80块钱。卢森似乎在和父亲的又一次交锋中占了上风，但他依然是一个十足的失败者，因为胜利的代价是自己最引以为傲的"鬈毛"被剪掉了，换了个被自己嘲笑了多年的"盖儿头"，这也是符合父亲要求的发型。当父亲看到新发型以后，"温柔得像一只老山羊，还没完没了地盯着我"②。卢森将来会怎么样，我们不得而知，但是他已经在反思自己，认为自己那么逞强，却"除了昨天在体育场外面吃的那顿烂葱包子以外，我哪天在家里也没少吃"③，至于是不是还去"辘轳把胡同"剪头发，作者也不知道，只能寄希望于明天再说。

这就是在"大院"中成长的一代，年轻的他们力图挑战现存的一切，却忽略了"大院"为他们带来的优越感和福利。后来，当"大院"开始丧失优越性的时候，一些作品中也流露出对"大院"的怀想。1980

---

① 陈建功：《鬈毛》，见《建功小说精选》，华夏出版社1997年版，第162页。
② 陈建功：《鬈毛》，见《建功小说精选》，华夏出版社1997年版，第183页。
③ 陈建功：《鬈毛》，见《建功小说精选》，华夏出版社1997年版，第182页。

年代末,北京开始了新一轮的城市建设,其中一项是对"大院"进行改造。"八十年代末,改造和美化沿街围墙——尽可能改为低矮的铁栏栅,在砖墙上砌出空心的图案、用涂料改变红砖墙、灰砖墙的沉闷颜色,种植攀援植物等"。这里特意强调了"围墙"在"大院"改造中的突出地位,"墙的功能是权力空间的界定、隔离和防御;墙的高度、厚度和整肃的气象,则是部门的重要性和权威的显示"①,有了围墙的"大院"是一个封闭而完整的整体,无论是大院与大院之间,还是大院与四合院之间,强调的都是社会生活的等级性和优越性。经过改造的大院多了一些透明感,少了一些神秘感,习惯了大院内部优越生活条件、社会地位的人们开始流露出对大院生活的留恋。其中最具代表性的是王朔北京大院的书写。

王朔是当代文坛上最具争议的作家,他是精英/先锋,还是文痞/平民? 我们很难用一种风格或者一种美学去定义、研究他的写作,但无论赞美还是批评,都不能否认,王朔的创作已经成为当代文坛上的一种现象。有学者对其文本中的解构意识、反讽语言大加赞扬,认为王朔是时代的先锋,是具有自由主义精神的知识分子。事实上,"王朔把自己的写作掩盖在平民意识的外衣下,有意无意地将自己的写作商业化。他的策略事实上取得了成功。但是如果具有历史感,你会发现其真正的内容:军队大院中的老一代移民毁坏了市民社会。年轻一代移民则假装扮演平民"②。细读王朔的作品,可以发现相当一部分都是通过对历史的记忆来展开的,从《等待》(1978)开始,到《空中小姐》(1984)、《动物凶猛》(1991)、《看上去很美》(1999),直到《致女儿书》(2007)和《和我们的女儿谈话》(2008),"在取材上直接返回历史,利用'文革'政治话语、事件、经验等,释放自我记忆,带有浓厚的

---

① 杨东平:《城市季风:北京和上海的文化精神》,东方出版社1994年版,第254页。
② 朱学勤:《文坛二王之争》,见葛红兵、朱立冬主编《王朔研究资料》,天津人民出版社2005年版,第339页。

第十章 怀想与解构:"新北京"的政治表达

'复古'色彩"①。尽管王朔在创作中不乏戏谑之语,但背后更多透露的是,伴随着时代变化,王朔及与他类似的一代人的无奈之情。

王朔是在北京大院成长起来的新的一代北京人,他在小说《看上去很美》中对自己曾经生活的大院有过详细的叙述,"我们院门牌是'29号'。这是开在复兴路上的北门号码。有时我们抄近路从北门回院,经过门外那两个大红数字,一下就记住了。北门是正门,门禁森严,站岗的有长枪短枪,进出要穿军装,亮出入证"②。大院进去之后,首先是办公区,里面"有三个品字形排列的大花园,被结满青灰色树子的柏丛紧紧环绕,里面种着一些花草,看不清品种和姿态。中央花园有一根旗杆,高耸入云,想数上边飘扬的那面红旗到底有几颗黄星一定会被直射下来的阳光刺盲眼睛"③。出了办公区还有一道岗,相对于正门,这里修建的隔离墙有点简约,王朔称之为"女墙"。"女墙"外是一个大操场,"有两个篮球场,一个灯光水泥地一个土地;一架双杠一具单杠一个沙坑一堵障碍板一条独木桥;更大的部分是一个足球场。操场西路排列着礼堂、俱乐部、澡堂、锅炉房、卫生科、一食堂和菜窖到西门"④。当王朔描写曾经生活过的"大院"时,他似乎无法控制自己的感情,关于大院的记忆犹如水银泻地一般铺满纸张。他的小说中,在"大院"中成长起来的"我"对于家庭几乎没有任何记忆,所有关于童年的记忆都来自保育院。"我"对父亲和母亲都没有多少印象,"假若没有家里相簿中的那些照片,我不会相信我的童年是在母亲身边度过的。我的记忆中没有她。使劲想,她的身影也不真实,黑白的,一语不出,恍若隔世之人"⑤,而对于父亲,"我曾经以为他是我唯一的亲人,但照片上的他和我记忆中的他仍然有很大年龄差距。照

---

① 周冰:《被唤醒的"文革"记忆:王朔小说的美学分析》,《东方丛刊》2009年第3期。
② 王朔:《看上去很美》,北京十月文艺出版社2015年版,第59页。
③ 王朔:《看上去很美》,北京十月文艺出版社2015年版,第59页。
④ 王朔:《看上去很美》,北京十月文艺出版社2015年版,第60页。
⑤ 王朔:《看上去很美》,北京十月文艺出版社2015年版,第4页。

片上的他很结实,记忆中的他已经发胖,这说明这之间有一些年我们不常见面"①。这是一个在集体中长大的孩子,"我"对于保育院里的阿姨、小朋友,甚至于点点滴滴的小事都有着清晰的记忆,保育院以及保育院所属的"大院"才是王朔记忆中的家园。

王朔1958年出生于南京,之后跟随父母迁居北京,住在解放军政治学院的大院里面。面对着不断改变的城市,王朔曾经用饱含深情的语气写道:"我很小便离开出生地,来到这个大城市,从此再也没有离开过,我把这个城市认做故乡。这个城市一切都是在迅速变化着——房屋、街道以及人们的穿着和话题。时至今日,它已完全改观,成为一个崭新、按我们的标准挺时髦的城市。没有遗迹,一切都被剥夺得干干净净。"②王朔的小说《动物凶猛》表现了"文革"时期大院年轻人的荒诞和颓废,他写了翘课、打架、撬锁、偷东西等一系列的荒诞行为。后来,根据这部小说改编的电影改名为《阳光灿烂的日子》。无论小说还是电影,其中充溢的都是王朔对那一段日子的怀想。那时的"我们"有着优于其他阶层的身份,"我们是不和没身份的人打交道的"③。作为一群有着类似出身的人,他们有着几乎相同的人生道路,"我一点也不担心自己的前程,这前程已经决定:中学毕业后我将入伍,在军队中当一名四个兜的排级军官"④,在"我"看来毫不费力的未来,对普通家庭中的孩子来说却很难实现,如《许爷》中的许爷,许爷的父亲是个司机,"在外面那个连住房都按军阶高低划分得一清二楚的部队大院内,一个司机及其家庭的社会地位可想而知","我们院的小孩集体当兵时连不到十五岁的都走了"⑤,许爷却只能回老家去插队。作者在文本中有一段关于"我们"在假山上唱歌的描写,那是关于"我"在16岁年纪上最纯真的感情,"我走到假山脚下,听到山上亭子里传来轻轻的

---

① 王朔:《看上去很美》,北京十月文艺出版社2015年版,第5页。
② 王朔:《动物凶猛》,《收获》1991年第6期。
③ 王朔:《动物凶猛》,《收获》1991年第6期。
④ 王朔:《许爷》,《上海文学》1992年第4期。
⑤ 王朔:《许爷》,《上海文学》1992年第4期。

第十章　怀想与解构:"新北京"的政治表达

男生合唱,其间伴有隐隐的吉他伴奏。他们唱的是那个年代很流行的俄国民歌《三套车》,歌词朴素,曲调忧伤。在月朗星疏、四周的山林飒飒作响的深夜,听来使人陡然动情①,即使"我"注意到唱歌过程中米兰和高晋不时地互相注视,"我"也"没有一点嫉妒和不快。同声歌唱使我们每个人眼中都充满深情"②。

在"大院"中成长起来的王朔坦陈自己就是"新北京西郊的'革命大院'的'革命文化'哺育出来的"③。他说:"我不认为我和老舍那时代的北京人有什么渊源关系,那种带有满族色彩的古老习俗、文化、传统到我这儿齐根断了。我的心态、做派、思维方式包括语言习惯,毋宁说更受一种新文化的影响。暂且权称这文化叫'革命文化'罢。我以为新中国成立后产生了自己的文化,这老北京尤为明显,有迹可循。毛临死时讲过这样伤感的话(大意):我什么也没改变,只改变了北京附近的几个地区。我想这改变应指人的改变。我认为自己就是这些被改变或称被塑造的人中一分子。我笔下写的也是这一路人。"④王朔笔下的"这一路人"在1980年代以后的北京占有相当数量。陈晓明称其为"边际人物"。所谓"边际人物"和"边缘人物"是两个不同的概念。"边际人物"是"处于一种社会变动的结合部,他们在中间地带游走、冲撞,他们带有很强的破坏性和爆发力"⑤。王朔和其笔下的人物大多具有这种特征,当时代发生变化以后,他们从"京城新贵"变成城市中的失意者。当"我"坐在许立宇驾驶的雪铁龙出租车上时,"我不想让他看出我没坐过'雪铁龙',很矜持地坐在后座什么也不问,虽然很想把车窗放下来,很想知道烟灰应该弹在何处……这一切都给我一

---

① 王朔:《动物凶猛》,《收获》1991年第6期。
② 王朔:《动物凶猛》,《收获》1991年第6期。
③ 袁良骏:《王朔的知识分子观》,《南方文坛》2001年第3期。
④ 王朔:《无知者无畏》,春风文艺出版社2000年版,第111页。
⑤ 陈晓明:《表意的焦虑——历史祛魅与当代文学变革》,中央编译出版社2001年版,第131页。

个世界是他的感觉。这感觉令我陌生,包括许立宇本人"①。去刚开张的法国餐厅吃饭的时候,"我"和吴建新都手足无措,"唯有许立宇顾盼自如,如鱼得水"②。在快速变化的时代浪潮里,"我"和一起长大的吴建新都已经落伍了,吴建新之所以动不动就骂许立宇,是因为他还努力地想抓住过去的记忆和可怜的自尊,许立宇要和"我们"交往也是基于对过去的记忆。他一次次地邀请我们去他的家中,那是我们过去几乎不去的地方。和外人介绍我们的时候,他显出跟我们依然很"铁"的样子,这一切都源于那种深入骨子里面的记忆。然而这一切都已经改变了,"我"和吴建新的气势更多的只是一种装腔作势,面对风云变幻,"我们"似乎只剩下失意的怀想。

第四节　荒诞与疯狂:被解构的首都

当王朔们沉浸在对北京大院的怀想中,留恋着曾经"阳光灿烂的日子"的时候,同样出身于"大院"的王小波却进行着解构和颠覆。在以王小波为代表的那个作家群体中,"社会主义新北京"不再是一个高高在上的"圣地",也不是记忆中熟悉的"家园",而是一座荒诞与疯狂的城市。

1980年《人民文学》刊登李准的小说《芒果》。故事发生的时间为1968年,在文本中作者用戏谑的语言描述了"文革"时期的荒诞行为。有一天,在某个工厂的广播喇叭里面传出来一个"刚冷雄脆"的声音:"紧急通知,紧急通知!最高指示:'毫不利己,专门利人','古为今用,洋为中用。'全厂革命职工同志们,为了迎接伟大领袖毛主席从北京给我市工人阶级送来的珍贵礼品——芒果,全厂职工九点钟在厂门口大批判栏前集合。要注意以下事项。"③从"最高指示"可以看出这

---

① 王朔:《许爷》,《上海文学》1992年第4期。
② 王朔:《许爷》,《上海文学》1992年第4期。
③ 李准:《芒果》,《人民文学》1980年第10期。

第十章　怀想与解构:"新北京"的政治表达

件事情的重要性以及礼物的珍贵,然后就是各单位、各群体以最为盛大的方式去迎接芒果的到来。"老潘头看着这一队队工人、学生和机关干部的队伍,他有些兴奋,又有些茫然。他觉得有点热闹,又有点凄凉。他想着这芒果到底有多金贵,它难道不是树上结的吗?它能是从天上掉下来的吗!……老潘头从'天上'忽然又联想到北京,不错,这芒果是从北京送来的!"①因为是从北京送来的,芒果已经不仅仅是一个芒果,更是一种象征、一种精神和一个符号,所以"参观的人有的拿着语录本,向芒果鞠躬行礼,有的眼泪汪汪地腿直打哆嗦,好像要下跪。还有个人脖子伸的老长,鼻子呲呲地吸着气"②。当大家都在虔诚地瞻仰芒果的时候,潘朝恩像是《皇帝的新装》里面那个"无知"的孩子一样想到"这不像个没有长熟的小金黄甜瓜嘛"。当然,老潘头没有说出口,只是在心里念叨而已。可是,就是这样一个让大家都感动的芒果却是假的,他的徒弟告诉他"那是个蜡做的芒果,从北京就换成蜡做的了",所以当潘大婶在房子外面和人谈论芒果香味的时候,老潘头再也忍不住了,"从屋子里奔出来,'啪'地一下给潘大娘打了个耳光,拉着她就往屋里走"③。"夜里,潘朝恩老头睡不着觉,他披着衣服在抽着烟思考着。烟头像萤火似地发出一点亮光,但它毕竟还是一点真正的火"④。

　　如果说李准关于新北京的书写只是浅尝辄止的话,那么,王小波对北京的书写则可以说是用力颇深。和王朔一样,王小波也来自大院——一个是"军事学院大院",一个是"教育部大院"——虽然同样来自大院,但是二人对北京的态度却截然不同。王朔笔下的北京是充满阳光、温情脉脉的,尽管偶尔有各种荒诞行为,有专制,有暴力,却只会使得生活更加丰富多彩。但是王小波笔下的北京不一样,这是一座

---

① 李准:《芒果》,《人民文学》1980年第10期。
② 李准:《芒果》,《人民文学》1980年第10期。
③ 李准:《芒果》,《人民文学》1980年第10期。
④ 李准:《芒果》,《人民文学》1980年第10期。

充满荒诞与罪恶的城市。同样描写爱情,王朔笔下的"我们"是在假山上弹着吉他唱《三套车》,王小波笔下的爱情却是折磨、压制、占有,表现的是人性贪欲和内心险恶。

王小波许多作品都是以北京为背景,比如《三十而立》《似水流年》《革命时期的爱情》等。他大多数是在过去和现在的时间长河中来回穿梭,有些时候自己开口,有些时候借助王二来发言,通过"我"或者"王二"的视野塑造了一系列的怪诞人物形象。我们在阅读王小波的作品时,却并不会因为人物的怪诞行为而感到突兀,这是因为他将这一系列的人物形象放置在了一个整体怪诞的环境中。这个环境就是"文革"时期的北京,王小波的文字里没有给予血与泪的控诉,也没有说教式的反思,他只是在现在和过去之间穿行,用故事中人物的行为带动读者,让读者自己去想象、还原、建构那一个荒诞的时代,进而完成对过去时代的解构。

工业化是 1949 年之后国家的重要发展目标。早在 1944 年毛泽东在给秦邦宪的信中就说道:"新民主主义社会的基础是机器,不是手工。我们现在还没有获得机器,所以我们还没有胜利。如果我们永远不能获得机器,我们就永远不能胜利,我们就要灭亡。现在的农村是暂时的根据地,不是也不能是整个中国民主社会的主要基础。由农业基础到工业基础,正是我们革命的任务。"①王小波在小说中一次次地描写操场上炼钢的场景,"我顺着那些砖墙,走到了学校的东操场,这里有好多巨人来来去去,头上戴着盔帽,手里拿着长枪。我还记得天是紫色的,有一个声音老从天上下来,要把耳膜撕裂","后来我再到这个广场上去,这些怪诞的景象就不见了,只剩下平坦的广场,这种现象叫我欣喜若狂,觉得这是我的梦境,为我独有,因此除了我,谁也没有听见过那种从天上下来撕裂耳膜的声音。随着那个声音一声怪叫,我和好多人一起涌到一个怪房子前面,别人用长枪在墙上扎了一个窟窿,从里面

---

① 毛泽东:《给秦邦宪的信》,见《毛泽东文集》第三卷,人民出版社 1996 年版,第 207 页。

第十章 怀想与解构:"新北京"的政治表达

挑出一团通红的怪东西来,那东西的模样有几分像萨其马,又有几分像牛粪,离它老远,就觉得脸上发烫,所有的人围着他欣喜若狂——这情景很像一种原始的祭典"①。后来,炼钢失败,"羞耻之心人皆有之,大炼钢铁一过去,人们就把炉子拆得光光的,地面压得平平的,使得好像什么事也没发生过一样"②,关于工业化的想象在王小波的作品中就像一个闹剧。尽管人们有着像面对原始祭典一样的虔诚,但当人们力图抹去这一段记忆的时候,却发现总能在时间的角落中寻找到历史的痕迹。

另外还有王小波对"知识分子"的解构。在王小波的文本中,有一个重要人物是王二。王二有时候是王小波自己,有时候则指向整个社会群体。王二又是一个知识分子,一个在特殊时代成长起来的知识分子。他看似怪诞,却又充满思想,如《黄金时代》中的王二对陈清扬不是"破鞋"的论证,以及王二关于和陈清扬交往的交代材料,在"满嘴荒唐言"中都透着"一把辛酸泪"。《似水流年》中的李先生,是一位从海外回来祖国的知识分子,但却一次次地受到非人的待遇。造反派把李先生的头发剃光,在他的头上举行打大包比赛,头上被打出一个个包的李先生"伸着脖子,皱着眉,脸上的表情半似哭,半似笑,半闭着眼,就如老僧入定。好几个人上去试过,他都似浑然不觉。直到那位曾令他龟头血肿的凤师傅出场,他才睁开眼来。只见凤师傅屈右手中指如凤眼状,照他的秃头上就凿,剥剥剥,若干又圆又亮的疙瘩应声而起。李先生不禁朗声赞道:还是这个拳厉害!"③这其中有王小波对知识分子的同情,更有对荒诞行为的嘲讽。

---

① 王小波:《革命时期的爱情》,见《王小波文集》第一卷,中国青年出版社1999年版,第188页。
② 王小波:《革命时期的爱情》,见《王小波文集》第一卷,中国青年出版社1999年版,第189页。
③ 王小波:《似水流年》,见《王小波文集》第一卷,中国青年出版社1999年版,第122页。

在王小波的小说中,"我"是一个十足的破坏者,肆无忌惮地向一切权威发起挑战。小说《革命时期的爱情》中王二和豆腐厂的领导老鲁之间的斗争演变成一种活动。王二每天在管道上爬来爬去,老鲁就在地上拿着鸡毛掸子捅他的脚后跟,二人整天忙着猫捉老鼠的游戏。王二"站在车上,一只脚站在车座上,另一只脚踩着把,好像在耍杂技。她一抓后座,王二正好一跃而起,抓到半空中横过的管道,很潇洒地翻上去,在空中对过路的人说:徐师傅,劳驾给我看着自行车"①。这种动作是需要两个人默契配合的。革委会主任老鲁想的不是怎么惩治犯错的王二,而是把抓王二的过程当作一种乐趣、一种娱乐,这是在特殊年代里人们无聊、无奈、思想乏味的表现,他们已经变成荒诞的群体,本来是要对其他人进行改造,结果却自己沉迷其中。"革命时期的爱情"是改造与改造之改造之间的纠葛,"我",王二,是一个坏分子,和革委会主任老鲁玩猫捉老鼠的游戏多年,直到最后因为乏味而放弃。然后是一个叫作X海鹰的团委书记决定对王二进行帮教,王二"经常到X海鹰的办公室去,坐在她办公桌前的椅子上。他感觉自己在那里像一只被牢牢粘住了的苍蝇。她问王二一些话,有时候他老实答复,有时候就只顾胡思乱想,忘了回答她。这样做的原因之一是王二在那里磨屁股"。当王二去医院割痔疮的时候是X海鹰跟着去的,"我们俩去医院时,骑了辆平板三轮车,板上放了个棉门帘。去时是我蹬,回来时她蹬。不蹬的人坐在板上",当X海鹰看到王二紫色的痔疮的时候,也是王小波对时代的解构欲望实现的时候。

王小波在"黄金时代"系列的后记中使用了一个词语"伦敦天空发明者"。有一天一个画家把伦敦的天空画成红色,人们感觉不可思议,认为他存心要标新立异,但是人们走出画廊,发现天空因为污染真的已经变成砖红色。这和王小波的创作是一个道理。"天空应当是蓝色的,但实际上是红色的;正如我们的生活不应该是我写的这样,但实

---

① 王小波:《革命时期的爱情》,见《王小波文集》第一卷,中国青年出版社1999年版,第192页。

第十章 怀想与解构:"新北京"的政治表达

上,它正是我写的这个样子。"①那个把伦敦的天空画成红颜色的画家后来被称为"伦敦天空的发明者",王小波在其文本中也揭示了不一样的生活,但是他不承认他是这种生活的发明者,他表示这种发明权属于更伟大的人物、更伟大的力量。王小波这是在提醒阅读他作品的人,他的创作是真实的,是一种只有他才能洞察的真实。

莫言小说《长安大道上的骑驴美人》也以似真似幻的手法完成了对长安街的解构。长安街被称为"神州第一街",具有特殊的意义。夏天敏小说《接吻长安街》中,来自云南边疆的小江是一个在北京打工的外乡人,他有一个愿望,就是能够和心爱的女人在长安街上接吻。当小江和心爱的女人历经千辛万苦终于在长安街上接吻的时候,"我们的行为已变成一个群体行为",已经变成"宣言、变成潜意识的具体物化,变成群体意志和愿望的体现"。两个人接吻的仪式完成以后,"我"感觉到自己已经真的被北京接纳了,"我的灵魂轻轻地升到高空,在高空俯视北京。呵,北京真美"。②

但是,曾经作为神圣符号的长安街在莫言的笔下却混乱不堪,不只是人骑着自行车、开着车在上面走过,同样走过的还有骑着驴、骑着马的古装男女。侯七是一个小公务员,整天过着平淡、无聊的生活,在工作中也是唯唯诺诺,但是突如其来的一件事情打破了这种平静。有一天下班的时候,他在长安街上看到了一对古装男女。"一个身穿红裙的少妇,骑着一匹油光闪闪的驴,黑驴,小黑驴,旁若无人地闯了红灯,从几乎是首尾相连的汽车缝隙里穿越马路。在骑驴少妇的身后,紧跟着一个骑马男子。那男人披挂着银灰色的盔甲,胸前的护心镜闪烁着刺目的白光。他那个浑圆的头盔上竖着一个尖锐的枪头,枪头上高挑着一簇红缨。他的左手推着马缰,右手握着一枝木杆的长矛,矛尖当然也是闪闪发光。他胯下那匹马是匹纯粹的白马,美丽的白马,

---

① 王小波:《王小波文集》第一卷,中国青年出版社1999年版,第392页。
② 夏天敏:《接吻长安街》,《山花》2005年第1期。

雄伟的白马,骄傲的白马"①。他们在长安街上行走,闯过象征着秩序的红灯,尽管汽车的队伍没有乱,但是倒了一地的自行车,"那个漂亮的小警察对倒在地上那片自行车挥着手,动作很轻柔,满怀着善意"②。当警察想要拦住他们的时候,却"狼狈地挂在了道路隔栏上",那个镶嵌着国徽的大盖帽也掉在了地上,"白马骑士面对着警察,似乎毫无反应。他将那杆长毛往警察前胸一扫,警察便仰到了侯七的身上"③。最后,那一对男女离开,"白马想起尾巴,拉出了十几个粪蛋子。黑驴想起尾巴,拉出了十几个粪蛋子"④。这样一个荒诞的结尾,似乎在表达莫言对以长安街为代表的北京城的戏谑。

---

① 莫言:《长安大道上的骑驴美人》,《钟山》1998 年第 5 期。
② 莫言:《长安大道上的骑驴美人》,《钟山》1998 年第 5 期。
③ 莫言:《长安大道上的骑驴美人》,《钟山》1998 年第 5 期。
④ 莫言:《长安大道上的骑驴美人》,《钟山》1998 年第 5 期。

第十一章　国际化大都市北京的想象与解构

在新时期作者的笔下,描述了一个逐渐被"同质化"的北京,勾画出了在这个城市中生存的人们的生活,这座城市已经远离曾经含情脉脉的故都景象,变为一座现代化的大都市,一座充满希望和失望的都市。

第一节　梦想之城:关于北京的全球化想象

2013年陈可辛拍摄了电影《中国合伙人》。这部电影讲述1980年代燕京大学三位年轻人自我奋斗的故事。孟晓俊、王阳和成冬青三位出身不同、经历不同的年轻人怀揣着一个共同的梦想,他们渴望通过考试走出中国,站在美国的土地上去改变全世界。故事中,孟晓俊的签证得以通过,其他两个人则留在了国内。他们三个都开始了自己的奋斗历程。电影中的美国背景和屡次出现的美国形象,代表了一代人或者说几代人的梦想。成冬青申请签证失败,被人像拖死狗一样摔在地上,王阳在机场背过身去压抑地哭泣,都是因为美国拒绝了他们。而后,三位合伙人奋斗的过程中,出现了一个很有意思的情节:在发展事业的过程中,处于主导地位的是有着美国留学经历的孟晓俊。从设计公司的长远发展到日常管理,一个被美国社会拒绝的失败者,回到国内以后却成为一个具有主导能力的领导者。最后,三位奋斗者站在美国考试机构的决策者面前,用一种貌似"中国式的成功"宣告了西方制度的失败,然后宣布公司将要在美国上市,同时购买下孟晓俊曾经打工的实验室。这部电影,与其说叙述了三位"loser"从失败走向成功的励志传奇,不如说是关于当代中国对于西方的一次想象式胜利,但这种胜利却只能借由西方价值体系和思维模式来完成。

在这儿,笔者首先要说明一个问题:过去这二十年间,在中国的全球化发展过程中,我们模仿和学习的主要是以欧美国家为代表的西方,与其说是全球化,不如说是西方化。同时,由于西方在全球范围内所拥有的绝对影响力和地位,可以说,学习西方是中国全球化过程中的重要内容。所以,在论述过程中,关于"西方化"和"全球化"笔者不做细致的划分。在20世纪中国现代化发展过程中,西方是绝对意义上的强者。当西方文明用他们的坚船利炮打破古老中国的梦幻和想象以后,忧虑中的国人力图"师夷长技以制夷",他们在向西方学习先进科学技术的时候也一定程度上接受了西方关于东方中国的想象和建构。1750年前后,西方开始工业化革命,发展海外贸易点。和曾经美化中国的"大汗的大陆""大中华帝国""孔夫子的中国"不同,1750年以后,在西方眼中,中国是"停滞衰败的帝国""东方专制的帝国"以及"野蛮或半野蛮的帝国"[①],成为落后、保守的代名词。在过去的整个20世纪,这一评判逐渐地成为社会的主流,"东方"成为"想象的东方",关于中国的叙述大都在西方话语体系中来完成,西方是绝对意义上的"强者"。

1980年代以来,北京开始进行城市化改造。伴随着中国整体经济体制的变革,1993年北京市政府第一次提出"为把北京建设成经济发达的高度文明的现代化国际城市而努力奋斗"[②]。从此,北京开始了国际化、全球化过程。2001年中国加入WTO以及随后的"申奥"成功都为北京城市的全球化提供了进一步发展的契机。面对全球化梦想,在关于北京、上海等大城市的写作中出现了一类新的人物形象。通过这一类人物形象表现了开放初期的大众心理。

---

① 这一系列关于古老中国城市形象的叙述可参见周宁《在西方现代性想象中研究中国形象》(《南京大学学报》2008年第4期),该文系统研究了西方文本中关于中国形象从美化到丑化的转折过程及原因。

② 柯焕章:《规划跨世纪宏图、建设现代化首都——北京城市总体规划修订完成》,《城市规划》1993年第5期。

第十一章　国际化大都市北京的想象与解构

这一类人物有着出色的自身条件,年轻、漂亮,大多数还具有很高的学历,他们成为新时期中国"走出去的先驱"。王安忆在其文本《我爱比尔》中塑造了阿三这一人物形象。她是师大艺术系的一个女学生,年轻、漂亮,为了能够走出国门,她出入所有外国人可能出现的场所,和一个个可能把她带出国外的老外进行交往,但是一次次失败,最终沦为阶下囚。在徐坤小说《一个老外在中国》中也塑造了一个类似的人物形象,只是和阿三结局不同。外教尼尔斯十年前曾经来过中国,那是"影碟机还没问世,因特网也还没来中国"的1990年,尼尔斯是一个硕士班的泛读和写作课老师,班内的许多女生都在其英语日记中写到"亲爱的,尼尔斯,我非常,喜欢你,因为你的害羞(shy)"①,那个写"shy"最多的女孩子非他不嫁。后来,尼尔斯与加拿大的老婆离了婚,和这个中国小女生登记结婚。但是中国女孩并没有满足于现实,她所做的这一切都只是为了走出去。"女孩坚决要求跟尼尔斯出国。不出国,嫁你干什么?"②无奈之下二人决定转道韩国奔赴西方。随后的日子里,尼尔斯成为这个女孩的跳板,她终于跟另一个老外去了美国。1980年代以后,相当一部分中国人试图用自己的方式去拥抱西方文明,尽管结局各不相同,但是整体上显示出了一代人甚至是数代人对于西方的想象。

关于中国全球化进程的描写还出现在徐坤小说《狗日的足球》(1996)中。这篇小说因为流露出浓厚的女权意识而经常被纳入女性主义文学,令读者忽略了文本的民族主义与西方式想象。小说开篇描写主人公柳莺得知马拉多纳将要来中国时的心理波动:"柳莺的心里狂跳不止,拿着报纸的手无法自制地抖了几抖。马拉多纳,马拉多纳,哪个马拉多纳?难道真是那个被她崇拜得至高无上,满脑袋都是羊毛黑卷儿(中间还夹杂着一小撮精心染制的黄毛),小矮个儿,大脚模丫子,每一个脚趾头上都长着眼睛,传球永远准确到位,中场启动时风驰

---

① 徐坤:《一个老外在中国》,《名作欣赏》2002年第6期。
② 徐坤:《一个老外在中国》,《名作欣赏》2002年第6期。

电掣,带球过起人来虎虎生风,从不黏黏糊糊逮机会抽冷子就射的那个长得卷毛狮子狗似的足球巨星马拉多纳?"①经过最初的激动和欣喜之后,柳莺表现出身份认知中的不自信和猜疑。"不会吧?不会吧?这怎么可能呢?柳莺心慌意乱地把眼睛从偶像粗糙的脸蛋上拿下来,心里边止不住地嘀咕:马拉多纳那么大一世界级球星,怎么会屈尊下降到这么个足球不甚发达的东方城市里来?"②

当世界杯临近,柳莺的丈夫把家里布置得极具足球元素,墙上贴满关于球员、球队的海报,设了专门用于看球的座位,但其实他对足球说不上是真正的喜爱。当柳莺想要扯掉那些球星海报的时候,杨刚这样说:"宝贝求求你了宝贝,给我点面子,咱当一回球迷容易吗咱?怎么也得正儿八经地做一点样子给别人看看哪。"③"未婚夫杨刚那张强颜欢笑的书生小白脸上不是明明写满了担心被逐出男团的内心恐惧、明明洋溢着要伤好归队的热切期盼吗?"④1980年代后期的中国面临着同样的焦虑——担心被世界抛弃。这种焦虑主要来自西方的价值体系。为了能够融入西方价值体系,相关方面邀请马拉多纳来踢友谊赛,但"接下来的足球完全不再是她所期盼的足球,马拉多纳也因着足球的变味儿而失去她心目中的英雄本色"⑤。参与足球运动是"我们"融入世界文化体系中一次努力和尝试。但是这次尝试不仅因为中国足球和西方足球之间巨大的差距,更因为中西文化之间的巨大差距,而以失败告终,"柳莺的心悲哀了。她陷入到一种深刻的悲切里,不能说,也不能想,任凭耳膜被一次又一次沉重地污染、毁击,喉咙里却不能够说得出话来"⑥。与其说徐坤力图痛斥这"狗日的足球",不如说是在表达对社会转折期阵痛的不满。

---

① 徐坤:《狗日的足球》,《山花》2006年第10期。
② 徐坤:《狗日的足球》,《山花》2006年第10期。
③ 徐坤:《狗日的足球》,《山花》2006年第10期。
④ 徐坤:《狗日的足球》,《山花》2006年第10期。
⑤ 徐坤:《狗日的足球》,《山花》2006年第10期。
⑥ 徐坤:《狗日的足球》,《山花》2006年第10期。

第十一章　国际化大都市北京的想象与解构

但是一次或者几次的失败并不能彻底阻断北京全球化的进程,在1993年北京市《城市整体规划》修订完成以后,以政府为主导对北京城市进行了大规模的改建,北京已经初具国际化大都市的雏形。邱华栋关于北京国际化大都市的书写也逐渐从想象转为体验,北京在其文本中完成了全球化的转变。1992年邱华栋大学毕业来到北京,从那时起他的创作中就开始出现大段大段的关于国际化大都市北京的叙述。1995年邱华栋发表小说《手上的星光》,对北京进行了"巡礼"一般的展示:"有时候我们驱车从长安街向建国门外方向飞驰,那一座座雄伟的大厦、国际饭店、海关大厦、凯莱大酒店、国际大厦、长富宫饭店、贵友商城、赛特购物中心、国际贸易中心、中国大饭店,一一闪过眼帘,汽车旋即又拐入东三环高速路,随即,那幢类似于一个巨大的幽蓝色三面体多棱镜的京城最高的大厦京广中心,以及长城饭店、昆仑饭店、京城大厦、发展大厦、渔阳饭店、亮马河大厦、燕莎购物中心、京信大厦、东方艺术大厦和希尔顿大酒店等再次一一在身边掠过。"①邱华栋借用飞速驶过的汽车将北京城市做了碎片化、表面化的处理,在书写过程中他注重的是感官刺激,这种刺激来自速度和变幻的色彩。当"我们"坐车从长安街到建国门进而转向东三环进行这一圈"巡礼"般的展示以后,"我们"会"疑心自己在这一刻置身于美国底特律、休斯敦或纽约的某个局部地区,从而在一阵惊叹中暂时忘却了自己"②。邱华栋力图将北京表现为一座和国都、故都割断联系的全球化大城市,但是这种书写方式在1990年代的中国城市文学创作中存在一个误读和逐渐被接受的过程。《手上的星光》发表于《上海文学》(1995年1月15日),而不是和北京紧密相连的《北京文学》等期刊,这也说明了邱华栋关于北京城市的书写在当时和国际化大都市上海之间存在更多的相通之处。

但是,随着北京城市的发展,邱华栋关于北京城市的书写逐渐成

---

① 邱华栋:《手上的星光》,《上海文学》1995年第1期。
② 邱华栋:《手上的星光》,《上海文学》1995年第1期。

为现实。在小说《花儿花》中,邱华栋将视角放置在亮马河一带,这儿将要被建设成第四使馆区,在其写作小说的 2002 年,这里已经是一片国际化大都市的景象。"这里有希尔顿、昆仑、长城、凯宾斯基等四家五星级的饭店,每天晚上这里都是一片灯红酒绿和纸醉金迷的景象。有像普拉纳啤酒坊的纯正德国黑啤酒,还有顺峰这样大款和豪客请客可以一掷万金的地方……有'硬石'和'星期五'这样的美式餐厅让白领以及老外趋之若鹜,还有可以买到北欧一些珍奇花卉的莱太花卉中心。"①2002 年邱华栋发表《花儿花》的时候,北京已经是全球化程度非常高的城市,这在 2001 年 7 月中国成功申办 2008 年奥运会事件中就得以体现。

现代化大都市一个显著的特征就是具有强大的包容性,无论是巴黎还是伦敦,尽管它们已经有着数百年的现代化历程,但依然都是前现代、现代和后现代的拼合体。在小说《巴黎圣母院》中,雨果曾经用一条道路隔开城市的两个阶级,道路一边是明亮路灯照耀下绚烂而闪耀的资本主义现代生活,而另一边则充斥着黑暗和犯罪。在邱华栋的文本创作中,北京也是一座具有强大包容性的城市,同样汇聚了世界上各种不同的现象:"这座城市几乎能够包容一切,它容纳各种梦境、妄想和激情,最保守的与最激进的,最地方的与最世界的,最传统的与最现代的,最喧嚣的与最沉默的,最物质的与最精神的,最贫穷的与最富有的,最理想的与最现实的,最大众与最先锋的,仿佛是一切对立的东西都可以在这座城市里存在并和平共处,互相对话、对峙与互相消解,从而构成了这座城市奇特的景观。"②

邱华栋认为一座现代化的国际大都市将会给"我们"提供无数实现理想和愿望的机会。"北京是一座轮盘城市,传说这里的机会就像退潮后留在沙滩上的漂亮小鱼儿一样多"③,当"我们站在三元立交桥

---

① 邱华栋:《花儿花》,作家出版社 2002 年版,第 4 页。
② 邱华栋:《手上的星光》,《上海文学》1995 年第 1 期。
③ 邱华栋:《手上的星光》,《上海文学》1995 年第 1 期。

第十一章　国际化大都市北京的想象与解构

上眺望遥远的北京城区时,我想我们想在这里得到的不只是名利、地位,还有爱情和对意义的寻求",面对着这座繁华而迷离的城市,"我"顿时豪情万丈,拿出巴尔扎克小说《高老头》读了其中拉斯蒂涅的一段话。在《高老头》中,拉斯蒂涅是一位充满雄心的人物,当他站在巴黎郊外一座小山上,俯瞰灯火辉煌的巴黎夜景时曾经说过一句话,那一句话也成为"我"对这座城市发出的宣言和呐喊:"巴黎,让我们来拼一拼吧。"

如果"我"将《高老头》中拉斯蒂涅所说的话面对着逐渐国际化、全球化的北京说出来,那就是"北京,让我们来拼一拼吧"。这是传统的中国乡土文化面对着现代性的城市文化发出的呐喊,其中更多透露出的是国人对于现代化一腔情愿的想象。当国家大剧院真的出现在长安街上,新的"四大建筑"成为标志性建筑的时候,这座国际性的大都市也开始显现出它的问题。

第二节　疾病与罪恶:无法忽视的都市"病体"

徐坤在小说《一个老外在中国》中描写了外教尼尔斯1990年和十年后在中国的境遇,1990年他是一个人人羡慕的"老外",但是十年后,他却发现一切都改变了。对于象征着西方文明的外国人,"我们"不再是盲目崇拜,开始有了自主选择,"那会儿,他是被高看的,具有很强的外国人在中国的优越感。现在,则是平等对话,完全按合同办事,师生们似乎还有了几丝不屑和挑剔的样子。以前的谦恭、崇敬,现在变成平等、挑剔"[①]。经过一段时间的发展,中国的全球化进程已经取得相当的成果,整体的民族情感也发生了变化:摆脱对于西方现代文明、全球化的盲从和狂热,开始理智地回头去看待现代性发展所带来的成果和不足。当我们沉下心来去面对城市的发展时,就会发现北京

---

① 徐坤:《一个老外在中国》,《名作欣赏》2002年第6期。

在全球化过程中存在的问题。

城市人口迅速膨胀,密集的居住区域与无法顾及的卫生条件最终成为疾病传播的重要渠道,"作为大规模与聚落地并以商贸为特点的城市,常常是瘟疫肆虐的温床"①。只有在灾难面前,人们才会剥下曾经光鲜、华贵而风光的面具,露出生命中最原始的本能。面对着死亡的危险,"人们的道德水平大大下降,危险的经历让人冷酷,因此人们变得比以前更加邪恶和愚蠢、冲动和冷酷、堕落和不道德"②。2003 年中国暴发疫情,一时之间谈"非典"而色变,而北京则是这一场疫情的重灾区。在非典过去的 2004 年,徐坤创作小说《爱你两周半》,通过"非典"疫情揭下了当代城市人虚伪的外表,将赤裸裸的现实展示在读者面前。

徐坤围绕顾跃进和梁丽茹这一对夫妻讲述了一个"出不来"和"进不去"的故事。两人都有令人羡慕的社会地位,顾跃进是京城地产界的"成功人士",梁丽茹是高校教师,是系主任、是博导,但是突如其来的疫情打乱了他们的生活,顾跃进被隔离在情人的家中无法出来,梁丽茹和单位的年轻人去丽江旅游也无法回到北京。在这"出不来"和"进不去"之间,两人和他们背后的光鲜生活都被徐坤给彻底地撕碎。李洁非认为徐坤"用她令人忌惮的笔——一柄软刀子,举向中年男人,实施了一次凌迟重典"③。顾跃进非常注重自己的"成功人士"形象,他"是京城一家很著名的高尔夫球俱乐部会员、马术俱乐部会员",有一匹纯种的阿拉伯马,还喜欢收藏,用徐坤的话说就是"凡是值得收藏、能够显示出品味的东西他都玩过",但是就是在非典隔离的"两周半"时间里一切都发生了改变。④ 脱掉伪装的顾跃进"穿戴打扮都呈现原生态,从他一早醒来皮肤的松弛、口腔和头发里的酸气、没有腰身

---

① 陈晓兰:《城市意象:英国文学中的城市》,广西师范大学出版社 2006 年版,第 38 页。
② 笛福:《伦敦大瘟疫亲历记》,谢萍、张量译,内蒙古人民出版社 2003 年版,第 296 页。
③ 李洁非:《片言〈爱你两周半〉》,见白烨主编《文学新书评 2004—2005》,社会科学文献出版社 2005 年版,第 9 页。
④ 徐坤:《爱你两周半》,作家出版社 2004 年版,第 9 页。

第十一章　国际化大都市北京的想象与解构

的一堆旁肉里,绵绵散发出一种老人味、一种男人迟暮气息。那气味焦辛、酸腐,拂之不去,不绝如缕"①,同时晚上睡觉打呼噜的顾跃进几乎把他的情人于姗姗给折腾到发疯的地步。于姗姗每天晚上都会到一个语音聊天室里面,将声音选成各地的方言,从广东骂到上海,"骂完上海骂北京,骂完北京骂天津,骂完天津骂香港,骂澳门,骂日本,骂美国。骂够了,骂累了,再上情感网谈情说爱,调调情,给网上恋人唱个歌,滋养一下心肺"②。两人的感情已经无法维持一整夜,当他们需要在一个屋檐下共同生活两周半的时间时,两人就只能相对无言甚至"丧心病狂"了。

更让人不能接受的是,当"非典"到来的时候,大家纷纷作"鸟兽散",看似稳固的社会关系都是镜中花、水中月。顾跃进发现自己被隔离无法出去,他开始打电话找人,"把能想起来的相关人的名单,从公安局派出所,一直找到这栋楼所属的某国家机关部委的后勤部门,人都找遍了,没有人愿意出面,都说救不了"。当顾跃进回到家中,开始出现感冒症状的时候却没有一个可以叫过来照顾自己的人,所能得到的仅仅是来自老家的亲人或者跟着自己在北京打拼的堂兄弟的关心,在人生最低谷的时候,他明白只有亲情和乡土才是他无法割舍的"根"。曾经风光无限的顾跃进彻底感受到了内心的孤独,在这个繁华的都市中,"尽管他有上亿资产,北京城仍是空的,空落落的,不知投奔谁来。盖的那些房子虽然也都是他的,却就是没有一个家",在最低谷的时候,他终于明白"没有亲人的房子,不是家"。③ 当然,在徐坤的创作中,她并没有直接面对死亡、罪恶、疯狂,城市不但没有被"毁灭",并且借由灾难获得了新生。她将叙述的视角集中在一个家庭之内,并且在最后给予北京一个美好的未来:疫情过后,顾跃进和梁丽茹签订了离婚协议书,这对于他们来说更像是一个解脱,因为一场疫情已经

---

① 徐坤:《爱你两周半》,作家出版社2004年版,第132页。
② 徐坤:《爱你两周半》,作家出版社2004年版,第138页。
③ 徐坤:《爱你两周半》,作家出版社2004年版,第204页。

让两人懂得了生命的真谛。同样获得新生的还有顾跃进曾经的情人于姗姗,她作为新闻媒体工作者去了小汤山医院,在工作过程中感受到了生活的真实,决定重新开始自己的生活。

在徐坤的小说中,经历着全球化改变的北京尽管存在着各种问题,但是并非不可改变和没有希望,一场突如其来的"非典"对于现代化进程中的北京来说更像是一场"洗礼"和一次锻炼。所以在其笔下,六月的北京依然是"粉色的合欢花瓣铺满了草地两旁。阳光如雨般洒在他们头上,肩上。灿烂的天空在旋转"①。

苏珊·桑塔格认为每一个降临世间的生命都有两重公民身份,"其一属于健康王国,另一则属于疾病王国。尽管我们都只乐于使用健康王国的护照,但或迟或早,至少会有那么一段时间,我们每个人都被迫承认我们也是另一王国的公民"②。"疾病"是人们无法回避的现实,当"疾病"特别是像肺结核、癌症、艾滋病等成为决定某一个人甚至是某些人命运的时候,"我们渐渐地习惯了把疾病同罪恶、死亡等联系起来。疾病受到疾病政治的左右,不再仅仅是身体问题"③。"疾病"背后与之相关的由道德、政治等形成的民族文化体系,是"民族共同体"重要的组成部分。在关于北京的文学书写中,邱华栋一方面表达着对国际化大都市北京的崇拜和艳羡,另一方面又用"恶毒"的语言对其进行攻击,将北京描述为一座"疾病缠身"的城市。

邱华栋常用"肿瘤"等词语描述北京,在小说《白昼的躁动》中他开篇描写道:"从远处看,所有的人都是树木。尤其是当夜晚来临,这一整座城市像一块胃部生长的巨大肿瘤一样在灯光中浮起来的时候,那些离开家和要归家的人,全都在灯光中拉长了自己的影子在匆匆移动。"④这种描写同样出现在《城市中的马群》一文中,邱华栋认为"城

---

① 徐坤:《爱你两周半》,作家出版社 2004 年版,第 276 页。
② 苏珊·桑塔格:《疾病的隐喻》,程巍译,上海译文出版社 2003 年版,第 5 页。
③ 葛红兵:《作为隐喻的疾病——从薛燕平长篇新作〈21 克爱情〉说开去》,《湘潭大学学报(哲学社会科学版)》2005 年第 2 期。
④ 邱华栋:《白昼的躁动》,新世界出版社 2003 年版,第 1 页。

第十一章　国际化大都市北京的想象与解构

市是一个盲目自信的胖子。城市永远都糊里糊涂而且睡眼惺忪。城市就像是一块肿瘤一样地膨胀着"①。当"我"站在城市进行眺望的时候,想到自己可能就像一枚硬币一样被这座老虎机一般的城市给吞噬。这是一座以"广大无边"著称的城市,"灰色的尘埃浮起在那由楼厦组成的城市之海的上空,而且它仍在以其令人瞠目结舌的、类似于肿瘤繁殖的速度在扩展与膨胀"②。

但是当我们把邱华栋的作品集中在一起进行分析时,可以发现他早期的创作尽管一直在诅咒北京,但是这其中的原因更多来自他所经受的文化教育与现实之间的对抗。在《城市中的马群》一文中,"我"是一个刚刚离开的马,他说"真的,你们谁要是看见那群马,你们一定要告诉我,要知道我该有多忧伤,因为我再也找不到他们了",这是一群"嘴里还衔着知识的青嫩的叶子"的年轻人,刚刚进入城市他们就消失不见了。③ 而"我"对城市的怨恨主要来自自身的彷徨和焦虑,正如邱华栋所言:"这座城市就从来没有信任过我,可我却一直在一厢情愿地向她撒娇。我迟早得扑进她这个后娘的怀里彻底地撒一回娇。"④同理,我们也可以把邱华栋早期创作中对于北京城市的愤懑、诅咒看作是其"撒娇"的一种方式。直到2000年以后,北京的都市化道路已取得相当成果,而整体社会环境也发生了重大变化,人们逐渐认识到西方化、全球化并不像过去想象的那样完美,邱华栋开始在文本创作中真正反思全球化带来的问题,包括生态、环境以及文化对抗等。

邱华栋2010年发表中篇小说《4分33秒》,它后来和另一部中篇

---

① 邱华栋:《城市中的马群》,见《摇滚北京》,中国文联出版公司1998年版,第306页。
② 邱华栋:《手上的星光》,见《摇滚北京》,中国文联出版公司1998年版,第68页。
③ 邱华栋:《城市中的马群》,见《摇滚北京》,中国文联出版公司1998年版,第306页。
④ 邱华栋:《环境戏剧人》,《上海文学》1995年第5期。

小说《塑料男》(2011年)结集出版,名为《后视镜》。邱华栋认为"我们"处在飞驰的"时代汽车"之上,已经无法回头眺望,更不要说试图回到过去,所能做的唯有通过汽车的"后视镜"对过去的全球化、都市化进程做一回望和反思。《4分33秒》来自西方后现代音乐家约翰·凯奇的同名音乐作品,在小说中,邱华栋直面前现代的乡土中国在现代、后现代的都市中所面临的困境和无可逃避的结局。在后现代音乐《4分33秒》中,约翰·凯奇让好友钢琴家戴维·图德坐在钢琴前面抬起双手放在琴键上,但是并不按下琴键,只是在三个乐章(0分30秒、1分40秒、2分23秒)的时候做出合上琴键的动作,而声音则是台下观众在面对这种演出时发出的声音。当这首音乐在国家大剧院以静默的方式演出,其实也就是邱华栋在表达沉默的后现代对于乡土中国所具有的强大压制力量,这种力量又不仅仅来自西方,而是政治、文化等多种因素形成的复合体。

在邱华栋的小说中,这样一首代表性的后现代音乐却得以在国家大剧院上演,并且是在国家领导人到场欣赏音乐的情况下,事情似乎就变得不那么简单。国家大剧院是一个国家文化事业发展程度的重要象征,早在1950年代周恩来总理就有修建国家大剧院的提议,只是因为时代原因没有得以实现,1990年代修建国家大剧院的提议又再次提上日程。1998年国务院邀请17家设计单位、自报名19家,共收到44个方案,那一段时间关于国家大剧院设计方案的选定成为北京主流媒体关注的热点,在经过多次修改、审订之后,由时任国务院总理的朱镕基拍板确定,以法国设计专家保罗·安德鲁的设计方案为基础和清华大学商议修订完成。这座被戏称为"水蛋"的现代化建筑和其后的鸟巢、中央电视台大楼等"新三大建筑"已经成为一种新的北京的象征,一种新的中国的代码。[①] "新三大建筑"无疑具有强烈的国家象征,其背后隐藏的政治符码不言而喻。在蔚蓝色的"水蛋"中演奏着

---

① 张颐武:《"国都"与"全球都市":双重想象的混杂》,《北京社会科学》2004年第2期。

第十一章　国际化大都市北京的想象与解构

《4分33秒》,北京乃至中国的现代化发展似乎已经取得巨大的成果,特别是国家领导人到场欣赏这一后现代音乐会也表达了整个中国从上到下所具有的现代化热情。但是作为一部具有反思意味的文学作品,邱华栋不是要继续展示北京的国际化城市特质,而是利用多人称变换的方式,通过大量意识流式的碎片描写表达了作为一个前现代、现代和后现代交织的北京所面临的问题,对三十年的全球化进程进行了反思。

在小说《4分33秒》中,邱华栋通过"我"寻找"舅舅"的过程讲述了前现代文化传统如何在后现代都市毁灭的故事。"我"叫王强,有一个像钢铁一样强壮的父亲,但是父亲"死于村边一家化工厂排泄的废水导致的不明疾病"①,无奈之下"我"只能外出打工,离开农村踏进满怀希望的都市,但是城市却没有温柔地接纳"我"。"我"刚走出火车站就被骗,丢了身上的最后一点钱,然后又和工厂一起刑事案件扯上关系,无奈之下只能选择去北京投奔自己的舅舅。"舅舅"是一个后现代音乐家,"他用了20多年的努力,丰富了现代音乐的走向,成为世界瞩目的华裔音乐家"②,这次回来他将要在国家大剧院进行后现代音乐演出,"用夹木片的钢琴演奏的钢琴协奏曲,以及键盘浸泡在水中的独奏,还有带有湖南和贵州傩戏风格的大型交响乐,以及室内乐、歌剧和没有声音的禅乐。自然,他本人还要表演自己的精神导师、音乐家约翰·凯奇的代表作《4分33秒》"③。

"舅舅"的创作内容是一个掺杂着东方乡土和西方后现代的混合物,就如邱华栋笔下的都市北京,这样一种音乐形式或者说都市形态却是得到了国家领导人认可的。但是北京却无法容纳来自前现代的"我","我"在城市中寻找"舅舅"的过程其实就是传统乡土文化试图拥抱西方现代文明的过程,只是这一过程以传统文明的"败退"宣告

---

① 邱华栋:《4分33秒》,《花城》2010年第3期。
② 邱华栋:《4分33秒》,《花城》2010年第3期。
③ 邱华栋:《4分33秒》,《花城》2010年第3期。

结束。"我"一家家酒店去找,结果每当到达一个酒店,那里的人就告诉"我舅舅"已经离开了,"我"无奈之下买了一份报纸看到"舅舅"将在国家大剧院演出,决定去国家大剧院找"舅舅"。"我"知道,从天安门西站的东南口出来,就是国家大剧院,"舅舅"很快就要在那里举行他的专场音乐会了,"我"很高兴就要见到"舅舅"了,步履立即变得轻快了。当"我"满怀期望地走出地铁站的时候,却发现没有那一张象征着身份和通行证的门票,"我"用尽了各种办法,乞求或者猛冲都没有奏效,最终,"我"灰心了,"我"距离"舅舅"那么近,就是无法靠近他,只能眼睁睁地看着海报上的"舅舅"冲"我"微笑。来自乡村的"我"看似距离"后现代"的"舅舅"已经很近了,但是"我们"之间却有一层无法逾越的"鸿沟"。当用尽各种方法依然无法进入象征着全球化、现代化的国家大剧院的时候,"我"跳上一班公交车决定离开。

邱华栋借由"我"离开的过程又一次对北京进行了"巡礼式"的展示,"你站在公交车上,任凭汽车往东走。你看到了那些闪亮的、巨大的、金碧辉煌的建筑,在长安街的边上依次排列,十分威严、辉煌和华丽。这都是一些什么机构啊,里面都是一些什么人啊,你知道,你连它们的大门都不敢进。你不知道现在应该到哪里。你就任凭车子往东开,过了建国门,过了国贸桥,过了西大望路,过了四惠桥,然后,车子莫名其妙地到站了,你和很多表情和你一样茫然的人下了车"①。在小说《4分33秒》中"我"并没有从国贸桥折向北,而是继续向东,这是"我"在都市北京失败以后进行的逃离,但是当"我们"跨进都市的那一刻就已经没有了退路。四惠周围是一个城乡接合部,"店铺和低矮的房子拥挤在一起,各种味道也混淆在一起","我"一直在充满色情、混乱的街道上往前走,直到看到一个没有旋转灯、门口写着"理发美容"字样的理发店,店里有一个小姑娘,"大概只有18岁,很小巧、很有灵气的样子",这使"我"想起来在老家的山村里的表妹。"我"决定

---

① 邱华栋:《4分33秒》,《花城》2010年第3期。

第十一章　国际化大都市北京的想象与解构

拿出身上仅有的 10 块钱去理发,因为"我"觉得让她帮洗个头,一定会非常好,一定会非常的愉快。在潜意识中,"女性",特别是具有乡土气息的女性是"我"可以依靠的港湾。回归乡土,以"女性"的包容来为出走的游子疗伤是 20 世纪中国文学史上惯常的一种书写方式,经过现实或者想象的"疗伤","他们"大都会继续踏上追寻现代化的路程。但是在邱华栋这部小说中,"我"这个来自乡村的年轻人已经没有退路,当那个像"表妹"一样的女孩子发现"我"没有钱的时候,马上流露出了自己已经被金钱、欲望沾染过的灵魂。慌乱之下"我"劫持了女孩,最终死在警察的枪下,整个过程用时 4 分 33 秒,就在同一时刻,"我"的舅舅也在国家大剧院表演着美国后现代音乐巨匠约翰·凯奇的代表作《4 分 33 秒》。

前现代和后现代交织在城市中,当后现代的音乐家获得雷鸣般掌声的时候,前现代的"我"死在了冷冰冰的枪口下。当"我"疯狂地劫持那个像"表妹"一样的女孩子的时候,其实,前现代的"我"也就真的疯了,而"我"之所以发疯主要是"得益"于这座病态的城市。这是当下北京乃至整个中国发展全球化进程中都要面对的问题。当我们为吃着肯德基、看着好莱坞电影,享受着全球化进程带来的种种便利和舒适时,我们也将要面对全球化、现代化和工业化带来的种种弊端。

邱华栋小说《塑料男》更像是一个关于环境污染的报告文学,当他在北京饱受雾霾之苦后,试图去追问:"这个是怎么造成的?北京郊区的垃圾处理是什么样子的?我们的水资源问题有多么严重?"他力图通过这一文学创作告诫人们:"食品、空气、水都有毒了,这些问题不容小觑。其实是我们的心也有毒了,心灵也必须排毒!"①

邱华栋在《塑料男》中用一个个的小单元罗列了水质、空气、废物、声音等各种污染,他认为这些污染聚集在一起,并且已经到了不可控制、不可抵御的地步。"我"在一个叫作"俏云南"的餐厅吃饭,发现

---

① 谭湘竹:《邱华栋用文学作品关注社会现实》,《黑龙江日报》2013 年 10 月 24 日第 10 版。

"小便池里竟然游动着几条非常漂亮的鲤鱼,就是学名'锦鲤'的红色带些微白花的鲤鱼"①。这些鲤鱼在小便池里悠然自得地游来游去,这让"我""产生"了很不好的感觉。后来经朋友讲述在日本的经历才知道,"人工河里的鲤鱼,就是为了清理水中的化合物和垃圾专门放养的,因为,城区的人工河水里,有大量的洗涤剂、人的排泄物和其他化学制剂。鲤鱼在这样恶劣的水里生存,时间长了,就慢慢习惯了那些有毒化学品,反而变得更加肥大和漂亮"②。但是那种鱼已经变成了"化学鱼",滋味和橡皮差不多,"完全不能咀嚼和下咽"。在这样环境中生存的"我"身体开始出现变化,行为变得怪异,大脑无法控制躯体行为,直到有一天"肌肉出现了局部的僵硬,用手摁的时候,感觉就像塑料一样硬"③。"我"就像生活在人工河里面的鱼一样,身体伴随着周围环境的改变慢慢发生了变化,但是"我"是一个有着清醒意识的知识分子,尽管身体已经开始变得僵硬,但"我"却不能像小便池里的鲤鱼那样悠然自得地游来游去。更大的痛苦就是,"我"和像我一样的人根本没有任何反抗的能力,"我们"处在一个"影子蛛网"中,"那些县长、书记和商人之间,形成了一条复杂的利益和权力的链条,而且还和更高层的人有着千丝万缕、丝缕不绝的联系,有着你根本不能说、却可以感觉到的联系"④。"我"对于现实环境无能为力,只能在睡梦中去调查环境污染,当然这只能是梦,现实中的"我"给怀孕的爱人买了防辐射的衣服,去近郊的农村购买吃的。但是"我"做的这一切都没有用,"我"刚出生的孩子却是一个塑料婴儿,"他——它浑身邦邦硬,但是,他——它却是塑料做的,没有生命,因为,他——它不呼吸、不心跳,不眨眼,不哭闹"⑤。

儿童在历史上具有特殊的含义,在古罗马人的意识中,"只要有儿

---

① 邱华栋:《塑料男》,《花城》2011年第1期。
② 邱华栋:《塑料男》,《花城》2011年第1期。
③ 邱华栋:《塑料男》,《花城》2011年第1期。
④ 邱华栋:《塑料男》,《花城》2011年第1期。
⑤ 邱华栋:《塑料男》,《花城》2011年第1期。

童,人们永远不应该对历史失去希望;儿童能够战胜人类命运的一些永恒的法则,包括时间、苦难和死亡"①。但是象征着希望、未来以及繁荣和发展的婴儿在邱华栋的笔下却是塑料的,并且一生下来就是塑料的,当"我"目睹这一切以后,身体开始彻底异化,成为一个可以不吃不喝不知道疼痛和危险的"纸盒人",进而也就宣告了城市的毁灭。

第三节 "他者"之城:"北漂人"的北京

新时期以来,大量外地人口涌入北京,"全中国百分之五十以上顶尖的文学家、画家、雕塑家、音乐家、歌手、地下乐队、演员、摄影师、建筑设计师"②都集中在了北京。根据全国第六次人口普查,北京常住人口1961.2万人,其中外来人口占35.9%,这还不包括大量因没有办理暂住证、没有稳定住所无法对其进行统计的人,据不完全统计,生活在北京的外乡人总数已经超过一千万。当我们把视线投向这些北京外地人的时候,可以看出整体上他们被划分为两个群体。一个是在北京的底层务工者,他们属于外来者群体。他们仅仅是把北京作为一个谋生的地方,并没有真正去考虑北京是否接纳自己,也不去考虑如何在北京扎根生存,他们没有太多的期望与太多的梦想,就是想拿到比现在更多的钱,然后回到家乡。北京之于他们本身就是过客,所以他们和北京之间也无所谓融入和抵制。另一个群体是真正的"北漂",所谓"北漂"是一个相对固定的群体,他们生活在北京但是没有北京户口、没有社保,尽管北京之于他们永远都是"他者",但是他们却想要融入其中,至少在某一段时间之内有这种念头。这一类人大都有不错的教育背景,对城市有着敏感的自我认识并能够独立地用语言或者其他方式对其进行表达。"这'京漂一族',当然属于'外来人口'的范

---

① 让-皮埃尔·内罗杜:《古罗马的儿童》,张鸿、向征译,广西师范大学出版社2005年版,第103页。
② 冯唐:《浩浩荡荡的北京》,《人民文学》2005年第10期。

畴,可是绝对不能与'打工仔''外来妹'混为一谈,他们漂在北京并不是为了挣钱谋生,而是为了圆一个绮丽的梦——其中大多数是想跻身演艺圈,还有的想成为画家、作家、摄影家……总之,他们是因为热爱文艺,才离开故乡,带着一笔钱,跑到北京来。"①当这些人带着希望和梦想来到北京以后,却发现"北京的发展空间甚至比他们本乡本土还要小"②,"希望与失望相伴,追求与飘零共生……京都不属于我们,在京都流浪的日子里,心灵受到种种的冲击,被欺诈,被歧视,被侮辱,被玩弄"③。当他们接触到现实的北京以后,面对着生活和工作中的种种困顿,他们或者选择坚守或者选择逃离,但是无论坚守还是逃离,北京已经成为他们身上无法分割的组成部分,在其后的创作中,他们总是自觉不自觉地表达出对于北京的认识。

1988年8月作为流浪艺术家的吴文光开始用纪录片的形式去记录五位北漂艺术家的生存状态。关于拍摄这部纪录片的初衷,吴文光曾这样回忆,那是1988年4月的一天,纪录片中的张慈告诉导演她将要结婚出国,对象是一个美国老人,"编导当时想,这群20世纪自80年代初满怀艺术梦想、抛弃职业和户口约束的流浪在北京的人或许不久都会以各自的方式结束自己'流浪北京'的历史,应该动手拍点东西把他们记录下来"④。以后的结局也正如吴文光所想象的那样,在其后的几年中,除了牟森依然在国内坚持着自己的先锋话剧梦想,其他人都去了国外。张慈和张夏平都和外国人结婚出国,后定居国外成为标准的家庭主妇;而张大力和高波也先后出国,只是在几年之后都带着自己的家人重新回到北京定居。回头看看他们在纪录片中对于艺术决绝的"殉道"姿态,一切都是那么陌生,然而一切又都是那么顺

---

① 刘心武:《京漂女》,中国文联出版社2002年版,第5页。
② 古清生:《外省文学青年:你为什么悲叹》,见《漂泊北京:流浪作家进京的自白》,中国文联出版公司1998年版,第206页。
③ 古清生:《外省文学青年:你为什么悲叹》,见《漂泊北京:流浪作家进京的自白》,中国文联出版公司1998年版,第208页。
④ 石屹:《纪录片解读》,复旦大学出版社2012年版,第290页。

第十一章　国际化大都市北京的想象与解构

理成章,因为全球化进程中的北京所能给予他们的只能是纪录片中所呈现的情景,当张慈流着泪说"屁,一点也不好"的时候,其实也就注定了他们未来的命运。

笔者试图从"北漂一族"的视野进入他们对于北京的认识,进而探求全球化进程中的北京城市。进入1990年代以后,大量的文艺作品对"北漂一族"进行了描述。电影方面如贾樟柯的《世界》从山西汾阳的小县城拍摄到北京,将一对年轻人的爱情在现实北京和虚构的城堡北京之间游移;其他还有娄烨的《圆明园》、管虎的《头发乱了》等。文学创作方面则有邱华栋、徐坤、徐则臣、荆永鸣、魏微、贺奕、张晴等人,尤其是邱华栋、徐坤、徐则臣等人的创作具有代表意义。

邱华栋在小说《持证人》中,描写了"我"因为丢掉身份证而遭遇的种种麻烦。当丢掉身份证的时候,"我"的妹妹给寄来批货,从此"我"就走上了证明自己身份的道路,在几番折腾之后"我"还是没有得到那批货,因为在城市中丢失了身份证之后"我猛然变成一个遭受怀疑的人,而且几乎在所有人看来我理应遭受怀疑并且形迹可疑。我发现,这个世界已变成了一个持证人的世界。倘若你不持有效证件,你就有理由被怀疑、被拒斥、被逐、被禁止参加一切社会游戏"①。当你丢失了证件或者一直没有获得这座城市的认可时,那么在这座城市中你就是一个"多余人"。一个合法的可以得到别人认可的身份,对于"北漂一族"来说是他们在北京最大的奢望,但是,这对于大多数人来说都是不可能的。无论"我们"如何努力,北京,永远都是一个不可以走进去的"他者"。

同样的情景出现在徐则臣《啊,北京》、李师江《刀刃上》、荆永鸣《大声呼吸》、徐坤《杏林春暖》等小说中,小说中的人都渴望融入北京,获得一个"合法的身份",但是这对于他们来说似乎真的很难实现。徐则臣小说以中关村、蓝旗营为主要空间进行展开,他刻画了一

---

① 邱华栋:《持证人》,见《摇滚北京》,中国文联出版公司1998年版,第335页。

系列贩卖假证、盗版光碟的"小人物",这一系列的人物形象都有一定的文学素养,正如边红旗对自己的介绍那样:"我叫边红旗,一个绝对的民间诗人。写诗的时候叫边塞。从来没在报刊上发表一首诗,这辈子第一次看到了这么多诗人,我有点紧张。对,我叫边塞。拿起笔的时候我是个诗人,目前可能只有自己承认;放下笔我是个办假证的贩子。"①但是在残酷的现实面前他们都选择了"制假售假"这一职业,《啊,北京》中的边红旗是假证贩卖者,《跑步穿过中关村》中的敦煌曾经贩卖假证,从监狱出来之后开始盗卖光碟。《啊,北京》中的边红旗在经历过初到北京的欣喜和激动之后,发现北京根本就无法给自己提供一个合适的工作,无奈之下只好继承故乡的亲戚在离开北京时留下的三轮车,去给人拉货以维持生计。后来有一天车被警察没收,边红旗才感觉到三轮车是自己和北京唯一的联系,但是现在车没有了,自己也就失去了和这座城市之间的联系。后来,他认识了超市收银员沈丹,和沈丹在一起的一个重要原因就是沈丹是北京人,有北京户口,只要边红旗和沈丹结婚,自己就可以永久地、合法地留在北京。

李师江《刀刃上》中的"我"也是一个努力在寻找"岗位"的人,"没有工作岗位的人即使多么热爱工作,即使不分昼夜地在地下通道忙活,还是免不了被城管逮住的下场。实际上,我们都在寻找岗位,不一定在寻找工作,但岗位搞定了,就像便急的人找到了蹲坑,想怎么拉就怎么拉,即使占着茅坑不拉屎,心里也踏实,因为有岗位的人是社会承认的人"②。"我"和很多像"我"一样的人努力地想要融入北京,却发现总是遭到各种阻挠,一次次的尝试带来的是一次次的失败。

当徐则臣谈及创作这一系列小说的初衷时,他认为在北京有这样一群人,"他们基本上是金领、白领、蓝领之外没有'领'的那个阶层。从某种意义上可以说,他们是这个社会旁逸斜出的那一部分",但是这一部分人确确实实是北京城市重要的组成部分,在他们身上有"那种

---

① 徐则臣:《啊,北京》,见《天上人间》,新星出版社2009年版,第13页。
② 李师江:《刀刃上》,《花城》2004年第3期。

第十一章 国际化大都市北京的想象与解构

没有被规驯和秩序化的蓬勃的生命力,那种逐渐被我们忽略乃至遗忘的'野'的东西"。① 这种东西和全球化的北京无关,而是来自传统、故乡和灵魂深处的东西,当《啊,北京》中的边红旗被抓进监狱,来解救他的是故乡的妻子,这一刻,边红旗其实还是属于苏北的那个小镇,那里有他的美丽贤惠的妻子,有他的家,有永远也不会放弃他的生活,那些东西,应该才是最终能让他心安的东西。

和边红旗离开北京一样,小说《我们在北京相遇》中的"我"也在家人的"威逼利诱"之下回到了家乡,在家乡的报社谋得一份职业并且决定尽快和自己的女友结婚。《跑步穿过中关村》中徐则臣没有说明敦煌出来以后的选择,但是我们可以做一个推测。当敦煌知道夏小容怀孕的时候,他"一下子想起那些卖碟、办假证的女人,孩子背着、抱着,当中敞开怀奶孩子,她们说,要光盘吗?办证吗?夏小容穿上衣服去卫生间,上衣斜在肩膀上,背影一片荒凉"②,可以看出敦煌是不愿意怀孕后的夏小容继续生活在北京的,他无法想象夏小容带着孩子在街上卖碟、卖假证的情景。在小说的最后,当敦煌被警察铐住的时候,他的情人七宝打来电话告诉他怀孕了,也许在不久的将来,当敦煌从监狱里面出来,他同样不愿意看到自己的情人抱着孩子在街上贩卖假证,然后就一起离开北京,回到故乡。徐则臣在小说中为主人公设计了一个离开的结尾,他没有描述他们离开后会怎么样,只是在边红旗离开的时候说他对着太阳和天空眯起了眼,眼泪哗哗地下来了,北京已经成为他们永久的记忆,尽管回到故乡,也许他们的精神永远都将处在漂泊之中,故乡和北京都不再是他的归宿。

相对于徐则臣小说中主人公的逃离,在邱华栋小说中出现了一群无处可逃的人物形象。他们带着梦想来到城市,为了适应城市,他们只能选择异化自己。在吴文光纪录片《流浪北京》中有一组镜头,那是画家张夏平在画展的前夜发疯的情景,张夏平躺在满地狼藉的画纸上

---

① 徐则臣:《跑步穿过中关村·自序》,重庆出版社2008年版,第2页。
② 徐则臣:《跑步穿过中关村》,重庆出版社2008年版,第199页。

面,用近乎神游的语气一声高一声低地在呐喊"上帝,你在哪儿"。无独有偶,在邱华栋《白昼的躁动》这篇关于"北漂"的小说中同样也提到了"上帝"。"我"是一个被称为艺术家的人,有一天邻居带"我"去参加了一场聚会,到场的有摇滚乐队的主唱、自由电影人、诗人、小说家、美术评论家、画家等,"我们"在一个破烂的餐馆里面用三张桌子拼成了一个大餐桌,"这样我们坐下来的一共有十一个人,犹如耶稣的十个门徒一样。可犹大在哪里?耶稣本人呢?他躲到哪一柄十字架的后面去了?……我们像是苍蝇寻找发臭的死鱼那样来到了这里,可我们连一条死鱼也没有捞着"①。他们像圣徒一样地来到了北京,却发现"耶稣"已经不见了,而在场的每一个人都可能充当了"犹大"的角色。尽管他们都有一腔热情,却在现实面前无从发挥,提倡文艺勃兴的诗人牛太阿去北大演讲,但是得到的只是嘲讽和侮辱。当他宣扬着文艺理想的时候,同学们开始对他发难,而这种发难正是对理想和信仰的责难。在普通人眼中,继续追求信仰和理想是荒诞的、是不现实的,同学们对牛太阿说了一番话,这些话也正是整个时代对于文艺、信仰和理想的态度:"下去吧!一个靠贩卖理想吃饭的骗子!你简直在把苍白说成了鲜红!你的理想连自己都拯救不了,我听说你连如何吃饭都成问题,干嘛不先自己找个工作干干?当个养鸡场场长的助理多好,嘻!这不是一个诞生高更和凡高的时代,因为现代是信息高速公路时代,只有掌握了电脑信息通道和国际互联网的人,才会成为时代的主宰,而你,太滑稽了!"②

牛太阿还在继续着他的艺术梦想,但是能坚持多久邱华栋没有说,他只是描述了另一位和牛太阿一样"伟大"的雕塑家。这位雕塑家曾经完成了一组雕塑作品《旧北京的记忆》,那就是旧北京建筑的集合,他为每件作品都标上名字,并且手绘了一幅没有地铁线、没有公交线路、没有医科大学和国家机关的地图,但是他的作品并不被社会理

---

① 邱华栋:《白昼的躁动》,新世界出版社2003年版,第14页。
② 邱华栋:《白昼的躁动》,新世界出版社2003年版,第29页。

第十一章 国际化大都市北京的想象与解构

解,最终他落寞地死去。这位雕塑家曾经和牛太阿"一个宣讲雕塑,一个宣讲诗歌,如同在宣讲不同宗教的两个讲坛"。当牛太阿面对着雕塑家遗体的时候,他"像个只能靠挪动步子的老人那样走向隋展的遗体,仿佛是在向自己告别"。在小说的最后,那一群艺术家在经过最后一场艺术的狂欢之后各奔东西,"我"和怀孕的爱人决定回到故乡,有些人就此失去了踪迹,而坚守的人的未来会怎么样邱华栋没有说。但是,我们可以结合其他的作品,为在北京漂泊的艺术家想象一个结局。在小说《环境戏剧人》中,"我"是一个做先锋戏剧的艺术家,而现实生活就是"我"的表演舞台,"我"的梦想是有一天和大学同学也是我戏剧的搭档、情人的龙天米一起回到美国的爱达荷州。当然,在邱华栋的笔下爱达荷州并"不是美国的那个农业州,那是一个理想之地,在那里到处都是草地,连悬崖边都站着一排稻草人,它们不停地守望着孩子们别掉下去"①。但是那个曾经愿意和"我"一起回到爱达荷州的女孩用自己最后的生命上演了最后一场话剧,在现实面前,她已经成为一个有着各种面孔的都市女郎,在这所有的面孔中没有一副可以让她做回自己的角色。"城市已经彻底改变与毁坏了我们,让我们在城市中变成了精神病患者、持证人、娼妓、幽闭症病人、杀人犯、窥视狂、嗜恋金钱者、自恋的人和在路上的人。我们进去都市就回不去故乡。"②作为新都市文学作家,邱华栋描写了一系列的都市人物形象:推销一套别墅以后却找不到爱人的别墅推销员(《别墅推销员》),向动物园的狗熊泼硫酸然后自己钻进动物园笼子里面的科研所研究员(《人熊》),失去自我的平面人(《平面人》),在夜晚的街道上飘过的轮滑人(《城市狂奔》)……这些人来到城市以后目睹着城市的冰冷,然后想要逃脱却找不到回去的故乡,只能默默地接受被异化的现实。

1980 年代开始,大批的年轻人带着梦想和希望涌向北京,对于他

---

① 邱华栋:《环境戏剧人》,《上海文学》1995 年第 5 期。
② 邱华栋:《环境戏剧人》,《上海文学》1995 年第 5 期。

们来说,"北京是一种抵达,一种投奔"①。他们怎么也想不到等待他们的将是如此残酷的现实:放弃理想和信仰,选择逃离或者被异化,这之外再无其他出路。离开的人走在一生漂泊的路上,留下的人由"流浪北京"转为"混在北京"②,他们放弃了浪漫的理想主义,选择颓废、平庸和无意义。

1994年徐坤发表小说《先锋》,她描述了1980年代中期开始的先锋艺术,通过这篇小说我们可以进一步了解先锋艺术在中国出现之时就具有的缺点和其后来销声匿迹的原因。小说由《废墟》《归去来兮》和《流亡》三个部分组成,徐坤从1985年开始写起。1985年北京最不缺的就是流浪艺术家,用徐坤的话说就是1985年夏末北京之所以不下雨就是因为城市上空艺术家密布成灾,他们严重阻碍了冷热空气的基本对流。徐坤笔下的"废墟"实质上就是圆明园,相当一段时间内圆明园都是流浪艺人栖息和生存的地方。1985年以画家撒旦为首的艺术家在"废墟"中成立了中国第一个先锋画派"废墟画派",不经意间他们就获得了成功。然而,在徐坤的笔下,他们的出现本身就是带有荒诞意味的,而他们的创作更是半生不熟的"夹生饭"。撒旦原名傻旦,最初别人称他撒旦时:"内心里实惭愧不已。他在心里头说,我连上帝的毛都还没摸着呢,更别提什么叛逆出卖他老人家了,就因为牛仔裤露膝露腚,就随便拿我和撒旦相比吗?"③尽管一开始内心深处有些许的慌张,但当真的需要他们"上场"的时候,他们还是毫不客气地走到了时代的前列,就这样,先锋艺术在中国诞生了。1980年代,"废墟画派"以荒诞的方式,在徐坤看来当时更荒诞的是评论界的参与,当时的评论界亟须一种或几种具有鲜明特征的文化现象,这样他们的研究才能和国际接轨,而"废墟画派"正好填补了这一空白。徐坤用一种

---

① 邱华栋:《北京的驳杂》,《海上论坛》2005年第7期。
② 《混在北京》是黑马创作的一部小说,后来拍摄同名电影,讲述的同样是关于北漂的故事,其中主人公沙欣最后的选择也是带着怀孕的爱人返回成都老家。
③ 徐坤:《先锋》,《人民文学》1994年第6期。

第十一章 国际化大都市北京的想象与解构

辛辣嘲讽的语气描写了 1985 年"批发和零售"进中国的各种"主义"和"思潮"。在看似荒诞的表达背后其实透露出的是一个学者式作家对于新时期以来中国文坛的思考,尽管徐坤的表达似乎有些过于苛刻,但是确实暴露了新时期以来中国文艺界的"急功近利"。

1990 年代中后期随着市场经济的发展,当"撒旦"们还没有从成功的欣喜中清醒过来,他们就已经落在了时代的后面。无奈之下"撒旦"想要去"归隐"、去"寻根",但是发现边远县城的情况并不比北京好多少,老农民听到他是北京来的画家时,第一反应是他能不能帮忙要回"政府"欠的钱。当他走到寺庙以后,发现里面的和尚也在追寻着市场化的脚步,他们在搞远程教育,并且"跟社科院宗教所联合创办了禅定函授班",同时还编了一部通俗易懂的教材供学员们学习。后来,他只能选择回到城市,曾经是先锋画派的他们借助媒体的炒作又组成了后先锋、后写实主义的"后卫画派",并且再次获得成功。当撒旦的《活着》为他带来巨大利益的时候,他却想起了自己的艺术信仰,想要去美术馆盗回自己的画作,结果是死在了美术馆的防卫之下。

在北京特别是中关村一带曾有许多贩卖假证者,其中的代表区域就是"人大东门"。从地铁人民大学站出来,顺着路往北走,一路上可以看到许多抱着孩子的妇女,如果稍微停顿或者左右张望,就会有人走上来问"要假证不"。当然这些人和徐则臣笔下的人物还是不同的,主要就是上文提到的"北漂"和普通打工者的区别。在徐则臣的小说中,所有制假售假者基本没有一个好的结局,敦煌、边红旗以及他们周围的人都不止一次地被抓进监狱,可是为什么还有那么多的人在"前赴后继"?

在徐则臣的小说中,出售盗版光碟的敦煌和其客户主要集中在大学和文化部门,"他在北大南门外卖碟,两个学生问他有没有《罗拉快跑》……我们都在找,我把周围的碟店都翻遍了也没找到。你还有?我们一个班都在找,老师要做文本分析……第二天两个学生打电话给他,果然就买了三十张"①。还有一单"大生意"是在长虹桥的一栋楼内,他一口气卖了三十一张,回头一看那一座楼全是搞文艺的,不是玩小说、诗歌、戏剧的,就是弄舞蹈、音乐、影视和出版的。边红旗经手最多的假证同样是学历、学位和其他考试证书,在小说中徐坤描述了几次交易过程,除了有两个女孩买港澳通行证以外,其他都是购买考试证书的。当整个社会都在用假的证书、盗版的光碟去生活、去学习的时候,其实与之对应的也就是我们这个社会出现的问题:经济、科技乃至城市公共建筑都获得了长足发展,但是我们的文化以及信仰、精神却没有得到与之相对应的发展。

当艺术成为可有可无的存在,追求艺术的"北漂一族"在北京无法得到城市认可的时候,他们的处境就变得无比困难。在《白昼的躁动》中,当"我们"像苍蝇一样来到北京,却连一个死鱼都找不到的时候,邱华栋试图追问艺术以及作为信仰存在的耶稣到哪儿去了,又是谁像犹大一样毁掉了耶稣和信仰。邱华栋没有给出直接的回答,他只是用擅长的笔去描述了城市,然后将艺术和信仰的没落归于城市和环境的改变。同样是在这部小说中,北京依然充满着现代化、全球化的特征。酒吧、跑车、西方摇滚、高档的购物广场,满街上游荡的外国人,"一瞬间你甚至疑心自己也许身处底特律的某个鬼地方,热闹繁华、充满了铜臭与新时代的机器音乐"②。但是这一切都与"我"无关,因为"我"是属于与繁华相对应的另一个区域的人,当从繁华的街景走向居住的房子时,"悲哀的夜色笼罩着我们,通往我住的村子的道路崎岖无比。我们摸黑穿行,犹如穿行在子宫通向世界的通道里一样"③。当"我"穿过黑暗的街巷和一个"妓女"回到居住的地方的时候,其实也就揭开了城市的另一副面孔。这是一个由酒鬼、妓女、流浪汉、拾荒者构成的世界,充满着贫穷、犯罪和道德沦丧者。"我"是一个有着最浪漫理

---

① 徐则臣:《跑步穿过中关村》,重庆出版社 2008 年版,第 148 页。
② 邱华栋:《白昼的躁动》,新世界出版社 2003 年版,第 11 页。
③ 邱华栋:《白昼的躁动》,新世界出版社 2003 年版,第 11 页。

第十一章　国际化大都市北京的想象与解构

想的画家,可是在北京这座城市中却得到了一个"妓女"的怜悯,当"我"告诉那个妓女"我"只卖出去一幅画的时候,忍不住大声哭起来,"我的哭声大概把她吓了一跳,她愣了一会儿,脸上露出了一种怜惜的神情"。① 这就是"北漂"艺术家在北京所要面对的现实。选择逃离或者离开,北京于他都将是一个梦一般的存在。

与雨果在《悲惨世界》中描写的两种相对应的空间环境一样,在北京这座国际化的大都市背后也依然掩藏着贫穷、犯罪和道德沦丧者,这是每一个全球化进程中的城市都要面对的现实。近年来主流媒体对这一群体做了一定的报道,从《我在北京打工》的征文活动到近年走红的"旭日阳光"组合、西单女孩:用阳光和成功代替愤怒、失望和困顿,进而塑造了北京城市的光辉形象。这一方式也确实给某些打拼的"北漂"群体以希望和动力,但是,我们更需要做的是直面城市中不被灯光所照到的地方,将北京真正打造成为一个具有国际化、全球化特性的"阳光城市"。

---

① 邱华栋:《白昼的躁动》,新世界出版社2003年版,第12页。

第十二章 "虚构帝都":全球化时代地方性身份的建构企图

1990年代以来,北京城市形象变得复杂起来,当邱华栋等人用复杂的态度书写着国际化大都市北京的城市形象时,还有一类作家将视角放置在关于"帝都北京"的表达上面,他们力图在北京同质化的过程中重新挖掘属于北京的传统特性,这些作家主要有叶广芩、郭宝昌、陈建功等。和传统"京味文学"对于胡同、大杂院、四合院中市井百姓日常生活的表达不同,这一类作家将创作视角放置于"大家之门"①,重新建构属于传统北京的帝都形象。同时,这一种书写并不是孤立的存在,它们和1980年代兴起的"寻根文学"思潮以及1990年代以来的城市怀旧是一个紧密相关的整体,是全球化进程中民族身份的寻找和建构。

第一节 "纪实"的表达方式

1990年代以来关于北京城市的书写出现了新的变化,既有王朔的"革命"式怀想,也有邱华栋等人的全球化想象,此外还出现了新的写作方式,即关注老北京的帝都特质。作家将经验和想象融为一体,用不同于传统"京味文学"表达中的语言、空间、风俗习气、休闲娱乐等内容重新去建构北京的城市形象。和传统"京味文学"创作一样,它们都表达了北京的"味儿",并且还是现代回眸中的古都/故都的"味儿",是"由人与城间特有的精神联系中发生的,是人所感受到的城的

---

① 夏仁虎在《旧京琐记·习尚》中提出传统北京的两种居住方式,一种是"大家之门",另外一种是"中下之户",这两种居住方式代表了传统北京的两种文化品格。

第十二章 "虚构帝都":全球化时代地方性身份的建构企图

文化意味"①,是"一种回瞥到的故都北京的地缘文化景观,确切点说,是定位于故都北京、定时于它的现代衰颓时段、借助具体的北京人情风俗、通过回瞥方式去体验到的一种地缘文化景观"②。但是两者又不完全一样,无论是书写方式还是情感内涵都存在着差异。

在书写帝都北京时,作家们都力图营造一种纪实性的表达方式,这一点在1980年代叶广芩的创作中就已经初现端倪。1986年叶广芩、叶广宏发表小说《乾清门内》(分《慈禧与惇王奕誴》和《隆裕太后》上下两部分),描写了晚清末年清皇室内部发生的事情,这本来是在小说中出现的,但是在前言中叶广芩却提醒读者故事发生的真实性。首先是"我"的出身和经历。叶广芩是满族镶白旗人,祖姓叶赫那拉,在辛亥革命以后改为叶。叶赫那拉在清朝是一个有着光辉历史的姓氏,一直以"盛产"皇太后而闻名,"从高皇帝努尔哈赤的孝慈高皇后到景皇帝光绪的孝定景皇后,叶赫那拉氏中先后有五位姑奶奶入住过中宫,至于嫔、妃之类就更不在话下了"③,西太后慈禧是叶广芩爷爷的亲妹妹,这样的家族历史自然影响到她的个人经历。在关于帝都北京的书写中,叶广芩一直把自己家族作为叙述的对象,试图将文学/虚构和历史/纪实融合在一起。在小说《乾清门内》中,叶广芩首先表明自己的出身,然后将故事背景交代清楚。她自述,上部《慈禧与惇王奕誴》的情节来自"大伯"的讲述。叶广芩的大伯作为西太后慈禧的娘家侄子,比普通人更容易接触宫廷内部,他的讲述为叶广芩的创作带来更多的真实性。其他情节是根据她父亲的笔记,那是在1920年代作的记录。在《隆裕太后》中,叶广芩坦承其"特点是基本写实,其中的主要细节、过程都是根据太监们以及皇室成员对这一时期的回忆

---

① 赵园:《北京:城与人》,北京大学出版社2002年版,第14页。
② 王一川:《京味文学第三代:泛媒介场中的20世纪90年代北京文学》,北京大学出版社2006年版,第9页。
③ 叶广芩:《采桑子·后记》,北京出版社2009年版,第336页。

记录而整理出来的"①。

1990年代以来,叶广芩关于北京城市的书写更多是围绕她的家庭、家族进行。小说《采桑子》是由一系列的中篇连缀而成,每一个章节都可以独立成篇。主要描写了"我"的 13 个兄弟姐妹,从民国开始一直写到新时期的北京,叙述了在这个风云变幻的半个世纪中金家子女各自的命运。小说《状元媒》描写的是"我"的经历,"我"的父母如何认识、结合,"我"又如何到了陕西,成为一个被北京抛弃的"孩子"。在这一系列的创作中,叶广芩一个明显的特征就是在每一部小说的后记或者前言中都会介绍创作的缘由——她的家庭。她在《采桑子》的后记中写道:"那些尘封已久的人和事,个人的一些难忘的体验,常常不由自主地涌上笔端,这似乎不是我的主观意志所能左右的。"②在《状元媒》中则说:"小说以父母的结合为契机,以家族成员和亲戚朋友的故事为背景,以我的视觉为轴线,冠以京剧的戏名而写成。"③

在 1990 年代关于北京城市的书写中,叶广芩并不是唯一一位使用这种创作手法的,类似的还有郭宝昌。相对于叶广芩对王公府第的描述,郭宝昌的视角主要集中在大宅门,他自述是百年老字号同仁堂的后人,从出生起就居住在大宅门中,直到"文革"开始才结束自己的大宅门生活,这一段经历长达 26 年。郭宝昌记录大宅门生活的愿望由来已久,16 岁时他就已经开始创作关于大宅门的故事,只不过在其后的岁月中都遭到破坏。④ 这一类型的创作,还有陈建功、赵大年的小说《皇城根》。陈建功在 1980 年代曾经因为写作胡同文学而得名,他的"谈天说地系列"小说中的《辘轳把胡同》比较有影响。在他笔下,小羊圈胡同、辘轳把胡同成为具有独特风格的典型地理空间。在小说《皇城根》中,陈建功、赵大年将视角放置在一个叫仁德胡同的地方,这和

---

① 叶广芩、叶广宏:《乾清门内·前言》,未来出版社 1986 年版,第 2 页。
② 叶广芩:《采桑子·后记》,北京出版社 2009 年版,第 337 页。
③ 叶广芩:《状元媒·后记》,十月文艺出版社 2012 年版,第 481 页。
④ 参见郭宝昌《大宅门·前言》,作家出版社 2001 年版,第 1 页。

第十二章 "虚构帝都":全球化时代地方性身份的建构企图

赵大年的个人经历有关。赵大年是满族旗人,祖上爱新觉罗·肇浩是一位王爷,后来家道没落,改姓赵,曾经因有感于八旗子弟败落而创作小说《公主的女儿》,并获得第二届全国少数民族文学创作一等奖。

叶广芩等人的纪实书写,是基于他们重建这座城市帝都形象的愿望。随着全球化进程,北京已经变得无从辨识,这座过去的皇城尽管还保留一些充满文化记忆的地标,但勾起的却是感伤和惶惑,"面对着依旧辉煌的东岳庙琉璃牌坊,我体会到了以往生活细节逝去的无奈和文化失落的不安"①。在《皇城根》中,仁德胡同"站在西口,可以望见紫禁城的东北角楼;东口则直接对着王府井大街新近翻建的华侨大厦。王府井是全市最繁华的商业区,而仁德胡同却是闹中取静,奇迹般保存着老北京小胡同四合院的一切宁静、吉祥、仁义和温馨。它与身边的百货大楼、东安市场、隆福大厦、中国美术馆和民航大楼这些每天接待几万顾客的邻居似乎毫不相干,咫尺天涯,我行我素,判若两个世界,保持一方净土"②。陈建功、赵大年力图在现代化进程中的北京建构一片没有被侵蚀的空间,这一空间将会独立于北京的现代化、全球化进程而存在。《皇城根》创作于1992年,当时市场经济方兴未艾,所以金一趟和他的"再造金丹"还能得以保存,但是在其后郭宝昌、叶广芩的创作中,帝都北京就只能是通过想象和回忆来建构的意象了。

第二节 虚构的"帝都"形象

邓友梅曾经评价叶广芩是"京味文学"中继汪曾祺、林斤澜、刘绍棠、陈建功等人之后"最年轻的一位能耐人"③,这位"能耐人"继承了诸家继续表现"京味儿"的特点,又塑造出和其他人不一样的北京城

---

① 叶广芩:《状元媒·后记》,十月文艺出版社2012年版,第482页。
② 陈建功、赵大年:《皇城根》,作家出版社1992年版,第7页。
③ 邓友梅:《沉思往事立残阳——读叶广芩京味小说》,见《采桑子》,北京出版社2009年版,第4页。

市形象。在这一节中,笔者将通过分析邓友梅等京味小说家笔下的北京形象,探求北京书写中出现的新形态。

首先是文本叙述的空间发生了变化。叶广芩在关于帝都北京的书写中用了大量的篇幅去描写城市建筑以及建筑艺人。在她看来,"但凡建筑,都是有生命的,都是活的,每一座中国古代建筑,都有一个藏匿灵魂的所在",也许我们会忘记某一个或者某些建筑的建筑者是谁,但是它们都"立于天地之间","记着那些人付出的血汗和艰难"。① 我们无从考证叶广芩是否研究过西方现代思潮中的空间理论,但是她通过自己对传统中国建筑文化的精神的理解去建构和塑造了老北京的帝都形象。在历代京味作家的笔下,无论是作为"使'京味'成为有价值的风格现象的第一人"②的老舍,还是被称为"京味文学"第二代的邓友梅等人,在他们关于北京城市的书写中,主要的叙述空间都集中在胡同和大杂院,描写的是普通百姓的日常生活。在老舍关于北京的创作中真实存在的地名有 240 多个,如果按照出现次数多少进行排列,排在前十位的是北海、小羊圈胡同、中山公园、护国寺、德胜门、东安市场、护城河、龙须沟、西四牌楼以及西山北山,紫禁城等皇家建筑却很少出现。在老舍看来,也许市井平民的日常生活更能代表古都北京的城市形象。同样,在继承老舍创作风格的"京味文学"第二代作家的笔下,北京城市也主要表现为胡同、大杂院、四合院以及公园、小酒馆等,这在前文已经有所分析,在此不再赘述。但是这种书写方式在叶广芩等作家的笔下发生了变化,他们寻找了关于北京城市的另一段历史。

在小说《乾清门内》中,叶广芩描写了咸丰皇帝去世以后西太后慈禧权倾朝野、垂帘听政的事情。在相当长的一段时间内,整个中国的命运和发展方向都是由这位叶赫那拉氏的女人来掌控的,而作为慈禧的"娘家人",叶广芩祖上也曾经辉煌一时。随着清王朝的灭亡,旗人的地位发生了改变,但是叶广芩家族的经历远不是其他市井百姓可以

---

① 叶广芩:《采桑子》,北京出版社 2009 年版,第 134 页。
② 赵园:《北京:城与人》,北京大学出版社 2002 年版,第 9 页。

第十二章 "虚构帝都":全球化时代地方性身份的建构企图

比拟的。当我们把颐和园看作"皇家园林"的时候,叶广芩就"像草原上的羊一样"每天在颐和园跑来跑去,负责照看叶广芩的三哥"更是大松心,他和三嫂白天上班,让我一个人可着园子到处乱跑,到哪儿去他连问也不问,好像这个园子就是我们的家,让人放心极了"①。这些经历已经融进叶广芩最深处的记忆中,在掺杂着个人经历的小说创作中,她自然地将文本中的"我"和现实中的"我"联系在了一起。在小说《采桑子》中,"我"出生在一个王府之中,"我们家的门是红的,有高台阶,有上马石,大门闪进半间屋子,给人一种退后半步,引而不发的威严"②,家里还有戏楼,整个胡同都因为这个戏楼而得名,"我们的家里有戏楼,戏楼的飞檐高挑出屋脊之上,在一片平房中突兀耸出,迥然不群。我们住的这条胡同叫戏楼胡同,胡同的名称当和这座招眼的美轮美奂的建筑有关……我们家的戏楼较之那座潜龙邸的戏楼和宫里的淑芳斋什么的戏楼,规模要小的多,但前台后台、上下场门,一切均按比例搭盖,飞檐立柱、彩画合玺,无一不极尽讲究"③。作为一个在王府中长大的格格,"我"却有着不愉快的童年记忆,这种不愉快主要是来自皇家的"没落威严"。"我"在每年腊月二十三都要去镜儿胡同的老王府,陪着没有了王爷的两位姑太太过年,这个王爷府不是普通的地方,可以贴白底镶蓝边的春联,白底镶蓝边的春联是只能王爷府第才有资格去贴的,"不但我们家贴不起白联,就是溥仪的老丈人,郭布罗家照样也贴不起白联,他们顶多算是皇亲,显贵的皇亲,还算不上宗亲"④。这样的王府自然有着威严,每年都是家里的"厨子"老王赶着马车送我过去,在王府门口"我"不自觉地就感觉到了压力,"敲门的老王和王府的大门相比显得很渺小,无论谁跟那门相比都会很渺小,不光是老王。一种没落的威严将人紧紧地攫住"⑤。在叶广芩的

---

① 叶广芩:《颐和园的寂寞》,见《叶广芩散文选》,西安出版社2010年版,第4页。
② 叶广芩:《采桑子》,北京出版社2009年版,第80页。
③ 叶广芩:《采桑子》,北京出版社2009年版,第5页。
④ 叶广芩:《采桑子》,北京出版社2009年版,第102页。
⑤ 叶广芩:《采桑子》,北京出版社2009年版,第103页。

笔下,尽管"我"不情愿,却还是为"王府的威严"所折服,这就是帝都北京的气势,尽管没落但是依然存在。

叶广芩连续使用"我们家的"这一词语,表现了她在面对自己生活环境时所持有的高姿态,而这种态度是两种文化之间的差异,我们可以通过小说《状元媒》中的描述进一步探析。叶广芩关于帝都北京的文学创作大都是以"我"的家族命运展开的,小说《采桑子》描写了"我"和金家兄弟姐妹的人生经历,而《状元媒》尽管是从"我"的母亲———一位朝阳门外南营房出生的姑娘——开始写起,但是最后的落脚点还是回到"我"的家中。南营房因为住旗兵而得名,但是随着时代的改变逐渐沦为了叶广芩笔下的"穷杂之地",这一穷杂之地主要居住的是没落的旗兵和做小买卖的,以及唱大鼓的、捡破烂的,当然还有妓女和盗贼。如果将这些人物放置在老舍的笔下,也许没有任何的不妥当,因为他的作品主要就是围绕这些人物来展开的,但是这一空间却是被叶广芩蔑视的。当"我"在1980年代重新回到南营房的时候,那里的"街坊们见了我还在盛赞母亲的婚姻,怀念从这里走出去的母亲,谈论着状元媒人刘春霖"①,之所以依然被人津津乐道,是因为母亲走出了南营房,而且保媒的是大清朝最后一个状元,"我"的母亲也就成为最后一个被状元保媒的人。对于小说中父亲和母亲的婚姻,"我"持一种津津乐道的态度,忽略了母亲和父亲之间年龄的差距、地位的差距,以及父亲对于母亲的欺骗,反而讲述了一个富裕的"王子"对于"贫穷女子"进行解救的故事。在叶广芩的笔下,"我"对于母亲的娘家并不是太感兴趣,"我的母亲除了一帮穷困的表亲之外,再没别的交往,直到母亲去世,我也没搞清楚清钮祜禄那些庞杂的亲戚们"②。我们可以清楚地感受到叶广芩在书写北京时所持有的态度,那是和市井无关、和普通百姓无关的态度。叶广芩力图和老舍等作家笔下的市井人物、底层空间划清界限,她需要的是另一种可以代表帝都北京的城市空间。

---

① 叶广芩:《状元媒》,十月文艺出版社2012年版,第4页。
② 叶广芩:《状元媒》,十月文艺出版社2012年版,第8页。

第十二章 "虚构帝都":全球化时代地方性身份的建构企图

作为新"京味文学",郭宝昌的《大宅门》、陈建功和赵大年的《皇城根》也都将视角集中在古都北京的大宅门中。尽管两部作品的空间建筑不能和叶广芩笔下的王爷府第相比较,但是相对于陈建功前期创作的"谈天说地系列"小说来说,这确实是代表了古都北京的另一种文化形态。《大宅门》从光绪六年(1880)开始写起,描写了京城的中医老字号"百草厅白家老号"。小说开篇写道:"久经历史沧桑的这条胡同,还是老模样儿。进胡同不远,就是白氏老宅了——黑漆的大门上是副对联:忠厚传家,诗书继世。大门内,迎面是高大的影壁,中嵌'迎祥'二字,左行向里是一大四合院,北房是一敞厅,绕过活屏便是一条又宽又长的甬道。甬道两旁各有两个黑漆小门,甬道尽头是一个垂花门,门内是一个大三院。"①这就是郭宝昌笔下的大宅门,在里面生活的是有着数百年历史的"百草厅白家老号",他们上可以通达王公贵族、下可以通联平民百姓,因为特殊的职业他们可以知道许多不为人知的事情。小说中白氏一家因为和詹王府有着不解之仇,以至于药铺被查封,而这一切的起因就是詹府的二格格未婚先孕,白家老二随口告诉了詹府王爷,王爷恼羞成怒之下砸烂了白家的马车。无独有偶,陈建功、赵大年的小说《皇城根》也以中医诊所为描写对象。金氏诊所的老爷子因为祖传的"再造金丹"被人称为"金一趟",尽管随着时代的发展,金府已经有所没落,但是它的精气神还在,特别是当金老爷子打开那个隐秘的储藏室时,里面一块块的金漆匾额表明了这个家族曾经有过的荣光,每一块匾额是一段故事,也是一种身份。当作家们将叙述的视角从大杂院和胡同转移到王府、大宅门时,其实改变的不仅仅是空间,还有与之相联系的情感表征。

其次是习俗风情的表达。不同的空间代表着不同的文化属性,与之相对应的是不同的习俗、礼仪和风情。老北京人"爱玩儿",也会"玩儿","玩儿"成了老北京人生活中一个重要的组成部分。老舍对

---

① 郭宝昌:《大宅门》,作家出版社2001年版,第2页。

此进行了大量的描写,《正红旗下》中"我"大姐的公公是一个"四品顶戴的佐领,却不大爱谈怎么带兵与打仗",他感兴趣的是养鸟、养蝈蝈,"一讲起养鸟、养蝈蝈与蛐蛐的经验,便忘了时间"①。新时期的"京味文学"中更是刻画了一系列善"玩儿"的人物形象,比如邓友梅笔下的"聂小轩""画儿韩"等。叶广芩更是把"玩儿"写成了艺术,作为旗人格格的她从小就能接触各种"爱玩儿"的"主儿",这些自然地出现在她的作品中。叶广芩塑造了一系列"爱玩"的人物形象,有懂"古玩"的老三、精字画的"老七",而"大格格"更是为京剧生、为京剧死,"我的大姐没有活在现实,她是活在了戏里"②。京剧在叶广芩的笔下有着突出的地位,除了"大格格",她在相当多的篇幅中都直接或间接地描写了京剧与一个家庭乃至和老北京的关联。在下文中,笔者就以叶广芩对于京剧的描写为对象去辨析叶广芩对于帝都北京的建构。

京剧源于清乾隆年间,乾隆五十五年(1790)为了庆贺乾隆皇帝寿辰,闽总督带领"三庆徽班"进京,与后来相继进京的"四喜""春台""和春"等组成"四大徽班",之后经过融合京剧形成了以汉调、徽调为主融合昆腔、秦腔等方式的综合戏曲文艺。京剧最终在北京形成并且受到普遍欢迎是与皇家的支持分不开的,"从顺治到光绪,九位帝王,加上西太后,无一例外都是戏曲爱好者"③。受宫廷喜好的影响,京剧逐渐在民间流行开来,成为广受欢迎的艺术形式。"清末和民国年间的风气,宗室八旗,无论贵贱、贫富、上下,咸以工唱为能事"④,"有的王爷会唱须生,有的贝勒会唱《金钱豹》,有的满族官员由票友而变为京剧名演员……戏曲和曲艺成为满人生活中不可缺少的东西,他们不但爱去听,而且喜欢自己粉墨登场"⑤。作为清朝正红旗的老舍同样对京剧有着浓烈的爱好,据记载他曾经收集了数百件戏剧艺人的作

---

① 老舍:《正红旗下》,见《老舍作品集》第十卷,译林出版社2012年版,第13页。
② 叶广芩:《采桑子》,北京出版社2009年版,第38页。
③ 王政尧:《清代戏剧文化史论》,北京大学出版社2005年版,第81页。
④ 叶广芩:《采桑子》,北京出版社2009年版,第5页。
⑤ 老舍:《正红旗下》,见《老舍作品集》第十卷,译林出版社2012年版,第15页。

第十二章 "虚构帝都":全球化时代地方性身份的建构企图

品,包括梅兰芳、程砚秋、尚小云、姜妙香、俞振飞等人的,唯独缺少荀慧生的作品,老舍终于在1958年8月召开的全国曲艺代表大会上向荀慧生提出了要求,当他拿到荀慧生的作品时兴奋地题诗一首:"荀生胸有好山川,笔下风流胜自然。赠我云林一段景,长松巨瀑接青天。"①当"京味文学"的作者进行创作的时候,戏曲爱好者成为"京味文学"中一道独特的风景线。

老舍在创作中对京剧爱好者进行了勾画,《正红旗下》中"我"大姐的公公也是一位戏剧爱好者,但是作为没落的旗人他没有足够的钱财去组织自己的票社,只能加入别人的票社,随时去消遣消遣。老舍笔下的这一类旗人在北京有着相当的数量,艺术成为他们在痛苦中聊以自慰的方式。当大姐的婆婆和公公吵架的时候,大姐的公公从来不大喊大叫,因为那样会破坏他的嗓子,他只是等到大姐的婆婆在喘气的时候,"用口学着三弦的声音,给她弹个过门儿:'登根儿哩登登'"②。在京味作家笔下,戏剧于没落的旗人是一种麻醉他们的"毒药"。还有一种人是把戏剧作为自己谋生的工具,如邓友梅《烟壶》中的清客"寿明",刘心武《钟鼓楼》中的小文夫妇,汪曾祺《云致秋行状》中的云致秋等,他们同样热爱戏剧,但是戏剧于他们而言更多的是种种现实困境中的无奈。不过这些在叶广芩的笔下都发生了变化。

叶广芩从小就受到了戏曲熏陶,她在讲述写作《谁翻乐府凄凉曲》时曾说:"家庭的戏曲娱乐是一种潜移默化的艺术熏陶,是一种渐渐地艺术积累,我写过小说《谁翻乐府凄凉曲》,凭借的就是家庭的戏曲场面,正因为有此感受,写起来才觉得得心应手,不觉难为。"③所以叶广芩能早在1986年创作小说《乾清门内》时,就描写了西太后慈禧和隆裕太后看戏的情景。看戏对于慈禧太后来说是一种享受,因为她懂得

---

① 参见书之余《老舍与京剧》,《戏剧之家》1999年第2期。
② 老舍:《正红旗下》,见《老舍作品集》第十卷,译林出版社2012年版,第16页。
③ 叶广芩:《旧家拆迁杂感》,见《颐和园的寂寞》,西安出版社2010年版,第104—105页。

戏文和腔调,但是对于隆裕太后就成了一种装饰,"丧期一过,隆裕立即学着老佛爷生前的样子,招宫外头的戏班子进来演戏,她觉着,听戏、点戏是身为太后的一个不可缺少的点缀"①。在这篇小说中,听戏只是皇宫内部日常生活的一个组成部分,叶广芩同时也描写了杨小楼等在宫廷内部表演,以及如何改戏、如何欺骗不懂戏的隆裕太后等场景。但是戏剧在小说《乾清门内》中并不是重点,直到1990年代,叶广芩才对京剧进行了大量的描写。

近年来叶广芩对中国北京、陕西与日本等地域特性进行了描写,其中还创作了一些具有生态意识的小说,而在关于北京的创作中最具代表性的是《状元媒》和《采桑子》。《状元媒》全书所有的章节都用不同的戏名来标示,并且每一个章节的展开都和一部戏相类比。而小说《采桑子》则以"我"的家庭为书写对象。无论是前者还是后者,都有一个突出的地方就是对于戏剧的描写。在《采桑子》中,叶广芩塑造了大格格和老五两位与戏剧结缘的人物,戏剧就是他们的生命,而他们最后也都"死"在戏剧上,造成这种结局的就是根深蒂固的身份意识和文化属性。大格格在琴师董戈离开以后,每天都坚持去护城河边吊嗓练唱,"红粉凋零,青衣憔悴,一切都变得很是惨淡凄凉。但大格格感受不到那凄凉,她心灵的情调永远为她的戏曲,为那激扬的胡琴所感动着,鲜活而充沛"②。而老五则因为"唱戏上瘾,一门心思想下海干专业,遭到家里反对",之所以老五不能下海去唱戏,是因为在他们那样一个家庭看来,"唱戏是下九流的,谁家有唱戏的,往下数三代都不许进考场,下贱极了,不能去唱戏,就是街头的叫花子也比唱戏的有身份"③,所以老五就经常装扮成叫花子,在闹市中穿行,但是最终还是无法进入梨园行。在叶广芩的笔下,大格格和老五从小耳濡目染各种戏剧,早在"高祖"时期金家就有了自己的家班子,"正旦一人,生三

---

① 叶广芩、叶广宏:《乾清门内》,未来出版社1986年版,第205页。
② 叶广芩:《采桑子》,北京出版社2009年版,第37页。
③ 叶广芩:《采桑子》,北京出版社2009年版,第10页。

第十二章 "虚构帝都":全球化时代地方性身份的建构企图

人、净一人、丑一人,衣、柔、把、金锣共四人,场面五人,掌班教习二人,锣鼓家伙、铠甲袍蟒,无不齐全,在东城也是数一数二的"①,后来尽管遣散了家班子,但是家里的老妈子、听差的基本懂戏,训练得家人都像是科班出来的。从出生开始,戏剧就已经成为他们生活的一部分,但是他们却不能将戏剧作为自己的职业,大格格的"义演"也更像是一种作秀。这其中最主要的原因就是社会阶层之间的差距,无论是大格格还是老五,戏剧之于他们都是一种点缀、一种娱乐。这同样也是《乾清门内》《状元媒》等小说中表达的意思,叶广芩描写了从宫廷到王府对于梨园行当的喜爱,但是这种喜爱却不能拉近两个社会阶层之间的距离,京剧对于帝都北京来说只是一种点缀、一种娱乐。

再次就是语言。在研究"京味文学"的时候,语言是一个重要的方面,但是这一点在叶广芩和老舍等京味作家的笔下同样表现出明显的不同。北京话属北方方言之一,它并不是一成不变的,一定程度上可以说北京话的变化就是这座城市历史的变化。宋朝开始,居住在北方的少数民族开始进入北京,他们的到来丰富了北京话的表达方式,如元大都时期的"胡同",在蒙古语中指代的是"水井",随后明永乐帝迁都北京又带来江淮一带居民,他们的语言同样融入北京话里面,而后更有清朝268年的统治,经过一次次的融合才有了今天的北京话。同时语言又是区分不同阶层的重要手段,清顺治五年(1648)朝廷下旨,"除八旗投充汉人外,凡汉官及商民等人,尽徙南城居住"②,这样一来,"清代北京外城的汉人说的是'明代的北京话'。而清初北京内城旗人说的则是一直与东北少数民族语言有密切接触的源于辽金时代的东北汉语方言(辽东语),其中还夹杂一些满语"③。之后,尽管各种文化之间都不断地相互融合,但是关于语言之间的差异还是有部分保留了下来。同时,为了确保江山的稳定,清朝多次下旨要求旗人学习

---

① 叶广芩:《采桑子》,北京出版社2009年版,第6页
② 刘孝存:《古都记忆:北京魅力》(上),《北京文学》2008年第4期。
③ 刘孝存:《古都记忆:北京魅力》(上),《北京文学》2008年第4期。

汉族文化,争取让旗人既通经史又晓骑射。在《采桑子》中,叶广芩描述了一种当时在八旗子弟中广为流行的艺术形式"子弟书",又称为"单弦岔曲",其"风格意境、遣词用字在北方曲艺中最为高雅"[①]。语言代表了不同的社会阶层这一点,在20世纪"京味文学"中有着突出表现。老舍更多继承的是北京话中普通百姓的日常语言,和叶广芩笔下的"官样儿"语言是明显不一样的。老舍在小说《四世同堂》描写了中秋时节小贩叫卖苹果的情景:"精心的把摊子摆好,而后用清脆的嗓音唱出有腔调的'果赞':哎——一毛钱儿来耶,你就一堆我的小白梨儿,皮儿又嫩,水儿又甜,没有一个虫眼儿,我的小白梨儿耶!"[②]一连串的"儿化音"伴上小贩清脆的嗓音,这只能是北京人的文化记忆,在其后的多半个世纪里,老北京的叫卖声都是作家文人挥之不去的记忆。同时,在北京生活的帝都子民见惯了各种大场面,懂得什么该说、什么不该说,他们更多发展了语言中的幽默特质,幽默在老舍等京味作家笔下随处可见。纵观老舍的创作,其前后期一个明显的变化就是对于幽默的运用,老舍在早期创作中往往因为不节制地使用幽默语言而陷于"贫"的境地,而在后来的创作中幽默成为其表达的重要方式。《正红旗下》可以说是老舍小说创作的一个高峰,在这部未完成的作品中,老舍展示了自己的语言功底,一个从没骑过马、带过兵,最擅长斗蛐蛐和养鸟的佐领,在他的笔下透着滑稽和幽默。而新时期"京味文学"创作中,陈建功更是用一个"敢情儿"开篇引出一大段叙述,这"敢情儿"背后也包含着老北京人的幽默和滑稽。使用北京方言的主要是市井北京的普通百姓,这种更能表现百姓生活的俗语化表达方式在叶广芩的笔下发生了变化,她笔下的人物形象更多的是使用一种文人化的"雅"语言。

[①] 邓友梅:《沉思往事立残阳——读叶广芩京味小说》,见《采桑子》,北京出版社2009年版,第4页。

[②] 老舍:《四世同堂》,见舒济、舒乙编《老舍小说全集》第六卷,长江文艺出版社2004年版,第130—131页。

第十二章 "虚构帝都":全球化时代地方性身份的建构企图

"叶广芩的'京味小说'多取材旗人上层"①,邓友梅认为用这种语言创作出来的作品有"墨香",所谓"墨香"就是"起承转合不愠不躁,举手投足流露出闺秀遗风、文化底蕴"②。纳兰性德是叶广芩的祖先,这位极富文采的词人在短短的一生中创作了许多脍炙人口的作品,而《采桑子·谁翻乐府凄凉曲》就是其中的代表,后来叶广芩把这首词放置到自己的作品中,作品的题目就是词牌名《采桑子》,而半阕纳兰词更是成了每一章节的题目,不可谓用情不深。根据叶广芩的描述,她之所以将词牌、词句"作为本书书名及章节名,一方面是借其凄婉深沉的寓意,弥补本书之肤浅,一方面也有纪念先人的意思在其中"③。也许还有更深层次的原因,就是叶广芩有意要突出自己的创作和其他"京味文学"的区别。同时,叶广芩在文本中随处用典,当"父亲"看到几个儿子之间相互敌对的时候,他说的话是"吾恐季孙之忧,不在颛臾,而在萧墙之内也"(出自《论语·季氏第十六》),写到老三和二格格之间的结局的时候,引用了明代学者宋懋澄论禅的话语"树外有天,天不限树,人竟不能于树外见天,以为天尽于树"。而小说中更是使用大量的成语,关键是小说中弥漫着的感伤情绪只有在经历之后才能出现,而这些都不可能为老舍或者其他京味作家所能体会和表达。在小说中,叶广芩用这样一种相对文雅的书写方式是有其目的的,这在"我"的家人和大姐婆家人的对话中就可以一看端倪。

在《采桑子》中,"我"的家人和大格格的婆家人相聚,然后由瓜尔佳母亲向对方讲述了"我们"一家使用的语言:"我们家孩子们说的是官话,这也是有来头儿的。在康熙年间皇上就要求所有官员必须说官话,宗室子弟也都是要讲官话的,当年金家的老祖母领着孩子们进宫

---

① 邓友梅:《沉思往事立残阳——读叶广芩京味小说》,见《采桑子》,北京出版社2009年版,第1页。
② 邓友梅:《沉思往事立残阳——读叶广芩京味小说》,见《采桑子》,北京出版社2009年版,第3页。
③ 叶广芩:《采桑子·后记》,见《采桑子》,北京出版社2009年版,第336页。

给皇太后请安,也得讲官话,绝不能带进市井的京片子味儿。在宫里,皇后太妃们讲话用的也是近乎官话的京腔,只有太监才用纯北京话说话。看一个人家儿有没有身份,从说话就能听出来。"①这就是"我"的语言所具有的优越性,"我们"所说的"官话"是相对于太监们所说的纯北京话而言的。当讲到语言与社会对应阶层的时候,叶广芩按捺不住自己的心情,说了一段旁白:"我们家是老北京人,却至今无人能将北京那一口近乎京油子的话学到嘴,我们的话一听就能听出是北京话,而又绝非一般的'贫北京''油北京',更非今日的'痞北京',这与家庭的渊源或许有关——这是题外话了。"②

叶广芩用了大量的笔墨建构着古都北京的城市形态、建筑、礼仪、习俗、语言、娱乐,甚至是一件旗袍的设计都能引出一段故事。但是相对于1980年代邓友梅等作家想象式的景观展示,她更多是以自身经历的方式对历史进行叙述:"这些人文景观不是作为一种纯粹的'文化'或'知识'予以展现,而是被整体地结构于对败落的世家生活的缅怀情绪之中,它们不被呈现为'听来的故事'或'逸闻旧事',而是被叙事性的抒情主人公纳入到家族历史的切身记忆之中。"③叶广芩用自己的方式建构完成了属于北京的帝都形象,而这一种创作方式背后又有着什么样的企图呢?

第三节 "帝都怀想"与寻找"老城市"

由于北京的特殊地位,关于北京的城市书写往往就会指涉整个民族。书写北京的作家大多是怀着宏大愿望的,1980年代的京味作家希望借由关于古都北京的市井书写完成对政治意识形态的解构,而1990年代以后的京味作家更多的是希望通过关于帝都北京的表达完

---

① 叶广芩:《采桑子》,北京出版社2009年版,第20页。
② 叶广芩:《采桑子》,北京出版社2009年版,第20页。
③ 贺桂梅:《九十年代小说中的北京记忆》,《读书》2004年第1期。

第十二章 "虚构帝都":全球化时代地方性身份的建构企图

成对传统精神的建构。其实早在1986年叶广芩创作的小说《乾清门内》中就已经有这种叙述倾向,从题目我们就能轻易地看出故事的发生地点和主要内容。叶广芩还唯恐我们看不出创作的目的和倾向,直接在前言中对读者进行提示,"乾清宫是皇帝居住、听政、接见臣员的所在,是清王朝的政治中心",而"乾清门内是皇帝及其家庭的活动范围"①,但是因为这是一群有着特殊身份的人物,他们本属于个体和家庭内部的行为也就上升到了"家国"的地步。用叶广芩的话说:"《乾清门内》写的是乾清门里发生的事情,无论是慈禧与她的几位小叔子之间的纠纷,还是隆裕与众妯娌间的隔阂,都印刻着鲜明的政治痕迹……'歌舞升平'、'中兴气象'之下掩盖了一幅国衰民凋、江河日下的黯淡前景。"②叶广芩从咸丰皇帝逝世、慈禧太后垂帘听政开始,一直写到清王朝覆灭,在小说最后袁世凯"收卷诏书,夹在腋下,迈着大步出乾清门去了"③。清王朝的灭亡,同时也预示了在中国有两千多年历史的封建帝制的结束。

伴随着城市化进程,北京和其他的国际大都市一样,逐渐变成一座由钢筋、水泥和玻璃墙组成的城市。叶广芩一次次地提及北京被拆毁的老建筑,在她看来,和老建筑一起被拆毁的还有这座城市的精神。小说《全家福》从北京解放开始写起,描写了"隆记"营造场的掌柜王满堂一生的故事。"营造场用现在的话来说就是搞土木建筑的,往大里说是建筑公司,往小里说就是个施工队",但是这个"隆记"营造场不一般,"老掌柜的赵万和是宫里带顶子的走工,手艺精细讲究,没人能比",从明永乐十五年(1417)到现在,"隆记"经历了"十九代,北京的五坛八庙加紫禁城,哪件都有赵家的心血在里头;哪件赵家的人都能给它说出个子丑寅卯来"。"隆记"的掌柜王满堂本身就是传统建筑文化精神的化身,他身上承载的是数千年建筑文化的精髓,而小说

---

① 叶广芩、叶广宏:《乾清门内》,未来出版社1986年版,第1页。
② 叶广芩、叶广宏:《乾清门内》,未来出版社1986年版,第2页。
③ 叶广芩、叶广宏:《乾清门内》,未来出版社1986年版,第264页。

最具讽刺意味的就是王满堂居住的灯盏儿胡同被拆除掉,在原来的位置修建了一座古建筑博物馆。叶广芩在小说中屡次提及城市建筑所承载的文化精神,她认为"北京城八座城楼,彼此不可替代,各有各的时辰,各有各的堂奥,各有各的阴阳,各有各的色气。城门是一城之门,是通正气之穴,有息库之异……"①。但是,这一切都被拆除了,从最开始修建的东直门、故宫角楼到所有的城门、城墙,然后就是城市里面的各种老建筑。尽管在王满堂居住的地方修建了一座古建筑博物馆,但是所有关于建筑的文化精神却难以延续。王满堂最看重的孙子王刨在建筑过程中偷工减料,以致引起事故,造成人员伤亡。王满堂在小说中竭尽全力去拯救古都北京,但是在变幻的时代面前,他的行为却只能更添一份悲壮意味。同样的描写也出现在小说《采桑子》中,已经老年痴呆的廖先生唯一还记得的就是曾经存在的东直门,在一个下雨的傍晚,"我和廖先生站在雨地里,顶着那把破雨伞,共同欣赏着那座并不存在的城楼"②,而在曾经是东直门城楼的地方如今只有霓虹灯在闪烁。这就是叶广芩关于北京城市的书写,在她的作品中流露出的是对古都北京的怀念,怀念古都北京的建筑,更怀念建筑中所蕴含的文化精神。

北京是中国的古都,关于北京城市的书写也总是带有一种"大气",这种大气可以相对于关于上海的文学书写来比较。同样是怀旧、同样是寻找"老城市",在上海的文学书写中更多关注的是里弄百姓的日常生活,而关于北京的书写即使是描写家族变迁也总是怀揣着民族的文化。在郭宝昌的《大宅门》中,纨绔子弟"三爷"白颖宇在民族灾难面前没有退缩,面对着冷酷的日本侵略者,他毫不犹豫地选择了代替侄子白景琦去接受死亡,这表达的是民族气节。而《皇城根》中,金一趟念念不忘的就是把自己的药方连带自己拥有的一切归还师傅的后人,并且一生都在为自己偶然犯下的错误而忏悔,这表达的是传统中国文化中的"仁义"。

---

① 叶广芩:《全家福》,北京出版社 2001 年版,第 22 页。
② 叶广芩:《采桑子》,北京出版社 2009 年版,第 160 页。

第十二章 "虚构帝都":全球化时代地方性身份的建构企图

叶广芩更是在小说中为传统儒家文化的破坏唱了一曲凄凉的挽歌。尽管叶广芩是满族旗人,但是经过数百年文化熏陶以后,旗人对于儒家文化的学习和领悟甚至已经超过了汉人,"孝悌忠信礼义廉耻"已经彻底融入她的作品中。在叶广芩的小说中有一系列深受儒家文化影响的人物,《采桑子》中无论是被逐出家门的二格格还是老三,他们身上有着各种各样的缺点,但却不能掩盖他们身上的儒家文化影响。二格格因为和沈家公子恋爱而被赶出家门,和金家断绝了关系却依然谨记金家的家训,为自己的孩子起名"继祖",尽管金家老太太曾经质疑他究竟是要"继"哪一边的"祖",但是到最后二格格的三个孩子都延续着金家的传统,宁愿守着贫寒也没有一个去经商,因为当年二格格被赶出家门就是因为"找了一个相公的后人,竟然还是经商的"。相对于对其他兄弟姐妹的描写,叶广芩笔下的老七更是传统仁义道德的化身,在他的身上集中了传统文人的一切优良品格。

老七金舜铨是金家唯——位不会唱戏的人,但是会拉胡琴,并且给"程砚秋、孟小冬都操过琴",也是有名的画家,和"恭亲王的孙子溥心畬并称王孙画家"。当大家在唱戏的过程中"弟兄父子争相献丑,姊妹妻妾共相笑语"的时候,只有老七泰然地坐着拉自己的胡琴,"这些玩笑于老七似毫不相关一般,他只是一味地拉琴伴奏,不受任何影响"。① 当在台湾的老大回到大陆的时候,尽管有当年的"夺妻"之恨,老七还是带着"我"一起去见"大哥",并且还带上在家里发现的一个楠木匣子,老七没有考虑里面装的是什么,只是要在在世的兄妹三人都在场的情况下打开它,因为它不是属于他一个人的。当大家准备去酒店的时候,老七坚决不使用家人为他准备的"皇冠"轿车,他说"不可以借来之物为自己壮行色"②。老七讲了他们所有兄妹的情况,只有在讲到三格格舜钰的时候轻轻带过,因为老大是国民党军官,而舜钰是死在国民党手中的烈士,"为的是怕舜锫再度难堪"。老七一直是平平静静的,

---

① 叶广芩:《采桑子》,北京出版社 2009 年版,第 10—11 页。
② 叶广芩:《采桑子》,北京出版社 2009 年版,第 299 页。

直到老大舜铻想要用金钱补偿这几十年的时候才引起他的"不快",说道:"你我兄弟十四人,除早殇者外,成人者十又有三,十三人所走道路不同,结局亦各相异,如今,在世者也就你、我、她三人了,十三个兄弟姐妹,虽然山水相阻,幽明相隔,但亲情永存,血脉相连,这情谊绝不是两万块钱所能连结的。"①这就是老七金舜铨,"他的一生只用一个'儒'字便可以概括,对父母、对兄弟、对恋人、对朋友,一概是严以律己,宽以待人,讲的是中庸之道,做的是逆来顺受,知足安命,与世无争,唱了一辈子的《梦中缘》,今日却连柳四咪②几个字也不敢提……"③然而这样一位近乎完美的人在死的时候却找不到安葬的地方,在"本该是祖坟的位置,巍然屹立着一座——水泥厂"④。当叶广芩写到此处,其实她面对的已经不再是"我"的家庭,而是整个民族,无处安置的不再是金家的老七,而是整个民族的文化和精神。在小说的最后一节,叶广芩借由"大儒"老七的死亡反思了当下的文化现状,反思了现代化、工业化(水泥厂)发展所造成的文化毁灭。

叶广芩建构了一个完整的帝都形象,并且一次次地用纪实的手法提醒这是她体验过的帝都,但是,事实却并非如此。叶广芩1948年10月出生⑤,可以说,她的记忆都是伴随着北京解放、新中国诞生开始的,而且叶广芩的父亲在她六岁那年就已经去世,帝都北京于她只是一个想象的所在。所以,尽管叶广芩在小说中一次次地提及自己的家庭、自己的经历,但是,她笔下关于帝都北京的书写依然是一种想象的产物,其书写也只是一种怀旧的行为。1990年代开始兴起一股"怀旧"的潮流,尽管历史上从不乏饱含着乡愁、记忆的怀旧性书写,但是却没有一个时期像1990年代的中国那样引人注目。经过1980年代

---

① 叶广芩:《采桑子》,北京出版社2009年版,第301页。
② 柳四咪曾经是金舜铨的恋人,后来去南京跟了老大金舜铻,是老七金舜铨一辈子的"痛"。
③ 叶广芩:《采桑子》,北京出版社2009年版,第301页。
④ 叶广芩:《采桑子》,北京出版社2009年版,第327页。
⑤ 另,郭宝昌1940年出生,陈建功1949年出生于广西,1957年随家人迁居北京。

第十二章 "虚构帝都":全球化时代地方性身份的建构企图

对于现代化的集体想象,进入1990年代以后"人们不无创痛与迷茫地发现,被'芝麻、芝麻、开门'的密语所洞开的,不仅是'潘多拉'的盒子,而且是一个被钢筋水泥、不锈钢、玻璃幕墙所建构的都市迷宫与危险丛林"①,特别是我们还面临着在全球化过程中迷失自己的惶惑和惊恐。如果说1980年代我们因为担心无法融入全球化进程中而焦虑的话,那么1990年代我们需要同时面对渴求现代化以及失去自我的双重"焦虑"。一场重新记忆老城市、想象老城市的思潮就这样在大陆展开。

1990年代,北京市出现了一批被戏称为"穿西装、戴瓜皮帽"的伪古典建筑,而1995年建造落成的北京市西客站则成为其最后一个也是最具代表性的建筑,其典型形象就是西客站"头顶上"耗资8000余万元建造的"钢亭"。关于古都北京的改造没有完成,但是却传出了一个信号,那就是在全球化进程中重新寻找老城市,重新建构城市精神的努力。当这一来自知识分子和民间的努力得到官方的认同之后,"寻找老城市"成为1990年代中国文化建设中的重要现象,不同的城市先后用不同的方式开始了建构老城市的思潮。

1990年代初期,一批老照片在上海一个照相馆内被发现,开启了新时期寻找老城市的进程。江苏美术出版社推出黑白摄影集《老房子》,对各地的古旧民居、街道进行黑白摄影,接着是山东画报出版社在1996年推出"老照片"系列,几乎是同一时期上海作家开始了寻找"大上海"的书写,俞天白的《大上海漂浮》(1994年)、王安忆的《长恨歌》(1995年)、素素的《前世今生》(1996年)以及陈丹燕的"上海三部曲"(《上海的风花雪月》[1998年]、《上海的金枝玉叶》[1999年]、《上海的红颜遗事》[2000年]),而张艺谋、陈凯歌等导演也以老上海为题材进行拍摄。相对于上海声势浩大的"寻找老上海",北京可谓是不温不火,但是却更持久。1993年,陈凯歌导演的《霸王别姬》第

---

① 戴锦华:《隐形书写:90年代中国文化研究》,江苏人民出版社1999年版,第110页。

一次将中国电影带上了世界电影艺术的高峰——获得法国戛纳电影节金棕榈大奖,老北京又一次进入艺术家的视野。而后《北京的城墙和城门》《北京的传说》《北京史》《北京史话》《北京风俗杂咏》《北京漫步》《北京的四合院》《燕京乡土记》《北京风物志》《北京风俗图》《我的老北京》《发现北京》《细说北京往事》《解说老北京》《寻找北京城》等大批图书相继出版,同时还有《老北京》《寻找老北京城》《洋镜头里的老北京》《逝去的风韵——德国摄影师镜头下的老北京》《胡同的记忆》等一批老照片被重新刊印、发行。"寻找老北京"成为近年北京文化建设的一个热点和重点。

  本尼迪克特·安德森在《想象的共同体》中,明确地提出媒介在建构"民族共同体"中发挥的重要作用,而这同样也适用于寻找"老北京"这一潮流中。在重新建构古都北京城市形象的过程中,媒介发挥了重要的作用。叶广芩的《黄连厚朴》《全家福》《采桑子》等都被拍成了影视作品,而郭宝昌的《大宅门》、陈建功与赵大年的《皇城根》从一写作开始就是作为剧本进行创作的,其他还有一批反映清宫生活的电视剧,它们共同建构了关于帝都北京的城市形象。但是,面对着数量繁多的作品,我们要看到这背后对于大众需求的迎合,以及文本创作出现的市场化、低俗化趋向,北京书写在当下的城市建构中表现出极为复杂的文化形态。

结　语

　　我们怎样描述一座城市？它又被如何阅读？作家们将旧建筑、文化气息、风俗习惯、人情人心等写进文学作品，通过创造城市文学来书写城市，再使读者通过阅读作品来了解城市，种种于历史变迁中流动着的城市风貌通过永久的文字定格下来，被后人追忆。与城市有关的文学作品，逃不出对城市的追忆和对历史的反思，这些通过作者眼睛观察、直觉感受凝练而成的文字，成为我们发现城市、触摸历史变迁中城市概貌的线索与工具。

　　作为一个古老的帝都，北京承载和积淀着千年的历史与文化。自古以来，大量的文人骚客慕名前来，给北京城增添了风光与热闹，但是到了近代，在时代车轮滚滚向前的进程中，由于特殊的历史原因，北京商业经济的发展变得缓慢。与此同时，它在文化上表现出独特的生命力，"这座'文化古城'恰处于'传统'与'现代'之间：一方面，它具有800年帝都的历史，其身后的历史文化内涵是其他新兴城市或沿海城市所不可能具备的，这种内涵决定了其城市文化与传统文化之间的深刻联系；另一方面，北平又是'五四'新文化的发祥地，现代思想意识已成为一种新的文化传统，与'旧'传统之间形成了既冲突又相联的复杂关系"①。

　　辛亥革命以后，中国的民族工业发展进入了短暂的春天，古城北京也有了不同于以往传统的现代文明气息，随着1928年北伐的胜利，北京"失去了首都的地位，更名为北平……告别了政客的喧嚣，北平城安静下来，成为北方乃至全国最重要的文化中心"。北平不但是知识

---

①　陈平原、王德威编：《北京：都市想像与文化记忆》，北京大学出版社2005年版，第312页。

分子追求无功利的"纯文学"理念的活跃文学场,而且有着良好的文化环境,"上世纪三十年代的北平,大学数量在全国名列前茅,北平图书馆则是当时全国藏书量最大的图书馆,该馆每天开馆时间长达八小时以上,读者可以在此阅读大量珍贵的典藏古籍和新出版的书刊报纸,全国当年出版日、晚报共375种,在北平编辑出版的就有48种,高居全国首位"①。由此可见,北平的文化氛围是极其浓厚的。

前面关于北京的种种文学表达,试图寻找和描画属于北京的历史记忆和文学想象,就像本雅明通过波德莱尔的作品来研究巴黎一样,从蔡友梅、凌叔华、老舍、张恨水等作家充满日常生活场景及细节的作品中,我们能看到民国社会变革动荡中北京新旧文化的碰撞以及当时北京人的生活方式和审美特点。我们仿佛可以穿越时空,再次去仔细感受曾经辉煌又落寞的旧古城。

作者用什么样的眼光去看待城市以及用什么样的观点去描绘城市,就是他文本中重现城市的基调。对于城市来说,文学提供的是一种"人的世界",这是勘测、考证、建筑等不能提供的东西。一个城市的丰富性,城市中蕴藏着的巨大的感性力量,也只有从文学建构的"人的世界"中浮现。在城与人、在文学与北京文化的关系中,饶有趣味的是,当文学负担起阐释这座城市的文化的重任时,古城古老的文化自然又渗透在文学作品自身的内容和形式当中,而同时,审视与呈现北京文化的作家及研究者本身,也是这城市文化中的独特部分。我们在世界与创作主题交互作用的事实中分析、观照这样的文学作品,其实自己也就身处在这样交互作用的一种关系网络中,在某一瞬间,你以为自己"捉住"了这座城,其实这一瞬间,北京也"捉住"了你。

鲁迅先生曾经在《忆韦素园君》中写道:"我也还有记忆的,但是,零落得很。我自己觉得我的记忆好像被刀刮过了的鱼鳞,有些还留在身体上,有些是掉在水里了。"②零落、残缺不全是记忆的一个重要特

---

① 陈虎等:《北京百年往事:不寻常的十个"子年"》,中华书局2009年版,第74页。
② 鲁迅:《忆韦素园君》,见《鲁迅全集》第六卷,人民文学出版社1981年版,第63页。

点,当我们用零落的记忆去描述过去现实的时候,往往会把想象融入其中。想象是我们进行表达的重要方式,当我们关注文本的时候,不仅仅是要关注文本中出现的几种城市形态,还要关注作者创作的方式——是关于记忆的呈现还是想象式的虚构,抑或是个人体验和想象的结合。新时期以来关于北京的城市书写出现了不同的文学形态,其中有对于古都北京的书写,也有关于社会主义首都城市的描述,同时还有对于国际大都市北京城市特质的表达。薛凤旋说:"我们在中国目下的转型城市中看到了传统中国文明和西方文明的两个极端:社会主义市场、传统儒家价值观和行为与资本主义的混合体。"①在纵观整个新时期的文学创作以后,我们很清楚地看到作者创作背后的动因,那就是"对抗",古都北京和意识形态话语之间、大院北京和现代性趋势之间、国际化大都市北京和传统儒家文明之间等,可以说每一种北京城市背后都夹杂着一种或者几种的对抗关系。

这种对抗来源于人与城之间的紧张关系,也来源于人和不同价值体系之间的紧张关系。在新时期关于北京城市的书写中,除了官方意识形态话语和少数作家依然延续着对于社会主义首都北京的赞美和想象之外,关于城市北京的书写更多地呈现为对于现在的批判和对于过去的怀想。无论是邓友梅、苏叔阳、汪曾祺等人还是叶广芩、郭宝昌,他们都将叙述视角放置在了古都北京,这是一种"怀旧"式的书写,而怀旧"是在传统即将消逝的时刻对记忆的追认,是一种现代人的'怀乡病',同时也是一种重构传统记忆的方式"②;邱华栋等作家关注的是当下的北京城市,但是他们笔下的城市就像邱华栋《塑料男》中"我"的孩子一样,是一个不会哭、不会笑、异化了的塑料人。这是全球化进程中的北京所要面对的问题,然而我们看到问题,却无能为力,面对着日益没落的老城市北京,我们只能像陈平原所认为的那样,"保

---

① 薛凤旋:《中国城市及其文明的演变》,世界图书出版公司北京公司2010年版,第329页。
② 贺桂梅:《20世纪八九十年代的京味小说》,《北京社会科学》2004年第3期。

不住城墙,保不住四合院,那就保住关于这座城市的历史记忆"①,而无法对城市的未来进行更深层的展望。理查德·利罕认为"城市是都市生活加之于文学形式和文学形式加之于都市生活的持续不断的双重建构"②,当文学文本对于北京城市的书写和建构越来越趋向于对过去进行怀想的时候,也就是我们需要对北京城市的发展进行反思的时候。

---

① 陈平原:《想象北京城的前世与今生——答新华社记者刘江问》,《北京师范大学学报(社会科学版)》2005年第4期。
② 理查德·利罕:《文学中的城市:知识与文化的历史》,吴子枫译,上海人民出版社2009年版,第3页。

附录　近现代外国人的北京记述

一、对庚子年战争的记述

西人所著有关北京的书籍,涉及历史、地理、民俗、旅游与各种生活指南类等方面。首先是记述近代以来北京重大历史事件的著作,其中以庚子年的战乱为主。在报纸专栏文章方面,以澳大利亚记者莫理循最为重要。莫理循是《泰晤士报》的特派通讯记者,同时也是英国的中国事务专家。他不仅长于新闻舆论的制造,还影响了英国的对华政策。在使馆被义和团围困时,他向英国发出求救电报,还向《泰晤士报》寄发了约三万字的报道,这被认为是英国派兵中国的重要因素。其他的外国记者,还有英国"中央通讯社"的斯科特·克里斯顿、美国《纽约先驱报》的托马斯·密勒、英国《每日电讯报》的狄龙、日本《朝日新闻》的评论员西村天囚、俄国《新边疆报》①的阿尔捷米耶夫等。这些记者多数随战事进程,从天津到了北京,且多数随军。其中,俄国《新边疆报》的德米特里·扬契维茨基还曾随俄国军队一起冲锋。在北京,他两次随队为俄军探路,还作为先遣部队的向导参加了攻打北京的战斗。他的报道多是在战地完成。按照他自己的说法:"有时在高粱地或者玉米地里,有时在房子里、双轮马车上、树墩上、柳荫树下。最愉快的是在庙里,在那些偶像、供具和香烛中间写。"②在书籍方面,J. O. P. 布兰德和 E. 伯克豪斯著有《女皇治下的中国》(*China under the Empress Dowager*,林语堂译名,另一译名为《慈禧外记》),1901 年出版,主要记述了北京义和团运动的情况;上述两人的《北京宫廷年鉴与

---

① 《新边疆报》1899 年创办于旅顺,初为周三报。1905 年迁往哈尔滨,改为日报。
② 德米特里·扬契维茨基:《八国联军目击记》,许崇信等译,福建人民出版社 1983 年版,第 309 页。

回忆》(The Annals and Memoirs of Court of Peking,林语堂译名),1914年出版,将记述范围扩大到明末和20世纪初,主要根据的是中文资料。其他记述这一时期北京政治,并主要以1900年庚子之乱以及慈禧太后、光绪皇帝的关系为题材的,还有伊萨克·泰勒·海德兰的《中国宫廷生活》(Court Life in China),1909年出版。此外还有美国传教士罗伯特·科尔特曼的《北京被围记》,科尔特曼曾在北京同文馆任生理课教师,还在京师大学堂授课,曾目睹了北京的战乱。

在此类著作中,英国人普特兰·威尔的《来自北京的唐突信简》(Indiscreet Letters From Peking,林语堂译名,一般中译为《庚子使馆被围记》),主要记述八国联军进入北京之后的个人见闻,被美国汉学家阿灵顿称为在记述庚子年北京的著作中"可能是最浪漫、最生动的"①。德国人瓦德西是八国联军的统帅,他的《瓦德西拳乱笔记》记述了北京在遭到占领之后,满目狼藉的情景。②法国作家皮埃尔·绿蒂是法兰西学院的院士,担任海军文官42年,曾有东方题材的小说《菊花夫人》(后被改编为《蝴蝶夫人》)。他奉法军水师提督的指令,乘坐罗督大卜号舰艇,以随军军官的身份于1900年10月18日进入北京。1901年,又重返北京。他以旅行随笔的手法,记述见闻和感想,陆续寄给《费加罗报》,总字数约10万字,后以《在北京最后的日子》(Les Derniers Jours de Pekin)为名出版,这本书曾由李金发翻译,书名即为《北京的末日》。其中最使人惊奇的是,绿蒂自序其曾来到皇宫,看到了宫室的狼藉景象:皇帝绣花龙被被丢在地上,士兵们在象牙、刺绣、珍珠上践踏。甚至,他还在宫中穿起皇帝的袍子,在龙床上打滚,还偷得隆裕皇后的红缎子鞋,甚至抽鸦片烟。在他笔下,北京"在阴暗的天空下,又是那般忧郁、充满敌意和令人不安"③。对于占

---

① 刘易斯·查尔斯·阿灵顿:《古都旧景:65年前外国人眼中的老北京》,赵晓阳译,经济科学出版社1999年版,第14页。
② 瓦德西:《瓦德西拳乱笔记》,王光祈译,上海书店出版社2000年版,第45页。
③ 皮埃尔·绿蒂:《在北京最后的日子》,马利红译,上海书店出版社2006年版,第71页。

附录　近现代外国人的北京记述

领者的身份,绿蒂自言:"我们出现在这里,举止粗俗,满身灰尘,疲惫沮丧,肮脏不堪,貌如未开化的野蛮人,无异于置身仙境的僭越者。"①总体来说,绿蒂视北京为博物馆中的标本,在 1901 年来到北京时,曾为北京出现了铁路感到沮丧,认为是野蛮的西方人"干了这样一件亵渎圣物的事情——他们炸毁了城墙,令这颠覆性的机器长驱直入"②。也因此,绿蒂将他来到北京称之为"最后的日子"。从写作技法上来说,这本书虽然整体构架是记叙性的,但其中又有大量文学性的描写,具有小说的意味。同时,这部作品的文字之华丽,显然已经超过了记述性质,而成为以文学为主体的描写。这些随军文人的记述,往往文体不一,写法多样,并非严格意义上的新闻报道。

二、西人的史地类著作

史地类的著作更多。阿奇伯尔德·立德夫人是英国在华巨商立德的夫人,在中国生活 20 余年,著有《穿蓝色长袍的国度》(*The Land of the Blue Gown*)和《我的北京花园》(*Round about My Peking Garden*),分别于 1901 年和 1905 年出版。朱丽叶·布莱顿与伊格·米托伐诺夫著有《阴历年》(*The Moon Year*),1927 年在上海由凯利和瓦尔施出版的。朱丽叶·布莱顿写于 1935 年的《北京》(*Peking*)主要记述北京的名胜与建筑,该书在短短时间里三次重印,被林语堂称之为"堪称是关于这一古都的英语书籍中的典范作品"③,"当之无愧地被认为是关于北京的最全面的著作"④。奥斯瓦尔德·喜仁龙的名著《北京的城墙与城门》(*The Walls and Gates of Peking*),1924 年出版,另有《北京的皇宫》(*The Imperial Palaces of Peking*)三卷,1926 年出版。美国汉学家 L. C. 阿灵顿曾长期在中国海关、邮政工作,甚至于退休后还定居北

---

① 皮埃尔·绿蒂:《在北京最后的日子》,马利红译,上海书店出版社 2006 年版,第 74 页。
② 皮埃尔·绿蒂:《在北京最后的日子》,马利红译,上海书店出版社 2006 年版,第 177 页。
③ 林语堂:《辉煌的北京》,陕西师范大学出版社 2003 年版,第 338 页。
④ 林语堂:《辉煌的北京》,陕西师范大学出版社 2003 年版,第 150 页。

京。1931年,阿灵顿曾在英文报纸《北京导报》上连续发表《北京的胡同》。1933年,他与威廉·路易森合著的《寻找老北京》(In Search of Old Peking,林语堂译为《老北京探寻》,中译本译为《古都旧景——65年前外国人眼中的老北京》)由亨利·威西出版社出版。该书还将1935年前关于北京的西文著作作为附录,为以后的北京研究提供了方便。此外还有阿尔封斯·伐维尔的法语著作《北京历史描述》,1897年首先由北京北堂印行,此后再次于1900年出版。德克·波迪所著《北京的日常与年节习俗》(Annal Customs and Festival in Peking),1936年在北京出版。庄士敦的《紫禁城的黄昏》(Twilight in the Forbidden City),1934年在伦敦出版;唐纳德·门尼的《北京之盛观》(The Pageant of Peking),1920年在上海出版;悉尼·甘博的《北京社会调查》(Peking:A Social Survey),1921年在纽约出版;海因茨·冯·佩克哈默尔的《北京》(Peking),1928年在柏林出版。约翰·伯杰斯著有《北京的会馆》(The Guilds of Peking),1928年在哥伦比亚大学出版社出版。还应当指出的是,英国人毛姆1919年来中国游历,其散文被收入在1924年出版的《在中国屏风上》(On the Chinese Screen)。英国哲学家罗素于1920年来中国,担任北京大学客座教授,其《中国问题》中有相当篇幅涉及北京。

在史地类的作品中,对于北京这个古老帝国首都的赞美是西人著作的主流。立德夫人在《穿蓝色长袍的国度》中说:"在所有我到过的地方中,北京是最奇妙的。"①对于北京严格的空间建制,立德夫人尤为敬畏:"事实上,如果北京是像它规划的那样——或许它曾经就是那样——我想不出有比北京最雄伟的城市。北京城的总体规划规模宏大,特别是站在钟楼往鼓楼或站在鼓楼往钟楼看,其透视和比例的安排极佳,既有距离感又注重细节。"②从建筑上说,立德夫人甚至认为,比之紫禁城,巴黎的杜乐丽宫(通译"土伊勒里宫")和伦敦的圣詹姆

---

① 立德:《穿蓝色长袍的国度》,王成东、刘浩译,时事出版社1998年版,第1页。
② 立德:《穿蓝色长袍的国度》,王成东、刘浩译,时事出版社1998年版,第5页。

斯宫都显得"太逼仄"甚至就是"玩具","唯一能够与之相比的只有罗马的圣彼得大教堂"①。阿灵顿则认为北京是一个艺术之都,"是最有能力、最有文化、最具艺术鉴赏力的地方……即使在今天,在失去了昔日辉煌的她仍充满了浪漫传说,是世界艺术的朝圣地,对旅游者来说即使不是远东,至少也是中国最具魅力的地方"②。朱丽叶·布莱顿的《北京》一书文字极为优美,不妨引述一段林语堂的译文:

> 分析北海这块被人遗忘的角落的迷人之处……是不可能的。这魅力是一种应仔细品尝的味道,是一股沁人心脾的香气,是我们眼中的色彩,倒映湖中的柳影;是灰色的石堤,如同沿湖岸扭动的巨龙。这魅力存在于南飞的鸭群中,存在于风吹动的青草中。那青草爱抚着破旧的汉白玉石栏,一如鲜嫩的灌木在金色屋顶中伸展。它们还存于蓝蓝的水中琉璃瓦的倒影,存在于被淡紫色的通道略微染成紫色的乌鸦翅膀上,存在于黄昏站立在岩石上的挺拔的苍鹭,苍鹭们像立在基座上的铜像一样,凝然不动,也存在于对于惆怅地凝视着我们的历史的思忆中,存在于轻柔地融入尘埃的今日之忧伤中。③

与东方人对于帝都的赞美形成比照的是,西人著作中对北京的盛赞,也有着明显的"东方主义"的意味,很难摆脱殖民主义的叙事主体。恰如鲁迅所说:"外国人中,不知道而赞颂者,是可恕的;占了高位,养尊处优,因此受了蛊惑,昧却灵性而赞叹者,也还可恕的。可是还有两种,其一是以中国人为劣种,只配照原来模样,因而故意称赞中国的旧物。其一是愿世间人各不相同以增自己旅行的兴趣,到中国看

---

① 立德夫人:《我的北京花园》,李国庆、陆瑾译,北京图书馆出版社2004年版,第48页。
② 刘易斯·查尔斯·阿灵顿:《古都旧景:65年前外国人眼中的老北京》,赵晓阳译,经济科学出版社1999年版,第1页。
③ 林语堂:《辉煌的北京》,陕西师范大学出版社2003年版,第150页。

辫子,到日本看木屐,到高丽看笠子,倘若服饰一样,便索然无味了,因而来反对亚洲的欧化。"①在西人眼中,比之欧洲城市,北京显示出其落后、保守的一面。连赞美过北京的立德夫人在其《穿蓝色长袍的国度》中也说北京仍是一个"更野蛮的时代","北京城留给我们的只有深深的遗憾:构思完美、规模宏大的北京城竟会如此破旧"②。

在史地类的作品中,有些属于对北京城市考古学、地理学等的专业性研究。比如对北京城墙长度的测量。据林语堂的描述,马可波罗认为元大都城墙的周长是 24 英里(约 77.25 华里),奥斯瓦尔德·喜仁龙和埃米尔·布莱奇奈德均认为这个数据不准确。奥斯瓦尔德·喜仁龙"几乎是一码一码地研究了城墙构造"③,他认为大都城墙周长不会超过 50 华里,后经过测量,在其《北京研究》中得出的结论是大都城墙周长是 50 华里。对于明城墙周长的看法,《明史》中对北京内城城墙长度的记载是 28 华里,而阿尔封斯·比尔利·伐维尔在《北京的历史描述》(法国 1900 年出版)中提到,1874 年,经过两位法国军官弗莱利斯和拉比德的测量,北京内城周长应为 41.26 华里。这一结论后来被奥斯瓦尔德·喜仁龙所证实。另外,西人还提供了北京的科学的地图。朱丽叶·布莱顿的《北京》,阿灵顿与路易逊的《老北京探故》与 M. 法博的法语著作《北京》(1937 年出版)都出示了详尽的地图,并指出不同时期北京城的位置。

还有一种著作较为特别,即"北京指南"类的书籍。20 世纪初以来,已经有了几个版本,其中主要的有立德夫人的《北京指南》(Guide to Peking),1904 年出版;斐士尔编辑的《京师地志指南》(Guide to Peking and Its Environs),1909 年出版;何德兰的《北京旅游指南》(A Tourist's Guide to Peking),1907 年出版;库克的《北京和陆地路线》

---

① 鲁迅:《灯下漫笔》,《莽原》周刊 1925 年 5 月 1 日第 2 期、22 日第 5 期。
② 立德:《穿蓝色长袍的国度》,王成东、刘浩译,时事出版社 1998 年版,第 6—7 页。
③ 林语堂:《辉煌的北京》,陕西师范大学出版社 2003 年版,第 310 页。

(*Peking and Overland Route*),1917年出版。上述著作均未有中译本。与中国人的"北京指南"一类的书籍不同,西人的"北京指南"用了许多篇幅介绍北京的名胜,但对于中国人的生活介绍得很少。相比之下,对于在京的西人生活设施却介绍得非常完备,涉及教堂、医院、邮局、饭店、报刊、俱乐部、学校等,也有西人较多任职的机构,如总税务公署、总邮政司、邮政局、电报局、汇丰银行、德华银行、东方汇理银行、华俄道胜银行、横滨正金银行等,还有专门为西人服务的机构与设施。仅在墓地的介绍中,就有英国墓地、法国墓地、俄国墓地、葡萄牙墓地、国际墓地等。其他的还有为方便西人旅行与生活的汇率、交通、气象等知识。

在史地类著作中,穿插图片、绘画作品是一种常见的情形。《北京的城墙与城门》书中有109幅照片和50种绘画作品,《老北京探故》插入了许多城市平面图和版画。朱丽叶·布莱顿的《北京》也附有许多照片。在北京大学有五年任教经历的英国人燕瑞博著有《北京生活见闻》,用了100多幅照片记录北京各种中低层的生活。在赫伯特·怀特著的介绍类著作《美丽的北京》(*Peking the Beautiful*,1927年商务印书馆出版)中,也有大量的旅游照片。最具代表性的是德国女摄影家赫达·莫里逊的著述。莫里逊于1933—1946年间作为摄影家在北京工作,住在南长街,她拍摄了大量照片。直到1946年,她才离开北京。莫里逊《老北京的摄影师》(*A Photographer in Old Peking*),1985年由牛津大学出版社出版,中译本名为《洋镜头中的老北京》。此书出版较晚,但照片多拍摄于20世纪三四十年代,同时她又为美国作家乔治·凯提斯的《丰腴时代:北京1933—1940》(*The Years That Were Fat, Peking, 1933—1940*)提供了插图。

三、文学与其他

西人著作中还有一类是虚构的叙事作品,最著名的是法国作家谢阁兰的《勒内·莱斯》。不同于皮埃尔·绿蒂的《在北京最后的日子》,这些作品是不折不扣的小说。谢阁兰于1909年来到北京,先后任法国驻北京的公使馆翻译、医生、考古领队等职,曾随法国公使馆使团在紫禁城觐见皇帝溥仪。1914年,谢阁兰离开中国。此后,谢阁兰于1917年再次来到中国,直到1919年离开。谢阁兰对于北京极为迷恋,曾将北京叫作"我的城",将其居住的院落叫作"我的宫殿",还以"我的瓷器室"命名他的书房。谢阁兰对于北京宫室有着极大的写作兴趣。1912年,他写了以光绪皇帝为原型的小说《天子》,但未完成。1913年,谢阁兰开始创作另一部关于宫廷的小说《神秘御园》,后改名为《勒内·莱斯》,于1923年出版。这是一部长篇日记体小说,也是一部幻想小说,叙述了一位名叫勒内·莱斯的法国、比利时混血儿,他精通汉语,在北京的贵族学校任教。莱斯可以自由出入紫禁城,担任宫廷秘密警察的首领,并多次参与了宫廷的政治,还知道光绪帝死时的悲惨情形。甚至在汪精卫、黄复生策划银锭桥行刺摄政王载沣的行动中,莱斯救了载沣的命,并谋划袁世凯去南方镇压革命党。莱斯最后被神秘地谋杀。在小说中,东方的神秘是其主题。在作品中,叙述者面对紫禁城:"一次又一次地围着它环行,兜着它打转,设法考察出它的精确的轮廓,如同太阳一般沿着城墙根,由东,而南,而西,倘若可能的话,从北面返回。"①在《勒内·莱斯》中,谢阁兰将欧洲国家对中国的殖民的关系处理为男女的关系模式,设计了勒内与隆裕皇后的情人关系。甚至,为了增加东方异域的神秘性,谢阁兰还想象北京有一座巨大的地下城:

> 北京并不是象人们可以相信的那样,是一块忠诚与奸诈的角逐在其地皮表面进行的棋盘图形:北京存在着一座地下城,这地下城自有它的城堡,角楼,拐弯抹角之所,毗连邻接之处,也自有

---

① 维克多·谢阁兰:《勒内·莱斯》,梅斌译,生活·读书·新知三联书店1991年版,第28页。

它的威胁,它的比水井更可怕的"水平走向的井"。①

　　这一典型的想象式的北京叙述,不管是来自于欧洲人的欧洲中心论的殖民心态,还是将东方归之于"神秘",显然都来自"认识的极限",如学者谢瑛所说:"对中国的当下与未来全无兴趣,他惟一的关注,便是如何保存中国的过去。"②中国学者郭宏安也说:"紫禁城的宫墙遮断了他的目光,金水桥下的护城河挡住了他的脚步,宫廷的内部成了秘密的秘密,'认识的极限'。这是一种象征,象征着可见可触的物质世界,也象征着他的内心世界,而这残阳夕照中的古老帝国也就成了他思考现实与想象之关系的广阔天地了。"③有时,其"欧洲中心论"的心态过于强烈。比如,他将袁世凯看作是"欧洲人的一个发明","充其量不过是一个傀儡"。④

　　此外,德国作家伊瑟·朗格纳于1933年来到北京,并于1937年出版长篇小说《紫禁城》。该书叙述了一位从晚清时候来到北京传教的传教士尼古劳斯·拉施法,他在北京旅居52年,从传教转向救助北京的平民,被誉为"圣人"。该书在第三帝国时期一直被禁,直到战后才公开发行。另一位德语作家弗里施于1944年出版中篇小说《彬,又题:北京之旅》,叙述一个士兵吉廉,他在大战之前来到北京,并改名"彬",爱上了中国女郎玛雅。德语作品中,还有卡夫卡的小说《中国长城建造时》,也以北京为背景。此外,英语作品有英国作家毛姆的戏剧《苏伊士之东》(*East of Suez*),1922年出版;安·布里奇的小说《北

---

① 维克多·谢阁兰:《勒内·莱斯》,梅斌译,生活·读书·新知三联书店1991年版,第195页。
② 转引自宋伟杰《既"远"且"近"的目光:林语堂、德龄公主、谢阁兰的北京叙事》,见陈平原、王德威编《北京:都市想像与文化记忆》,北京大学出版社2005年版,第524页。
③ 郭宏安:《评〈勒内·莱斯〉:中译本代序》,见《勒内·莱斯》,生活·读书·新知三联书店1991年版,第4页。
④ 维克多·谢阁兰:《勒内·莱斯》,梅斌译,生活·读书·新知三联书店1991年版,第93页。

京郊游》(Peking Picnic),1932年出版;莫里斯·科林斯的《大内》(The Great Within),1912年出版;哈罗德·阿克顿的小说《牡丹与马驹》(Peonies and Ponies),1941年出版;等等。

在文学类中,值得一提的还有西人所收集的"北京歌谣"类的著作。1896年,意大利外交官威达雷出版《北京的歌谣》(Pekingese Rhymes),收集编录有中英文对照的北京歌谣170首,由北京北堂刊行。这是中外学术界最早编纂的北京歌谣书籍。胡适曾在《读书杂志》中选编了威达雷的歌谣,研究北京歌谣的专家常惠还翻译了威达雷《北京歌谣》的序言,并进行了评论。何德兰于1900年在纽约出版《中国歌谣集》(Chinese Mother Goose Rhymes),共收集中国民谣138首,其中北京歌谣占了相当的篇幅。1932年,北京一所大学的外籍教师编纂《北平歌谣》(Peiping Rhymes),收集北京歌谣214首,1932年以中英文对照的形式在商务印书馆出版。

四、日本人的北京游记

日本人的北京记述也相当多。属于史地类的有阿部似二著《北京》(东京新潮社1941年版)、村上知行著《北京的历史》(东京大阪屋号书店1941年版)、佐藤清太著《北京——转变的古都》(目黑书店1942年版)、冈本正文编译《北京纪闻》(东京文求堂书店1904年铅印本)、中野江汉著《北京繁昌记》(王朝佑译,北京醒中印刷社1922年铅印本)。1904年,日本驻屯军甚至还邀集汉学家编纂了《北京志》,由日本汉学家、帝国大学教授,时任北京大学教习的由服部宇之吉统稿,1908年由东京博文馆出版。全书39章,40余万字,主要记述晚清以来的北京各方面情况,并附有几十幅照片。

日本人的北京记述还有一大类,即北京游记。大正年间,从日本前往中国大陆的旅行线被固定下来。1919年开始,日本铁道院以原来的英文东亚指南书为基础,出版日文的中国指南。当时,日本政府

附录　近现代外国人的北京记述

还发售了"日中周游券",并规划了两条中国游历线路。① 随之,日本文人来中国遂成风尚。芥川龙之介在 1921 年以大阪《每日新闻》海外观察员员的身份,从 3 月到 7 月,游历了上海、杭州、汉口、洛阳等地,然后来到北京。在北京,他住在八宝楼胡同的《每日新闻》北京分社。芥川龙之介穿着中式服装,在一个月里整日流连于雍和宫、什刹海、琉璃厂、北海、天坛、万寿山、白云观等地。回国后,他按照在中国访问城市的顺序撰写旅行记,分别为《上海游记》《江南游记》《长江游记》,发表在《大阪每日》(1921 年 8—9 月,1922 年 1—2 月)、《女性》(1924 年 9 月)等刊物上,其中的北京游历部分名曰《北京日记抄》发表在 1925 年 6 月的《改造》杂志上,并在 1925 年 11 月结集为《中国游记》(改造社出版)。由于北京在芥川龙之介的行程中相对较晚,在他回国后的游记中,北京的记述也是最后的文字,更因为身体原因,他对北京的记述相对简略,只用了两天时间完成,《北京日记抄》也多是采访的记录。但考虑到芥川龙之介对倒数第二站天津的记述根本没有,或者只有明信片上的简略文字,因此其对北京的记述还算是多的。1926 年 5 月,中国学者夏丏尊就以《芥川龙之介氏的中国观》为名,介绍他在中国的游历,在《小说月报》第 17 卷第 4 号发表。1927 年,夏丏尊将《中国游记》收录在《芥川龙之介集》中,由开明书店出版。另一作家谷崎润一郎也曾手持铁道院的"导游书",经由朝鲜,于 1918 年来北京,曾发表《忆东京》《都市情景》《恋爱与色情》等文章。在较年轻的作家中,吉川幸次郎于 1928 年来北京大学留学三年,直到 1931 年离开,回国后写下《中国印象追记》。此外,涉及北京的日本人中国游记还有股野豚 1908 年游历中国的《苇杭游记》,《大阪朝日新闻》的记者内藤湖南记述 1899 年来中国游历的《燕山楚水》(1900 年),学者小林爱雄记述 1908 年来中国访问的《中国印象记》等。其中,由于内藤湖南是汉学家,他在对北京的游记中还叙述了自辽金以来的北京城市沿

---

① 参见刘建辉《魔都上海:日本知识人的"近代"体验》,甘慧杰译,上海古籍出版社 2003 年版。

革,并大量引述了中国古代典籍。

对于北京的赞美是日本人中国游记的主导方面。内藤湖南虽早就耳闻北京之壮丽,但一见之下,仍不免惊叹。他说:"余观京城,若其规模,则居然乎大国首都也,若得缮治之宜,其壮观比之泰西诸国首都亦不必相让。"① 芥川龙之介到达北京的第三天,在给友人的信中就说:"来北京甫三日,即迷恋于北京矣!虽不能住在东京而旅居北京,乃余之夙愿,昨夜,观剧于三庆园,归途过前门,上弦月高悬,其景色难以形容。与壮大的北京相比,上海如同一蛮市。"② 芥川龙之介在《杂信一束》中记述了在其中国旅行的最后一站天津时与友人的一次谈话,还是表明了对北京的热爱:

　　我:"走在如此西洋风格的大街上,也不知为什么,我特别感到一种乡愁。"
　　西村:"你还只有一个孩子吗?"
　　我:"不,我可不是想回日本,而是想回北京啊。"

芥川龙之介之所以对天津的印象不佳,其中还有爱恋北京这个纯正东方城市的原因。他在离开天津前,接受了日报记者的采访,对北京评价非常高。

另一日本作家鹤见佑辅在《北京的魅力》中说:"我一面陶醉在中国生活的空气中,一面深思着对于外人有着'魅力'的这东西……现在西洋人也一样,嘴里虽然说着 Democracy 呀,什么什么呀,而却被魅于中国人费了六千年建筑起来的生活的美。一经住过北京,忘不掉那生活的味道。"③

---

① 内藤湖南、青木正儿:《两个日本汉学家的中国纪行》,王青译,光明日报出版社 1999 年版,第 33—34 页。
② 竹中宪一:《北京历史漫步》,天津编译中心译,中国文史出版社 1991 年版,第 1 页。
③ 鹤见佑辅:《思想·山水·人物》,鲁迅译,人民文学出版社 2007 年版,第 201 页。

自然,由于日本在明治维新"进入近代"之后普遍对中国的轻视,这些日本作家笔下对于北京的描述带着明显的殖民者眼光。内藤湖南曾说:"大街与胡同之角落、胡同屏侧,到处可为粪便堆撒之处。故行于北京街头,空中隐约飘过粪便臭气,觉整个北京城乃一大溷圊。然明时都城建筑旧规,有壮大下水设备,比之文明国都府亦毫不逊色,清朝文明如何,则由此可以推想矣。"① 对北京历史怀念中的乌托邦想象,与对北京现实观照中的"日本已经进入近代"的意识形态维护,始终是日本人的中国观。其对北京的记述,也不脱离这一点。

---

① 内藤湖南、青木正儿:《两个日本汉学家的中国纪行》,王青译,光明日报出版社1999年版,第83页。

后 记

　　正所谓每个人有每个人的巴黎一样,每个人都有每个人的北京。
　　我在北京所居住的地方,叫朝阳区。一般来说,热爱老北京的,比较不在意这个区。在老北京的内城城门中,有一个被唤作"朝阳门"。这是明代的名字。后来的朝阳区也因而得名。但是,在一些关于老北京的近现代文学与电影作品中,它总是被叫作"齐化门",北京话发音为"齐霍(轻声)门儿"。这是元代的叫法。我曾经纳闷,为什么"朝阳门"如此不受待见,即使到了民国时期,还得被人叫作元代的名称?看起来,朝阳区是不被人作为"老北京"来看的。
　　说到朝阳区,在过去人的想法中,是被当作乡下的。在林海音的《城南旧事》中,私生的胎儿尸体,要被扔在朝阳门的外面。远的不说,按照清代建制,在顺天府辖区中,它先属大兴县,后改属通州府。直到新中国成立后,才改称"东郊区"。你可以想见,在人们对于老北京的认知中,这个地区原来是多么不重要!尽管在区划方面,北土城一带、日坛等都在朝阳区。我主编过一本《北京文学地图》,把文学家们对于老北京的记述进行了梳理。在这本书中,朝阳区进入文人们记述中的,只有作为乡野的通惠河、二闸之类。同是郊区,别说海淀了,还不如门头沟呢!毕竟,海淀绵延着数十里的皇家园林,而门头沟,也有着运煤进城的骆驼队。连朝阳区的永通桥(就是英法联军与僧格林沁激战的八里桥),都还被当作通州来记述。也就是说,文学中的朝阳,基本不在文学文本(也包括图画、建筑、影像等)中的北京记述当中。
　　不过,到了1990年代,朝阳区变得热闹起来。先是北京建设国贸,后逐渐扩大成了CBD,朝阳区的大北窑成了核心区。之后,CBD不断蔓延,扩大到了东三环、东四环。据说,还要扩大到东五环(就是被人戏称为"你比六环少一环"的地方)。这里满布着全球最耀眼的跨国公司、国际机构总部、传媒巨头,有着当今北京最奢侈的、消费性的商场、酒吧、影剧院,有着最国际化的外交使馆与公寓,还有着数不清的时尚艺术区,像"798""751"、朗园等等。再往后,亚运、奥运来了,朝阳区的北四环、北五环又成了国际性的竞技场。鸟巢、水立方(还有现在的冰丝带),以及"人民日报社"新楼与央视的"大裤衩"等全球化符号的实验性建筑建成,在文本方面,它们成为叙述新北京的最有效的符码。再往后,文学、影视中的朝阳区纷纷出现。比如邱华栋的小说,基本上是以东三环附近为核心的。赵宝刚等人的各种青春、言情都市影视剧,也都以 CBD 为取景地。朝阳区,真可谓国际性、全球化的"新北京"的叙述中心。

朝阳区还具有鲜明的社会主义城市性质,至今依稀可见。新中国成立之后,北京在复兴门外的西郊与建国门外的东郊建了许多工厂。炼焦化学厂、棉纺厂、齿轮厂等,还有后来的电子厂,朝阳是名副其实的工业区,也是社会主义新北京的符号。1990 年代之后,大量工厂外迁,但还是留下来多如牛毛的具有包豪斯风格的老厂房。之后,这些废弃的厂房被作为"文化创意产业试验区",又成了时尚区域。但是,这一区域的社会主义形态遗留仍然可见。比如大量的原工业人群,构成了"朝阳群众"的主体,至今还存留着某种"工业伦理"。从社会主义国家工业化意义,到全球化的消费概念,朝阳区至少完成了这两个意义的叙述。

由此,我想,"北京"不仅仅是一个物理性的存在,它也是被我们叙述出来的概念性的意义体。不同时期,我们对于"北京"有不同的叙述。我曾经跟人说,北京这个地方,看你怎么叙述它了。你怎么叙述它,它就是什么。还是说 CBD 吧!它的洋名简称是 CBD;它的中文正经名称,叫"国贸";而它的地方性名称,唤作"大北窑"。因为这里原本就是砖窑厂,既遥远又低端,土得掉渣。这样一来,地方性的、国家性的、全球性的名字,被不同的人叫来叫去。其中的故事,当然也被人讲来讲去,但都是朝阳或者京东一带的叙述。

既然朝阳是这般被叙述出来的,那么,整个北京,不也是被叙述出来的吗?我们近现代、现当代的文学,又是如何叙述北京的呢?又要赋予北京什么样的概念性的意义呢?这正是本书要讨论的问题。在整体的叙述中,由于我们的叙述,北京成了什么样的意义体呢?我长时间做文学中的上海、北京城市形象研究,其实,与上海一样,北京也被一百多年来的文学赋予了很多意义。其中,有本地性的,有国家性的,也有国际性的。有作为帝都的形象,像那些想象存在或不存在的皇城故事,直到现在,仍蜿蜒不绝;也有被"五四"启蒙知识分子当作"死城",甚至是"边疆""沙漠"的北京,这大抵是在 1930 年代;有被中国文人当作永恒家园的,特别是 1930 年代的南方、上海文人,对它竭尽热忱地向往。当然,有社会主义首都的,从 1950 年代直到王朔记录北京大院的时代;还有全球化的时尚的 CBD 时代,被邱华栋以及无数影视剧当作消费性的场景。这些都是北京,却又是不同的北京城市形象。从这个角度说,现在呈现在读者面前的著作,其实也是用学术的方法解析我个人的生活感受而已。

本书最初的学术缘起,是我主持的一项北京市社科基金项目,合著者还有我的博士后王一波与我的博士生吴鹏。其中,我负责本书的观点、章节设计、绪论、第一章、第十章第一节与附录的撰写,并最后统稿、定稿。王一波负责第二章到第八章。吴鹏负责第九章到第十二章。本书在写作过程中,得到了张泉等先生,以及北京市社科规划办、北京大学出版社、中国传媒大学人文学院等单位的支持,在此谨致谢意。感谢北京大学出版社张雅秋老师,总是劳她大老远地从海淀跑到朝阳,与我商量书稿。每次说到会意之处,雅秋咯咯地笑个不停。感谢孙杰先生,他告诉我许多朝阳的知识。现在,书稿好与不好,对我来说,只要对得住他们就行。

张鸿声
2019 年 4 月,北京